CHRISTOPH
HARDEBUSCH

SMART MAGIC

CHRISTOPH
HARDEBUSCH

SMART MAGIC

ROMAN

HEYNE

www.smart-magic.de

MIX
Papier aus verantwortungsvollen Quellen
FSC® C014496

Verlagsgruppe Random House FSC-DEU-0100
Das für dieses Buch verwendete
FSC®-zertifizierte Papier *Super Snowbright*
liefert Hellefoss AS, Hokksund, Norwegen.

Printed in Germany
Bearbeitung: Uta Dahnke
Umschlag- und Innenillustration: Arndt Drechsler
Karte: Andreas Hancock
Umschlaggestaltung: Nele Schütz Design, München
Satz: C. Schaber Datentechnik, Wels
Druck und Bindung: GGP Media GmbH, Pößneck

ISBN: 978-3-453-26745-9

www.heyne-fliegt.de

ERSTER TEIL

Handelsstraße
Tanay
Darisi
Die Provinz
Lager der Magatai
Das endlose
Winterlager

BARADA
ALYNTH
Handelsstraße
TOLIOSA
Nessa
Gräsermeer

Abhängen

Tom zog sich in den Schatten des Türeingangs zurück und schob die Hände in die Jackentaschen. Ein leichter Nieselregen fiel vor ihm auf den Asphalt, und er freute sich darüber, denn so würde es aussehen, als hätte er sich hier nur untergestellt. Durch die gesprungene Glasscheibe konnte er ein paar ramponierte Briefkästen und einen Kinderwagen sehen. In dem Mietshaus wohnten bestimmt nicht die aufmerksamsten Leute.

Aus den Stöpseln in seinen Ohren drang leise Musik, schnelle Gitarrenriffs und eine melodische Stimme. Er liebte die Band und konnte jedes Stück ihres neuesten Albums mitsingen, aber jetzt gerade hatte er keine Zeit, und er nahm die Musik kaum wahr.

Obwohl es für März nicht sonderlich kalt war, hatte er die Kapuze seines Sweatshirts tief ins Gesicht gezogen, und er linste angestrengt unter dem grauen, ausgefransten Saum hervor, der ihm beinahe in die Augen fiel. Mit der

Linken fuhr er über das Rad des Players und drehte so die Musik noch leiser.

Toms gesamte Aufmerksamkeit war auf den Geldautomaten auf der anderen Straßenseite gerichtet, der sich in einer Nische zwischen einem Schuhgeschäft und einer kleinen Bankfiliale befand. Eine mollige Frau in einem durchsichtigen Regenmantel stand davor. Sie versuchte, eine henkellose Papiereinkaufstüte, aus der Zucchini und Salat herausragten, mit nur einem Arm zu halten, während sie mit der anderen Hand ihre Geheimzahl eingab. Menschen mit Einkaufstüten waren normalerweise ideal, aber Tom schüttelte dennoch beinahe unmerklich den Kopf. Für einen zufälligen Beobachter hätte die Bewegung wie eine Reaktion auf die Musik aussehen können. Tatsächlich war es aber ein Zeichen. Die Frau hatte ihr Gemüse bestimmt beim Türken um die Ecke gekauft, sie trug ausgetretene Schuhe, und die Klamotten unter dem durchsichtigen Mantel waren abgetragen. – Keine gute Wahl. Endlich hatte sie es geschafft, ihre Geldbörse wieder zu verstauen, und sie verschwand, die Zucchinitüte nun fest im Griff.

Tom würdigte sie keines weiteren Blickes. Der Regen wurde stärker. Perfekt; das bot ihm die Möglichkeit, einfach hier stehen zu bleiben und darauf zu warten, dass jemand vorbeikam, der besser geeignet war. Die meisten Passanten beeilten sich jetzt, schnell von der Straße zu kommen, hielten Zeitungen oder zogen Mantelkrägen über ihre Köpfe und flüchteten hastig zu H&M oder Starbucks.

Kaum zwei Haltestellen von hier entfernt saßen die Schüler seines Kurses wohl noch in Mathe und lauschten den gähnend langweiligen Erklärungen von Doc Salzbacher, während sie das Pausenklingeln herbeisehnten. Obwohl Tom in Mathe besser als in so manch anderem Fach war, konnte Salzi auch ihn innerhalb von wenigen Minuten an den Rand des Schlafs reden. *Besser als'n Joint,* hieß es im Kurs über den Mathe-Doc an der Pensionierungsgrenze. Trotzdem wäre Tom im Augenblick weitaus lieber in dem immer leicht nach schwitzenden Schülern und Automatenkaffee müffelnden Kursraum gewesen als dort, wo er sich gerade befand. Stattdessen spürte er die harte Wand in seinem Rücken und tat unbeteiligt, während er die vorbeihastenden Menschen beobachtete. Bargeld würde der eine oder andere trotz des ätzenden Wetters sicher bald mal brauchen. Und jemand, der es wegen des Regens eilig hatte, war noch besser als eine Tussi mit Einkäufen.

Mit der Zeit bekam man ein Gespür für die Leute. Die Menge auf den Einkaufsstraßen der Großstadt war immer bunt gemischt, Anzugträger liefen neben Hausfrauen, Schulkinder neben Großmüttern, helle Haut neben dunkler, teure Kleidung neben verschlissener. Sie sammelten sich in kleinen Pulks an den Fußgängerampeln, zufällige Gemeinschaften, die sich ebenso schnell wieder auflösten, wie sie zusammenfanden. Aber dafür interessierte sich Tom nicht. Er achtete auf Kleinigkeiten, versuchte, den Preis der Kleidung abzuschätzen, den Gang einzustufen. Wer war Opfer, wer war gefährlich?

Irgendwo in der Nähe ging eine Sirene los. Obwohl Tom ruhig dastand, hämmerte ihm das Herz in der Brust, wie immer, kurz bevor es losging. Der Laut schwoll an, brach dann aber abrupt ab. Gut. Nur ein Autoalarm, den irgendein Idiot ausgelöst hatte.

In seinen Händen spürte Tom das wohlvertraute Kribbeln. Bei dem einen oder anderen Passanten hätte er fast genickt, aber jedes Mal ließ ihn sein Instinkt doch abwarten. Vielleicht war es auch Angst, so genau konnte er das nicht sagen. Aber die Angst, mit leeren Händen nach Hause zurückzukehren, war noch größer.

Die Ampel an der Kreuzung schaltete auf Rot, und der Strom der Autos stoppte; dafür setzten sich die Fußgänger in Bewegung. Tom behielt sie im Blick.

Unvermittelt flog ein großer Vogel von einem Dach herab, mit nachtschwarzem Gefieder. Er landete sicher auf der niedrigen Leitplanke, die die Fahrbahn vom Trottoir trennte, und sah sich mit neugierigem Blick um. Der Vogel erregte Toms Aufmerksamkeit. Ob er aus dem Park kam? Er trug etwas im Schnabel, machte zwei trippelnde, beinah lustig anmutende Schritte zur Seite, flatterte auf die Straße hinunter, betrachtete die vor ihm aufragenden Autos ganz genau, als sei er ein Experte für BMWs und Volvos, und dann legte er seinen Besitz auf der Straße ab.

Verwundert beobachtete Tom das Schauspiel. Der Vogel musste eine Krähe oder sogar ein Rabe sein, so groß und schwarz, mit einem mächtigen Schnabel und einem schlauen Funkeln in den Augen. *Ein Rabe,* beschloss Tom aus dem Bauch heraus, ohne zu wissen, warum. Einen letzten Blick warf der Vogel auf sein Werk, dann tat er einen hopsenden Schritt zur Seite, drehte den Kopf – und sah Tom an. Seltsamerweise fühlte der sich ertappt, als habe er gerade jemanden bei einer privaten Sache beobachtet, und er spürte, wie ihm das Blut ins Gesicht schoss. Dann schlugen die schwarzen Flügel zwei- oder dreimal, und der Vogel erhob sich in die Luft und landete wenig elegant oben auf der Lampe.

Tom registrierte, wie die Autos anfuhren. Der Rabe ließ sich davon nicht stören, sondern beobachtete nur die Straße. Noch immer konnte Tom den Blick nicht abwenden. Es schien, als würde der Vogel auf etwas warten, so wie er da auf der Ampel hockte, den Kopf zwischen die Schultern gezogen.

Dann wurde es wieder rot. Die Autos hielten an, die Fußgänger setzten sich in Bewegung. Und auch der Rabe stieß sich ab und glitt in einem engen Bogen zu Boden. Er hüpfte herum und pickte irgendetwas auf. Es dauerte einige Momente, bis Tom verstand: *Eine Nuss. Es war eine Nuss. Er hat sie von den Autos knacken lassen!*

Während der Rabe gelassen davonflog und über den Hausdächern verschwand, schüttelte Tom verblüfft den Kopf. Er hatte das Gefühl, Zeuge eines kleinen Wunders geworden zu sein, so als ob der Pitbull Tyson zu Hause plötzlich nach der Uhrzeit gefragt hätte. Er versuchte, eine Erklärung zu finden; es schien ihm total unwahrscheinlich, dass ein einfaches Tier eine so clevere Idee haben konnte.

Weniger clever war allerdings, dass er selbst sich hatte ablenken lassen. Als er seine Augen wieder auf die gegenüberliegende Straßenseite richtete, stand am Geldautomat ein Mann. Er war nicht sehr alt, ziemlich dick, und er trug einen dunklen Anzug, den er mit einem viel zu kleinen Schirm vor dem Regen zu schützen versuchte. Der

Anzug signalisierte Geld, der dicke Hintern Gemütlichkeit. Genau richtig, wie Tom fand, der seine Kapuze noch tiefer ins Gesicht zog, langsam im Takt der Musik nickte und sich bereit machte. Unbewusst hielt er den Atem an, zählte im Geiste vor sich hin. Als der Mann nach den Geldscheinen griff, stieß Tom sich von der Wand ab und ging los. Bald lief er parallel zu dem Opfer, die Hände wieder in den Taschen, die Schultern hochgezogen, ließ den Blick nicht von dem Mann, registrierte genau, in welcher Tasche das gut gefüllte Portemonnaie verschwand. Der Dicke lief die Straße entlang, achtete nicht auf seine Umgebung, wollte wahrscheinlich bloß aus dem Regen raus, der sie beide durchweichte. An der nächsten Ampel nutzte Tom den Moment, um zwischen den wartenden Fahrzeugen hindurchzuschlüpfen. Er lief jetzt direkt hinter dem Anzugträger, betrachtete dessen beachtliches Gesäß, atmete tief ein und überholte ihn dann, darauf bedacht, einen ordentlichen Abstand zu halten.

Der Stoß traf ihn in die Seite, ließ ihn zwei Schritte zurücktaumeln. Er prallte gegen den Mann, krallte sich in dessen Jackett.

»He, du Penner, pass doch auf!« Der Schreihals baute sich vor Tom auf, die Hände drohend erhoben. Er trug eine Baseballkappe, eine weite Jeans und eine voluminöse Jacke. »Biste blind?«

»'tschuldigung«, murmelte Tom, während er sich aufrappelte. »Hab dich nicht gesehen. Kein' Stress, okay?«

Der Dicke schob ihn von sich und stellte Tom wieder auf die eigenen Füße, dann ging er wohlweislich auf Abstand. Zwei Straßenkids, die Ärger suchten, das war nicht seine Welt. Seine Augen schweiften zum Taxistand, der nur ein paar Schritte weit entfernt war.

»Na warte«, zischte Toms Gegenüber und sprang auf ihn zu. »Du Scheißopfer!«

Sofort gab Tom Fersengeld. Er duckte sich zur Seite weg und rannte los. Hinter sich hörte er die Schritte seines Verfolgers. Sein Puls dröhnte in seinen Ohren, übertönte den schnellen Beat der Musik. Seine Finger drehten die Lautstärke auf. Er lief, so schnell er konnte, drängelte sich durch die Passanten, bog um eine Ecke, dann eine weitere, weg von der Hauptstraße, tiefer in die Seitenstraßen. Doch der andere war schnell, zu schnell. Als sie in eine kleine Gasse voller geparkter Wagen einbogen, hielt Tom an und stützte sich keuchend auf die Knie.

Sein Verfolger sprintete um die Ecke, hielt mit einigen langen Schritten an, sah sich um und grinste dann breit.

»Kein' Stress«, äffte er Tom nach und schüttelte den Kopf. »Alter, du wirst immer besser.«

»Das nächste Mal kannst du ein bisschen lockerer bleiben, Alex«, ranzte Tom zurück und rieb sich die schmerzende Seite, wo ihn der Ellbogen getroffen hatte. Er zog das Portemonnaie aus der Jacke und warf es Alex zu, der es ohne Probleme auffing und sofort öffnete.

»Jackpot!«, rief er, als er das Bündel Geldscheine herauszog. Tom machte einen Schritt auf Alex zu und warf einen Blick in die schwarze Lederbörse, auf der fett ein Designerlogo prangte. Kreditkarten steckten ordentlich in kleinen Fächern, Ausweise und Rechnungen in größeren. Sie filzten das Portemonnaie gründlich, während sie gemeinsam weitergingen. Alex steckte den Perso, die Versicherungskarte und die Kreditkarten ein, bevor er die Geldbörse schließlich achtlos unter ein geparktes Auto warf.

»Wie viel ist es?«, erkundigte sich Tom. Die Scheine glitten durch Alex' schlanke Finger, sein Mund bewegte sich lautlos. Tom sah zu ihm auf. Alex war einen halben Kopf größer, aber das war nicht verwunderlich, immerhin war er auch mehr als ein Jahr älter als Tom. Noch siebzehn Monate, wie er gern erzählte, und er würde die magische 18 erreichen und dann *den ganzen Scheiß* hinter sich lassen.

»Sechshundert. Sechs-Fuffzig. Porno!«

»Genug für heute«, erklärte Tom erleichtert, als Alex ihm einen Fünfziger zusteckte.

»Absolut«, pflichtete der Ältere ihm bei. Das Geld wanderte in eine seiner unergründlichen Taschen. Tom passte sich seinem schlendernden Schritt an. Sie beeilten sich nicht; keiner von ihnen hatte es besonders eilig, nach Hause zu kommen. Im Gegenteil, je länger sie von dort verschwinden konnten, umso besser war es.

»Lass uns feiern gehen«, schlug Alex nicht ganz unerwartet vor. »Hier im Kiez ist gleich um die Ecke 'ne Spielhalle. Zocken?«

Tom nickte. Hauptsache nicht zurück zur Familie. Und mit Alex abzuhängen war meistens lustig.

Aber nicht immer.

»Diebe!«, brüllte plötzlich eine tiefe Stimme hinter ihnen. Eine kurze Pause entstand, während der Sprecher hörbar nach Luft schnappte, dann tönte es wieder: »Diebe!«

Sie wandten sich gleichzeitig um und sahen den dicken Anzugträger, der mit hochrotem Kopf hinter ihnen herlief. Ungläubig betrachtete Tom ihren Verfolger. *Ich dachte, der*

Typ säße längst in einem Taxi und ließe sich zurück ins Büro kutschieren, schoss es ihm durch den Kopf, während Alex laut lachte.

»Der Fettsack gibt nicht auf. Klingt wie ein beschissener Disney-Film. *Die Lok soundso.*« Alex gab übertriebene Keuchlaute von sich und lachte dabei noch immer.

Dann packte er Tom an der Schulter und zog ihn mit sich. Sie liefen locker nebeneinander, nicht einmal besonders schnell. Die Sohlen von Toms Turnschuhen quietschten auf dem nassen Straßenbelag. Mittlerweile war der Regen durch jede Schicht Kleidung gedrungen, die er trug.

»Wir treffen uns bei Bollo«, rief Alex, als er zwischen zwei geparkten Kleinwagen abtauchte und dann mit voller Geschwindigkeit über die Straße lief. Ein Auto bremste quietschend ab, der Fahrer wedelte mit den Armen, aber Alex lachte nur laut und zeigte ihm den Mittelfinger.

Ein Blick über die Schulter verriet Tom, dass der Dicke noch immer an ihm klebte. Er beschleunigte und versuchte, den überraschend hartnäckigen Verfolger abzuschütteln. Dem Anzugtypen musste einfach bald die Puste ausgehen; Tom wog nur etwa ein Drittel von ihm, und er bekam allmählich Seitenstechen.

An manchen Tagen hätte er wirklich einiges darum gegeben, einfach nur Doc Salzbachers gemurmelte Endlosvorträge ertragen zu können.

Während er noch einmal zu einem Spurt ansetzte, um endlich ungesehen irgendwo abzubiegen, nahm er aus dem Augenwinkel eine Bewegung schwarzer Flügel wahr.

Streets of Berlin

Ein rascher Blick über die Schulter zeigte Tom, dass der Spurt nicht gereicht hatte, um den Dicken abzuhängen. Er konnte sich nur wundern, wie erstaunlich schnell der Mann trotz seines Körperumfangs war. Und er gab nicht auf, obwohl es inzwischen klang, als würde ihm gleich die Lunge platzen. Tom, der beim Kicken meist in der Abwehr spielte, hielt sich selbst nicht für einen begnadeten Läufer, aber es musste ihm doch gelingen, diesen Büronappel abzuschütteln!

Früher oder später würde jemandem die kleine Verfolgungsjagd auffallen, und auch wenn dieser Kiez nicht unbedingt weltberühmt für die gute Zusammenarbeit der Leute mit der Polizei war – irgendwer würde sich Tom in den Weg stellen, und er hatte keine Lust auf einen weiteren Besuch auf einer Wache. Also rannte er noch schneller als zuvor weiter.

Die Straßen hier waren eng und voller Autos. Auf den Gehsteigen lagerten Müllsäcke und Sperrmüll. An fast allen

Hauswänden prangten Tags, aber Tom hatte keine Zeit, darauf zu achten, wer hier das Gebiet für sich beanspruchte. Wild sah er sich nach einer Möglichkeit um, seinen Verfolger endlich loszuwerden. Weiter vorn war ein Haus beinahe komplett abgerissen worden. Nur noch eine Wand war übrig geblieben, an der die Reste dreier abgebrochener Stockwerke erkennbar waren. Ein Bauzaun voller übereinandergeklebter Plakate versperrte die Sicht auf das Gelände. *Das ist es,* schoss es Tom durch den Kopf. Noch einmal gab er alles, nahm Anlauf, sprang ab, packte die obere Kante des Zauns und zog sich daran hoch. Seine Rolle auf die andere Seite war wenig elegant, und als er auf dem Boden aufkam, knickte sein rechter Fuß weg. Er strauchelte, landete schmerzhaft auf dem Knie und fiel beinahe aufs Gesicht. Aber er hatte erst einmal das Hindernis zwischen sich und weiteren Stress gebracht. Allerdings war seine Jacke an einem hervorstehenden Nagel des Zauns hängen geblieben, und ein langer Riss verunzierte sie nun.

»Verdammt.«

»Die-hieb!«, ertönte es hinter ihm. »Haltet ... den ...« Tom atmete zwei-, dreimal ein und aus. Die keuchende Stimme war erst ganz nah, entfernte sich dann aber. *Scheint, als ob ich's gepackt hätte.*

Als Tom weiterlief, durchzuckte ein greller Schmerz vom Knöchel her sein Bein. Er verzog das Gesicht, aber es war nicht so schlimm, dass er nicht auftreten konnte.

Er humpelte über das Baugelände. Überall lag Schutt herum, der wohl durch die Abrissbirne entstanden war. In der Mitte des Geländes befand sich eine große Grube, in der schlammiges, lehmfarbenes Wasser stand. Vorsichtig umrundete Tom ein großes Stück Beton, aus dem wie zwei Finger rostige Eisenträger ragten.

Er blieb stehen und sah sich um. Am besten überquerte er die ganze Fläche und stieg auf der anderen Seite wieder über den Zaun. Vermutlich würde das zwar einen ziemlichen Umweg bedeuten, aber so war immerhin sichergestellt, dass er dem übergewichtigen Kurzstreckenläufer nicht wieder ins Visier geriet.

Am anderen Ende des Geländes stand ein Bauwagen, daneben einige schwere Fahrzeuge, Bagger, Laster und dergleichen, aber von Arbeitern war nichts zu sehen. Auch der Rabe war verschwunden, wie Tom beinahe enttäuscht feststellte.

»Besser ist das«, murmelte er zu sich selbst, während er einen Bogen um die Baugrube machte. »Ein Pechvogel reicht völlig aus.«

Eine alte Erinnerung stieg in ihm auf, irgendein Kinderlied von schwarzberockten Vögeln, die am Himmel kreisten, aber er konnte die Worte nicht wirklich zusammenbringen. Und wer hatte das Lied überhaupt gesungen?

Aber er hatte größere Probleme als vergessene Liedstrophen. Mit dem Riss in der Jacke, das würde Ärger geben, dessen war er sich sicher, doch wenn er wegen des Knöchels zum Arzt musste, würde das richtig übel werden.

So schnell er konnte, überquerte er die Baustelle; die Schmerzen waren immerhin auszuhalten, und im Moment vermochte er ohnehin nichts gegen sie zu tun.

Endlich erreichte Tom die andere Seite des Geländes, wo der Bauzaun ihm den Weg in die Freiheit versperrte. Rechts bei dem Bauwagen gab es ein Tor, aber das erwies sich auch nach mehrmaligem Rütteln als verschlossen. Durch die Latten des Zauns konnte er außen ein Kette sehen, die das Tor zuhielt. *Verdammt noch mal!*

Also seufzte er, testete noch einmal die Belastbarkeit seines Knöchels, indem er ein paarmal fest auftrat und dabei die Zähne zusammenbiss, und begann dann zu klettern, doch diesmal deutlich langsamer und vorsichtiger als auf seinem Weg hinein. So vertieft war er in diese Aufgabe, dass er vollkommen überrascht war, als jemand seine Beine packte und ihn umstandslos vom Zaun zurückzerrte.

»Was machst du denn hier, Kleiner?«

Der Mann, der ihn an der Kapuze hielt, war gut zwei Köpfe größer, trug einen dunklen Overall und einen quietschgelben Schutzhelm. Ein mächtiger Schnauzer prangte auf seiner Oberlippe, und seine buschigen Brauen waren zusammengezogen.

»'tschuldigung«, erwiderte Tom hastig. »Ich … ich wollte nur …«

»Was stehlen? Irgendeinen Mist an die Wände schmieren? Mit Jungs von deiner Sorte haben wir hier oft genug zu tun.«

Von meiner Sorte? Der Sorte Unglücksrabe?, fuhr es Tom durch den Kopf, aber laut sagte er: »Nein. Wirklich nicht. Ich …« Er überlegte hastig. Was würde ihm der Schnauz wohl abkaufen? »Da waren zwei Typen, so Schläger, die wollten mein Geld. Da bin ich über den Zaun geklettert.«

Die Miene des Mannes veränderte sich nicht, aber als er wieder sprach, war seine Stimme milder: »Zwei gleich, ja?«

»Ja, so große Typen. Der eine hatte ein Messer«, dichtete Tom dazu und versuchte, Furcht in seine Stimme zu legen. So schwer war das nicht, denn der Bauarbeiter mit den groben Händen jagte ihm tatsächlich Angst ein.

»Was machst du denn um diese Zeit auf der Straße? Solltest du nicht in der Schule sein?«

»Freistunde. Ich wollte zum Bäcker, 'ne Schrippe kaufen.«

Die Lügen kamen Tom leicht über die Lippen. Alex hatte ihm vorgeführt, wie man das richtig machte. Nichts Wildes herumschwafeln, keine großen Lügengebäude bauen, sondern bloß Kleinigkeiten erfinden. Zu echten Erlebnissen ein bisschen was dazudichten. Das war fast immer plausibler und wurde leichter geglaubt, als wenn man gleich einen ganzen Film erzählte. Tom war gut darin; nur zu Hause hatten seine Lügen meist kurze Beine. Irgendwie hatte der Alte ein fast unheimliches Gespür dafür, konnte Wahrheit und Lüge einfach so erkennen. Und die Konsequenzen von Lügen waren stets schmerzhaft.

»Eine Schrippe.« Der Mann sah auf seine Armbanduhr. Seine Handgelenke waren dick, seine Arme muskulös und von dichtem, dunklem Haar bedeckt. Er löste seine Hand von Toms Arm. »Das hier ist kein Spielplatz. Hier kann man sich verletzen, das ist gefährlich.«

»Ja, ja, ich weiß. Ich wollte ja auch nicht ...«

»Troll dich«, knurrte der Bauarbeiter und zog Tom an der Kapuze zum Tor. Er ließ den Jungen los und fingerte einen großen Schlüsselbund aus der Tasche. Es waren bestimmt zwei Dutzend Schlüssel daran befestigt und dazu ein kleines, abgeschabtes Männchen mit einem Helm auf dem runden Kopf, das grinsend den Daumen hob. Tom ließ die Augen nicht von den Schlüsseln, die vermutlich alle Schlösser auf der ganzen Baustelle öffnen konnten. Der Mann griff durch die Zaunlatten und zog die Kette zu sich heran, bis er das Vorhängeschloss erreichte. Er öffnete das Schloss und nahm es ab. Es verschwand beinahe in seiner riesigen Faust.

»Danke«, murmelte Tom und senkte den Blick. Aus dem Augenwinkel beobachtete er, wie der Mann den Schlüsselbund zurück in die Tasche steckte. Das Tor, der Bauwagen mit dem Werkzeug oder sogar der Bagger oder die Planierraupe – der Schlüsselbund bot ungeahnte Möglichkeiten. Tom wusste, was Alex machen würde. Für so viele Schlüssel musste man geschickt sein, die machten Lärm, wenn man nicht aufpasste. Schon zuckten seine Finger, aber dann quetschte er sich nur an dem Arbeiter vorbei aus dem Tor und sagte noch einmal: »Danke.«

Hinter ihm schlug das Tor wieder zu, und die Kette rasselte, als der Bauarbeiter sie erneut verschloss. Einen Atemzug lang blieb Tom einfach stehen und versuchte, sich zu beruhigen. Die fast vergessenen Schmerzen in seinem Knöchel kehrten wieder zurück, und seine Knie zitterten. Seine Anspannung machte sich in einem aus seinem tiefsten Innern kommenden Fluch Luft.

Der Diebstahl, die Verfolgungsjagd, der Rabe und der Bauarbeiter – die Ereignisse der letzten zwanzig Minuten hatten ihn mehr mitgenommen, als er sich eingestehen wollte. Sein Herz raste, und sein Mund war trocken. Es erschien ihm plötzlich wie ein Wunder, dass ihm der Arbeiter einfach so geglaubt und nicht zufällig die Rufe des Bestohlenen gehört hatte.

So kaltblütig Tom sich Augenblicke zuvor noch gefühlt hatte, jetzt war davon nichts mehr übrig. Noch einmal atmete er tief ein und aus, dann zog er die Kapuze über den Kopf und setzte sich wieder in Bewegung. Automatisch verfiel er in seinen üblichen schlurfenden Gang, die Hände in den Taschen, die Schultern hochgezogen. Das ungute Gefühl in der Magengrube blieb, aber dann erinnerte er sich an das Geld. Einen Fünfziger in der Tasche und genug bei Alex, um heute Abend sorglos nach Hause zu können. Das hob seine Laune, und dennoch sah er sich immer wieder misstrauisch um. Dem Bestohlenen traute er nach der Verfolgungsjagd alles zu, und mit dem verstauchten Fußgelenk würde er noch so einen Spurt vermutlich nicht schaffen.

Aber es ertönten keine Rufe mehr hinter ihm, kein rotes, wütendes Gesicht tauchte zwischen den Passanten auf, keine Sirenen, keine Polizei, wie Tom erleichtert feststellte. Er schlug den Weg in Richtung Bollo ein. Bollo, das war eine Currywurstbude, oder vielmehr ihr Besitzer. Bei Bollo würde er hoffentlich auf Alex treffen, ein bisschen abhängen, am Automaten Kleingeld verdaddeln und Fritten essen, bis sie zurückmussten. Es war eine angenehme Vorstellung, eine kleine, wenn auch fettige Oase der Ruhe im Sturm des Tages.

Eine Bewegung fiel Tom ins Auge, ein dunkler Schatten über ihm. Er sah nach oben, und der Nieselregen fiel auf sein Gesicht. Auf einem Balkon im ersten Stock eines alten Mietshauses saß ... schon wieder ein Rabe. Sein Gefieder war aufgeplustert, und er hüpfte von links nach rechts und wieder zurück. Dabei schienen seine schwarzen Augen den Jungen mit unergründlichem Blick zu fixieren.

Erstaunt blieb Tom stehen und versuchte zu erkennen, ob es dasselbe Tier war wie zuvor. Fast glaubte er es, aber sicher konnte er sich nicht sein.

»Wo ist deine Nuss?«, fragte er halblaut, mehr an sich selbst als an den Raben gewandt. Dennoch fühlte er sich unvermittelt dumm, weil er mit einem Vogel sprach, und er schüttelte den Kopf. Eine Antwort war von dem Raben ohnehin nicht zu erwarten, also ging er weiter, versunken in düstere Gedanken.

»Aha-chtung!«, krächzte es über ihm und dann noch einmal: »Achtung!«

Hat der Rabe gerade »Achtung« gesagt? Mann, du spinnst doch …

Noch bevor Tom den Gedanken zu Ende gebracht hatte oder auf die Warnung reagieren konnte, sprangen eine Handvoll Gestalten aus einer Seitengasse und umstellten ihn. Jugendliche, kaum älter als er, mit Kapuzensweatshirts, Baseballkappen und finsteren Mienen.

»Was machst du hier? Das ist unser Turf, Kleiner!«

Ein schneller Blick auf eine nahe Hauswand bestätigte Toms schlimmste Befürchtungen: Er war, ohne es zu merken, mitten in das Revier der 83er gelaufen. Das halbe Dutzend Mitglieder der Gang umkreiste ihn wie ein Rudel Wölfe. Langsam, lauernd. Der Anführer hatte sich vor Tom aufgebaut, die muskulösen Arme vor der Brust verschränkt, und sah ihn herausfordernd an.

An manchen Tagen sollte man gar nicht erst aufstehen, schoss es Tom durch den Kopf, da stieß ihn auch schon jemand in den Rücken, und er taumelte nach vorn.

»Also?«

»Kein' Stress«, erwiderte Tom, während er sich aufrappelte. »Ich will hier nur …«

»Abzocken«, unterbrach ihn der Anführer. »Ihr beschissenen Waisen denkt, dass euch alles gehört und ihr überall eure Nummer abziehen könnt. Bei uns nicht, Kleiner. Wir machen dich platt.«

Tom wich zurück, als sein Gegenüber die Fäuste hob und ihn grimmig anfunkelte.

»Mach ihn fertig, Aki«, johlte jemand hinter Tom.

Tom selbst ließ die Arme einfach hängen, wollte auf keinen Fall provozieren. »Bleib locker«, bat er eindringlich. »Ich will mir nur 'ne Pommes holen. Kein Abrippen, nichts.«

Diesmal log er nicht, aber er ahnte bereits, dass es egal sein würde. Die Gangs in der Stadt mochten keine Konkurrenz, schon gar nicht von Toms Familie.

»Ihr kommt hier einfach her und klaut unseren Scheiß«, befand Aki finster. »Ihr habt keinen Respekt, das ist euer Problem.« Er hob die Faust. Ein breiter Goldring funkelte an einem seiner Finger.

Toms ganze Aufmerksamkeit konzentrierte sich auf diesen Ring. Er nahm jedes Detail auf, die kleine Delle, den verzierten Rand. Er wusste, dass ihn die Faust bald treffen würde, ahnte den Schmerz bereits, aber er konnte den Blick nicht von dem Ring lassen, konnte die Fäuste nicht heben, war unfähig, sich zu wehren.

Dann schepperte es, als eine leere Dose Aki am Kopf traf.

»He! Versuch's doch bei einem von deiner Größe, Arschloch!«

Alex' Stimme riss Tom aus seiner Trance. Alle sahen zu dem älteren Jungen hinüber, der sich breitbeinig auf dem Bürgersteig aufgebaut hatte. Tom hätte fast einen Jubelruf ausgestoßen. Stattdessen nutzte er den Moment der Ablenkung, stieß einen der Jungen beiseite und sprang durch die Lücke. Wütende Rufe folgten ihm, aber als er sich neben Alex umdrehte, sah er, dass niemand hinter ihm her war.

»Wir plätten euch beide«, drohte Aki und rieb sich die Schläfe. Er machte jedoch keine Anstalten, etwas zu unternehmen. Seine Baseballkappe war verrutscht und ließ ihn jetzt eher verwirrt als cool aussehen.

Tom bemerkte aus dem Augenwinkel, dass der Rabe noch immer auf seinem Beobachtungsposten saß und die Menschen nicht aus den Augen ließ. *Furchtloses Vieh, das muss man ihm lassen.*

»Wir wollen nur hier durch«, entgegnete Tom schnell, bevor Alex auf die Drohung reagieren konnte. »Nach Hause.«

»Ihr Vorstadtpenner!«, rief der Junge, den Tom zur Seite gestoßen hatte, und warf sich in die Brust.

Die wenigen Passanten, die auf der Straße zu sehen waren, machten längst einen großen Bogen um sie, wechselten die Straßenseite und blickten nicht zu ihnen herüber. *Bloß selbst keinen Ärger haben.* Tom konnte es ihnen nicht verübeln.

Neben sich hörte er ein Klicken. Alex ließ sein Butterflymesser durch die Luft wirbeln. Der Griff und die Klinge waren nur noch verschwommene Schemen. Er grinste breit, dann zuckte sein Handgelenk, und er hielt das Messer wieder in der Hand, zu allem bereit. »Oder wir bleiben hier«, erklärte er ruhig. »Und tanzen ein bisschen mit euch.«

Während Toms Herz so heftig schlug, dass er es bis in die Zehen spürte, schien Alex unglaublich ruhig zu sein. Fast so, als freue er sich auf einen Kampf. Vielleicht lag es an dem Messer, vielleicht an Alex' Blick, jedenfalls sagte keiner der 83er etwas.

»Wir sind gleich weg«, warf Tom ein und ergriff Alex am Arm. Er ging langsam rückwärts, zog den Älteren mit sich. Der ließ es geschehen, aber seine ganze Pose zeigte, dass er jederzeit bereit war, seinen Worten Taten folgen zu lassen. Anders als ihre Kontrahenten. Von denen machte keiner Anstalten, ihnen zu folgen, bis Tom sich umdrehte und seine Schritte beschleunigte.

»Pussys«, lachte Alex und ließ das Messer nach einer weiteren Zurschaustellung seines Könnens wieder in der Jackentasche verschwinden. »Bollo?«

»Alter, die hätten mir beinahe die Lichter ausgeknipst«, fuhr Tom ihn an. »Ich will nur noch nach Hause.«

»Ich war doch da«, erwiderte Alex erstaunt. »Ich hau dich doch immer raus, kleiner Bruder. Oder nicht?«

»Doch«, gestand Tom, aber der Ärger in seinem Innern wollte nicht verfliegen. Alex hatte recht: Er war immer für Tom da, stand ihm zur Seite, half ihm stets aus der Patsche. *Nur nicht zu Hause. Zu Hause halten wir alle die Klappe.*

Den Rest des Heimwegs schwiegen sie. Selbst in der U- und S-Bahn saßen sie sich stumm gegenüber, jeder in seine Gedanken vertieft. Alex starrte aus den verschmierten Fenstern, und Tom zog sein Handy aus der Jackentasche und klickte das große F an. Eine Handvoll Mitteilungen erschienen auf dem Display. Gestern hatte er, voller Frust über den Alten und einen total verkorksten Tag, bei Facebook etwas über sein Zuhause geschrieben. Jetzt schlug sein Freund Patrick ihm vor, beim Jugendamt nachzufragen, ob man ihm etwas über seine leiblichen Eltern sagen könne.

Bislang waren Behörden und Ämter Tom nicht gerade hilfreich erschienen. Amt, das klang nach Leuten, die gern blöde Fragen stellten. Und schließlich war es irgendeine solche Stelle oder Behörde gewesen, die ihn dahin gebracht hatte, wo er jetzt war. Aber die Idee, die Suche nach seinen Eltern selbst in die Hand zu nehmen, gefiel ihm, trotz seines Misstrauens. Schnell tippte er eine Antwort. Dann steckte er das Handy wieder ein, schloss die Augen und grübelte eine Weile darüber nach, wie er wohl am besten vorgehen sollte.

Neun Stationen, zweimal umsteigen. Kurz vor der Haltestelle, an der sie schließlich rausmussten, kramte Tom den Fünfziger aus der Tasche, zog einen Sneaker aus und schob den Geldschein unter die lose Innensohle. Alex beobachtete ihn dabei mit starrer Miene, sagte aber nichts.

Als sie ausstiegen, wurde es schon dunkel. Der Regen war wieder stärker geworden, und in den Lichtkegeln der Straßenlaternen sah man die Tropfen vom Himmel fallen, endlos viele, alle zusammen, und doch jeder für sich allein.

Im Haus brannte im Erdgeschoss Licht, und durch die marode Tür konnte Tom bereits die Stimme des Alten hören.

»Hundert? Was soll das? Nur hundert?«

Eine leise Stimme antwortete, zu leise, als dass Tom hätte erkennen können, wer dort angeschrien wurde. Aber es war auch egal; jedes der elf Pflegekinder erwischte es irgendwann mal. Das klatschende Geräusch einer Ohrfeige ertönte, rasch gefolgt von zwei weiteren Schlägen. Jemand jaulte auf. Der Alte kannte keine Gnade, weder den Jüngsten noch den Schwächsten gegenüber.

Auf der obersten Treppenstufe hielt Tom inne. Sein Innerstes verkrampfte sich, und jetzt wünschte er sich, sie wären doch zu Bollo gegangen. Dann hätte er jetzt keinen Hunger und keine Angst, sondern eine Schale Pommes frites in der Hand, und er würde Witze mit Alex reißen.

Plötzlich spürte Tom die Hand des Älteren auf seiner Schulter, den beruhigenden Druck. »Wir haben heute genug«, sagte Alex leise, und Tom nickte leicht und griff nach der Klinke.

Als er die Tür öffnete und eintrat, drang kurz die wütende Tirade nach draußen, bevor sich die Tür wieder hinter den beiden schloss.

Den schwarzen Vogel, der lautlos auf dem Dachfirst landete, sah Tom nicht mehr.

WIE DER WIND

Wild und leicht wie der Wind glitt Matani durch das hohe, goldene Gras. Wenn sie es gewollt hätte, wäre sie unsichtbar gewesen, denn hätte sie sich geduckt, hätte das endlose Meer aus Halmen sie vor allen Blicken verborgen. Einige Dutzend Schritt entfernt lief ihre Begleiterin, doch Matani spürte sie mehr, als dass sie sie hörte oder gar sah.

Eine Böe strich durch die Halme, und eine flüsternde Wellenbewegung erfasste die Ebene, da sie sich vor der Macht des Windes neigten. So musste es am Meer sein, von dem der Vater Matani erzählt hatte. Er hatte das endlose Wasser noch gesehen, jenseits der weiten Steppen, und Matanis Herz verlangte es nach diesem Anblick, nach dem Geruch der See, ihrem Rauschen – ein Verlangen, das die Worte ihres Vater in ihre Seele gepflanzt hatten.

Aber das Meer war unerreichbar fern, denn das Land an der Küste gehörte nicht mehr Matanis Volk; ihm blieb nur die See aus Gras, durch die sie sich nun geschmeidig bewegte.

Obwohl die Sonne langsam unterging, war es noch warm. Ihre Strahlen tauchten die Ebene in ein honigfarbenes Licht, das sich zäh über die sanften Hügel ergoss. Bald würden sich auch die letzten Strahlen verlieren, und die Farben der Welt würden zu Grau verblassen, um schließlich in der Dunkelheit der Nacht zu vergehen. Matani lief schnell weiter, denn sie wollte wieder ins Lager zurückkehren, bevor man ihre Abwesenheit bemerkte. Doch erst musste sie noch etwas tun.

Als sie schließlich ihr Ziel erreichte, war es bereits dunkel. Ein unangenehmer, scharfer Geruch lag in der Luft und kratzte ihr in der Kehle. Sie ließ sich auf dem niedrigen Hügel auf ein Knie sinken und atmete bewusst langsam, um ihr von der Anstrengung des Laufens hämmerndes Herz zu beruhigen.

Neben ihr raschelte es im Gras, dann trat ihre Begleiterin an ihre Seite.

»Da bist du ja«, flüsterte Matani und fuhr mit der Hand durch das erdfarbene Fell der Füchsin. Ihre eigene dunkle Haut verschmolz mit den Schatten der Nacht, und auch die Füchsin verstand es, die Dunkelheit für sich zu nutzen. Sie bellte leise, und Matani lächelte.

Dann richtete sie ihre Aufmerksamkeit auf ihr Ziel. Es lag unter ihr, knapp zweihundert Schritt entfernt. Ein beständiges, dumpfes Wummern stieg von dort auf, kroch durch den Boden und Matanis Beine hinauf. Sie richtete sich vorsichtig auf, um besser sehen zu können.

Es war ein großes Lager, vier flache, sehr lange Hütten, in einem Rechteck angeordnet. In der Mitte stand ein gedrungener Turm. Grelles farbiges Licht schien auf den freien Platz, und in den Fenstern blitzte es bunt. Etwas, was auf den ersten Blick wie riesige Schlangen wirkte, verband Hütten und Turm. Zwei lilafarbene, leuchtende Kugeln wanderten die Außenseite des Turms empor, dann sanken sie wieder zu Boden, nur um ihren Aufstieg neu zu beginnen.

Zwischen den vielen Lichtern sah Matani Gestalten, Menschen, die im Lager zu arbeiten schienen. Auch andere Schatten bewegten sich dort, aber was sie taten, konnte Matani nicht erkennen.

Das Wummern wurde schneller, ein hohes, unangenehmes Sirren gesellte sich hinzu, und oben aus dem Turm stieg eine Wolke auf, die in dem unnatürlichen Licht unheimlich wirkte.

»Wir müssen näher heran«, wisperte Matani und machte sich auf den Weg. Die Füchsin würde ihr folgen, dass wusste sie. Jetzt lief sie geduckt, tief im Gräsermeer verborgen, alle Sinne geschärft.

Um das Lager herum war ein großer Bereich von jeglicher Vegetation befreit worden, und als Matani die Grenze der Gräser erreichte, sah und roch sie verbrannte Erde. Der scharfe Geruch war hier noch schlimmer, und beinahe hätte sie gehustet. Vermutlich wäre das nicht gefährlich gewesen, denn so nah an dem Lager war es laut, aber sie unterdrückte den Reflex dennoch. In dem Lärm, der aus den Hütten hervordrang, konnte sie Stimmen wahrnehmen, laut gerufene Befehle, aber sie konnte keine einzelnen Worte verstehen.

Zweifelnd besah sie die freie Fläche zwischen ihr und der nächsten Hütte. Es gab keine Deckung, und das unstete Licht aus dem Lager fiel hier immer wieder auf die nackte Erde. Diese Stelle zu überqueren war sehr gefährlich, aber dennoch machte Matani sich bereit. Ihr Körper spannte sich an, und sie stimmte sich auf ihre Umgebung ein.

Unvermittelt bellte die Füchsin erneut. Es war ein heiseres Geräusch, fast ein Keuchen – eine Warnung. Matani sank sofort zurück in das Gras, machte sich klein und unauffällig.

Zwischen den Halmen hindurch sah sie, wovor die Füchsin sie gewarnt hatte: Zwei Menschen gingen in einem Bogen um das Lager herum, zwischen Matani und den Hütten. Zwei große, hundeähnliche Wesen begleiteten sie. Doch die Männer der Patrouille hatten sie offenbar nicht entdeckt, denn sie drehten einfach weiter ihre Runde. Im Lager wurden die Stimmen lauter, die Bewegungen schneller. Die Lichter zuckten und flackerten, und wieder ertönte das Sirren, diesmal fast wie ein Kreischen.

Matani schob mit zwei Fingern vorsichtig das Gras auseinander, um besser sehen zu können, was dort vor sich ging.

In diesem Moment wandte sich eines der beiden Tiere um und knurrte. Matanis Herz schlug schnell, als sie sich wieder zurückzog und versuchte, sich noch kleiner und noch unscheinbarer zu machen. Aber das Interesse der beiden Männer war geweckt, und sie folgten dem Tier langsam und vorsichtig.

Matani wich auf allen vieren zurück. Der grelle Lichtschein aus dem Lager ließ den Schatten des Tieres auf sie fallen, und sie glaubte, das Funkeln in den Augen zu erkennen, hörte das Schnaufen und Knurren. Ein moschusartiger Geruch mischte sich unter den Gestank aus dem Lager, wie von nassem Fell.

Nicht weit entfernt von ihr bellte es laut und auffordernd. Der Kopf des Tieres fuhr ruckartig herum, und die Männer zeigten in die neue Richtung, weg von Matani. Sie drehte sich um und lief davon, leise und schnell wie der Wind. Ein Heulen ertönte hinter ihr, noch ein Bellen, dann Rufe, viele laute Rufe. Aber sie sah sich nicht um, sondern lief nur davon.

Erst als sie den Gestank nicht mehr riechen konnte und die Lichter nicht mehr als ein schwacher Schein am Himmel waren, wagte sie es, sich hinzusetzen und Atem zu schöpfen. Lange Zeit wartete sie angsterfüllt, dann kam die Füchsin zu ihr, setzte sich neben ihr auf den Boden und sah sie mit schief gelegtem Kopf an.

»Ja, ja, schon gut«, murmelte Matani und kraulte sie hinter den großen, weichen Ohren. »Vielen Dank.«

Die Füchsin jaulte leise, legte sich hin, rollte sich auf die Seite und präsentierte ihren Bauch, den Matani sofort streichelte.

»Sie haben die Erde verbrannt«, erklärte sie dabei. »Und sie machen etwas Seltsames in den Hütten. Dieser Gestank und die Lichter. Was immer das ist, es ist nichts Gutes.«

Sie warf einen Blick zum Himmel. Die Sterne sagten ihr, dass es später war, als sie gedacht hatte, weit nach Mitternacht inzwischen. Mit einem Seufzen stand sie auf. Die Füchsin sah zu ihr hoch.

»Komm, wir müssen zurück.«

Gemeinsam liefen sie durch das Gräsermeer. Über ihnen folgten die Sterne ihrem endlosen Lauf, weit entfernte Lichtpunkte an einem dunklen Himmel.

Als Matani das Lager ihres Stammes erreichte, war das große Feuer bereits heruntergebrannt. Dennoch saß davor noch eine Gestalt, eingehüllt in eine Decke, das Haupt gesenkt. Matani wusste, dass der Versuch, sich unbemerkt in das Heimzelt ihrer Familie zu schleichen, sinnlos sein würde, also ging sie direkt zum Feuer und setzte sich neben ihren Vater.

Sie schwiegen lange, während sie gemeinsam in die Glut starrten. Schließlich nahm Matani all ihren Mut zusammen.

»Sie haben ein Lager gebaut, mit Hütten aus Holz. Sie haben das Gras und die Erde verbrannt, und sie verpesten die Luft mit ihrem Gestank. Ich habe seltsame Lichter gesehen.«

»Mhm.«

Matani blickte auf. Sie wartete auf mehr, eine Antwort, eine Erklärung. Vielleicht würde er schimpfen, weil sie dort gewesen war, ohne ihm vorher Bescheid zu sagen? Aber ihr Vater schwieg.

»Es ist nicht weit von hier«, fuhr sie fort. »Ich bin nach der Versammlung losgelaufen und jetzt schon wieder hier.«

Das führte endlich zu einer Reaktion. Ihr Vater wandte sich ihr zu und sah sie aus seinen dunklen Augen an. Sein langes Haar, die fingerdicken Zöpfe, hatte er mit einem Lederband im Nacken zusammengebunden, so wie er es sonst nur auf der Jagd tat. Ihr Vater war ein starker Mann und ein guter Jäger, der beste des Stammes, den er anführte. Aber als Matani ihren Vater jetzt betrachtete, wie er hier am Feuer saß, fand sie, dass er müde aussah, und seine sonstige Stärke schien ihn verlassen zu haben.

In seinen dunklen Gesichtszügen konnte sie nicht lesen, was er dachte. Seine Sorgen blieben vor ihr verborgen.

»Ich habe dir nicht erlaubt, zu gehen.«

Sie hatte sich viele Antworten auf diese Feststellung zurechtgelegt, Rechtfertigungen, Erklärungen. Doch jetzt wollte ihr nichts davon einfallen.

»Nein.«

»Und dennoch bist du gegangen.«

»Sie kommen in unser Land, Da'ir.« Ihre Stimme war von der Sorge erfüllt, die sie in ihrem Herzen spürte. Und sie sprach ihn mit der alten Ehrenformel an, die nicht nur Respekt vor einem Älteren ausdrückte, sondern auch *Vater* bedeutete. »Sie kommen in unser Land, und es kümmert sie nicht, dass wir hier leben. Sie kommen her und sie zerstören es.«

»Wir haben kein Land, Matani. Wir sind ein Volk ohne Land. Wir sind keine Kinder der Erde, wir sind Kinder des Himmels. Wir sind wie der Wind. Wenn sie kommen, dann gehen wir.«

»Wohin, Da'ir?«

»Die Steppe ist endlos und weit. Sie wird uns aufnehmen, wie sie uns immer aufgenommen hat.«

Seine Bereitschaft, einfach weiterzuziehen, kampflos aufzugeben und alles zurückzulassen, machte Matani wütend.

»Und dann werden sie uns folgen.«

»Und wir werden weiterziehen.«

»Aber …«

»Es ist spät«, unterbrach er sie. »Morgen brechen wir das Lager ab und reisen nach Süden. Du wirst schon jetzt nicht mehr viel Schlaf finden.«

Ohne ein weiteres Wort erhob sie sich und ließ ihn allein an dem heruntergebrannten Feuer zurück. Sie ging langsam zu ihrem Heimzelt und achtete darauf, es mit dem rechten Fuß zuerst zu betreten, wie es Brauch war.

Dann schlich sie zu ihrem Lager. Schon während sie sich unter Decken und Felle legte, spürte sie die Müdigkeit, die bislang von der Aufregung unterdrückt worden war. Noch bevor sie anfangen konnte zu grübeln, überkam sie der Schlaf.

Nachts im Garten

Der Hausflur war düster. Lediglich ein schmaler Lichtstreifen fiel durch das milchige Glas der unteren Wohnungstür und beschien das abgenutzte Linoleum des Fußbodens. Die Treppe, die nach oben führte, lag im Dunkeln; von dort kam kein Geräusch, und als die Haustür mit einem leisen Klicken ins Schloss fiel, verstummten auch die lauten Stimmen von unten.

Er hört selbst über sein Schreien hinweg, wenn wir zurückkommen, dachte Tom. *Als ob er einen siebten Sinn dafür hätte.*

Alex und er zogen die nassen Jacken aus und hängten sie an die noch freien Haken, neben Mäntel, Anoraks und Jacken in den verschiedensten Größen, Formen und Farben. Für einen flüchtigen Betrachter mochte es so aussehen, als ob eine glückliche Großfamilie in dem Haus wohnte. Ein erster Eindruck, den der Alte nur zu gern vermittelte, besonders, wenn irgendjemand Offizielles hier vorbeischaute.

Ein altes Haus mit Garten, bewohnt von pflichtbewussten Pflegeeltern und beinahe einem Dutzend Kindern, die es hier gut hatten. *Es sind einfache Verhältnisse, aber die Kinder aus diesem Milieu kennen es ja nicht anders.* Das hatte die letzte Frau vom Jugendamt Treptow-Köpenick gesagt, die hier gewesen war.

Offenbar glaubten die Leute vom Amt den ganzen Mist, der ihnen hier vorgespielt wurde, denn sonst hätten sie dem Alten und seiner Frau die Kinder sicher schon längst weggenommen.

Tom jedoch wusste es besser. Mit einem Mal spürte er den Geldschein in seinem Schuh wieder, als würde das schmale Stück Papier heiß werden.

»Komm«, flüsterte Alex und warf einen nervösen Blick auf den Lichtschein. »Bringen wir es hinter uns.«

Er öffnete die Wohnungstür, und sofort stieg Tom der Geruch von Essen in die Nase. Sein Magen reagierte mit einem deutlichen Grummeln, und ihm wurde bewusst, dass er seit dem Frühstück nichts mehr gegessen hatte.

»Ab nach oben, und komm heute ja nicht wieder runter«, dröhnte die Stimme des Alten plötzlich los, gefolgt von einem erneuten Klatschen. Eine Gestalt tauchte im hellen Türrahmen der Küche auf, klein, geduckt. Tom erkannte Benjamin, der sich die Wange hielt und mit gesenktem Blick an ihnen vorbeirannte. Am liebsten hätte er dem knapp Zwölfjährigen etwas zugeflüstert, irgendetwas Nettes, Ermutigendes, aber seine Lippen wollten sich einfach nicht öffnen.

Alex ging weiter, schob die Hände in die Hosentaschen seiner Jeans und zog die Schultern trotzig hoch. Auch wenn Tom ihn nur von hinten sah, wusste er genau, dass Alex' Miene kalt und ungerührt war. Er hatte häufig genug gesehen, wie Alex unter den Tiraden des Alten wirkte, als ginge ihn das alles gar nichts an. Oft hatte sich Tom gewünscht, dass er ebenso sein könnte. Aber das Brennen in seinen Wangen zeigte ihm wieder einmal, dass er seine Gefühle nicht so einfach verbergen konnte.

Vor der Tür herumzustehen half auch nichts. Also tat Tom es Alex nach, machte sich innerlich bereit und trat in die Küche.

Das gelbliche, warme Licht der Deckenlampe verbarg den abgenutzten Zustand der Schränke, ließ die schäbigen braunen Möbel fast einladend wirken. Der Alte hatte an dem großen Tisch Platz genommen, der den gesamten hinteren Teil des Raumes einnahm. Auf der völlig verkratzten Platte standen einige schmutzige Teller und eine Bierflasche.

Selbst im Sitzen wirkte der Alte groß, in Toms Augen fast grotesk riesig. Er war hager, mit schmalen Schultern und einem langen Hals, auf dem der kantige Kopf seltsam deplatziert wirkte. Sein Gesicht war eingefallen, und durch die tief liegenden Augen mit den ausgeprägten Tränensäcken wirkte er stets müde, aber das Funkeln in seinem Blick verriet, dass er ziemlich wach war und nur darauf lauerte, dass jemand in seiner Gegenwart einen Fehler machte. Die graublonden Haare hatte er über die kahle Stelle an seinem Hinterkopf gekämmt; sie wirkten nass und strähnig. Er trug ein gestreiftes Hemd, das er aus dem Hosenbund gezogen und weit aufgeknöpft hatte, sodass Tom das verschwitzte Unterhemd darunter und die hellen Haarbüschel auf seiner Brust sehen konnte.

»Ah, ihr beiden. Wird aber auch Zeit«, bellte er mit seiner erstaunlich tiefen Stimme, die nicht zu seinem dünnen Körper zu passen schien. Er streckte einen Arm aus und hielt ihnen seine Hand entgegen.

Alex trat ohne zu zögern vor, zog das Bündel Geldscheine aus der einen Hosentasche, Ausweis und Karten aus der anderen und reichte alles dem Alten. Ein kurzer Blick auf die Karten, dann legte der Alte sie auf den Tisch und blätterte rasch durch die Scheine.

»Fünfhundert? Ist das alles?«

Er starrte die beiden misstrauisch an. Der Fünfziger in Toms Schuh war nun wie glühende Kohlen. In den letzten paar Monaten hatte das hier bloß einmal funktioniert, und Tom hatte sich von dem abgezweigten Geld das Handy gekauft. An die anderen Male, als es nicht funktioniert hatte, mochte er gerade nicht denken. Seine Kehle war trocken, und er wollte schlucken, tat es aber nicht, um sich nicht zu verraten.

Der Alte stand auf und baute sich vor den beiden Jungen auf. Tom blickte hastig zu Boden, aber er wusste auch so, dass der Alte ihn um zwei Haupteslängen überragte.

»Hast du mir nichts mehr zu geben, hm?«

Fast hätte Tom seinen Turnschuh hochgerissen und dem Alten den Fünfziger überreicht. Sein Magen fühlte sich wie ein Stück Eis an. Doch er brauchte das Geld, und so schüttelte er schnell den Kopf.

»Weißt du, was dein Problem ist, Junge? Einem wie dir kann man einfach nicht trauen. Dir liegt das Lügen doch im Blut, das sieht man dir schon an. Wer weiß, wer deine

Eltern waren! Wahrscheinlich Zigeuner, die auch nie ein wahres Wort gesagt haben.«

Tom biss sich auf die Unterlippe. Seine unbekannten Eltern waren ein Lieblingsthema des Alten, und er konnte sich endlos in Vermutungen darüber ergehen, von wem er und Alex wohl abstammen mochten. Nicht, dass er Benny beneidet hätte, dessen Mutter das Sorgerecht verloren hatte, weil sie betrunken ihre Wohnung angezündet hatte. Aber zumindest wusste er, wer sie war.

»Also, Junge. Denk noch mal drüber nach.« Die Stimme des Alten war jetzt nur noch ein bedrohliches Flüstern. »Hast du sonst wirklich nichts? Wenn das nicht stimmt, holt Alex hier den Stock, und es wird dir ziemlich bald ...«

»Sorry«, fiel Alex dem Alten plötzlich gespielt munter ins Wort. »Hier ist noch einer.«

Tom konnte förmlich spüren, wie sich der bohrende Blick des Alten von ihm löste und zu Alex hinüberwanderte.

Sein Ziehbruder zog einen zerknüllten Fünfzigeuroschein aus der Tasche und hielt ihn sich vor das Gesicht. Der Alte kniff die Augen zusammen und machte keine Anstalten, das Geld zu nehmen. Während Tom die Angst in seinem Innern spürte, hielt Alex dem misstrauischen Blick stand. Schließlich nahm der Alte den Geldschein, strich ihn beinahe liebevoll glatt und legte ihn dann auf den Stapel zu dem restlichen Geld.

»Fünfhundertfünfzig«, gluckste er sichtlich zufrieden. »Gute Arbeit, Jungs. Mutter hat lecker gekocht. Esst was, ihr habt einen Teller verdient.«

Anders als Benny, schoss es Tom durch den Kopf, aber er sagte nichts, sondern nickte nur und tappte hinter Alex zum Herd. Dort standen zwei riesige Töpfe, einer mit Kartoffeln und einer mit Spinat. Die Pfanne daneben, in der noch das Fett stand, war leer; nur noch einige Reste zeugten von Spiegeleiern und Speck, die in ihr gebrutzelt hatten. Vermutlich hatte der Alte das allein gegessen.

Alex nahm sich einen Teller aus dem Schrank und reichte Tom auch einen. Sie luden sich Kartoffeln und Spinat auf, dann schnappte sich jeder eine Gabel, und sie setzten sich an den Küchentisch.

Als der Alte aufstand und die Beute des Tages einsteckte, spürte Tom Erleichterung in sich aufsteigen. Das Eis in seinem Magen schmolz und machte einem gewaltigen Hunger Platz.

Er hielt den Kopf gesenkt und aß, beobachtete aber, wie der Alte beschwingten Schrittes aus der Küche ging, den kurzen Flur durchquerte und mit seinem Schlüssel die massive Tür zu seinen Zimmern aufschloss. Es war die einzige Tür im Haus, an der es ein richtiges Schloss gab, und die beiden Räume dahinter waren für den Rest der Bewohner absolut tabu. Nur sehr selten wurde jemand dorthin gerufen, und der Grund war immer besonders unerfreulich.

Für Tom wirkten die beiden Zimmer wie der Vorhof zur Hölle und ihr Bewohner wie ein Teufel. Er erhaschte einen Blick auf die dunklen Holzschränke, dann verschwand der Alte in seinem Refugium und schloss die Tür.

»Das war ja easy«, stellte Alex kauend fest und grinste breit.

»Sei ruhig, Mann«, zischte Tom leise, den Kopf immer noch gesenkt. Obwohl jetzt die dicke Tür und der Flur zwischen ihnen lagen, befürchtete er noch immer, dass der Alte sie hören konnte.

»Schon gut«, erwiderte Alex, nun aber deutlich leiser. »Er hat's geschluckt.«

Tom nickte nur und schlang sein Essen hinunter. Er wollte einfach nur so schnell wie möglich aus der Küche verschwinden und nach oben in ihr Zimmer gehen. Nicht, dass der Alte nicht auch dort plötzlich auftauchen konnte wie ein hageres Gespenst in der Dunkelheit, aber das Erdgeschoss war sein Reich, und der erste Stock bot zumindest eine gewisse Sicherheit, die Tom hier unten niemals empfand.

»Ich bin heute mit Spülen dran«, erklärte Alex, als Tom den Teller von sich schob und aufstand. Der Ältere begann, das Geschirr vom Tisch zu räumen und es achtlos neben der Spüle zu stapeln.

»Soll ich dir helfen?«, fragte Tom ohne große Begeisterung.

»Ach was. Sieh zu, dass du ins Bett kommst.«

Da ihm der ganze blöde Tag noch in den Knochen steckte, nickte Tom nur und ging durch den Flur, öffnete die Wohnungstür so leise wie möglich und humpelte die Treppe hinauf. Teils war das unnötig – der Alte wusste ja bereits, dass sie zu Hause waren –, aber Tom wollte nicht, dass er auf seine Schritte lauschte und merkte, dass er nicht richtig auftreten konnte. Das hätte bloß zu neuen Fragen geführt, und Fragen waren nie gut.

Im ersten Stock waren alle vier Türen, die vom Flur abgingen, geschlossen, aber unter zweien davon drang noch Licht hindurch. Im Zimmer der Mädchen war es dunkel.

Vor ihrer Tür lag ein Paar kleiner, schlammbedeckter Turnschuhe auf altem Zeitungspapier. Tom musste bei dem Anblick grinsen. Offenbar hatte das schlechte Wetter Karo nicht vom Kicken abgehalten. Er hoffte, dass die Kleine schon zu Hause war und nicht noch draußen unterwegs.

Tom schlich zur letzten Tür am Ende des Flurs, schlüpfte hinein und schloss sie lautlos. Er ging im Dunkeln zu seinem Bett, fand den vertrauten Weg, auch ohne ihn sehen zu müssen, und ließ sich mit einem Seufzen auf die Matratze fallen.

Nun endlich hätte er sich sicher fühlen sollen, aber stattdessen spürte er, wie sich ihm die Kehle wieder zuschnürte. Seine Fäuste ballten sich unbewusst, als vor seinem inneren Auge die Erlebnisse des Tages in abgerissenen Bildsequenzen und verstörenden Bilderfetzen auftauchten. Er versuchte, sich zu beruhigen, tief zu atmen, aber die Erinnerungen ließen ihn keine Ruhe finden. Ihm war, als könne er noch immer die schwarzen Augen des Raben sehen, der ihn in der Stadt begleitet hatte. *Morgen,* beschloss er. *Morgen schaue ich mal, ob ich irgendetwas über meine Eltern herausfinden kann.* Was immer der Alte auch schon über sie behauptet hatte, Tom hatte ernste Zweifel daran, dass sie schlimmer als der Alte selbst sein konnten.

Als er schwere Schritte auf dem Flur hörte, rieb er sich die Augen, und dann kam Alex auch schon ins Zimmer und schaltete das Licht ein.

»Mit Schuhen auf dem Bett ... Sei froh, dass der Alte das nicht sieht.« Alex grinste und ließ sich auf sein eigenes Bett fallen, das an der gegenüberliegenden Wand stand. Das Gestell ächzte bedrohlich unter seinem Gewicht. Als die beiden Ältesten teilten sie schon seit Monaten dieses Zimmer miteinander, während die Jüngeren jeweils zu dritt waren. Es war ein Privileg – oder zumindest hatte der Alte es zu einem erklärt.

Obwohl Tom es durchaus zu schätzen wusste, dass sie nun mehr Platz hatten und auch mal für sich sein konnten, gefiel es ihm nicht, den anderen vorgezogen zu werden. Der Alte machte das gern, lobte hier, tadelte dort, verteilte Belohnungen und Schläge und sorgte dafür, dass niemand sich sicher fühlen konnte. Das führte zu Eifersucht und Misstrauen untereinander. Es war noch keine drei Monate her, dass jemand dem Alten verraten hatte, dass Alex ihn ein *Arschloch* genannt hatte, und die darauffolgende Tracht Prügel war so schlimm gewesen, dass Tom gedacht hatte, der Alte würde Alex umbringen.

Nein, außer Karo und Alex vertraute Tom niemandem im Haus.

Beide Jungs blieben schweigend liegen. Tom kramte sein Handy aus der Tasche und surfte ein wenig herum, bevor er schließlich zu zocken begann. Das Spiel war simpel und wenig fordernd, genau, was er jetzt brauchte, um sich abzulenken. Sich ganz darin zu verlieren.

Alex setzte sich seine Kopfhörer auf, und schon bald hörte Tom aus seiner Richtung nur noch das dumpfe Wummern der Bässe.

Tom war so vertieft in sein Spiel, dass er den Alten erst bemerkte, als der zur Tür hineinsah.

»So, Licht aus, jetzt.«

Beide Jungen murmelten ein »Gute Nacht«, aber die Tür schloss sich bereits wieder.

Tom schlüpfte aus seinen Klamotten und in ein verblichenes Bandshirt, das er vom Fußende seines Bettes hervorkramte, aber Alex machte keine Anstalten, sich umzuziehen. Als er Toms fragenden Blick bemerkte, setzte er die Kopfhörer ab und drehte die Musik leise.

»Ich hau gleich noch mal ab. Treff mich mit Enno.«

»Okay. Aber sei vorsichtig.«

»Klar, Mama«, erwiderte Alex kopfschüttelnd. Dann zwinkerte er ihm zu, stahl sich zur Tür, öffnete sie behutsam einen Spaltbreit und zeigte Tom lässig den erhobenen Daumen, bevor er verschwand.

In letzter Zeit ging Alex oft noch raus, nachdem alle anderen zu Bett geschickt worden waren. Tom kannte Enno und seine Freunde nur von einigen kurzen Treffen, aber er wusste, dass das ein ziemlich harter Club war. Alex verdiente sich mit ihnen gemeinsam Geld dazu, und Tom wollte gar nicht so genau wissen, womit er das tat.

Er zog seinen Knöchel unter der Bettdecke hervor und tastete an der Schwellung herum. Der Fuß sah aus, als ob ihm jemand einen Tennisball unter die Haut gesteckt hätte. Es tat weh, aber schließlich konnte er den Fuß noch bewegen, also würde es wohl so schlimm nicht sein. Hastig machte Tom das Licht aus und schlüpfte zurück unter die Bettdecke. Dann griff er wieder nach dem Handy und spielte weiter. Er wollte erst richtig müde sein, bevor er versuchte zu schlafen. Obwohl er so wenig wie möglich über diesen Tag nachdenken wollte, spürte er in sich eine Unruhe, die ihn nicht losließ und sogar dafür sorgte, dass er beim Spielen immer wieder verlor.

Es war kurz vor elf, als ihn ein leises Geräusch aus seinen Gedanken riss. Es klang wie ein Kratzen, und es kam aus der Richtung des Fensters. Überrascht legte Tom das Handy zur Seite und lauschte. Da war es wieder, kaum zu hören, als führe ein Ast über die Scheibe. Mit einem Mal fühlte sich Tom unwohl, so allein im dunklen Zimmer. Er wollte sich selbst auslachen, aber als das Geräusch erneut ertönte, zuckte er zusammen.

»Hallo?«

Seine eigene Stimme klang seltsam, leise und unsicher. Alex hätte sich sicherlich über ihn lustig gemacht, wenn er ihn gehört hätte. Mit diesem Gedanken schlug Tom die Decke zurück und stand langsam auf. *Vielleicht ist er es ja, weil er unten nicht reinkommt.* Es wäre nicht das erste Mal gewesen, dass einer von ihnen auf den baufälligen kleinen Schuppen hinterm Haus und dann durch das Fenster kletterte.

Auf nackten Fußsohlen schlich Tom zum Fenster und spähte hinaus. Der verwilderte Garten lag dunkel unter ihm. Niemand war zu sehen, und zwischen den hohen Büschen stand dichter Nebel. Sosehr sich Tom auch anstrengte, er konnte nichts und niemanden entdecken. Trotzdem, oder auch genau deswegen, spürte er ein seltsames Kribbeln zwischen den Schulterblättern, als er ins Bett zurückkroch und nach seinem Handy griff. Er wusste nicht, was er tun sollte. Die anderen oder gar den Alten zu wecken kam nicht infrage.

Ein paar Klicks, und er war im Netz. Vielleicht war ja noch jemand, den er kannte, bei Facebook oder Twitter online? *Soll ich das Fenster für Alex aufmachen? Mal rausklettern und sehen, ob er da ist?*

Es dauerte nicht lange, bis ihm Amy und Sarah rieten, einfach für den Fall, dass Alex irgendwelche Probleme hatte, selbst nachzuschauen. Obwohl die beiden nur virtuell bei ihm waren, fühlte sich Tom durch ihre Antworten gleich besser.

Entschlossen stand er auf, schlüpfte in seine Jeans und die Sneaker, nahm sein Handy und ging zum Fenster. Er warf noch einen Blick hinaus, dann öffnete er das Fenster und stieg leise auf die Fensterbank. Er hielt sich an der Kante fest und ließ sich langsam auf das Dach des Schuppens hinab. Dort hielt er kurz inne und lauschte. Noch immer war nichts zu hören. Er machte sein Handy wieder an, drehte die Helligkeit des Displays ganz hoch und hielt es wie eine Taschenlampe vor sich.

»Hallo?«, fragte er noch einmal, halb flüsternd. Er wollte auf keinen Fall den Alten auf sich aufmerksam machen, aber wenn Alex unten im Garten war, dann sollte der ihn schließlich hören. Vielleicht wollte Alex ihm auch nur einen Streich spielen, vermutlich mit Enno zusammen. *Falls ich bloß deswegen nachts hier draußen rumturne, kriegen wir echt Ärger miteinander, Alex.*

»Tom«, erklang eine leise Stimme aus der Tiefe des Gartens, irgendwo zwischen den beiden alten Bäumen. Die Stimme klang tief und hohl, ganz anders als die von Alex, und Tom lief ein Schauder über den Rücken.

»Das ist nicht witzig«, zischte er zurück. Wut flammte in ihm auf. Von denen würde er sich keine Angst einjagen lassen!

Ohne zu zögern, kletterte er vom Schuppen herunter und leuchtete mit dem Handy vor sich her, während er über das kurze Stück hohen, ungepflegten Rasens lief, das die Büsche vom Haus trennte.

Die Schmerzen in seinem Knöchel meldeten sich pochend zurück, und er fragte sich plötzlich, was er überhaupt hier draußen machte.

»Alex, komm jetzt raus!«

»Tom«, sagte die scheinbar körperlose Stimme wieder, ein dunkler Laut aus den Nebelschwaden. Tom leuchtete in die Richtung und duckte sich in die Büsche. Er sah sich suchend um, wollte die Spaßvögel finden, die vermutlich irgendwo hinter einem Strauch hockten und sich auf seine Kosten halb tot lachten.

Der Lichtschein des Handys erfasste etwas, was wie eine große, hagere Gestalt wirkte. Tom erschrak, wich einen Schritt zurück, aber dann teilte sich der Nebel auf einmal, und dort war nichts. Schon wollte Tom sich umdrehen und wieder ins Haus verschwinden, als er etwas im Licht seines Handys funkeln sah. Instinktiv ging er zwei Schritte vor und bückte sich nach dem Glitzern. Was auf den ersten Blick wie eine Euromünze ausgesehen hatte, entpuppte sich bei näherer Betrachtung als ein ganz ähnliches rundes Stück Metall von silbrig glänzender Farbe.

Tom hob es auf. Das Metallstück war überraschend schwer. Auf der einen Seite war ein Tierkopf im Profil abgebildet, der vage an einen Löwen erinnerte. Auf der anderen waren zwei tiefe, eckige Eindrücke. Verwundert starrte Tom seinen Fund an und drehte ihn zwischen den Fingern hin und her.

Dann wurde er von einem Schlag auf den Hinterkopf unsanft aus seiner Betrachtung gerissen.

»Was denkst du, was du hier machst?« Die Stimme des Alten überschlug sich fast. »Dich wegschleichen, was?«

»Nein, ich …«, wollte Tom protestieren, aber der Alte ließ ihn nicht zu Wort kommen.

»Du kleiner Bastard, dir werde ich beibringen, nachts einfach abzuhauen.«

Der Alte packte Toms Handgelenk und riss ihm das Handy aus den Fingern. Er war erstaunlich stark und schnell dafür, dass er immer so kränklich und schwach wirkte, aber das wusste Tom bereits aus leidvoller Erfahrung. Bevor er seinen Fund verbergen konnte, hatte der Alte auch seine andere Hand ergriffen und zwang ihn, die Finger zu öffnen.

»Ah, das wolltest du verstecken!«, rief er triumphierend. »Ich hab's heute doch gemerkt, dass du mir was nicht gesagt hast. Du wolltest mich bestehlen.«

»Nein, das lag da vorn, wirklich.«

»Sicher, so was liegt bei uns im Garten.« Der Alte schielte erst auf die Münze und packte Tom dann im Nacken und zog ihn unsanft zu sich heran. »Einfach so im Garten, ja?«

»Ja«, knurrte Tom. Der Griff wurde noch fester. Die langen Finger schlossen sich schmerzhaft um seinen Hals und drückten seinen Kopf herunter.

»Lüg mich nicht an, du verdammte Missgeburt.« Der Alte schob Tom vor sich her in Richtung Haus. »Ich kenne die Wahrheit.«

Tom wollte widersprechen, sich rechtfertigen, aber er ahnte, dass er damit alles nur noch schlimmer machen würde. Also schwiegen beide, bis sie die Terrassentür erreichten. Letztere stand weit auf, und der Alte schob Tom ins Haus. »Ab nach oben und ins Bett. Wehe, ich sehe Licht bei euch«, fauchte er, dann hielt er das Handy hoch. »Das hier behalte ich vorläufig, Freundchen. Und wenn ich dich noch einmal so spät im Garten erwische ...«

Er musste seine Drohung nicht vervollständigen. Tom wusste genau, was ihm dann blühte. Ohne ein weiteres Wort schlich er sich davon, die Treppe hinauf und in ihr Zimmer, und warf sich auf sein Bett. Das Fenster stand noch offen, und die Nachtluft wehte kalt herein. Doch es war die Kälte in ihm selbst, die ihn erzittern ließ.

Grossvater Atin

Die Karawane zog langsam durch die Steppe. Zu gern wäre Matani bei den jungen Reitern gewesen, die nicht nur die Spitze des Zuges bildeten, sondern die gesamte Gegend erkundeten. Sie konnten ihre Pferde schnell laufen lassen und den Wind im Haar genießen, während der Rest des Stammes behäbig wie die großen Wagen folgen musste. Aber ihr Vater hatte Matani deutlich gemacht, dass es ihre Aufgabe war, bei den hölzernen Fuhrwerken zu bleiben, deren Räder ebenso groß wie sie selbst waren.

Die Füchsin hatte es sich auf einem der Wagen bequem gemacht, sich zusammengerollt, die Schnauze unter die Rute geschoben, und schlief. Sie lag auf dem großen Ballen, in dem das Heimzelt von Matanis Familie verstaut war. Fingerdicke Schnüre hielten es zusammen, und die Zeltbahnen waren in dickes Leder eingeschlagen, das eingefettet war, um es vor Regen zu schützen. Nicht, dass es nach Regen aussah. Die Alten des Stammes hatten gesagt, dass es noch viele Tage nicht regnen würde, und meist stimmten ihre Voraussagen.

Matani ritt ein wenig schneller, um zu den vorderen Wagen aufzuschließen. Die Füchsin öffnete ein Auge und sah ihr nach, nur um dann wieder einzuschlafen. Matanis Pferd war klein, aber zäh und ausdauernd. Sie hatte die Stute Vachir genannt, *Pfeil,* denn sie war schnell für ihre Größe.

Matani erreichte den zweitvordersten Wagen und ritt näher an ihn heran. Das Gefährt rumpelte, gezogen von zwei Begrah. Die großen, gutmütigen Tiere mit den geschwungenen Hörnern sahen kurz zu ihr herüber, zeigten aber weiter kein Interesse an ihr. Am Ende der Karawane lief eine ganze Herde Begrah, die auf ihrem Rücken die kleineren Heimzelte trugen. Manche zogen auch kleinere Wagen mit den Habseligkeiten ihrer Besitzer. Matani war im Umgang mit den Tieren geübt, aber das Band zwischen ihr und der Füchsin verhinderte, dass sie ihnen jemals so nah kam wie andere ihres Stammes.

Aus dem Augenwinkel warf sie einen Blick auf die Person, die auf dem Wagen neben ihr mitfuhr. Der Mann war alt und von seinen Jahren gezeichnet. Er saß mit dem Rücken in Fahrtrichtung. Sein Haar war grau, dünn und strähnig, und selbst die langen Zöpfe konnten das nicht verbergen. Er war in eine bunt bestickte Filzdecke gehüllt, deren Troddeln im Takt mit den rumpelnden Bewegungen des Wagens schwankten. Trotz der unzähligen Falten im Gesicht blickten die hellen Augen klar auf die Welt unter dem endlosen Himmel.

»Was möchtest du wissen, Matani?« Seine Stimme war brüchig und doch von einer Stärke, die den greisen Körper Lügen strafte.

»Verzeih mir, Großvater. Ich wollte dich nicht stören.«

»Oh doch, dass wolltest du.« Er wandte ihr das Gesicht zu und lachte, wobei er seine wenigen verbliebenen Zähne entblößte. »Obwohl ihr Jungen doch wisst, dass wir Alten den ganzen Tag nur wichtige Gedanken denken und der Lauf von Mond und Sternen davon abhängt, dass wir ungestört bleiben.«

Matani ahnte nicht, was sie darauf antworten sollte, aber dann sah sie, dass er ihr zuzwinkerte.

»Wenn du erst einmal so alt bist wie ich, dann hast du Hunderte von Fahrten gemacht, bist tausendmal von Wasserloch zu Wasserloch gezogen, hast den Himmel so oft gesehen, dass du manchmal kaum noch daran denkst, dass er über dir ist.«

Matani sah zweifelnd nach oben. *Vergessen, dass es den ewigen Himmel gibt?*

Wieder lachte der Greis. »Nun frag schon, und zieh meine Worte nicht länger so deutlich in Zweifel.«

»Verzeih mir, Großvater, ich wollte nicht ...«

»Doch, doch, du wolltest. Es ist das Vorrecht der Jugend, die Rede der Alten für nichts als Gerede zu halten. Mein einziger Trost ist, dass es dir dereinst genauso ergehen wird. Nun frag schon.«

Sie zögerte trotz der mehrfachen Aufforderung, um sich ihre Frage genau zu überlegen. Atin war der Vater des Vaters ihrer Mutter, also streng genommen ihr Urgroßvater, einer der Ältesten des Stammes. Sein Wort hatte großes Gewicht, und ihr Vater traf keine Entscheidung, ohne vorher mit ihm und den anderen Ältesten gesprochen zu haben. Es hieß, dass die Ahnen mit ihm sprachen, dass er ihre Stimmen, die aus der Erde aufstiegen, im Wind hören konnte.

»Die Fremden haben nicht weit von hier ein Lager errichtet«, erzählte sie, jedes Wort mit Bedacht wählend. »Es ist groß, und sie haben Hütten aus Holz gebaut und auch einen hohen Turm aus Stein. Ein schlechter Geruch steigt von ihrem Lager auf, und sie haben Lichter unter ihren Willen gezwungen. Das Land um das Lager ist verbrannt, und ich glaube, es kommen noch mehr von ihnen.«

»Dein Vater hat mir von deinen Entdeckungen berichtet«, erwiderte Atin. Matani schwieg überrascht; sie hatte gedacht, ihr Vater hätte ihrem Bericht keine Bedeutung beigemessen.

»Es ist kein gutes Zeichen, wenn sie so weit in die Ebenen kommen«, fuhr Atin fort. »Sie bringen nichts Gutes mit sich, und sie unterwerfen sich nicht nur die Erde, sondern auch die Flüsse und alle Kreatur.«

»Aber ist es dann nicht falsch, wenn wir einfach vor ihnen davonlaufen?«, platzte Matani heraus.

Lange Zeit bekam sie keine Antwort. Atin sah über die Karawane hinweg auf einen Punkt am Horizont, den vielleicht nur er sehen konnte.

»Was sollten wir denn deiner Meinung nach tun?«, fragte er schließlich.

»Sie vertreiben«, erklärte Matani mit Inbrunst. »Uns wehren. Sie daran hindern, das Land zu stehlen und es mit ihren Lichtern und ihrem Feuer zu verderben.«

»Als sie das erste Mal kamen, vor vielen Sommern, lange bevor es unseren Stamm gab, da haben unsere Ahnen versucht, sie zu vertreiben. Unser Volk war damals viel größer und stärker und hatte eigene Lager aus Stein. Hat dir dein Vater die beiden Sehenden gezeigt?«

Matani nickte. Sie erinnerte sich an die großen, dunklen Statuen, die mitten im Gräsermeer standen, doppelt so hoch wie ein Mann auf einem Pferd. Sie standen Rücken an Rücken und waren in seltsame Kleidung gehüllt. An einigen Stellen war noch die Farbe zu erkennen, mit der der graue Stein einst bemalt gewesen war, aber jetzt waren sie fast nur noch Fels. Jeder hatte eine Hand zum Gesicht erhoben, als wolle er die Augen vor der grellen Sonne abschirmen. Einer, so hatte es ihr Vater erklärt, sah zum Meer, der andere tief ins Landesinnere. Warum ihr Volk sie dort errichtet hatte, wusste aber auch er nicht.

»So mächtig waren unsere Ahnen, dass sie solche Zeichen ihrer Stärke errichten konnten. Es nützte ihnen nichts. Die Eroberer kamen mit Waffen. Sie ließen Feuer auf die Steinhäuser regnen und gruben die Erde um. Ihre Tiere waren groß und stark.«

»Ich kenne die Geschichte, Großvater«, entgegnete Matani missmutig.

»Wie sollten wir gegen die Fremden bestehen? Wir sind nicht mehr stark. Wir sind nicht mehr viele. Die Stämme des Volkes sind in alle Richtungen des Himmels zerstreut. So, wie es sein soll, denn sind wir nicht wie der Wind? Wenn sie kommen, ziehen wir davon, und sie können uns nicht angreifen, so wenig, wie sie den Wind einfangen könnten.«

»Wir fliehen. Und weil wir das nicht zugeben wollen, sagen wir, dass wir schlau sind und deshalb dem Wind folgen«, fasste Matani zusammen. Der Blick aus den hellblauen Augen des Alten traf sie tief in ihrer Seele, aber obwohl ihre Worte bitter geklungen hatten, lächelte er.

»Du bist klug, Matani. Das liegt in der Familie. Ja, wir fliehen, aber Flucht ist das Einzige, was uns geblieben ist. Sonst nehmen sie uns mit über das große Meer in ihr Land, wie sie es mit unseren Ahnen getan haben, und wir sehen nie wieder die Sterne, unter denen wir geboren wurden. Wir können sie nicht besiegen, und wenn sie uns gefangen nehmen, sterben wir unter einem fremden Himmel, allein, fern unserer Familien, unserer Stämme, unseres Volkes.«

Darauf gab es keine Antwort. Matani senkte den Kopf und sagte nichts. Sie konnte spüren, dass Atin die Wahrheit sagte. Sie selbst hatte vor den Sehenden gestanden und wusste, dass die Stämme diesen Kampf bereits vor vielen Generationen verloren hatten. Vielleicht war es feige zu fliehen, doch sie hatte in der vergangenen Nacht gesehen, wozu die Fremden in der Lage waren. Dies war kein Kampf, den man mit Bogen und Steinschleuder gewinnen konnte.

Aber sie wusste auch, dass es dennoch nicht richtig war, aufzugeben. Die Fremden kamen und nahmen das Land, das niemandem gehören sollte, und sie nahmen die Menschen, die frei sein sollten, und machten sie zu Gefangenen. Matanis Volk verschwand tiefer in den Ebenen, wann immer das geschah, es ging mit dem Wind. *Aber irgendwann wird es kein Gräsermeer mehr geben, durch das der Wind fährt. Irgendwann wird es keine Orte mehr geben, an denen die Fremden nicht den Boden verbrennen und ihre Steinhäuser bauen.*

Atin sah sie forschend an, und Matani nickte. Sie hatte verstanden. Dann ließ sie sich wieder zurückfallen. Noch erstreckte sich vor ihnen eine schier endlose Weite, ein nicht eingelöstes Versprechen von Freiheit. Noch konnte ihr Stamm dorthin gehen, wo kein anderer war, und die Fremden und alles, was sie mit sich brachten, hinter sich lassen. Aber Matani ahnte, dass es nicht mehr lange so sein würde. Zu oft erschienen die Fremden auch an den neuen Orten, zu oft errichteten sie Lager, zu oft ritten ihre Krieger durch die Steppe, auf der Suche nach Matanis Volk.

Es war nur eine Frage der Zeit, bis sie sie einholen würden.

UNTER FREIEM HIMMEL

»Und du denkst echt, dass jetzt schon zweimal ein Rabe mit dir gesprochen hat?«

Tom wusste auf die Frage erst einmal nichts zu sagen. Er saß im Zimmer der Mädchen unten auf einem der Doppelstockbetten, die Beine unter sich angezogen, und zuckte mit den Schultern. Karo lag ihm gegenüber auf ihrem Bett und starrte ihn mit großen Augen an. Als die Stille ihm unangenehm wurde, murmelte er: »Keine Ahnung.«

Das war eigentlich keine Antwort, aber die einzige, die er hatte. Er wusste, dass es verrückt klang, wenn man von sprechenden Raben erzählte. Andererseits hatten ihm einige seiner Freunde fraglos geglaubt und ihm Mut gemacht, mehr über das sprechende Vieh herauszufinden.

Karo setzte sich auf. Sie war nicht groß für ihre zwölf Jahre, und ihre oft ernste Miene ließ sie meist auch noch älter wirken. Sie hatte ihr dunkelblondes Haar mal wieder kürzer schneiden lassen und trug es zu einem kleinen

Pferdeschwanz nach hinten gebunden. Sie stützte das Kinn in die Hand und schien zu grübeln.

»Vielleicht ist es wie bei einem Papagei. Die können doch auch alles nachplappern, was man ihnen beibringt, oder?«

»Vielleicht«, erwiderte Tom unsicher. »Aber wer würde denn einem Raben beibringen, meinen Namen zu sagen?«

Jetzt, einige Tage später, erschien ihm die Geschichte immer unwirklicher. Er hatte sich im Netz über Raben schlaugemacht, hatte von Freunden online Hinweise auf die klugen Vögel in alten Mythen erhalten und wusste inzwischen, dass es für sie durchaus typisch war, Nüsse auf eine clevere Art und Weise zu knacken. Irgendwie klang es plausibel, dass es, wenn es in Europa überhaupt so etwas wie sprechende Vögel gab, Raben sein mussten. Andererseits waren es immer noch Vögel. Und nicht einmal Schimpansen konnten sprechen, dabei waren das laut Biounterricht die klügsten Viecher überhaupt. *Vielleicht habe ich mir wirklich nur eingebildet, dass der Rabe mit mir gesprochen hat.*

Karo stand auf und zog einen abgewetzten Rucksack unter ihrem Bett hervor, den sie mit beiden Händen vom Staub befreite. In ihrem weiten T-Shirt wirkte sie noch schmaler als gewöhnlich, aber Tom wusste, dass der zerbrechliche Eindruck täuschte. Wenn sie gemeinsam kickten, war sie ein wieselflinker Gegner, obwohl Tom deutlich größer und stärker war. Und er hatte einmal eine Prügelei zwischen ihr und einem älteren Jungen auf dem Schulhof beendet, bei der ihr Gegner gar nicht gut ausgesehen hatte.

Während Karo begann, den Rucksack mit Kleidung aus dem klapprigen Gemeinschaftsschrank der Mädchen zu füllen, rieb Tom über seine Hosentasche, in der er das in Küchenpapier eingeschlagene Stück Brot spürte, das er seit gestern mit sich herumtrug. Er war sich nicht sicher, ob es wirklich eine gute Idee war, Futter für den Raben einzustecken, aber sein Kumpel Marco hatte ihm dazu geraten, und zumindest die unheimliche Nacht im Garten hatte Tom sich nicht eingebildet, so viel stand fest. Sein Handy hatte er inzwischen wiederbekommen, nur die Münze hatte der Alte behalten.

Seitdem war jedoch alles in den gewohnten Bahnen verlaufen. Er war ein paarmal in die Schule gegangen, hatte ansonsten für den Alten gearbeitet und mit Alex abgehangen, der seit der Nacht, in der er mit Enno unterwegs gewesen war, beunruhigend viel Kohle mit sich herumtrug und sich ziemlich spendabel gezeigt hatte.

Es juckte Tom noch immer in den Fingern, sich in einem unbeobachteten Moment in die Zimmer des Alten zu schleichen, um die Münze zu suchen, die er gefunden hatte, schon allein, um sich davon zu überzeugen, dass es sie wirklich gab, aber bislang hatte er sich nicht dazu aufraffen können. Er hatte eine ungefähre Vorstellung davon, was mit ihm passieren würde, wenn er erwischt wurde, und das war ziemlich abschreckend.

»Vielleicht gibt's ja Raben am See?«

Karos Frage riss Tom aus seinen Gedanken, und er lächelte.

»Kann gut sein.«

»Soll es eigentlich warm werden?«

Tom nickte. Der Wetterbericht auf iGoogle zeigte dreimal hintereinander strahlenden Sonnenschein. Da der Ausflug vom Jugendamt organisiert worden war, hatte der Alte nichts dagegen sagen können, auch wenn ihm das Missfallen ins Gesicht geschrieben stand, wann immer es darum ging. Eigentlich war es sein Plan gewesen, die Feiertagslaune der meist ziemlich unbedarften Berlintouristen auszunutzen und die Jungs den Ku'Damm und die Oranienburger Straße abgrasen zu lassen, aber daraus würde nun nichts werden, da der entscheidende Teil der Kids nicht zu Hause sein würde.

Es war kein richtiger Urlaub, nur eine Fahrt an einen See in der Uckermark, Zelten auf einem Campingplatz, aber für Karo war es das erste Mal, dass sie von hier wegkam, seit der Alte sie aus dem Heim geholt hatte, und ihre Freude wirkte ansteckend. Nicht, dass Tom der Gedanke, ein paar Tage lang alles hinter sich zu lassen, nicht auch gefallen hätte. Es war gut und nach dem Stress eine willkommene Abwechslung.

Während Karo weiterpackte, hing Tom seinen Gedanken nach. Seine Tasche war bereits fertig, und er blieb im Mädchenzimmer, um dem Alten nicht zu begegnen. Bei dessen derzeitiger Laune war es besser, ihm aus dem Weg zu gehen.

Im Geist bastelte Tom an einem Plan, wie er in die Zimmer des Alten schleichen konnte, um nach der Münze zu suchen. Er musste sie gar nicht unbedingt klauen; vielleicht reichte es schon, ein Foto zu machen, damit er mehr über sie herausfinden konnte. Wer auch immer die Gestalt im Garten gewesen war, sie oder einer dieser Raben hatte seinen Namen gerufen, dessen war Tom sich sicher, auch wenn er außer Karo noch niemandem davon erzählt hatte. Sein Freund Gregor hatte vorgeschlagen, eine Ablenkung zu inszenieren, um den Alten aus seinem Bau zu locken, und Tom fand die Idee gut, hatte aber auch das Gefühl, dass er noch an den Details feilen musste.

Als es vor dem Haus hupte, schreckte Tom vom Bett auf und stieß sich den Kopf am Lattenrost über ihm. »Verdammter Mist«, fluchte er und rieb sich die schmerzende Stelle.

Karo sah sich panisch um. »Ich bin noch nicht fertig. Ich brauche noch … Mist!«

»Keine Hektik«, versuchte Tom sie zu beruhigen. »Wir fahren schon nicht ohne dich.«

Ohne auf ihr Seufzen einzugehen, stand er auf. Hinter sich hörte er, wie sie Schubladen aufriss und Schranktüren zuschlug, aber er war schon durch die Tür. Im Flur stand Alex, seinen Seesack auf der einen Schulter, Benjamins Sporttasche in der anderen Hand. Er grinste von einem Ohr zum anderen.

»Du hast ja gute Laune. Doch noch Lust bekommen?«

Alex war ziemlich genervt gewesen, als er von dem Ausflug erfahren hatte, weil er eigentlich Pläne mit Enno gemacht hatte.

»Hauptsache weg«, fasste der Ältere zusammen, was sie wahrscheinlich alle dachten. »Wir treffen uns unten.«

Tom nickte und lief in ihr Zimmer, zog sich seine Kapuzenjacke über und nahm seine eigene Tasche. Er sah sich noch einmal um, ob er auch nichts Wichtiges vergessen hatte, und stellte dabei fest, dass er nichts hier vermissen würde. *Ich hab alles dabei, was ich brauche. Alex und Karo, mein Handy, meine Musik. Klingt doch richtig gut.*

»Sag Bescheid, dass ich gleich da bin«, rief ihm Karo hinterher, als er die Treppe hinunterpolterte. Unten im Hausflur schien das grelle Sonnenlicht durch die geöffnete Haustür, und Tom wollte schon hinausrennen, als die Wohnungstür aufging und der Alte aus den Schatten trat. Eine kalte Hand packte Tom an der Schulter und hielt ihn fest.

»Keine Dummheiten«, zischte sein Pflegevater ihm ins Ohr. »Du bist der Cleverste von euch, und du wirst dafür sorgen, dass keiner von euch irgendwelchen Blödsinn macht oder irgendwelchen Blödsinn erzählt, klar?«

Tom nickte stumm, und der schmerzhafte Griff löste sich. Er stand einige Sekunden unsicher zwischen dem Licht des Tages und dem Schatten des Hauses, dann schob der Alte ihn vor sich her hinaus.

»Hallo, Frau Andresco-Müller!« Mit einem Mal klang die Stimme des Alten nicht nur freundlich, sondern geradezu warm. »Schön, dass Sie da sind.«

Die Angesprochene stand neben einem blauen Minibus und hob lächelnd die Hand zur Begrüßung. Sie trug eine dunkle Jeans und eine helle Bluse. Ihr blondes Haar hatte sie zu einem glatten Pferdeschwanz zusammengefasst.

»Guten Tag, Herr Schadowitz. Hallo, Tom.« Sie deutete auf die offene Heckklappe: »Pack deine Sachen einfach hinten rein, okay?«

Tom winkte ihr zu, ohne sie anzusehen, und kam ihrer Aufforderung nach, während sie sich mit dem Alten unterhielt. Über die Schulter rief er: »Karo kommt sofort«, dann kletterte er in den Wagen.

Er konnte nicht viel von der Unterhaltung verstehen, aber die Fähigkeit des Alten, sich zu verstellen, wenn offizieller Besuch da war, grenzte ans Unheimliche.

Alex hatte es sich mit Benjamin auf der Rückbank bequem gemacht, und Tom setzte sich in die Reihe vor ihnen.

Es dauerte nicht lange, bis auch Karoline hektisch und mit einem Rucksack, aus dem noch der Ärmel eines Pullovers hing, aus der Tür gestürzt kam. Sie hielt inne, als sie den Alten sah, und ihr Überschwang schwand schlagartig. Sie senkte den Kopf und zog die Schultern fast bis zu den Ohren hoch, als sie an den beiden Erwachsenen vorbeiging. *Das muss man doch sehen,* dachte Tom, aber Frau Andresco-Müller lachte nur und strich Karo übers Haar – was diese hasste. Der Alte lächelte beinahe warmherzig, während er sich verabschiedete. Er ging die Stufen zur Haustür hinauf. Die Jugendamtsmitarbeiterin half Karo, ihren Rucksack in den Wagen zu hieven. Aber Tom hatte nur Augen für seinen Pflegevater, der ihm einen letzten finsteren Blick zuwarf, ehe er die Tür schloss. Dann war der Moment vorbei, Karo stieg zu Tom, und Frau Andresco-Müller setzte sich hinter das Steuer. Der Minibus fuhr los, und das Haus verschwand aus der Sicht. Die Sonne schien heller, und der Tag war freundlicher, als er es noch vor einem Herzschlag gewesen war.

»Freut ihr vier euch denn?«, erkundigte sich die Fahrerin. Tom kannte die Mitarbeiterin des Jugendamtes von gelegentlichen früheren Besuchen. Sie war immer freundlich und nett, was man nicht gerade von allen Leuten dort sagen konnte. Der Ausflug war ihre Idee gewesen, und sie hatte ihn gegen die vorsichtigen Proteste des Alten durchgesetzt.

»Klar«, erwiderte Alex für sie alle. »Mal rauskommen und so.«

Tom warf ihm einen warnenden Blick zu, aber der Ältere brauchte keine Erinnerung daran, was passieren würde, wenn sie zu viel erzählten.

»Gut. Ein, zwei Stunden Fahrt, und wir sind da. Es wird euch gefallen: Es ist ein richtiges Zeltlager, und ihr seid natürlich nicht die einzigen Gäste. Der See ist toll, aber ich weiß nicht, ob es schon warm genug zum Baden ist.«

»Testen wir aus«, murmelte Tom.

Die weitere Fahrt verlief ruhig. Keiner redete viel, auch wenn Frau Andresco-Müller immer mal wieder versuchte, ein Gespräch zu beginnen, und die meist einsilbigen Antworten darauf ließen auch sie irgendwann verstummen.

Es war schon Nachmittag, als sie ihr Ziel erreichten. Das letzte Stück fuhren sie über einen holprigen Waldweg, im Schatten großer Laubbäume. Dann öffnete sich der Wald vor ihnen, und auf dem blauen Wasser eines Sees funkelte die Sonne. Am Rande des Sees befand sich eine freie Fläche, auf der zwei größere dunkle Holzhütten standen, die von einer ganzen Reihe von bunten Zelten umgeben waren.

»Das da ist das Haupthaus, da gibt es eine Küche und einen Essensraum«, erklärte Frau Andresco-Müller, während sie sich der Anlage langsam näherten. »Und das da sind die Sanitäranlagen. Duschen und Toiletten. Keine Sorge, es gibt fließendes und auch warmes Wasser.«

Sie lachte, als sie in den Rückspiegel sah und die erstaunten Gesichter hinter sich bemerkte. »So schlimm?«

»Nein«, entgegnete Karo leise. »Is doch super.«

Der Minibus hielt direkt neben dem Hauptgebäude, und alle sprangen hinaus. Der größte Teil des Geländes war Wiese, aber um die beiden Hütten herum lag Schotter, der unter Toms Sneakern knirschte. Sie luden ihr Gepäck aus, und ein stämmiger, gebräunter Mann gesellte sich zu ihnen, der ihnen nacheinander die Hand gab und sich als »Bernd« vorstellte.

Bernd hatte hier offensichtlich das Kommando. »Ihr müsst beim Kochen mithelfen, spülen, putzen«, brummte er mit einem Augenzwinkern. »Wir haben einen Plan für alles, da trage ich euch nachher ein. Jetzt zeige ich euch erst mal, wo ihr schlafen werdet.«

Selbst Alex verkniff sich einen Spruch und nickte nur. Als sich Frau Andresco-Müller verabschiedete und zum Wagen ging, lief Tom ihr hinterher.

»Entschuldigung, kann ich Sie noch etwas fragen?«

Sie blieb stehen und schaute ihn mit hochgezogenen Brauen an, während sie mit ihrer Sonnenbrille spielte. Vermutlich hatte sie es eilig, nach Hause und in die Ferien zu kommen.

»Sicher, Tom, was gibt es?«

»Ich … also, wenn ich wissen wollte, wer meine Eltern sind … wie, ich meine, wen …«

Er verhaspelte sich und verstummte, spürte die vertraute Hitze in seinem Gesicht und ahnte, dass er rot wurde.

Die Jugendamtsmitarbeiterin legte die Stirn in Falten und schüttelte leicht den Kopf.

»Ich glaube, du bist noch zu jung, um eine Abstammungsurkunde zu beantragen. Und ich bin da leider auch nicht zuständig«, erklärte sie, und Tom glaubte ihr nicht nur, sondern spürte auch, dass sie es aufrichtig bedauerte, ihm nicht helfen zu können.

»Verstehe«, wollte er sagen, aber der plötzliche Kloß in seinem Hals ließ daraus ein Flüstern werden. »Trotzdem danke«, murmelte er mit gesenktem Blick, während er sich abwandte.

War doch irgendwie klar, oder?

»Tom, warte.« Er drehte sich wieder zu ihr herum. Ihre Miene war ernst. »Ich bin zwar nicht die richtige Ansprechpartnerin, aber wir kennen uns ja alle untereinander. Ich kann mal sehen, ob ich was für dich tun kann.«

»Danke! Vielen Dank!«

»Keine Versprechungen«, erwiderte sie hastig. »Ich weiß ja nicht, wie bei dir die Aktenlage ist – vielleicht hat das Jugendamt gar nicht viel über deine Eltern. Aber ich schau mal, ob und was ich herausfinden kann.«

»Wär echt cool«, sagte Tom und nickte vorsichtig. Sie schob sich die Sonnenbrille ins Haar, stieg in den Wagen, winkte noch einmal und fuhr dann weg.

Tom sah dem Minibus nach, bis er zwischen den Bäumen verschwand, dann blickte er sich um. Der See funkelte friedlich im Sonnenlicht, der blaue Himmel war makellos, und für einen Moment schien ein ganz besonderer Zauber in der Luft zu liegen.

Den Alex mit seinem Ruf »Komm schon, du Schnarchnase« zerstörte.

Nach dem Abendessen, das aus Spaghetti mit Soße bestanden hatte, gingen die vier an das Ufer des Sees. Es war kurz vor Sonnenuntergang. Die anderen Jugendlichen im

Lager hielten sich von ihnen fern, und Tom ahnte, woran das lag: Sie hatten nicht gerade den besten Ruf. Vermutlich hatten die Eltern den anderen nachdrückliche Warnungen mit auf den Weg gegeben, was die hygienischen Vorstellungen und die notorischen Langfinger der Pflegekids anging. Er kannte das aus seiner Schule.

Karo und Benny ließen Steine über die flache Oberfläche springen und stritten sich mit Hingabe darüber, wessen Stein öfter aufgetitscht war.

»Eine Woche hier im Nichts«, murmelte Alex, der sich mit Tom im Gras niedergelassen hatte. »Das wird ganz schön langweilig werden.«

»Ich weiß nicht«, antwortete Tom. Er lehnte sich zurück, schloss die Augen und genoss die Wärme der letzten Sonnenstrahlen auf seinem Gesicht. »Ist vielleicht mal ganz nett.«

Alex brummte unentschlossen.

»Da hinten sind wir an 'nem Dorf vorbeigekommen. Wollen wir nachher mal schauen, was da geht?«

»Wann nachher?«

Tom öffnete ein Auge und blickte zu Alex hinüber, der mit den Schultern zuckte.

»Na, wenn die Kleinen pennen.«

»Alter, mach dich mal locker. Wir haben hier nix zu tun, keinen Stress, alles ist easy.«

»Ich gehe auf jeden Fall.« Alex' Stimme war dunkel geworden. »Kommst du mit?«

Tom schwieg einige Momente lang und sah den beiden Jüngeren zu, die einen Stein nach dem anderen warfen und dabei eher harmlose Beleidigungen austauschten.

»Ich bleib hier«, entschied er. »Karo ist zum ersten Mal von zu Hause weg. Ich will nicht, dass sie Angst bekommt.«

»Angst? Karo?« Alex lachte leise. »In einer Woche hat die halbe Bande hier Angst vor ihr.«

Er sah das Ufer entlang zu der Stelle, wo der Wald bis an den See reichte. Eine Gruppe älterer Jugendlicher stand dort zusammen. Einige rauchten, und Tom sah, dass sie Alex' Blick bemerkten.

»Wenn du so'n Langweiler bist, checke ich mal, was die da so machen.«

Ohne auf Toms Protest zu hören, stand Alex auf und schlenderte den See entlang. Tom kannte den Gang; Alex bewegte sich, wie er es in ihrem Kiez tun würde, selbstsicher, locker, wie jemand, der es draufhatte eben. Die Gruppe sah nun geschlossen zu ihm hinüber, aber Alex schien die Aufmerksamkeit nichts auszumachen. Er gesellte sich zu ihnen, und sofort bildete sich in ihrem Kreis eine Lücke, die ihn aufnahm. Er sagte etwas, alle lachten, dann reichte ihm jemand eine Zigarette.

Offenbar war das der Teil der Zeltenden, die Muttis Warnungen nicht allzu ernst nahmen.

»Tom, das Wasser ist voll kalt!«, rief Karo, die ihre Hose bis zu den Knien hochgekrempelt hatte und im See stand. Das Wasser spielte um ihre dünnen Beine, und sie winkte ihm mit einem breiten Lächeln zu. »Komm her.«

Er stand auf, klopfte sich das Gras von der Cargohose und setzte sich seufzend in Bewegung.

Es war spät am Abend, als sich Alex still davonmachte. Er hatte nicht viel von seinen neuen Bekannten erzählt, wohl aber durchblicken lassen, dass er nun doch nicht allein unterwegs sein würde. Benny schlief schon, in seinen Schlafsack eingewickelt und von dem aufregenden Tag erschöpft. Karo war in einem anderen Zelt mit einigen Mädchen untergebracht worden, während Tom und Alex in einem runden Zelt gemeinsam mit drei anderen schlafen sollten. Im Dunkeln sah Tom, wie sich Alex' Schatten zwischen den Schlafenden bewegte, dann hörte er den Reißverschluss, und dann war da nur noch das leise Atmen der anderen.

Tom seufzte, als ihn unvermittelt eine gewisse Unruhe ergriff. Alex würde irgendwelche Abenteuer erleben, während er selbst brav auf seiner Matte liegen blieb – wie alle Kinder hier. Obwohl er eigentlich keine Lust auf Ausflüge hatte, traf ihn dieser Gedanke irgendwie. *Ist doch bestimmt ganz lustig da draußen. Und ohne mich macht Alex sowieso bloß irgendeinen Scheiß.*

Schnell wand er sich aus dem Schlafsack, schlüpfte in seine Hose und die Sneaker, nahm noch einen Kapuzenpulli mit und schlich zum Zelteingang. Er streckte den Kopf hinaus, hielt kurz inne und lauschte, ob jemand auf sein Verschwinden aufmerksam wurde, aber als er nichts Auffälliges hörte, schlüpfte er hinaus. Alex hatte natürlich den Reißverschluss nicht wieder geschlossen, aber Tom holte das nach, bevor er geduckt zwischen den Zelten entlanglief, möglichst außer Sicht der Haupthütte, in der die Betreuer schliefen. An der Sanitärhütte brannte eine einsame Lampe, doch Tom brauchte sie nicht, denn der Mond am sternenklaren Himmel spendete genügend Licht.

Als er den Waldrand erreichte, sah er sich wieder um. Alex hatte gesagt, dass sie ins Dorf wollten, also mussten sie den Weg nehmen, der durch den Wald führte. Wenn er sich beeilte und ein Stück quer durch den Wald abkürzte, konnte er sie vielleicht noch einholen. Also rannte er los, musste aber nach wenigen Metern sein Tempo drosseln. Der Wald sah nicht besonders dicht aus, doch das Unterholz war in der Dunkelheit ein weitaus schwerer zu überwindendes Hindernis, als er gedacht hatte. Zudem sorgten die hohen Bäume dafür, dass es im Wald richtig dunkel war, und schon bald tastete sich Tom eher von einem Stamm zum nächsten, als dass er lief. *In Filmen geht das immer so einfach, nachts im Wald herumzulaufen. Verdammter Mist! In welcher Richtung lag noch mal der blöde Weg?*

Sein Plan, die anderen einzuholen, wurde von den Schatten des Waldes verschlungen. Tom stolperte mit seinem verstauchten Fuß über eine Wurzel und prallte schmerzhaft gegen einen Baum, wollte sich festhalten, rutschte aber ab und fiel auf den Boden. Ein Stein bohrte sich in seine Seite und ließ ihn fluchen.

»Scheiß Wald! So ein Dreck!«

Als er sich wieder aufrappelte, wurde ihm klar, dass es keinen Sinn hatte, weiterzugehen. In dem Tempo würde er niemanden einholen und sich höchstens das Genick brechen. Zudem kam mittlerweile Nebel auf, der es noch schwieriger machen würde, den Weg zu finden. Also kehrte er um und ging vorsichtig zurück in Richtung der Lampe, die er zwischen den Bäumen noch erkennen konnte.

Er hatte erst einige Schritte getan, als das Licht plötzlich flackerte und erlosch, vom Nebel verschluckt, der immer dichter und dichter wurde. Schwaden wallten um Tom herum, und mit einem Mal spürte er, wie sich die Härchen in seinem Nacken aufstellten. Ein seltsames Gefühl überkam ihn. Er konnte etwas um sich herum spüren, als ob tief in seinem Inneren ein Sinn auf einen neuen Reiz reagieren würde. Das Gefühl war so stark, dass Tom innehielt und durchatmen musste. Eine Schwäche durchzog seinen ganzen Körper, von den Zehen bis zu seinem Skalp. Dann verging sie, ließ aber ein Kribbeln zurück, als ob Tausende Ameisen unter seiner Haut und in seinem Leib wären.

Und dann hörte er die Stimme. Nein, er spürte sie vor allem und hörte sie doch.

»Tom!«

Die Jägerin

Die Knochen taten ihr weh, und ihre Muskeln protestierten, als sich Matani ans Feuer setzte. Sie hatten den halben Tag damit verbracht, das neue Lager aufzubauen. Die Stangen der Zelte mussten fest im Boden verankert werden und die Stoffbahnen so darübergespannt, dass der Wind nicht darunter fahren konnte. Erst nachdem alle Zelte standen und der Stamm seine Habseligkeiten verstaut hatte, hatten sich alle wieder an ihre tägliche Arbeit gemacht.

Einige Hirten waren in die Steppe geritten, um die Tiere zusammenzutreiben. Andere kochten oder gerbten Felle, und jeder sorgte auf seine Weise für das Überleben des Stammes. Kaum einer beachtete Matani, und das war gut. Sie hatte hart gearbeitet und brauchte eine kurze Pause, bevor sie sich auf den Weg machte. Während die anderen ruhten, würde sie tun, was sie am besten konnte: jagen.

Die Füchsin schlief noch. Aber sobald die Sonne untergegangen war, würde sie aufwachen, und dann mussten sie aufbrechen. Doch bis dahin war noch ein wenig Zeit, die Matani nutzen wollte. Sie streckte die Glieder, gähnte herzhaft und schloss die Augen. Das geschäftige Treiben des Lagers trat in den Hintergrund, als sie ihren Geist zur Ruhe zwang. Sie löste ihn von allen Gedanken, Sorgen und Nöten, bis sie nichts mehr war als ihr innerstes Sein. Sie konnte spüren, wie die Macht der Erde in ihr aufstieg, als sie sich ihr öffnete. Die Schmerzen und die Erschöpfung verschwanden aus ihrem Körper, und die Müdigkeit verließ ihren Geist. Das Feuer wärmte sie noch, aber die wahre Wärme kam nun von innen. Sie würde sie hüten und in sich tragen, bis sie ihrer bedurfte.

Als Matani die Augen wieder öffnete, war es dunkel und sie nicht mehr die Einzige am Feuer. Die anderen hatten respektvoll Abstand gehalten, um sie in ihrer Zwiesprache mit der Erde nicht zu stören. Hatten ihre Sinne bis eben nichts wahrgenommen, waren sie nun geschärft. Matani hörte das Atmen der anderen, roch ihren Schweiß, ihre Anstrengung, vermengt mit dem Duft des Essens, fühlte die leichte Brise auf ihrer Haut. Sie wusste, dass sie nun gehen musste, denn für eine Jägerin war das Lager mehr eine Ablenkung und manchmal sogar eine Qual. Jäger brauchten keine andere Gesellschaft als ihren Begleiter.

Ohne ein Wort des Abschieds packte sie den kurzen Speer, den Bogen und den Köcher mit den Pfeilen und lief zwischen den Zelten hindurch in die Dunkelheit. Sofort spürte sie, dass die Füchsin bei ihr war, jetzt hellwach und bereit. Sie verließen den Lichtkreis der Feuer und verschwanden in den Schatten, leise, dunkel, von ihnen aufgenommen wie gute Freundinnen.

Matanis Augen gewöhnten sich sofort an das Dämmerlicht. Der Himmel spendete für ihre geschärften Sinne mehr als genug Helligkeit. Und selbst ohne die Sterne und den Mond wäre es für sie einfach gewesen, sich zu orientieren. Sie konnte das Leben riechen, das sie umgab, hörte das Rascheln der kleinen Mäuse im Gras, spürte den Flügelschlag der Eule auf ihrer Haut.

Das Lager war an dieser Stelle errichtet worden, weil das Gras hier weniger hoch war. Für die Herden des Stammes war das besser, auch wenn die Steppe so weniger Schutz bot. Niedrigeres Gras bedeutete aber nicht, dass die Jagd einfacher werden würde.

Als sie so weit vom Lager entfernt waren, dass man nur noch einen schwachen Lichtschein sehen konnte, verlangsamte Matani ihren Lauf und hockte sich hin. Sie schloss die Augen, die ihr nicht helfen, sondern sie nur täuschen würden, und konzentrierte sich auf ihre Umgebung.

Der Wind war schwach und flüsterte leise, als er durch das Gras glitt. Er berichtete von fernen Gestaden, aber Matani hörte nicht auf seinen lockenden Ruf. Die Füchsin schnaufte leise; sie hatte eine Fährte gewittert. Lautlos schlich sie davon, noch mehr Schatten als Matani selbst. Die junge Jägerin atmete tief durch und spannte die Sehne ihres Bogens. Sie steckte den Speer vor sich in den Boden und legte den ersten Pfeil an die Sehne.

Zwei Dutzend Schritt vor ihr bellte die Füchsin aufgeregt und voller Jagdlust. Sie hatte ein Tier aufgeschreckt, einen Hasen. Das Gras raschelte, und Matani konnte die Geräusche einer wilden Flucht hören. Sie näherten sich schnell. Die Spitzen des Grases direkt vor ihr erzitterten, die Beute bemerkte sie, schlug einen Haken, um ihr zu entgehen. Für den Bruchteil eines Herzschlags lief der Hase quer zu Matani. Mit einer einzigen fließenden Bewegung zog sie die Sehne zurück und schickte den Pfeil auf die Reise.

Matani öffnete die Augen. Um sie herum war es still. Die Füchsin kam zu ihr, rieb ihren Kopf an Matanis Bein und sah sie auffordernd an.

»Gut gemacht«, flüsterte die junge Jägerin und kraulte sie hinter den Ohren. Sie nahm ihren Speer auf und ging die wenigen Schritte bis zu der Stelle, an der ihre Beute vom Pfeil erlegt lag. Es war ein guter Schuss gewesen, ein schneller und sauberer Tod, wie ihn die Jägerin ihrer Beute schuldete.

Schnell kniete sich Matani neben den toten Hasen und zog den Pfeil mit einem Ruck aus seinem Leib.

»Ich danke dir für dein Fleisch, deine Sehnen, deine Knochen, für alles, was du uns geben wirst«, sprach sie die rituellen Worte. Es war mehr als ein Reflex. Von klein auf hatte man ihr beigebracht, diese Worte zu sprechen, wenn sie ein Leben nahm, aber sie waren nicht einfach nur auswendig gelernt. Sie kamen von Herzen, und sie trugen den Respekt und die Demut, die eine Jägerin in diesem beinahe heiligen Moment empfinden sollte. Es war nicht einfach, den Tod über ein anderes Leben zu bringen, und Matani wusste, dass es auch niemals einfach sein durfte. Ihr Volk ehrte die Geister der Steppe, die Seele jedes noch so kleinen Tieres, und es war eine Ehre für Matani, dass ihr dieser Hase als Beute geschenkt worden war.

Sie griff in den ledernen Beutel an ihrem Gürtel und zog ein Stück getrocknetes Begrah-Fleisch hervor. Obwohl die

Füchsin eine exzellente Jägerin war, zog sie das getrocknete Fleisch dem frisch erlegten vor. Matani hielt ihr die Leckerei hin, und sie fraß gierig.

»Wir sind eine gute Jagdgemeinschaft«, stellte Matani zufrieden fest. »Zu zweit besser und schneller als manch andere mit vielen mehr.«

Die Füchsin sah sie an. Matani kannte ihre Antwort bereits: *Natürlich sind wir das.* Beinahe hätte sie gelacht, aber noch war der Moment der Jagd nicht vorbei, also biss sie sich auf die Lippe und streichelte nur das glatte Fell der Füchsin.

»Wir sollten weiter«, sagte sie schließlich. Die Nacht war noch jung, und in der Steppe gab es noch genug Beute. Jeder der fünf Pfeile, die sie mitgenommen hatte, sollte ein Ziel treffen, bevor die Sonne wieder aufging. Denn auch wenn Matani und die Füchsin gute Jäger waren, so mussten sie dies doch unter Beweis stellen, bevor sie zurückkehren konnten.

Matani blickte zurück in Richtung des Lagers. Die anderen würden jetzt noch am Feuer sitzen, essen und Geschichten erzählen, lachen und sich darüber streiten, wer der beste Reiter war. Wenn sie in der Morgendämmerung zurückkehrte, würden die Ersten sich von ihren Lagern erheben und ihren Tag beginnen, während Matani sich zum Schlafen hinlegte. Anders als die Hirten und die Sammler gingen die Jäger meist allein ihrer Aufgabe nach.

Trotzdem hatte Matani sich in der Steppe noch nie einsam gefühlt. Sie konnte spüren, dass das Gras um sie herum und all seine Bewohner lebendig waren. Sie hörte die Rufe der Nachtvögel und das Rascheln von Mäusen, Ochtongo und Begrah im Gras. Sie wusste, dass sie sich das Jagdrevier mit den großen Katzen und anderen Raubtieren teilte. Hier draußen fühlte sie sich sicher.

Das auffordernde Bellen der Füchsin riss sie aus ihren Gedanken. Gemeinsam zogen sie weiter, Mädchen und Füchsin, um ihren Stamm zu versorgen.

Haus der Gräber

Erschrocken wirbelte Tom herum. Im Nebel zwischen den Bäumen glaubte er eine Gestalt zu sehen, war sich dessen aber nicht sicher. Bis die Stimme wieder sprach:

»Tom!«

»Hallo? Wer ... Wer bist du?«, brachte Tom gerade so heraus. Sein Herz raste, und er spürte, wie ihm der Schweiß auf die Stirn trat. Er war allein in diesem Wald, die nächsten Menschen, die ihm helfen könnten, waren vermutlich weit weg, und mit einem Mal wurde ihm ganz mulmig zumute.

»Ich habe dir unsere Münze gegeben, Tom. Du brauchst noch die eure.«

Verwirrt starrte Tom in die Dunkelheit. Er kniff die Augen zusammen, um besser sehen zu können, aber es half nichts. Die Stimme kam ihm seltsam vor, jetzt, da er mehr als einen Satz gehört hatte. Sie klang tief und dunkel und so, als würde jemand in einer großen Halle sprechen, gefolgt von einer Art Echo.

Tom hatte das eigenartige Gefühl, sie streng genommen überhaupt nicht zu hören. Es war, als würde er die Worte verstehen, ohne dass seine Ohren sie überhaupt registrierten. Der Gedanke machte ihn schwindlig. *Ich höre Stimmen in meinem Kopf.* Aber der Sprecher war ja hier, direkt vor ihm, auch wenn Tom ihn kaum sehen konnte. Er atmete tief ein, um sich zu beruhigen. *Du schaffst das schon,* versuchte er sich selbst zu überzeugen. »Du hast mir eine Münze gegeben? Das Silberding in unserem Garten?« Innerlich verfluchte Tom sich für seine Wortwahl. Schließlich wollte er den Fremden nicht beleidigen, indem er dessen Geschenk herabwürdigte. Also redete er hastig weiter: »Wofür brauche ich die Münze?«

»Du musst bezahlen, Tom. Du musst bezahlen.«

Ein kalter Schauer lief Tom über den Rücken. Im ersten Moment klangen die Worte wie eine Drohung, aber dann wusste er instinktiv, dass es keine sein sollte. Etwas schwang in der Stimme mit, was er auf einer Ebene verstand, die jenseits von Sprache lag. Überraschenderweise erschien ihm dieses Gefühl irgendwie vertraut, so als spreche die Stimme eine Seite in ihm an, derer er sich vorher nicht bewusst gewesen, die aber schon immer da gewesen war.

»Was soll ich bezahlen? Wer bist du? Was willst du von mir?«

Tom trat vorsichtig einen Schritt vor, dann noch einen. Er nahm seine Umgebung jetzt mit geschärften Sinnen wahr. Spürte den weichen Waldboden unter seinen Füßen, die kühle Berührung des Nebels, sah die dunklen Schatten der Bäume.

Die Gestalt blieb jedoch im Nebel verborgen, auch als Tom näher kam. Es schien, als würde sie sich vor ihm zurückziehen, obwohl sie sich nicht bewegte. Er kniff die Augen zusammen, um sie genauer zu betrachten. Der Sprecher war groß, deutlich größer als er selbst, wenn auch recht hager. Er wirkte wie ein Schatten im Nebel. Tom konnte kaum die Konturen ausmachen.

»Du musst die Fahrt bezahlen, Tom. So ist es Brauch.«

Jetzt glaubte Tom hinter der Gestalt ein Licht zu sehen. Kaum wahrnehmbar, mehr ein Schimmern im Nebel. Je länger er in die Dunkelheit spähte, desto mehr glaubte er zu erkennen. Es war wie ein dünner, kaum greifbarer Kreis oder Strudel, der sich langsam hinter dem Fremden bewegte. *Oder um den Fremden herum?*

»Was für eine Fahrt soll das denn sein? Ich hatte eigentlich nicht vor, zu verreisen«, erwiderte Tom schnell, bevor ihm auffiel, dass er sich gerade bereits auf einer Reise befand. Er wollte sich schon verbessern, aber dann stellte er doch noch einmal die wichtigste Frage überhaupt: »Wer bist du?«

»Ich wurde geschickt, um dir den Weg zu zeigen, Tom. Wir brauchen dich. Und du brauchst die Münzen, hörst du? Such im Haus der Gräber nach der zweiten.«

Und dann, völlig unvermittelt und ehe Tom reagieren konnte, war die Gestalt verschwunden und das blasse Licht mit ihr.

Tom stand allein im Wald und stieß den Atem aus, von dem er kaum bemerkt hatte, dass er ihn angehalten hatte. Er kniff sich in die linke Hand; es tat weh, also träumte er nicht. Für einen Moment lehnte er sich an einen Baumstamm, verblüfft und komplett verwirrt. *Wer sind diese Leute? Und wozu sollten sie mich brauchen?*

Als er sich von dem Baum löste, wusste er, dass er vor den Antworten ebenso viel Angst hatte wie vor den Fragen.

Den Rückweg zum Zeltlager fand Tom überraschend leicht. Er hatte anscheinend kaum hundertfünfzig Meter davon entfernt gestanden, auch wenn es ihm viel weiter vorgekommen war. Wie im Traum schlich er zwischen den Zelten hindurch, fand den Eingang zu seinem und kroch schließlich in seinen Schlafsack.

Jetzt war er froh, dass die anderen Jungs noch im Dorf waren und ihm niemand irgendwelche blöden Fragen stellte. Er fühlte sich unglaublich müde, aber immer, wenn er die Augen schloss, sah er die schattenhafte Gestalt vor sich und hörte die Stimme in seinem Kopf, so klar, als würde sie wieder sprechen. An Schlaf war einfach nicht zu denken, also kramte er sein Handy aus der Tasche und versuchte zu surfen. Allerdings zeigte das Display nur einen kleinen Strich anstatt der üblichen Verbindungsbalken – kein Empfang.

»Na toll«, murmelte Tom und seufzte. Er hatte etwas Unglaubliches erlebt und saß hier im Niemandsland fest. Alex war unterwegs, Karo und Benny schliefen. Nicht, dass er sicher war, ob er überhaupt irgendjemandem von seinen Erlebnissen berichten wollte. Wenn er die Geschichte im Kopf wiederholte, wirkte sie selbst auf ihn unwirklich und klang zu unglaubwürdig, um mehr als nur Spott und Gelächter hervorzurufen.

So lag er mit offenen Augen in der Dunkelheit des Zelts, grübelte und sorgte sich, bis ihn endlich doch der Schlaf übermannte und ihn ins Reich der Träume entführte.

»Tom! Tom, hier rüber, los, gib den Ball ab ...« Alex' Stimme drang wie durch Watte zu ihm durch. *Mist.* Er hatte sich schon wieder in Gedanken an seinen nächtlichen Ausflug verloren, so sehr, dass er den Ball einfach weitergedribbelt hatte, ohne auf seine Mitspieler zu achten. Alex warf ihm einen halb belustigten, halb ärgerlichen Blick zu, als Tom den Ball zu ihm hinüberschoss. Alex passte zu Karo, und die Kleine lief los, als hätte ihr jemand einen Feuerwerkskörper in die Schuhe gesteckt. Drei Atemzüge später hatte sie ein Tor geschossen. Noch bevor ihre Mannschaft wieder Aufstellung genommen hatte, blies Benny, der Schiedsrichter spielen durfte, in seine Trillerpfeife. Das Spiel war vorbei, 3:2 in letzter Sekunde. Tom schlug Karo auf die Schulter, und Benny strahlte sie beide an, aber der Rest ihres Teams gratulierte ihnen nur ziemlich oberflächlich.

Tom, Karo und Benny machten zwar bei den Fußballspielen mit, ruderten wie alle anderen mit den Gummibooten auf dem See und taten ihren Spüldienst, aber es verband sie trotzdem wenig mit den anderen im Lager. Sie waren wie eine eingeschworene Gemeinschaft, die Kids aus dem Haus des Alten, und sie spürten, dass sie mit dem Rest wenig gemein hatten. Die anderen behandelten sie nicht unfreundlich, aber mit einer Art von Vorsicht, als ob sie sich bei ihnen eine ansteckende Krankheit holen könnten, wenn sie nicht aufpassten. Trotzdem schienen Benny und Karo die Zeit im Camp ebenso zu genießen wie Tom.

Der Alte war weit weg, und das war im Moment alles, was zählte.

Lediglich Alex war es leichter gefallen, Kontakte zu knüpfen, und er hatte sich seit seinem Ausflug in der ersten Nacht mit ein paar der älteren Jungs angefreundet. Er verbrachte die meiste Zeit mit dieser Clique.

Die letzten Tage waren wie im Flug vergangen. Als Tom jetzt zum Waschhaus hinüberschlenderte, um vor dem Abendessen noch zu duschen, kam es ihm wieder einmal so vor, als ob gar nicht er es sei, der hier zeltete, Fußball spielte oder in den eiskalten See hüpfte, sondern ein anderer Tom, den er nur flüchtig kannte.

Es war ihm nicht gelungen, Alex oder Karo von seiner nächtlichen Begegnung zu erzählen; immer wenn er es versuchte, stellte sich etwas in ihm quer, und er schwieg letztlich doch.

Auf eine gewisse Art und Weise funktionierte das genau so wie mit den Übergriffen des Alten. Kaum jemand zu Hause sprach darüber. Sie geschahen, und dann blieb jeder damit für sich allein zurück, stumm und wie gelähmt.

Alex holte zu ihm auf und schlug spielerisch mit seinem Hertha-BSC-Handtuch nach Tom. »Junge, was ist denn los mit dir? Du bist ja total abwesend. Wo treibt sich dein Kopf denn rum?«

Tom wich dem Handtuchangriff ohne Mühe aus und schüttelte den Kopf. »Nix ist los, ich war bloß abgelenkt.«

»Abgelenkt, ja?« Alex grinste plötzlich breit. »Ein Mädchen vielleicht? Sind ja ein paar Süße dabei ...«

Tom starrte seinen Freund und Beinahe-Bruder an: »Was? Ach Quatsch.«

Kein Mädchen. Bloß Raben und unheimliche Gestalten nachts im Wald und Münzen, mit denen ich irgendeine Reise bezahlen soll, dachte er. Aber wieder blieb er still.

»Was du nicht sagst. Pass auf, dass du nicht rot wirst.«

Obwohl Tom genervt die Augen verdrehte, hörte Alex nicht auf zu grinsen. Der Ältere kam wahrscheinlich ganz gut bei den Mädchen im Camp an. Tom hatte ein paarmal mitbekommen, wie sie kicherten und begannen, mit ihren Haaren zu spielen, sobald Alex in der Nähe war.

»Hast du schon gepackt? Heute Abend geht's zurück nach B.«, sagte Alex, als sie das Waschhaus betraten und sich jeder eine leere Duschkabine suchten. Seinem lockeren Tonfall war nicht anzuhören, ob ihm dieser Gedanke etwas ausmachte.

Tom drehte unterdessen den Heißwasserhahn auf und hielt seinen Kopf unter den warmen Strahl. *Ja, genau,* dachte er bitter. *Heute geht's zurück in das ganze Elend.*

Als Frau Andresco-Müller kam, um sie wieder abzuholen, war es bereits dunkel. Tom hatte eine ungute Vorahnung. Es war ein dumpfes, unangenehmes Gefühl in Hirn und Magengrube, wie eine unbekannte Furcht, die auf ihn lauerte.

Keiner sprach im Auto besonders viel, auch wenn sie auf die Fragen, ob ihnen die Woche gefallen habe, brav und sogar halbwegs ehrlich mit »Ja« antworten konnten. Je näher sie ihrer Straße kamen, desto stiller wurden sie, und auch Frau Andresco-Müller war nicht sonderlich redselig.

Als sie vor dem Haus vorfuhren, öffnete sich die Haustür. Der Alte blieb im Türrahmen unter der fahlen Außenleuchte stehen, ein falsches Lächeln auf den Lippen, und er winkte, gerade so, als würde er sich wirklich freuen, sie wiederzusehen.

Alex schnappte sich ihr komplettes Gepäck und ging grußlos an dem Alten vorbei. Benny und Karo wollten ihm folgen, aber der Alte begrüßte sie lautstark und strich ihnen über das Haar. Karo hielt still, Benny hingegen zuckte regelrecht zusammen. Tom wusste, dass er nun als Nächster dran war, aber Frau Andresco-Müller hielt ihn zurück.

»Tom, einen Augenblick, ja?«

Er drehte sich zu ihr um, und sie trat an ihn heran und beugte sich vor. Ihre Stimme war leise, fast ein Flüstern.

»Ich habe dir doch gesagt, dass ich mich mal erkundigen würde, was deine Herkunft angeht.«

»Ja?«

»Ich fürchte, ich habe keine guten Neuigkeiten für dich.« Sie sah ihn ernst an. »Ich habe unter der Hand nachgefragt, und mir wurde mitgeteilt, dass deine leiblichen Eltern unbekannt sind.«

In Tom erstarben alle Gefühle. Es war so, als wäre er hohl. Der Alte starrte misstrauisch zu ihnen herüber, aber Tom kümmerte es mit einem Mal nicht mehr.

»Unbekannt?«, brachte er krächzend hervor.

»Ja, leider. Es gibt viele Fälle, in denen wir die Daten der leiblichen Eltern vorliegen haben. Wenn ein Kind zur Adoption freigegeben wurde oder die Eltern sich nicht um das Kind gekümmert haben und das Amt einen anderen Vormund bestimmt hat, zum Beispiel. Aber du, du warst ein richtiges Findelkind. Ich … Es tut mir leid. Es ist nicht einfach, verstehst du?«

Tom nickte langsam, obwohl er eigentlich gar nicht weiter zuhören wollte.

»Du wurdest ausgesetzt, als du noch ganz klein warst. Es gibt keinen Hinweis auf deine Eltern.«

»Und mein Name? Woher wussten sie im Waisenhaus denn, wie ich heiße?«

»Das weiß ich nicht. Mehr kann ich dir nicht sagen, ich hatte leider noch keinen Einblick in deine Akten.«

»Danke«, murmelte Tom und wandte sich ab. *Ausgesetzt? Wer macht denn so was? Na ja, vermutlich jemand, der absolut keinen Bock auf ein Kind hat.*

Auch wenn Tom sich selbst immer gesagt hatte, dass seine Eltern vermutlich nichts mit ihm zu tun haben wollten, war da doch immer ein Funke Hoffnung gewesen. Vielleicht waren es bloß blöde Umstände gewesen, die seine Eltern dazu gebracht hatten, ihn abzugeben. Umstände, die jetzt natürlich ganz anders sein konnten. Diese kleine Hoffnung war die Aussicht auf ein anderes Leben gewesen, auf eine Flucht vor dem Alten und allem, was mit ihm zusammenhing. Die Aussicht auf ein besseres Leben bei seinen Eltern, wo immer die auch sein mochten. Vielleicht war es kindisch gewesen, daran zu glauben, aber wie viel ihm das bedeutet hatte, wurde ihm erst jetzt bewusst, da Schluss damit war. *Ausgesetzt. Das bedeutet, dass sie sich absolut sicher waren, nie etwas mit mir zu tun haben zu wollen. Damals nicht, heute nicht und auch sonst niemals.*

Hinter ihm schlug die Autotür zu, als er den endlosen Weg zur Haustür ging. Er sah zu Boden, auf seine Füße, die sich bewegten, als gehörten sie gar nicht zu ihm.

Dann packte der Alte ihn schmerzhaft an der Schulter.

»Was wollte die von dir?«, zischte er.

Tom hielt inne und blickte dem Alten ins Gesicht.

»Nichts«, log er glatt. »Sie hat nur gefragt, ob uns der Urlaub gefallen hat.«

Der Blick des Alten blieb skeptisch.

»Und was hast du ihr erzählt?«

»Nichts. Was sollte ich ihr schon erzählen? Es war ganz toll, wir haben uns ganz doll gefreut, es war super von ihr.« Auf einmal regte sich Widerstand in Tom, so heftig, dass es ihm dieses eine Mal egal war, was die Folgen sein mochten. »Kann ich jetzt rein? Ich bin müde.«

Der Alte sah ihn forschend an. Aber diesmal schaute Tom nicht weg, sondern hielt dem Blick mit unbewegter Miene stand. Früher hätte er Angst gehabt, doch jetzt war da nichts in ihm, nur diese große Leere.

»Gut«, brummte der Alte schließlich und ließ ihn los. Tom drückte sich an ihm vorbei und betrat das Haus, das wohl oder übel sein Zuhause war. Und bleiben würde.

In dieser Nacht und der nächsten lag er schlaflos im Bett und dachte über das nach, was die Mitarbeiterin vom Jugendamt ihm gesagt hatte. In dieser Zeit reifte ein Entschluss in ihm. Seine Vergangenheit war egal; er hatte keine. Tom vergrub den Schmerz tief in sich. Seine Eltern hatten ihn nicht gewollt, und er redete sich ein, dass er sie auch nicht brauchte.

Was ihm blieb, war der seltsame Fremde mit seinem Gerede über Münzen und Reisen. Er war auf ein Geheimnis gestoßen, oder das Geheimnis hatte ihn gesucht, und er flüchtete sich in den Versuch, es zu lüften. Je weniger er über die anderen Neuigkeiten nachdenken musste, umso besser. So nannte er es inzwischen: *die anderen Neuigkeiten.*

Während die letzten Tage der Ferien verstrichen, begann Tom also mit Nachforschungen. »Habt ihr schon mal von einem *Haus der Gräber* gehört?«, fragte er auf Facebook. Hier fiel es ihm viel leichter, über das zu reden, was er erlebt hatte.

Er hatte keine Ahnung, wie sie darauf gekommen war, aber Elke schrieb: »... guck mal, ob in deiner Nähe ein jüdischer Friedhof ist.«

»Check erst mal in den gelben Seiten, ob es nicht 'nen Gothic-Schuppen gibt, der *Haus der Gräber* heißt«, frotzelte Gregor.

»Also ich denke, Elke hat recht«, meinte Anna. »Gerade da bei jüdischen Friedhöfen auch keine Blumen auf die Gräber gelegt werden, sondern kleine Steine zur Erinnerung an die Wüste, wo es auch keine Blumen gab. Und vielleicht liegen auf einem Grab nicht nur kleine Steine, sondern auch eine Münze.«

Benjamin griff die Idee mit der Münze auf und schlug ihm vor, den Friedhof Große Hamburger Straße zu besuchen. »Interessant ist, dass dort der Münz- und Silberkaufmann Daniel Itzig begraben wurde. Ob der ein paar seiner Münzen mit ins Grab genommen hat?« Und Gregor, inzwischen wieder ernst geworden, riet Tom, auf jeden Fall mit Vorsicht an die Sache ranzugehen: »Die haben strenge Regeln. Du bist über dreizehn und brauchst eine Kopfbedeckung.«

»Ihr seid ja super«, tippte Tom.

Und so machte er sich am ersten Schultag, als nachmittags eigentlich Sport auf dem Plan stand, auf, um den Friedhof Große Hamburger Straße zu besuchen.

Nachdenklich setzte er seine Baseballkappe auf, bevor er sich dem eisernen Zaun näherte, der das Gelände umgab.

Auf den ersten Blick war der Ort eine große Enttäuschung. Von dem Friedhof war wenig übrig geblieben, und eine Gedenktafel erklärte auch, wieso: Er war in der Nazizeit geschändet worden. Tom fluchte leise und dachte nur *Scheiß-Nazis.* Inzwischen war der ehemalige Friedhof ein Park mit hohen Bäumen und Rasenflächen und einer Gedenkstätte, aber es waren nur noch wenige Grabsteine dort.

Was, wenn das hier nicht der richtige Friedhof ist? Er konnte ja schlecht alle jüdischen Friedhöfe in Berlin abklappern, geschweige denn in Deutschland oder wer weiß wo.

Erschöpft setzte sich Tom auf einen Randstein am Weg. Die Sonne schien zwischen den Bäumen hindurch. Es war sehr warm, richtig sommerlich. Kleine Insekten schwirrten durch die Luft, und in den Ästen zwitscherten Vögel. Es hätte eine beruhigende Szene sein können, aber Tom traten vor Enttäuschung Tränen in die Augen.

»Alles, aber auch wirklich alles geht schief«, flüsterte er. »So eine …«

Ein Krächzen ließ ihn mitten im Satz innehalten. In einem der Laubbäume saß ein großer schwarzer Vogel, wie ein Schatten im flirrenden Sonnenlicht. Tom wusste – wusste ganz sicher –, dass es der Rabe war, den er schon einmal gesehen hatte, obwohl er nicht mit Bestimmtheit hätte sagen können, woher er das wusste. Er kramte in seinen Taschen nach dem Müsliriegel, den er eingesteckt hatte. Nur für den Fall, dass die Leute auf FB recht hatten.

Der Rabe sah zu ihm herunter. Ihre Blicke trafen sich. Hinter den schwarz glänzenden Augen des Raben sah Tom mehr als nur das Tier. Er spürte plötzlich, wie sein Körper leicht wurde, glaubte, jeden Moment zu schweben. Seine Gedanken rasten schneller, als er sie erfassen konnte, sein Puls beschleunigte sich, seine Haut kribbelte am ganzen Körper. Dann war es, als träfe ihn ein elektrischer Schlag, und der Augenblick war vorüber. Der Rabe schlug mit den Flügeln, krächzte noch einmal laut und fordernd und flog rasch davon.

Im Halbschatten der Bäume blieb Tom verlassen und wie betäubt zurück.

Aber in ihm breitete sich eine Erkenntnis aus, die seine Sorgen und dunklen Gedanken vertrieb: *Ich bin nicht allein.*

Blitz und Donner

Als wollte die Sonne Matani dafür bestrafen, dass sie so langsam war, brannte sie auf die Steppe herunter. Es war heiß im Gräsermeer, und kein Lufthauch war zu spüren. Matani seufzte. Vachir trottete langsam neben ihr her, den Kopf gesenkt, die Lider halb geschlossen. Die Stute litt ebenso unter der glühenden Hitze wie sie.

Das Mädchen hob die Hand und strich dem Pferd beruhigend über den Kopf. Auf den Sattel hatte Matani der Stute zwei große Säcke gebunden, und da die Stute diese Last trug, ging das Mädchen zu Fuß.

Allein der Füchsin schien die Hitze nichts auszumachen. Sie lief vor ihnen her, versuchte, einen Schmetterling zu fangen, und sprang in die Höhe, wenn er zu entkommen drohte. Ihr Kopf tauchte immer wieder aus dem Gräsermeer auf, doch das bunte Insekt wich im letzten Moment dem zuschnappenden Kiefer aus und stieg schließlich zu hoch in den Himmel, um noch erreichbar zu sein, was die Füchsin veranlasste, entrüstet zu bellen.

»Lass ihn«, rief ihr Matani zu, aber die Füchsin hörte nicht auf sie, sondern lief weiter hinter dem Schmetterling her. Matani wusste, wie sie aussehen würde: geduckt, die Augen starr nach oben gerichtet, jederzeit bereit zum Sprung. Sie selbst fühlte sich eher bereit zu einem Schläfchen, am besten im Schatten, aber noch war es nicht so weit.

Als sie die Kuppe des nächsten flachen Hügels erreichte, beschattete Matani ihre Augen mit der Hand und hielt Ausschau. Tatsächlich sah sie nicht weit entfernt eine Staubwolke aufsteigen. Der Anblick vertrieb die Müdigkeit aus ihren Knochen, und sie beschleunigte ihren Schritt. Schon bald konnte sie im Staub die Umrisse von Reitern sehen und dann die der Begrah. Die gewundenen Hörner der Bullen endeten fast auf einer Höhe mit den Köpfen der Reiter, obwohl die Rücken der Tiere kaum aus dem Gras herausragten, das hier für Matani brusthoch war. Ihre gespaltenen Hufe wirbelten die trockene Erde auf, die als große Wolke zum Himmel stieg. Einige der Reiter hatten sich Tücher vor Mund und Nase gebunden, und alle versuchten, mit ihren Pferden außerhalb der Staubwolke zu bleiben. Geschickt trieben sie die Begrah voran, ritten an der Flanke der Herde entlang, sorgten dafür, dass keines der Tiere aus der Menge ausbrach und alle in Richtung des kleinen Flusses liefen, der ihr Ziel war.

Matani näherte sich dem voraussichtlichen Pfad der Reiter in einem rechten Winkel. Sie hielt an und wartete darauf, dass diese sie erreichten. Der Erste, der an ihr vorbeikam, war Dago, ein junger Hirte, der lachte, als er Matani sah. Sein Gesicht war schmutzig von Schweiß und Staub, und seine hellen Zähne leuchteten darin wie Sterne. Matani rief ihm zu: »Ich bringe euch das Essen.«

Die Tiere machten viel Lärm, aber er hatte verstanden und nickte ihr zu, dann trieb er sein Pferd an und ritt ein Stück zurück, um den anderen Bescheid zu geben. Die Nachricht verbreitete sich unter den Hirten, während Dago zu ihr zurückkam.

»Es ist nicht weit bis zum Fluss«, sagte Dago. »Wir rasten, wenn die Tiere trinken.«

Matani bedeutete ihm mit den Händen, dass sie verstanden hatte, und führte ihre Stute dann in gebührendem Abstand neben der Herde her.

Trotz des Lärms, den die Begrah machten, war es ein ruhiger Marsch für Matani. Die Hirten ritten auf und ab, schnalzten und ließen die kurzen, trillernden Laute ertönen, mit denen sie sich bei ihrer Arbeit absprachen, und als die Begrah schließlich das Wasser rochen, rannten sie los wie ein einziges riesiges Tier, und die Hirten ließen sie gewähren. Das Fell der Begrah war dick, lang und zottig, und bei der Hitze musste ihnen furchtbar warm sein. Unter großem Gebrüll stellten sie sich nach und nach am Ufer des Flusses auf und tranken gierig. Bald war das Wasser flussabwärts braun vom aufgewirbelten Schlamm, und noch immer drängten mehr und mehr Begrah heran.

Die Hirten beobachteten das Geschehen mit ruhiger Miene. Sie hatten ihr Ziel erreicht, und die Herde war sicher. Die Tiere waren beschäftigt, und die Arbeit für den Moment getan.

»Danke«, sagte Dago, der zu Matani geritten war und nun leichtfüßig von seinem Pferd sprang. Er streckte sich kurz, gähnte und ging dann, gefolgt von Matani, flussaufwärts ans Wasser hinunter. Dort, wo der Fluss noch klar war, wusch er sich den gröbsten Schmutz von Gesicht und Hals. Als er den Kopf wieder hob, war sein staubgraues Haar wieder schwarz, und er spritzte lachend Wasser zu Matani hinüber. Falls er sie hatte ärgern wollen, erreichte er das Gegenteil: Das kühle Wasser war herrlich erfrischend.

Dago rieb sich die Tropfen mit dem Saum seines Ärmels von der Stirn, dann hob er die Säcke von Vachirs Rücken, und Matani ließ auch die Stute an den Fluss hinunter, damit sie trinken und fressen konnte, ehe sie selbst begann, die Mahlzeit vorzubereiten.

Andere Hirten gesellten sich zu ihnen, und schon saßen alle im Kreis. Matani öffnete die Essenssäcke und begann, Trockenfleisch und Begrah-Käse zu verteilen, dazu ließ sie die Kalebassen herumgehen. Die aus getrockneten Flaschenkürbissen gefertigten Gefäße waren mit gesüßter vergorener Begrah-Milch gefüllt. Matani mochte den süßsauren Geschmack nicht sonderlich, aber sie nahm auch einen Schluck, denn so war es Brauch, wenn man zusammensaß. Danach biss sie schnell ein Stück Trockenfleisch ab, auf dem sie kaute, bis der Geschmack der Milch aus ihrem Mund verschwunden war.

Während Matani sich darum kümmerte, dass alle etwas von der Mahlzeit abbekamen, wechselten die Hirten sich damit ab, nach den Tieren zu sehen. Meist passten nur zwei oder drei auf die Herde auf, die noch immer am Fluss versammelt war, der hier kaum breiter als sieben Schritt sein mochte. Das Wasser war nicht tief, und die Tiere standen inzwischen an beiden Ufern. Am Himmel kreisten zwei Vögel, vermutlich Falken, die auf der Jagd nach etwas deutlich Kleinerem als einem Begrah waren.

Als alle gegessen hatten, begann eines der Mädchen, die die Herde begleitet hatten, zu singen, und schnell fielen die anderen ein. Matani packte die Reste der Mahlzeit zusammen, warf der Füchsin einen letzten übrig gebliebenen Streifen Trockenfleisch hin und lehnte sich dann zufrieden zurück. Sie schloss die Augen und genoss den mehrstimmigen Gesang, der selbst den Lärm der Herde in den Hintergrund treten ließ.

Das Lied handelte von einem Jungen, der die Mondtochter heiraten wollte und deshalb durch die Steppe zog, immer auf der Suche nach ihrem Licht. Matani kannte die Worte auswendig, schwieg aber und lauschte nur. Es war so friedlich wie am Feuer abends, wenn der Stamm sich versammelte und die Gemeinschaft noch mehr Wärme spendete als die Flammen.

Sie war gerade dabei, im Schatten einzudösen, als ein lauter Knall ertönte, der Matani die Augen aufreißen ließ und die Herde in Panik versetzte.

Die Reiter schienen aus dem Nichts aufzutauchen. Zwei von ihnen brachen mitten durch die Herde hindurch und trieben die Tiere auseinander. Zwei weitere ritten in einem Bogen heran. Erneut knallte es, und Wasser spritzte aus dem Fluss empor.

»Magatai«, brüllte Dago entsetzt und sprang auf. Matani rannte bereits geduckt zu ihrer Stute. Die Hirten riefen ihre Pferde. Einer sprang auf den Rücken seines Tieres, als ihn plötzlich etwas an der Brust traf und er mit einem lauten Schrei herabstürzte.

»Vorsicht!«, rief Matani in dem wenig aussichtsreichen Versuch, den Lärm und das Chaos zu übertönen. Sie deutete mit ausgestrecktem Arm auf einen Reiter, der auf einige der Hirten zuhielt. »Da hinten!«

Aus dem Laufen sprang sie in den Sattel. Vachir war unruhig, ihre Ohren zuckten ängstlich, aber noch war die Stute nicht durchgegangen. Matani legte ihr die Hand auf den Hals und versuchte, sie zu beruhigen.

»Sch... alles ist gut«, murmelte sie so überzeugend, wie sie konnte. Dabei blickte sie sich um, selbst kurz davor, in Panik auszubrechen. Mindestens ein Dutzend berittene Fremde waren schon auf ihrer Seite des Flusses, mitten unter den Hirten. Sie trugen dunkle Rüstungen aus dickem Leder, das sie zusätzlich mit geschwärztem Metall verstärkt hatten. Ihre Helme waren wie Dämonenfratzen geformt, und sie hielten lange Krummschwerter in den Händen.

Jetzt wünschte sich Matani, sie hätte ihren Bogen mitgenommen. Aber sie hatte doch nur den Hirten Essen bringen sollen, und deshalb hatte sie ihre Waffen im Lager gelassen. Ihr blieb nur ein kleines Messer, das nicht zum Kämpfen gedacht war.

Einige Hirten hatten die Yrga dabei, die langen Stangen mit den Schlingen am Ende, mit denen sie Begrah einfangen konnten, die von der Herde weggelaufen waren, aber gegen die Schwerter der Magatai würden sie nichts nützen.

Plötzlich schien es Matani, als sähe sie alles mit übergroßer Klarheit. Die Hirten, die Begrah, die fremden Reiter – für einen Augenblick bewegten sie sich so langsam vor ihren Augen, als hätten die Geister selbst die Zeit angehalten. *Wir müssen fliehen,* erkannte Matani, als sie sich umsah. *Wir können die Herde nicht beschützen.* Dann war der Moment vorbei, und die Hektik des Angriffs kehrte zurück.

»Lasst die Tiere«, rief sie, so laut sie konnte, und richtete sich im Sattel auf. »Wir müssen hier weg!«

Dago, der den Reitern bisher hatte ausweichen können, winkte ihr zum Zeichen, dass er verstanden hatte, und gab einige Schnalzlaute von sich. Die Nachricht wanderte von Mund zu Mund, und die meisten begriffen sofort.

Drei aufgeregte Begrah stürmten auf Matani zu. Sie konnte das Weiße in ihren rollenden Augen sehen, den Speichel, der in dicken Flocken von ihrem Maul flog. Augenblicklich lehnte sie sich im Sattel vor und trieb Vachir an. Die Stute machte einen Satz und galoppierte los.

Die Begrah donnerten direkt hinter Vachir und Matani vorbei, laut brüllend vor Angst. Die ganze Herde hatte sich aufgelöst, auseinandergetrieben von den fremden Reitern. Immer wieder knallte es, einzelne Tiere gingen zu Boden, die Hirten riefen sich Warnungen zu, die Pferde wieherten. Die Einzigen, die schwiegen, waren die Magatai.

Fünf weitere ihrer Krieger preschten an der Furt durch den Fluss, wo vor wenigen Minuten die Begrah noch friedlich getrunken hatten. Zwei Hirten, deren Pferde davongelaufen waren, versuchten, zu Fuß vor ihnen zu fliehen, aber die fünf holten sie ein. Matani wollte wegsehen, ahnte, was geschehen würde, doch ihre Augen waren wie an das Geschehen gefesselt, und sie konnte sie nicht abwenden. Sie sah eine Klinge herabsausen, dann stürzte der eine Hirte. Der andere warf sich zur Seite und entging einem Schlag, aber das laute Donnern erklang wieder, und auch er wurde vom Gras verschluckt.

Angst schnürte Matani die Kehle zu und ließ ihren Mund trocken werden. Sie wollte mit Vachir davonreiten, sah jedoch, dass andere ihres Stammes noch ohne Pferde flohen. In dem von den panischen Begrah aufgewirbelten Staub waren sie noch nicht entdeckt worden, aber wenn die Magatai sie bemerkten, würden sie niemals entkommen.

»Lauf, Vachir, lauf wie der Wind«, flüsterte Matani und lenkte die Stute sanft. Als habe das Pferd ihre Worte verstanden, senkte es das Haupt und flog im gestreckten Galopp über die Steppe. Matani ritt in einem Bogen, fort von den fliehenden Hirten, und dann schwenkte sie zurück und hielt geradewegs auf die Fremden zu. Sie sah, wie die fünf ihren Pferden die Sporen gaben. Staub wirbelte auf, die Klingen blitzten im Sonnenlicht, die Dämonenfratzen schienen die Jägerin mit ihren seelenlosen Augen anzustarren und sie zu verspotten.

Die Pferde der fremden Reiter waren größer als Vachir, hatten längere Beine und gestutzte Mähnen. Die Magatai waren geübte Reiter, und ihre Tiere gehorchten ihnen, ebenso wie die Pferde des Stammes Matanis Leuten gehorchten.

Die Fremden galoppierten auf Matani zu. Sie beugte sich über den Hals ihrer Stute, ließ die Zügel locker. Sie konnte die metallenen Nieten sehen, mit denen die ledernen Rüstungen und das Zaumzeug der Magatai verziert waren. Jetzt konnte sie sogar die Augen hinter den Fratzen sehen, seltsam normale Menschenaugen, nicht anders als ihre eigenen. Die Klingen hoben sich.

Matani duckte sich noch tiefer. Sie lenkte Vachir mit ihren Schenkeln, und die Stute gehorchte. Und dann musste sie sich festkrallen, um nicht aus dem Sattel zu fallen, als sie an den Magatai vorbeirasten, kaum mehr als zwei Armlängen von ihnen entfernt, aber dennoch außerhalb der Reichweite ihrer Waffen.

Matani trieb ihr Pferd weiter an, denn sie spürte, dass die Magatai bereits wendeten. *Ihre Pferde sind groß und stark, aber sie sind auch schwer. Ich bin leicht,* versuchte sie sich Mut zuzusprechen.

Vachir machte ihrem Namen alle Ehre; die Stute lief so schnell wie noch niemals zuvor. Matani lenkte sie fort von den Hirten, die versuchten, das höhere Gras zu erreichen, um sich zu verstecken. Sie stand jetzt in den Steigbügeln, den Rücken gekrümmt, tief über Vachirs Hals gebeugt.

Sie zogen an einigen Begrah vorbei. Die Tiere waren ausdauernd, aber nicht sehr schnell. Matani wich aus, um den Hörnern der aufgeschreckten Tiere nicht zu nahe zu kommen. Für gewöhnlich waren Begrah friedfertig, aber in einer solchen Situation konnten sie sehr gefährlich werden, denn sie vermochten natürlich nicht zu unterscheiden, wer Freund und wer Feind war.

Matani wagte einen vorsichtigen Blick über die Schulter und erschrak. Die fünf Reiter waren nicht weit hinter ihr. Sie sah einige Herzschläge lang zu ihnen hin. Die Angreifer schienen nicht aufzuholen, aber Matani gelang es auch nicht, sie abzuhängen.

»Schneller«, rief sie Vachir zu. »Wie der Wind!«

Aber die Stute lief bereits so schnell sie konnte.

Ursprünglich war Matani in Richtung des Lagers geritten, ein reiner Reflex, aber jetzt kamen ihr Zweifel: *Wenn ich sie nicht loswerde, dann führe ich sie direkt zu uns!* Sie erschrak, als sie erkannte, was das bedeuten würde. Nicht nur die Tiere würden den Magatai in die Hände fallen, sondern auch alle Menschen, die sich gerade dort befanden und nichts von den gefährlichen Fremden ahnten.

Matani wagte nicht, sich vorzustellen, was mit ihnen geschehen würde. Sie legte sich leicht zur Seite und ritt eine Kurve, weg von der Stelle, an der ihr Stamm lagerte.

Wieder ein schneller Blick über die Schulter. Sie glaubte, einen gewissen Vorsprung erzielt zu haben, aber noch zu wenig, um erleichtert zu sein. Die Magatai verfolgten sie gnadenlos. Die Augen ihrer Pferde waren weit aufgerissen, und die Hufe donnerten über die Steppe. Nur einer war zurückgefallen, und Matani sah, dass sein Pferd lahmte.

»Ha!« Ihr Aufschrei wurde vom Wind aus ihrem Mund gerissen und davongeweht. Vachir mochte nicht so groß wie die Pferde der Fremden sein, aber die Stute war ausdauernd – und sie kannte das Gräsermeer. Ihr Tritt war sicher, und sie konnte durch das Gras galoppieren, ohne sich zu verletzen.

»Vachir, Vachir, Vachir«, bat Matani die Stute mit jedem Gedanken. »Zeig allen, wie schnell du bist.«

Es donnerte hinter ihr. Für einen Augenblick war sie verwundert, dann flogen neben ihr Erde und Gras in die

Luft. Vachir zuckte zusammen, und Matani schrie auf. Die Stute stolperte, doch dann fing sie sich wieder und galoppierte weiter. Noch ein Donnern. Diesmal explodierte das Erdreich vor Matani, als würde eine Blume aus Schmutz binnen eines Herzschlags erblühen und vergehen. Matani lehnte sich nach rechts, aber die Stute reagierte nicht schnell genug. Ihr Huf senkte sich in das soeben entstandene Loch.

Matani klammerte sich fest, doch als Vachir zur Seite kippte, wurde sie aus dem Sattel geschleudert. Die Welt drehte sich um sie herum, der Himmel war unten, der feste Grund oben. Ihr Arm streifte über den Boden, die Hand berührte Erde und Steine.

Wie ein Blitz fuhr Matani die Kraft in den Arm. Ihr Leib wirbelte herum, ihre Füße fassten Tritt, ihre wilde, ungestüme Bewegung verwandelte sich von einem Moment zum anderen in einen schnellen Lauf. Die Macht der Erde hatte sie vor dem Sturz gerettet.

Hinter sich hörte sie Vachir schnauben. Sie bremste abrupt, kam mit drei Schritten zum Stehen und sah sich um. Die Stute trottete zwei Dutzend Meter hinter ihr, belastete das rechte Vorderbein kaum. Matani zuckte zusammen, als sie sah, dass das Tier Schmerzen haben musste. Dann aber fiel ihr Blick auf die vier Reiter, die auf sie zustürmten. Sie waren kaum noch fünfzig Schritt entfernt. Blitzschnell bückte sich Matani und hob einen faustgroßen Stein auf. Eine kümmerliche Waffe im Vergleich zu den Klingen und den Rüstungen der Magatai. Aber sie baute sich breitbeinig auf, schloss für einen Herzschlag die Augen, sog die Kraft der Erde in sich auf. Dann warf sie den Stein.

Er flog in einem Bogen, schneller, als Matani schauen konnte. Der vorderste Reiter riss die Arme empor und fiel nach hinten aus dem Sattel. Matani wollte noch einen Stein nehmen, aber die Fremden waren heran. Sie warf sich erst nach links, dann nach rechts, ihre Füße gruben sich ins Erdreich, sie stieß sich ab, segelte vor ihnen vorbei. Etwas zupfte an ihrem Ärmel, aber sie achtete nicht darauf, sondern drehte sich sogleich wieder um.

Die drei Reiter fächerten sich auf, einer ritt langsam auf sie zu, zwei kamen von den Seiten. In ihren Fratzen glaubte Matani Zorn zu erkennen, für immer in das hässliche Metall ihrer Helme eingebrannt. Aber die Magatai waren vorsichtiger geworden. Das Schicksal ihres Freundes hatte ihnen offenbar zu denken gegeben. *Gut.* Matani lächelte grimmig und ging in die Hocke. Ihre Finger suchten einen weiteren Stein, fanden ein gutes Exemplar, schlossen sich darum. Sie fixierte den Reiter in der Mitte und nahm die Kraft der Erde in sich auf.

Hinter ihr donnerte es, und ihr wurde plötzlich schwarz vor Augen. Ihr letzter Gedanke, bevor die Dunkelheit sie verschlang, galt ihrer Füchsin. Sie konnte nur hoffen, dass die kleine, schlaue Jägerin den Fremden entkommen würde.

Die Zimmer des Alten

»Hast du gehört? Der Alte wird nächstes Wochenende weg sein.« Alex' Worte hingen in der Luft, und Tom musste zweimal blinzeln, bis er erkannte, was das bedeutete. Der Alte verließ das Haus nur selten und noch seltener für länger als ein paar Minuten. Tom sah von den Englischvokabeln auf, die er gerade an ihrem stickerübersäten Schreibtisch büffelte.

»Was macht er denn?«

»Och, vermutlich sucht er neue Kinder aus oder so. Nachschub besorgen. Ganz der liebende Pflegevater, was?«

»Hier ist doch kaum noch Platz. Alle Betten sind voll«, widersprach Tom.

Alex warf einen Tennisball gegen die Wand und fing ihn wieder auf. Er lag auf dem Rücken auf seiner Matratze, die Füße hoch an die Wand gelehnt. »Dann kommt eben in das Zwergenzimmer noch ein Bett. Die brauchen doch nicht so viel Platz.«

Tom war nicht sicher, ob Alex das ernst meinte oder ob er nur die vermeintlichen Gedanken des Alten wiedergab. Doch wie dem auch sein mochte, es gefiel ihm nicht. Es war nicht so, als ob er etwas dagegen gehabt hätte, wenn neue Kinder gekommen wären, aber er wünschte es niemandem, in diesem Haus zu landen.

»Wie lange wird er denn weg sein?«, lenkte Tom das Gespräch zurück auf die angenehme Seite der Sache.

»Den ganzen Samstag. Von morgens bis abends. Hab ich zumindest gehört. Einer der Knirpse hat's mitbekommen.« Alex drehte sich um und setzte sich hin. Er grinste von einem Ohr zum anderen. »Das ist genial, oder? Endlich mal Ruhe haben. Wie im Paradies.«

Oder in einer richtigen Familie, dachte Tom bei sich. Aber seine Gedanken blieben nicht lange so düster. Schon schmiedete er Pläne, was er alles tun könnte, wenn der Alte außer Haus war. *Endlich mal mit Karo im Garten kicken. Und …*

»Ich mach mich mal vom Acker«, erklärte Alex, stand auf und streckte sich gähnend. »Ich will noch mal in die Stadt.«

»Alles klar. Pass auf dich auf.«

»Aber immer doch.«

Im Vorbeigehen zwinkerte der Ältere Tom noch einmal zu, dann verschwand er aus ihrem gemeinsamen Zimmer. Tom blieb allein zurück. Er ließ die Vokabeln Vokabeln sein und warf sich mit Schwung aufs Bett, sodass das Gestell ächzte. Beinahe erschien es ihm lächerlich, wie sehr ihn der Gedanke an einen Tag ohne den Alten freute. Aber sie waren von ihrem Ziehvater abhängig, seinen Launen jederzeit ausgeliefert und lebten in der ständigen Furcht, irgendwas falsch zu machen oder nicht genug Kohle zu Hause abzuliefern. Ein Tag ohne das alles wäre himmlisch, da hatte Alex schon recht.

Tom, dachte er und hielt verdutzt inne. *Habe ich gerade meinen Namen gedacht?*

Tom.

Wieder schien es sein eigener Gedanke zu sein, aber jetzt sah er sich um. Fast erwartete er, Nebel mitten im Zimmer zu sehen, eine undeutliche Gestalt, aber da war niemand. Durch das Fenster fielen helle Sonnenstrahlen, und draußen zwitscherten die Vögel.

Was du suchst, ist in der Nähe, unter der Erde, umgeben von Wasser.

Es fühlte sich an wie ein eigener Gedanke, aber das konnte nicht sein. Irgendwo musste jemand sprechen. Tom sprang auf und lief zur Tür. Ein vorsichtiger Blick auf den Flur hinaus zeigte ihm, dass niemand dort war. Er drehte sich um, lief die paar Schritte und riss das Fenster auf. Mit seinen Augen suchte er den Garten ab, den alten Schuppen, das kleine Stück wildwuchernde Wiese, die Büsche und Sträucher, die beiden großen Bäume – und da entdeckte er, wonach er gesucht hatte. In der alten Eiche hockte ein Rabe und sah zu ihm herüber.

»He!«, rief Tom möglichst freundlich. »Komm her! Ich hab was für dich!«

Er kramte in seiner Tasche herum und zog den plattgedrückten Müsliriegel heraus, dessen Verpackung er hastig aufriss. Er hielt ihn über den Kopf.

»Schau, lecker Müsli! Nüsse und so. Die magst du doch?«

Der Rabe sah ihn unverwandt an. Dann stieß er sich ab und schlug mit den Flügeln. Nach einem kurzen Flug in Richtung des Hauses drehte er plötzlich ab, schoss wie ein Pfeil zu Boden, erhob sich wieder in die Lüfte und glitt schließlich mit weit ausgebreiteten Schwingen elegant um die Bäume herum und außer Sicht.

»Du Mistvieh!«, rief Tom dem Vogel hinterher und kam sich sofort dumm vor. Enttäuscht sah er auf den Müsliriegel in seiner Hand. Auf irgendeiner Ebene war er sich sicher, dass der Rabe mit ihm gesprochen hatte. *Vielleicht sind der Rabe und der komische Kerl im Nebel ja ein und dasselbe. Oh Mann, was denke ich da? Ich dreh noch durch!* Er ging langsam weg vom Fenster und setzte sich auf die Bettkante.

»Hast du gerade rumgeschrien?« Karo schlüpfte durch die einen Spaltbreit geöffnete Tür herein und schloss sie hinter sich. Ihr Blick fiel auf das offene Fenster und den Müsliriegel in Toms Hand. Sie sagte nichts, aber Tom konnte ihre Gedanken beinahe hören.

»Da war ein Rabe«, versuchte er zu erklären. »Ich dachte … na ja, vielleicht mag er ja Nüsse.«

Er hob den Müsliriegel hoch und musste grinsen. Karo lachte, als sie sich auf Alex' Bett setzte und die Knie unter das Kinn zog.

»Mochte er aber nicht?«

»Nee, das Mistvieh ist einfach weggeflogen. Aber ich bin mir sicher … also, er hat mich angesehen. Und vorher, da habe ich 'ne Stimme gehört. Keine Ahnung«, fügte er schnell hinzu, um sich nicht der Lächerlichkeit preiszugeben. »Dachte ich zumindest.«

Sie fixierte ihn mit einem dieser Blicke, die sie draufhatte und die nicht wirklich zu einem kleinen Mädchen passten.

»Klingt, als hättest du echt einen an der Waffel«, erklärte sie ernst. »Total bescheuert.«

»Ja, stimmt«, erwiderte er zerknirscht.

»Was hat er denn gesagt?«

»Ach, nichts«, wiegelte Tom ab. Nachdem er ihr bereits erzählt hatte, dass er vielleicht neulich von einem Raben gewarnt und später auch gerufen worden war, konnte er mit ihr zwar theoretisch über die Sache reden, aber die eigentliche Botschaft erschien ihm nun doch zu heftig.

»Vielleicht holt dich bald der Zug ab, du weißt schon, auf ins Zaubererinternat. Oder auf in die Irrenanstalt.«

»Na warte.«

Tom sprang auf, Karo streckte ihm die Zunge heraus und lachte. Er nahm sein Kopfkissen und bewarf sie damit. Mit einem Aufquieken wich sie aus, aber dann war er schon auf Alex' Bett und begann, sie ordentlich zu kitzeln. Sie wand sich unter seinen Fingern, doch er kannte keine Gnade, bis sie japsend darum bettelte.

»Na gut«, sagte er großmütig. »Aber lass es dir eine Lehre sein. Das nächste Mal kitzel ich dich durch, bis dein Kopf so rot ist wie eine Tomate.«

Erst als Karo verschwunden war, warf er den plattgequetschten Müsliriegel in den Müll und machte sich Gedanken über die Worte des Raben.

Okay. Offenbar denkt der Vogel nicht so wie wir. Wär ja auch logisch, er ist ja ein Vogel, richtig? Er will, dass ich einen

Ort finde, aber er sagt mir keinen Namen und keine Straße. Vielleicht, weil er sie nicht kennt? Oder weil Raben Sachen halt anders benennen?

Die nächsten Tage verbrachte Tom jede wache Minute, die er nicht in der Schule oder auf der Straße war, auf der Suche nach einem Ort, der nicht nur von Wasser umgeben, sondern auch unter der Erde war und ein Haus der Gräber hätte sein können. Er erkundigte sich vorsichtig bei seinen Freunden, ob sie etwas in der Art kannten, und er recherchierte im Internet. Er fand eine Menge Sachen, aber nichts, was richtig zu passen schien. Das Ganze erschien ihm inzwischen immer mehr wie ein besonders seltsamer Traum, der einfach nicht aufhören wollte. Total unwirklich.

Aber er wusste etwas, was ihm beweisen konnte, dass die Ereignisse im Garten und während der Osterfreizeit real waren: Wenn er sich die Münze wieder holte, dann hätte er einen Beweis. Ein kleines Stück Realität, das ihm zeigte, dass er nicht durchdrehte, sondern die Welt selbst langsam komisch wurde.

Schließlich war ihm klar, dass er die Münze holen musste, sobald der Alte aus dem Haus war. Er grübelte eine Weile, ob er Alex in seinen Plan einweihen sollte, und entschied sich letztlich dafür.

Jetzt blickte er Alex an, während er neben ihm her über den Nollendorfplatz trabte, wo sie auf dem Rückweg aus der Stadt Station gemacht hatten, um sich ein Stück Pizza zu holen. Die Arbeit war ihnen beiden an diesem Tag leicht von der Hand gegangen. Bei dem schönen Wetter waren sämtliche Cafés und Restaurants knüppelvoll gewesen, und es war ein Kinderspiel gewesen, ein paar Handtaschen unter den Bistrotischen hervorzuziehen und damit abzuhauen.

»Ich muss in die Zimmer des Alten«, sagte Tom ganz ruhig.

Alex sah ihn von der Seite an, als ob er den Verstand verloren hätte.

»Klar, Junge. Und ich muss auf den Mond.«

»Nee, ehrlich. Er hat mir was weggenommen, das will ich wiederhaben.«

»Dein Handy? Mann, wir besorgen dir ein neues. Enno kennt da jemanden …«

»Nicht mein Handy.« Tom suchte nach einer sinnvoll erscheinenden Erklärung. »Das hab ich schon wieder. Was anderes.«

»Deine Wichsvorlagen?«

»Mann, ey!« Tom seufzte. Dann setzte er zu einer Erklärung an. »Ich hab im Garten so 'ne Münze gefunden, sah ziemlich alt aus. Ist vielleicht wertvoll. Der Alte hat sie gesehen und mir sofort abgenommen. Die will ich wiederhaben.«

»Wofür denn?« Alex hielt inne und blickte Tom forschend ins Gesicht. »Klingt gar nicht nach dir, bei dem Alten einzubrechen.«

Tom sah zu Boden und zuckte mit den Schultern. Es klang nach niemandem, den er kannte. Vermutlich würde nicht mal Arnie auf so eine irre Idee kommen.

»Ist aber so«, brummte er. »Und der Alte ist weg am Wochenende. Genau die Gelegenheit, auf die ich gewartet habe.«

Alex ging weiter. Er hatte die Hände in die Taschen seiner Jeans gesteckt und eine alberne Sonnenbrille in seine dunklen Haare geschoben. Er ging mit breiten, selbstbewussten Schritten voraus. Wer ihnen entgegenkam, wich dem Duo aus, auch wenn Tom weit weniger offensiv neben seinem Ziehbruder herlief.

»Wenn das Ding wertvoll ist, hat der Alte sie doch längst zu Geld gemacht«, wandte Alex ein. »Und wenn nicht, hat er sie irgendwo versteckt. Ist total bescheuert, deswegen einen Aufstand zu machen.«

Er hat Angst. Wow. Tom sah aus dem Augenwinkel zu dem Älteren hinüber, dessen Miene jedoch nichts preisgab.

»Ich will nicht, dass du mit reingehst, aber jemand muss Schmiere stehen. Nicht, dass er wiederkommt und mich da findet.«

»Das wäre gar nicht gut.« Alex lachte finster. »Vermutlich hätte ich danach 'n Einzelzimmer, bis 'n Neuer kommt.«

»Das ist nicht witzig«, entgegnete Tom heftiger als beabsichtigt. Er spürte ein Kribbeln in seinen Fingern, als er daran dachte, was wäre, wenn der Alte ihn erwischte oder auch nur davon erfuhr. *Der würde mich grün und blau schlagen … oder Schlimmeres.*

»Ja, schon gut. Schmiere soll ich stehen, ja? Und wie stellst du dir das vor? Wie willst du überhaupt da reinkommen?«

»Ich knack das Schloss.«

Erneut lachte Alex. Er legte seinen Arm um Toms Schulter und zog ihn zu sich heran.

»Kleiner, seit wann kannst du Schlösser knacken?«

»Man schnappt das eine oder andere auf«, entgegnete Tom und versuchte sich Alex zu entziehen. »Ich hab ein bisschen zum Spaß geübt. Wird schon schiefgehen.«

Doch Alex baute sich vor ihm auf und legte Tom auch die andere Hand auf die Schulter. »Ich mach das. Frag Karo, ob sie Schmiere stehen kann.«

»Nein, ich will sie da nicht mit reinziehen.« Tom wagte es kaum, sich vorzustellen, was alles schiefgehen konnte. Alex war erfahren genug, um zu wissen, worauf er sich einließ. Aber Karo? *Das geht nicht,* beschloss Tom. »Ich kümmere mich um das Schloss. Du passt auf, dass niemand uns überrascht.«

»Wie du meinst. Aber komm nachher nicht bei mir an und beschwer dich, wenn du nicht mal die Tür aufkriegst.«

»Keine Sorge«, erwiderte Tom selbstsicherer, als er sich fühlte. »Das klappt schon.«

Dass sein Plan darin bestand, die Münze zunächst nur zu fotografieren, sagte er nicht. Alex würde ihn für verrückt erklären, ein derartiges Risiko nur dafür auf sich zu nehmen. Aber wenn er einmal reinkam, würde es auch ein zweites Mal klappen. Und in der Zwischenzeit würde er die andere Münze irgendwie finden müssen, ohne die sowieso nichts lief. Bis dahin durfte der Alte bloß nichts merken.

Am Samstag stand Tom direkt nach dem Frühstück am Fenster und beobachtete die Straße vor dem Haus. Das Wetter war nicht ganz so gut wie in den letzten Wochen; Wolken hingen am Himmel, und es sah aus, als könnte es jeden Moment regnen. Die irrationale Angst, dass der Alte bei Regen entscheiden könnte, nicht zu gehen, erfasste von Tom Besitz. Er begann, an seinen Nägeln zu kauen – eine schlechte Angewohnheit, von der er geglaubt hatte, er hätte sie längst abgelegt. Aber manchmal fanden seine Finger wie von selbst einen Weg zu seinen Zähnen, wenn er nur nervös genug war.

Alex hingegen lag locker auf seinem Bett und sah sich Videos im Internet an. Hin und wieder lachte er leise. Seine Versuche, Tom für bestimmte Clips zu interessieren, hatte er bereits eingestellt, als er merkte, dass Toms Kopf zu voll dafür war.

Als Tom schon fast nicht mehr glaubte, dass der Alte überhaupt noch gehen würde, öffnete sich die Haustür, und die lange Gestalt ihres Ziehvaters trat heraus. Sofort duckte sich Tom hinter die Gardine und hielt die Luft an, als könne der Alte ihn von da unten durch das geschlossene Fenster hören.

»Mach dich mal locker«, murmelte Alex und legte sein Handy zur Seite. »Ist er weg?«

»Gleich«, antwortete Tom mit leiser Stimme. Er konnte nichts dagegen machen – schon allein der Anblick des Alten sorgte dafür, dass sich seine Hände unwillkürlich zu Fäusten ballten.

Alex stellte sich neben ihn und warf ebenfalls einen Blick aus dem Fenster. Der Alte ging die paar Schritte bis zur Straße, sah prüfend zum Himmel empor, sodass Tom fast das Herz stehen blieb, und setzte sich dann einen grauen Hut auf.

»Mann, das war vor fuffzig Jahren vielleicht mal in«, flüsterte Alex. *Selbst er ist leise,* stellte Tom fest. Der Alte zog die Schultern hoch und ging den Bürgersteig entlang. Sie warteten, bis er hinter dem Zaun außer Sicht geriet, und dann noch einige Minuten. Alex zog einen dunkelblauen Pullover über und sah Tom erwartungsvoll an.

»Fertig?«

Tom holte tief Luft, und dann gab er sich einen Ruck.

»Okay.«

Sie gingen durch den Flur und die Treppe hinunter, als sei alles in Ordnung. Nicht, dass die Jüngeren ihnen Fragen stellen würden, aber sie wollten auch nicht, dass sie irgendwas bemerkten. Vermutlich würde es noch eine Weile dauern, bis auch die anderen Kids feststellten, dass der Alte wirklich weg war und sie versuchen konnten, das Beste aus dem Tag zu machen.

In der Küche holte sich Alex eine Dose Billigcola aus dem Kühlschrank. Sie sahen sich kurz an, dann stellte sich Alex lässig an die Tür zum Flur und trank das Gesöff.

Tom schlich mit pochendem Herzen zu der verschlossenen Tür zu den Zimmern des Alten und lauschte erst einmal daran; er hörte nichts. Es war eine einfache Holztür mit einem simplen Schloss. Tom fingerte das Werkzeug aus seiner Tasche, das er mal im Netz bestellt hatte, als Spielerei und Fingerübung, und sah sich das Schloss genau an. Er kannte die Grenzen seines Könnens: Eine Haustür mit einem vernünftigen Schloss oder gar einem Sicherheitsschloss wäre für ihn nicht machbar gewesen. Aber dieses Schloss war nicht dafür gedacht, vor Einbrechern zu schützen; es sollte nur für Privatsphäre sorgen.

Der Alte hatte zwar ein besseres Schloss als ein gewöhnliches Buntbartschloss einbauen lassen, aber Tom hatte auch schon an schwierigeren Zylinderschlössern geübt. Er schob den selbst zurechtgebogenen Spanner hinein und drehte den Zylinder die wenigen Bruchteile von Millimetern, die er sich bewegte, bevor er mit einem weiteren hakenförmigen Draht langsam die Stifte ertastete. Es dauerte lange, bis er den ersten gefunden und richtig gesetzt hatte. Der Zylinder bewegte sich ein winziges Stück weiter.

»Das dauert ja ewig. Was machst du denn da so lange?«, zischte Alex von der Tür her.

»Klappe«, fauchte Tom zurück. Er konnte einen Schweißtropfen spüren, der ihm über die Schläfe lief. Er blies sich die Haare aus der Stirn.

Ein zweiter Stift glitt zurück, und wieder ließ sich der Zylinder des Schlosses ein kleines bisschen weiter drehen.

»Komm schon«, murmelte Tom leise. Er hatte das Gefühl, dass seine Finger zitterten, und seine Knie taten ihm plötzlich weh. Aufregung brandete durch seinen Körper. Er fühlte mit dem Haken im Schloss herum, fand aber den dritten Stift nicht. Dabei konnte er beinahe spüren, wie seine Finger feucht wurden, und er fürchtete, jeden Moment abzurutschen. Ob er noch einmal die Ruhe aufbringen konnte, einen weiteren Versuch zu wagen, wenn der erste misslang? *Nein! Ich muss das jetzt durchziehen!*

Vorsichtig tastete er weiter, glaubte, den Stift gefunden zu haben, übte vorsichtig Druck aus. Unvermittelt klickte es leise, und der Zylinder drehte sich ganz.

»Ich hab's.« Triumphierend blickte Tom zu Alex hinüber und steckte sein Werkzeug ein. Er legte eine Hand auf die Tür, die andere an die Klinke. Ganz sacht drückte er sie herab, und die Tür öffnete sich.

Die Räume dahinter waren düster. Die Jalousien waren herabgelassen, und das Licht von draußen fiel nur durch schmale Schlitze herein.

»Mach hinne«, befahl Alex mit einem drängenden Ton in der Stimme. Tom folgte der Aufforderung und betrat die Zimmer des Alten. Dabei kam er sich wie ein Dieb vor, der ein Heiligtum ausrauben will. Eine Kirche. Oder die Pyramiden. Fast erwartete er, überall Fallen und Alarme auszulösen, aber es blieb ruhig.

Auf Zehenspitzen lief er über den abgewetzten Teppich. Das erste Zimmer war ein kleines Wohnzimmer mit einer Couch und einem Fernseher sowie einem Schreibtisch, einer Kommode und einem Schrank mit Glastüren. Die Tür zum Schlafzimmer stand auf. Tom konnte das Bett und den großen, dunklen Kleiderschrank sehen.

»Wo hat er sie hingepackt?«, fragte er sich laut. »In den Schreibtisch?«

Langsam, um den Inhalt nicht durcheinanderzubringen, zog er die Schubladen auf. Er sah Stifte, einen Block, Hefter mit irgendwelchen Zetteln darin, Bürokram. Er schloss die Schubladen wieder und schaute sich um. *Es hat keinen Zweck; ich muss alles durchsuchen.* Insgeheim hatte er gehofft, dass er die Münze irgendwie würde spüren können, aber das war wohl reines Wunschdenken gewesen. *Vielleicht gibt es sie auch gar nicht, und alles war bloße Einbildung.*

Er schob die lähmenden Gedanken fort und machte sich an die Arbeit, das Wohnzimmer systematisch zu durchsuchen. In der Kommode war nichts zu finden, und im Schrank standen nur Porzellanfiguren: kleine Jungen mit Lederhosen und Gitarren, Tiere, ein altmodisch gekleidetes Porzellanpärchen und dergleichen grell bemaltes Zeug mehr. *Mann, was der Alte für einen Müll sammelt.* Die beiden Schubladen unten im Schrank enthielten Batterien und allerlei Elektrozeug, das der Alte ihnen im Lauf der Jahre abgenommen hatte. Tom erkannte Karos roten MP3-Player, den er ihr geschenkt hatte und den sie schmerzlich vermisste, aber er traute sich nicht, das Gerät aus der Schublade zu nehmen.

»Mist. Mist. Mist«, flüsterte Tom und sah sich um. Er hatte keine Ahnung, wie lange er sich schon in dem Zimmer befand. Sein Blick fiel auf die Schlafzimmertür. Er musste seine Suche dort fortsetzen, aber der Gedanke war noch ungeheuerlicher, als heimlich das Wohnzimmer zu betreten. Noch nie war eines der Kinder im Schlafzimmer gewesen. Manchmal wurden einzelne ins Wohnzimmer geholt, wo es derbe Prügel setzte, während die Porzellanmenagerie mit leblosen Augen zuschaute, aber die Tür zum Schlafzimmer war dann immer geschlossen.

»Scheiße.« Mit diesem Wort trat er über die Schwelle und sah sich um. Das Bett war ordentlich gemacht. Überhaupt waren die Zimmer ziemlich aufgeräumt. Tom wagte kaum, über den Teppich zu laufen, aus Sorge, seine Fußspuren würden ihn verraten. Es gab zwei uralte Kommoden und den massiven Kleiderschrank. Tom sah eine Gestalt und sog erschrocken die Luft ein, bevor er sein eigenes Bild im Spiegel an der Schranktür erkannte.

Er wischte sich mit den Fingern über das Gesicht und rieb dann die Hände aneinander. Er lauschte einige Momente, aber alles war ruhig. Also entschied er sich, zuerst den Schrank zu durchsuchen. Er öffnete eine der Türen.

Ein muffiger Geruch stieg ihm in die Nase. Alte Kleidung, Mottenkugeln, an mehr mochte er nicht denken. Die meisten Sachen waren ordentlich auf Bügel gehängt; auf dem Boden stand eine Reihe Lederschuhe. Es war merkwürdig, die Kleidung des Alten so zu sehen.

Mit einem Mal war er ein Mensch, jemand, der morgens seine Sachen aus dem Schrank holen musste. Kein Monster, das stets gleich aussah. *Ein alter Mann, der dich zu Tode prügelt, wenn er dich erwischt,* erinnerte sich Tom und riss sich damit selbst aus seiner Starre.

Er schloss die Tür und machte die nächste auf. Schubladen, Fächer mit Hemden, ein Halter für Gürtel. Mit schweißnassen Fingern zog er die Schubladen auf. Er fand einige auf einer samtigen Unterlage drapierte Uhren, Manschettenknöpfe und in der zweiten Schublade zwei große Blechdosen, in denen einst offenbar Kekse beziehungsweise Süßigkeiten gewesen waren. Sehr vorsichtig hob er den Deckel der größeren Dose an.

Darin lagen Geldscheine. Eine wirklich beträchtliche Menge. Zehner, Fünfziger, Hunderter, alles wild durcheinander – Tom konnte sogar einen Fünfhundert-Euro-Schein ausmachen. Er wusste sofort, worum es sich bei dem Dosenversteck handeln musste. *Hier schmeißt er das Geld rein, das wir ihm bringen.* Die Versuchung war groß, einfach in die Dose zu greifen und ein paar Scheine mitzunehmen. Der Alte konnte unmöglich im Kopf haben, wie viel Geld genau darin lag. Aber Tom unterdrückte den Impuls. Deshalb war er nicht hier.

Er verschloss die Dose wieder und nahm den Deckel der zweiten ab. Das Erste, worauf sein Blick fiel, war die Münze.

Sie lag oben auf einem Haufen Kram, anscheinend weitere Sachen, die der Alte seinen Pflegekindern abgenommen hatte. Tom zog sein Handy aus der Tasche, um ein Foto zu machen, aber dann streckte er die Hand aus und nahm die Münze einfach. Es war, als würde nicht er selbst handeln, sondern ein anderer Tom. Er wog sie einen Herzschlag lang in der Hand.

»He, Tom, komm zurück! Er ist wieder da. Tom?«

Alex' Stimme war angsterfüllt, und sofort schlug Tom das Herz bis zum Hals. *Scheiße! Nein!* Er steckte die Münze in die Hosentasche und drückte den Deckel auf die Dose. Das Metall verkantete sich, und er wollte schon loslaufen, hielt aber noch einmal inne und schob den Deckel vorsichtiger hinunter, bis er endlich passte. Die Schublade flog zu; mit der Schranktür war er behutsamer, konnte allerdings ein dumpfes Aufprallgeräusch vor lauter Aufregung nicht verhindern.

»Tom!«

»Komme«, rief er zurück und sah sich wild um. Alles schien am richtigen Platz zu sein, aber sicher war er sich nicht. So ordentlich, wie es hier vorher gewesen war, mochte es sein, dass er etwas übersehen hatte. Doch darum konnte er sich jetzt nicht mehr kümmern. Er durchquerte das Wohnzimmer, zog die Tür hinter sich zu und lief zurück in die Küche. Alex stand mit vor Schreck geweiteten Augen draußen im Flur und sah Tom einen Moment an, bevor er die Treppe hinauf nach oben stürmte.

Die Klinke der Haustür bewegte sich, und Tom sah wie hypnotisiert, wie sie langsam herabgedrückt wurde. Er konnte sich nicht bewegen. Erst als die Tür sich öffnete, gelang es ihm, sich aus seiner Erstarrung zu lösen, und er stürzte zum Kühlschrank, riss ihn auf und nahm sich auch eine Dose Cola. Die Münze in seiner Hosentasche musste einfach zu sehen sein. Der Alte würde sie bemerken und dann … Tom wagte nicht, weiterzudenken. Er öffnete die Dose und trank einen Schluck, als der Alte in die Küche kam. Tom grüßte ihn mit einer Stimme, die sich in seinen eigenen Ohren unglaublich schuldbewusst anhörte, aber der Alte brummte nur und nahm den Hut vom Kopf.

Atemlos schlich Tom an ihm vorbei und in den Flur. Er wagte es nicht, ihn anzusehen. Als er fast die Treppe erreicht hatte, erklang die scharrende Stimme des Alten: »Nicht so schnell, Tom.«

Er drehte sich um und wusste einfach, dass ihm die Angst ins Gesicht geschrieben stehen musste.

»Ist das deine?« Der Alte deutete auf eine Coladose, die auf dem Küchentisch stand.

»Nee«, erwiderte Tom und hielt seine Dose wie einen Schild hoch.

»Verdammte Bande«, fluchte der Alte und drehte sich um. »Lassen alles überall rumstehen. Keinen Sinn für Ordnung.«

Er trat an seine Tür, schob den Schlüssel ins Schloss. *Jetzt,* dachte Tom. *Jetzt merkt er, dass nicht abgeschlossen ist.* Der Alte verharrte, sah nach unten, dann brummte er vor sich hin und ging in seine Zimmer.

Toms Knie waren so weich, dass er sich auf dem Weg nach oben an der Wand abstützen musste.

Gefangen

Um Matani herum erklang ein beständiges leises Murmeln. Sie glaubte, an einem Flusslauf zu sitzen und den Wellen zuzuhören, als sie allmählich aufwachte. Doch dann erkannte sie einzelne Worte in dem plätschernden Geräusch. In diesem Augenblick kamen auch die Schmerzen, eine Feuersäule, die ihr durch das Rückgrat in den Schädel schoss. Sie keuchte auf. Was war bloß los mit ihr?

»Trink etwas«, sagte eine raue Stimme, und Matani spürte eine Berührung am Mund. Schon floss warmes Wasser über ihre Lippen, und sie trank in kleinen Schlucken. Es schmeckte abgestanden, aber das kümmerte sie nicht. Ihr Hals war wund, und sie verschluckte sich. Ihr ganzer Körper krümmte sich beim Husten zusammen, und jeder Krampf ließ den Schmerz schlimmer werden. Sie drehte sich auf die Seite, zog die Knie an die Brust und versuchte, einfach nur zu atmen. Vor ihren geschlossenen Lidern tanzten helle Flecken, und sie fühlte sich, als würde ihr gleich wieder schwarz vor Augen werden. Aber das Gefühl verging langsam, und sie wagte es, die Augen zu öffnen.

Um sie herum herrschte Zwielicht. Matani konnte Gestalten in ihrer Nähe erkennen, Dutzende, die alle auf dem Boden saßen oder lagen. Und über ihr und allen anderen war Holz. Eine geschlossene Holzfläche. *Dies ist überhaupt kein Zelt, es ist ein Haus,* dachte Matani benommen. Sie wollte sich aufsetzen, aber sobald sie sich bewegte, wurden die Schmerzen schlimmer. Also blieb sie einfach liegen. Ihre Arme und Beine fühlten sich ohnehin so schwach an, als ob sie aus Gras wären und keine Knochen darin.

»Wie geht es dir?«

Matani sah auf. Über ihr kniete ein älterer Mann mit sehr dunkler Haut, der eine Holzschale in der Hand hielt. Er hielt sie ihr fragend hin. Sie nickte, und er brachte sie an ihre Lippen.

Diesmal trank sie langsam und vorsichtig, und es gelang ihr, sich nicht zu verschlucken.

»Danke.« Sie erschrak, als sie ihre Stimme hörte. Es klang nicht nach ihr, sondern nach einer alten, kranken Frau, schwach und zittrig.

»Das erste Mal ist das Schlimmste«, sagte der Mann, als erwartete er, dass Matani ihn verstand. »Es wird dir bald besser gehen, und beim nächsten Mal ist es nicht mehr so schlimm.«

Matani kniff die Augen zusammen. »Wo bin ich?«, fragte sie, statt auf das einzugehen, was der Mann gesagt hatte.

»Ich weiß nicht, wie der Ort heißt. Wir sind in einem Lager der Magatai im Gräsermeer.«

Die Magatai. Schlagartig kehrten die Erinnerungen zurück. Die Herde, der Fluss, die Hirten und der Angriff. Die Reiter mit ihren Helmen. Vachir, die wie der Wind über die Steppe flog, aber nicht schnell genug, um zu entkommen. *Und der Knall.* Vorsichtig tastete sie ihren Körper mit den Händen ab.

»Du bist nicht verletzt, zumindest nicht so, dass ich es sehen würde«, beruhigte er sie. Auch ihre Finger konnten nichts finden, und der Anflug von Panik verging wieder.

Sie atmete tief durch und setzte sich langsam auf. Als der Schmerz zurückkam, musste sie die Augen schließen, aber wenn sie ruhig dasaß, ebbte er allmählich ab, bis er nur noch ein dumpfes Pochen hinter ihren Augen war, unangenehm, aber nicht mehr unerträglich.

»Gut. Du willst nicht aufgeben«, stellte der Alte grinsend fest.

»Ich bin Matani. Ich bin eine Jägerin«, erwiderte sie.

Er deutete auf seine Brust: »Ich bin Nevek. Woher kommst du?«

»Aus dem Gräsermeer. Und du?«

»Ich komme aus dem Süden, wo es so heiß ist, dass es kein Gras mehr gibt, sondern nur Sand. Ich hatte viele Tiere. Früher.«

Er brach ab, und Matani sah, dass es dem Alten schwerfiel, daran zu denken. Sie blickte sich um. Der Raum, in dem sie sich befanden, war groß genug, um Dutzenden von Menschen Platz zu bieten. Die Luft war stickig, und das einzige Licht kam durch zwei große Löcher weiter oben in der einen Wand, durch die ein rötlicher Schimmer fiel. Es war kein Sonnenlicht, das sah sie sofort.

Ein unangenehmer Geruch von Schweiß und Krankheit drang Matani in die Nase. Es gab keine Möbel, keine Decken, nur nackten Boden aus grobem Holz und ebensolche Wände. Die meisten anderen hier hatten die Augen geschlossen, und sie alle wirkten alt, verbraucht und abgehärmt. Matani sah leere Augen und offene Münder; es war, als starrte sie Totenschädel an.

»Was ist mit ihnen?«, flüsterte sie entsetzt.

»Sie erholen sich. Hoffentlich. So wie du.«

Bevor Matani antworten konnte, öffnete sich eine Tür unterhalb der beiden Lichtlöcher. Eine massige Gestalt trat in den Raum. Obwohl sie im Lichtschein stand und kaum mehr als ein Schattenriss war, erkannte Matani eine Rüstung und einen Helm wie die der Reiter, die sie gefangen genommen hatten. Der Krieger blieb stehen, ließ seinen Blick durch den Raum schweifen und trat dann zur Seite, um weiteren Gestalten Platz zu machen.

Zwei Männer schleppten eine große Kiste in den Raum. Hinter ihnen wurde die Tür sofort wieder geschlossen, ohne dass Matani hätte erkennen können, was dahinter lag. Der Krieger vertrieb mit Tritten eine ganze Reihe der Liegenden; er war brutal und stieß ihnen seine spitzen Stiefel in die Seite, bis sie davonkrochen. Die beiden Männer stellten ihre Last auf dem frei gewordenen Boden in der Raummitte ab.

»Fütterungszeit«, rief der Krieger.

Wir sind doch keine Begrah, dachte Matani zornig und ballte die Faust, aber Nevek legte ihr die Hand auf die Schulter. Die beiden Träger zogen sich zurück, und der Krieger folgte ihnen, behielt dabei aber die Menschen um ihn herum im Blick. Er hätte sich die Mühe nicht machen müssen. Kaum jemand zeigte eine Regung. Er schritt über Beine und Leiber hinweg, trat hier und da noch einmal zu, bevor er die beiden Träger erreichte, die an der Tür auf ihn warteten.

Matani spähte angestrengt, als sie hinausgingen, sah aber nur einen kleinen Raum, in dem ein rotes Licht schien. Offenbar waren dort mehr Menschen, aber sie konnte keine Einzelheiten ausmachen.

»Hast du Hunger?«, fragte Nevek, und obwohl Matani eigentlich überhaupt keine Lust verspürte, das Essen der Magatai anzurühren, nickte sie. *Wer weiß, wann ich sonst wieder etwas bekomme.*

Der Alte kroch auf allen vieren zu der Kiste, und Matani erhob sich vorsichtig. Ihre Knie waren weich, und ihre Beine fühlten sich an, als könnten sie ihr Gewicht niemals tragen, aber es gelang ihr trotzdem, nicht nur aufrecht stehen zu bleiben, sondern auch die wenigen Schritte in die Mitte des Raums zu gehen, wo sie sich erleichtert hinkniete.

In der Kiste waren Holzschalen und Becher. Es gab flache Brotfladen und eine große, tönerne Schüssel mit einem undefinierbaren Brei darin. Matani zog den Korken aus einer aufrecht stehenden Amphore. Mehr schales Wasser, passend zu dem Rest des Essens.

»Iss«, forderte Nevek sie auf und nahm eine Schale, die er in den Brei tunkte und ihr dann reichte. Sie roch an dem Essen; irgendein Gemüse vielleicht. Er riss etwas Brot ab und legte es auf ihre Schale, bevor er sich selbst bediente. Er tunkte das Brot in den Brei, und sie tat es ihm nach.

Es schmeckte nicht schlecht, sondern eigentlich nach fast gar nichts. Sie hatte Schlimmeres erwartet. Als sie die ersten Bisse schluckte, meldete ihr Bauch plötzlich doch Hunger an, und sie aß die ganze Schale leer.

Außer ihnen beiden war niemand zum Essen gekommen, wie Matani verwundert bemerkte. Sie wischte mit dem letzten Stück Brot die Schale sauber. Während sie etwas Wasser hineingoss, erkundigte sie sich bei Nevek: »Sind die anderen alle satt?«

»Sie sind alle noch zu schwach. Man hat zuerst meist keinen Hunger. Man fühlt gar nichts.« Gerade wollte Matani fragen, was er damit meinte, als er fortfuhr: »Neuankömmlinge wie ihr stecken das meist besser weg.«

»Wie wir?« Sie blickte sich rasch um. »Ich war nicht allein?«

»Nein, ihr wart zu zweit. Zumindest hier in der Hütte. Dieses Lager ist so groß wie ein Dorf, aber ich weiß nicht, ob es noch andere Neue in den anderen Hütten gibt.«

»Wo ist …?«

Nevek wies auf eine Gestalt, die neben der Tür in der Ecke lag. Von ihr war kaum etwas zu erkennen, und sie lag mit dem Gesicht zur Wand. Sofort kroch Matani los. Sie krabbelte über die Liegenden hinweg und scherte sich nicht darum, wen oder was sie berührte.

Als sie die Gestalt mit der dunklen Haut und dem halblangen schwarzen Haar erreichte, klopfte ihr das Herz bis zum Hals. *Es ist einer unserer Männer.* Sie streckte vorsichtig eine Hand aus, zögerte einen Moment, ihn anzufassen. Dann packte sie ihn am Arm und drehte ihn um.

Es war Dago, der mit flatternden Augenlidern und offenem Mund zur Decke sah. Matani flüsterte seinen Namen, aber er reagierte nicht. Sie wiederholte den Namen lauter und lauter, bis sie beinahe schrie, aber sein Gesichtsausdruck änderte sich nicht.

»Manche vertragen es auch gar nicht«, murmelte Nevek hinter ihr. Matani wirbelte herum.

»Was?«, fuhr sie ihn an. »Wovon redest du nur die ganze Zeit? Was vertragen manche nicht? Was haben sie denn gemacht?«

»Es ist ihre Magie.« Nevek senkte das Haupt und sah ihr nicht in die Augen. »Die Magie, mit der sie uns allen die Kraft stehlen.«

»Sie stehlen unsere Kraft?« Matani war verwirrt. Sie erinnerte sich an den Knall, den sie gehört hatte, bevor ihr die Sinne schwanden. Magie der Magatai, ganz bestimmt.

Aber ein Zauber, der ihnen allen die Kraft raubte? »Wofür? Warum machen sie so etwas?«

»Ich weiß es nicht«, erklärte der Alte. »Aber sie tun es immer öfter. Es ist, als wollten sie dir die Seele aus dem Leib reißen. Manche sterben einfach dabei. Und die Magatai brauchen immer mehr von uns, immer neue Kraft. Sie bereiten etwas vor, etwas sehr Großes und Mächtiges.«

Matani sah ihn an. Seine Worte erschienen ihr ungeheuerlich. *Wer würde so etwas tun?* Aber sie kannte die Antwort: *die Magatai.* Sie hatte ihr Leben lang Geschichten darüber gehört, wozu die Fremden fähig waren. *Ich muss Vater warnen. Ich muss meinen Stamm warnen. Wir müssen weg von hier, weit weg.*

Ihr Blick fiel auf Dago, dem ein dünner Speichelfaden aus dem Mund lief. Er stöhnte leise. *Aber ich kann ihn ja nicht so allein hier zurücklassen,* dachte sie. Ehe ihr plötzlich schmerzhaft klar wurde, dass ihr eigentliches Problem ein ganz anderes war: Sie war ebenso eine Gefangene der Fremden wie die apathischen Gestalten um sie herum. Wenn sie auch nur irgendjemanden warnen wollte, dann musste sie zuerst einmal herausfinden, wo sie genau war und wie sie überhaupt von hier verschwinden konnte.

Eine Insel voller alter Sachen

Tom hielt die Zeichnung der Münze in die Höhe. Das Bild war nahezu perfekt geworden. Er lächelte Karo an.

»Das ist gut, richtig gut. Du hast das voll drauf.«

Karo schaute auf ihre Füße und wurde tatsächlich ein bisschen rot. Das war ein ungewohnter Anblick, aber Tom wusste, dass sie das Zeichnen und Malen sehr ernst nahm. Und es gehörte – neben Fußball – zu den wenigen Sachen, bei denen ihr die Meinung anderer wichtig war.

Karo grinste und blätterte dann die nächste Seite ihres Zeichenblocks auf. »Ich hab dir noch was gemalt«, sagte sie fast schüchtern. »Einen Raben.«

Sie riss das untere Blatt heraus und reichte es Tom. Darauf war ein lebensecht wirkender Rabe zu sehen, dessen Gefieder blauschwarz schimmerte.

»Krass«, murmelte Tom überrascht. »Genau so sieht er aus.«

»Wofür willst du das Bild von der Münze eigentlich haben?«, wollte Karo wissen. Tom vermutete, dass sie das Gespräch von ihren Malkünsten ablenken wollte; Lob war ihr oft nicht geheuer. *Kein Wunder. Den Alten interessiert es einen Dreck, ob wir noch was anderes können, als Leute zu bestehlen. Und Karos Lehrer wissen vermutlich auch nichts davon, was sie in ihrer Freizeit so macht.*

Wenn man nie für etwas gelobt wurde, war es ziemlich schwierig, ein Kompliment zu akzeptieren. Das wusste Tom aus Erfahrung.

»Ich dachte, wenn ich mehr über das Ding rausfinden will, ist es gut, wenn ich ein Bild habe. Ich will die Münze nicht rumzeigen müssen.« Tom machte eine Pause und räusperte sich. Es war schwer zu erklären, warum er über das Original lieber nicht viele Worte verlieren wollte und die Münze am liebsten niemandem sonst gezeigt hätte. Es war ein Gefühl, eine Intuition, dass es so richtig war, aber er wusste selbst, dass sich das für die Ohren anderer Leute ziemlich bescheuert anhören musste.

»Ich glaube nämlich, dass die Münze alt ist und bestimmt wertvoll«, fuhr er schließlich fort. »Ich will nicht, dass einer denkt, dass ich sie geklaut habe. Und bei einem Foto würden sie sich fragen, wo ich das gemacht habe. Ich will keinen Ärger deswegen haben, weißt du? Aber so eine Zeichnung, die ist super, da kann ich immer sagen, dass es nur ein Bild ist. Und das Bild ist echt topp, allemal so gut wie ein Foto.«

»Ja, schon klar.« Karo senkte den Blick und fügte leiser hinzu: »Danke.«

Er beugte sich zu ihr hinüber und verwuschelte ihr die Haare, was sie hasste. Ein empörter Aufschrei und ein ziemlich schmerzhafter Schlag gegen seine Schulter waren die vorhersehbare Folge.

»Au! Du solltest mit dem Kicken aufhören und Profiboxerin werden«, empfahl Tom, als er sich die Schulter rieb.

»Pah, um mit so 'nem Weichei wie dir fertigzuwerden, braucht man ja wohl kein Profiboxer zu sein!«

»Weichei? Hey, danke schön!« Tom setzte eine übertrieben empörte Miene auf, faltete die beiden Bilder zusammen und schob sie unter die Schublade des Schreibtisches. Da waren sie zumindest für den Augenblick sicher. »Du darfst niemandem davon erzählen, klar? Niemandem, auch nicht Benny oder so.«

»Das hast du schon gesagt.« Sie verdrehte die Augen. »Ich bin doch nicht blöde. Als wenn ich das verraten würde.«

»Gut.«

»Ich muss los. Morgen schreiben wir 'ne Mathearbeit, und ich muss noch lernen.«

»Streberin«, verabschiedete er sie mit einer halbherzigen Beleidigung, und sie sagte nichts dagegen, sondern streckte ihm lediglich die Zunge heraus, ehe sie den Raum verließ.

Tom blieb allein in seinem Zimmer zurück und legte sich aufs Bett. Bisher hatte sein Ausflug in die Räume des Alten keine Konsequenzen gehabt, was ihn selbst ziemlich überraschte. Wenn er darüber nachdachte, gab es eine Menge guter Gründe, warum der Alte inzwischen bemerkt haben musste, was Tom in seiner Abwesenheit getan hatte.

Bei jedem Essen, bei jedem Zusammentreffen unten erwartete Tom, dass der Alte ihm den Diebstahl vorwerfen würde, aber bisher war alles ruhig geblieben. In gewisser Weise war die nagende Ungewissheit schlimmer, als erwischt zu werden. Dieses Gefühl, ständig unter Strom zu stehen, das schlechte Gewissen. *Obwohl ich mir ja eigentlich nur zurückgeholt habe, was er mir abgenommen hat!*

Aber so einfach war das nicht. Trotz allem fühlte Tom sich mies, weil er es gewohnt war, in den Augen des Alten die Schuld zu tragen. *Woran auch immer.*

Er warf einen Blick zur Tür und vergewisserte sich, dass sie geschlossen war, dann holte er seine Schuhe unter dem Bett hervor und griff hinein. Die Münze steckte zwischen Innenfutter und Sohle, gut versteckt. Die Idee dahinter war simpel gewesen: *Es wird wohl niemand in die ollen Sneaker schauen.* Er lauschte kurz, konnte aber nichts hören, also nahm er die Münze heraus und sah sie an. Das kleine Stück Metall war der Beweis dafür, dass er nicht durchdrehte. Sie war erstaunlich schwer, aber vielleicht kam ihm das auch nur so vor, weil sie so wichtig war. Bei genauerem Hinsehen war er nicht sicher, was für ein Tier auf der Vorderseite zu erkennen war; es war bestimmt eine Raubkatze, aber was für eine?

Die Münze wirkte alt, das Metall war leicht abgegriffen, und hier und da waren Kratzer zu sehen. Sie war unregelmäßig geformt und so ganz anders als die Euromünzen, die Tom sonst kannte.

Tom drehte und wendete die Münze und ließ das Licht aus verschiedenen Winkeln darauf fallen. Seit er sich eingestanden hatte, dass es tatsächlich keine einfache Erklärung für all das gab, was in letzter Zeit mit ihm passiert war, fühlte er sich seltsam befreit. Es ging ihm nun besser als in den Tagen, nachdem er erfahren hatte, dass er ein Findelkind war. *Vielleicht hängt das ja zusammen. Irgendwie … keine Ahnung.* Auf Facebook hatten immer wieder mal Leute überlegt, ob zwischen beidem irgendeine schräge Verbindung bestehen könnte.

Die Sonne schien durch das Fenster und wärmte Toms Haut. Apropos Facebook: Er nahm sein Handy und checkte kurz FB und Twitter. Er hatte seinen Freunden ja vom Fund der Münze berichtet, und jetzt schlugen ihm William und Claude vor, doch einfach mal die Münze zu nehmen und sich auf sie zu konzentrieren. Es war eine ziemlich vage Idee, aber nach allem, was ihm in den letzten Wochen passiert war, fand er es nicht besonders schwer, sich darauf einzulassen. *Nicht mal annähernd. Und wenn jemand von den anderen das abgedreht findet, sei's drum.*

Für die Leute online ist das alles nur ein Spiel, grübelte Tom. *Die stecken aber auch nicht mittendrin! Ach, was soll's. Es wird schon nicht mehr passieren, als dass ich mich bescheuert fühle.*

Er legte die Münze auf seine Handfläche und sah sie ganz genau an, registrierte jede Kerbe, jede Unebenheit. Nichts geschah. *Nicht überraschend,* dachte Tom, gab aber dennoch nicht auf. Er ballte die Hand um die Münze zur Faust, schloss die Augen und versuchte irgendwie daran zu denken, dass die Münze ihm den Weg weisen sollte. Es dauerte eine Weile, bis er aufhörte, sich ziemlich albern vorzukommen, und auch danach passierte erst mal gar nichts.

Fast wollte er aufgeben, als er ein unbestimmbares Gefühl verspürte. Zuerst hielt er es für Einbildung, ausgelöst durch sein Begehren, hinter das Rätsel der Münze zu kommen, aber dann wurde ihm bewusst, dass es tatsächlich ein seltsames Sehnen war. Den Wunsch, einfach *woanders* zu sein, hatte er in den Jahren bei dem Alten oft genug verspürt. Nur diesmal war er stärker, und er wuchs in ihm, bis er alles andere überlagerte. Und mit einem Mal wusste Tom, wohin er gehen musste.

Hastig sprang er auf und schlüpfte in die Turnschuhe. Er schob die Münze in die Hosentasche, riss seinen Sweater vom Stuhl und zog ihn an, während er durch den Flur lief und die Treppe hinunterpolterte, wobei er immer drei Stufen auf einmal nahm.

Beinahe wäre er aus der Tür hinaus gewesen, aber eine Stimme aus der Küche hielt ihn zurück. »Tom?«

Es war nicht der Alte, sondern Eva, die Frau, die alle Mutter nennen sollten. Sie stand in der Küchentür und wischte sich die Hände an der Schürze ab. Tom winkte ihr zu.

»Ich koche gerade«, erklärte sie mit brüchiger Stimme. »Das Essen ist gleich fertig.«

Ihr Gesicht war verhärmt, und ihre grauen Haare hatte sie zu einem unordentlichen Knoten hochgesteckt. Sie trug stets alte Kleidung. Hinter ihr schlabberte der Pitbull Tyson lautstark Wasser aus einer Schale. Die beiden, Frau und Hund, blieben nach Möglichkeit in ihrem Zimmer. Die alte Frau war krank und verbrachte jede Minute, in der sie sich nicht um den großen Haushalt kümmerte, in einem abgewetzten Ohrensessel vor dem Fernseher. Irgendwie tat sie Tom leid; sie war mit einem Sadisten verheiratet und musste trotz ihrer Schmerzen immer noch schuften. Tom war sich sicher, dass sie nichts davon ahnte, wie der Alte die Kinder und Jugendlichen behandelte. Sie war eine liebe, naive Frau.

Deshalb lächelte er freundlich und setzte seine beste Familienserien-Miene auf.

»Danke! Ich komme später wieder und mache mir was warm.«

Sie nickte und wandte sich ab. Im Vorbeigehen bückte sie sich langsam und offensichtlich unter Schmerzen, um Tyson den Kopf zu streicheln. Falls der Alte den Hund als Wachhund oder scharfen Kampfhund angeschafft hatte, war er sicherlich ziemlich enttäuscht. Tyson war trotz seines martialischen Aussehens ein verspieltes Tier, das einem Einbrecher vermutlich eher die Hände abgeleckt, als dass er ihn gebissen hätte.

Kurz sah Tom den beiden zu, dem treudoofen Pitbull und der alten Frau, dann zog er sich die Kapuze seines Pullis über den Kopf und lief hinaus.

Die Straßenbahn ratterte durch die Stadt, aber Tom achtete weder auf die Orte, die sie passierte, noch auf die Menschen, die ein- und ausstiegen. Er hielt die Münze in der geballten Faust und konzentrierte sich allein auf sie. So versunken war er in seine eigenen Gedanken, dass er fast seine Haltestelle verpasst hätte. Doch als er sich dem Ziel näherte, konnte er förmlich spüren, wie die Münze in seiner Hand vibrierte, also sprang er auf, sobald ihm auffiel, dass der Wagen stand. Die Türen schlossen sich schon wieder, aber Tom quetschte sich noch hinaus und sah sich um. Erst jetzt bemerkte er, wo er eigentlich war. Haltestelle Hackescher Markt, Berlin Mitte. Nicht gerade seine Gegend, aber auch ein relativ ungefährliches Pflaster. Hier liefen die Reichen und Yuppies rum, und die Polizei passte schon auf, dass den ganzen Ich-mach-was-mit-Medien-Leuten nichts Übles widerfuhr.

Tom konnte spüren, dass die Münze ihn förmlich drängte weiterzugehen, und er lief los. Er beeilte sich, weil er das Gefühl hatte, dem Drängen nicht widerstehen zu können. Schon bald sah er die Spree und die Brücken, die zur Museumsinsel hinüberführten, zu seiner Rechten die Gleise der Stadtbahn, links die Friedrichsbrücke. Er ging schnell die Straße entlang, bis er zur Brücke kam, und überquerte sie. Außer ihm liefen noch eine ganze Menge Menschen über die Brücke, und mehr als einmal hätte er sich problemlos das eine oder andere Portemonnaie schnappen können, aber im Moment schien es ihm unwichtig zu sein, was der Alte sagen würde, wenn er ohne Kohle nach Hause kam.

Ein Saxophonspieler in bunten Klamotten spielte irgendeinen Popsong, der Tom vage bekannt vorkam, aber er hastete einfach an ihm vorüber. Seine ganze Aufmerksamkeit galt der Museumsinsel vor ihm.

Tom wusste, dass er jetzt ganz nahe an seinem Ziel war, als er die Spreeinsel betrat. Ein Stück die Straße runter stand ein großes, alt wirkendes Gebäude, ein richtig fetter Kasten, direkt an einer großen Grünanlage. Während er abbog, um zur Vorderseite des Gebäudes zu kommen, beobachtete Tom die Menschenströme, die sich durch den Park bewegten. Busse parkten in Reih und Glied an der

Seite, und vor ihren Türen bildeten sich richtige Menschentrauben. Ein Stück die Straße runter war eine Kirche mit einer großen Kuppel.

An einer Wegkreuzung entdeckte er ein Hinweisschild. Davor stand ein junges Pärchen, das die Tafel ausgiebig studierte. Tom drängte sich an den beiden vorbei, schaute auf die Tafel und ignorierte die missbilligenden Blicke. *Richtig, der große Kasten ist das Alte Museum.*

Das Pärchen verschwand in eine andere Richtung, und Tom sah sich das Museum genauer an. An der Vorderseite gab es jede Menge Säulen und einige Standbilder, die eine breite Treppe flankierten. Auf dem Dach hing eine Fahne schlaff herab. Die meisten Menschen kamen aus dem Museum heraus oder hielten sich im Park auf, der aus abgezirkelten Rasenflächen und geraden Wegen bestand und in dem ein Springbrunnen Wasserfontänen in die Luft schoss.

Sein Gefühl sagte ihm, dass er sein Ziel erreicht hatte. *Ich werd verrückt, der Patrick hatte mit seiner Museumsidee doch recht.*

Schnell lief Tom in den Park und steuerte auf den Eingang des Museums zu. Er sprang die Treppen hinauf und fand sich vor verschlossenen Türen wieder. Außer ihm schien keiner hinein-, sondern alle nur hinauszuwollen.

Ein rundlicher Mann in Uniform und mit einem freundlichen, breiten Gesicht kam auf Tom zu. Toms erster Reflex war es, Fersengeld zu geben, aber der Typ war kein Polizist, sondern bloß irgendein Museumswächter.

»Ist schon zu, Junge«, erklärte der Mann jovial, aber Tom sah, dass er wieder skeptisch gemustert wurde. *Ver-*

mutlich fragt er sich, was einer wie ich in einem Museum will.

»Oh, schade«, erwiderte Tom zuckersüß und schoss einfach ins Blaue: »Ich wollte mir doch die tollen alten Münzen anschauen.«

»Dann musst du an einem anderen Tag wiederkommen.«

»Ja, super, das mach ich. Danke.«

Während er langsam die Treppe hinabging, ließ Tom die Münze in seiner Tasche verschwinden. Er sah sich um und hoffte halb, irgendwo den Raben zu entdecken, aber da waren nur einige Tauben, die offenbar Spaß daran hatten, auf den Köpfen irgendwelcher Kerle auf dicken Pferden zu sitzen.

Da ist die zweite Münze drin, frohlockte Tom, bis ihm aufging, was das bedeutete. *Die Münze ist in einem Museum.* Auf Facebook hatte das vorher schon mal jemand vermutet, nur damals war das noch eine ziemlich wilde Idee gewesen.

Aber wenn sie echt in diesem Museum ist? Das heißt, sie wird sicher bewacht, und die Vitrinen haben bestimmt Alarmanlagen. So ein Mist! Eine dunkle Wolke schob sich vor die Sonne, und Tom war plötzlich kalt. Die Münze hätte genauso gut in einem Safe in einer Bank liegen können. Verglichen mit dem Museum war der Einbruch beim Alten ein Kinderspiel gewesen. *Für so was bekommt man bestimmt Jugendarrest oder so. Das kann ich nicht machen.*

Tom ließ den Kopf hängen, während er sich durch die Menschen drängelte und sich auf den Heimweg machte.

Sklaven und Trolle

Tagsüber wurde es in dem Raum noch viel heißer. Obwohl Matani die Wärme der Steppe gewöhnt war, konnte sie in den heißesten Stunden des Tages wenig mehr tun, als zu versuchen zu schlafen, während ihr der Schweiß in Strömen über die Haut lief.

Neben ihr in der Ecke lagen Dago und Nevek. Der Alte hatte sein Lager an ihre Seite geräumt, um auf sie aufzupassen, wie er sagte. Dago war auch nach zwei Tagen kaum bei Bewusstsein. Er wirkte wie ein Todkranker. Immer wieder hatte Matani sich bemüht, ihm Wasser und Essen einzuflößen, aber weitgehend ohne Erfolg. Selbst sein Gesicht war schon ganz eingefallen. Manchmal glaubte sie noch, dass er sie erkannte, wenn sie ihm in die Augen sah, aber er reagierte nie, wenn sie ihn ansprach.

»War er auch schon vorher so?«, fragte Nevek, als sie wohl zum hundertsten Mal Dagos Namen sagte, um ihn aufzuwecken.

Matani schüttelte den Kopf. »Nein, so war er nicht. Die Magatai haben ihm das angetan.« Sie blickte sich vorsichtig um und flüsterte dann: »Warum versucht niemand, von hier zu fliehen? Bei den Magatai gibt es nur den Tod.«

»Fliehen? Wie denn? Und wohin willst du fliehen?«

»Egal, es ist doch nur wichtig, von ihnen wegzukommen.«

»Die meisten hier können nicht mehr fliehen, so wie dein Freund hier«, erklärte Nevek, was Matani sich inzwischen wohl hätte denken können, aber nicht hatte wahrhaben wollen.

Matani sah auf Dago hinab. *Es stimmt. Selbst wenn ich fliehen könnte, er kann es nicht.*

»Habt ihr schon mit den Sklaven gesprochen?«, wollte sie von Nevek wissen. »Die Magatai haben doch bestimmt einige ihrer Sklaven hier.«

»Ja. Die, die uns das Essen bringen, sind Sklaven, und es gibt noch andere.«

»Und?«

»Sie werden uns nicht helfen. Sie sind froh, dass sie nicht in unserer Lage sind. Für sie sind wir weit unter ihnen. Und sie fürchten sich zu sehr, um daran zu denken, etwas zu ändern.«

»Das ist doch dumm!«, brauste Matani auf. »Die Magatai nutzen sie bloß aus, solange sie noch arbeiten können, und danach machen sie genau dasselbe mit ihnen wie mit uns!«

Nevek zuckte mit den Achseln, als wollte er sagen, dass das vielleicht die Wahrheit sein mochte, doch für die Sklaven kaum eine Rolle spielte. Und Matani ahnte, dass er recht hatte. Auf Hilfe vonseiten der Sklaven konnten sie nicht hoffen.

»Gibt es unter den anderen Gefangenen hier Krieger? Oder vielleicht Jäger oder Soldaten?«

»Ich weiß nicht«, gestand Nevek. »Ich habe mal einen Troll gesehen, aber der war nicht besonders groß. Mehr kann ich dir nicht sagen. Hier hat keiner Waffen oder einen Schild.«

Einige Tage später öffnete sich die Tür, und ihr Essen wurde gebracht. Diesmal waren es keine zwei Träger, sondern nur einer. Eine große Gestalt mit langen Armen, dunkelgrauer Haut und einem massigen Kopf, nur bekleidet mit einem Lendenschurz. *Das muss der Troll sein,* erkannte Matani. Die Wachen blieben an der Tür stehen und schienen nicht sehr aufmerksam, also kroch sie schnell in die Mitte, wo der Troll gerade Platz schuf. Er überragte sie um Haupteslänge, auch wenn er vielleicht klein für einen Troll war, und sah aus der Nähe nicht gerade vertrauenserweckend aus mit seinen kleinen Augen und den großen Hauern. Aber Matani beschloss, seine Fremdartigkeit vorerst zu ignorieren.

»Wie heißt du?«, fragte sie leise und sah sich vorsichtig nach den Wachen um. Die hatten entweder nichts bemerkt, oder es war ihnen egal, denn sie zeigten keine Reaktion.

»Resk«, brummte der Troll, als er den Kasten abstellte.

»Ich bin Matani. Bist du gern hier, Resk?«

Er hielt inne und musterte sie. Es fiel ihr schwer, dem standzuhalten, aber sie blinzelte nicht.

Nach einer gefühlten Ewigkeit schüttelte er langsam das Haupt. »Das ist eine dumme Frage, Mensch. Sie haben mich mitgenommen. Ich muss hier Dinge tun, die kein Hügeltroll tun sollte. Ich bin nicht gern hier.«

Sie nickte verständnisvoll. »Ich auch nicht, Resk. Wir alle nicht. Wenn wir von hier nicht wegkommen, werden die Magatai uns alle töten, früher oder später.«

Resk warf einen Blick zu den Wachen und bückte sich dann zu ihr herab. Er bewegte die Holzschalen in dem Kasten, so als würde er aufräumen.

»Was willst du von Resk, Steppenmädchen?«

»Deine Hilfe«, flüsterte sie zurück.

»Und warum sollte ich dir helfen?«

»Weil ich dann auch dir helfen kann. Gemeinsam finden wir vielleicht einen Weg hier heraus. Allein sind wir schwach, Resk. Allein bleiben wir hier, bis wir so schwach und ängstlich sind wie die anderen Sklaven der Magatai. Aber zusammen können wir vielleicht etwas ändern.«

In seiner Miene stand Zweifel, aber zumindest hörte er ihr noch zu, also sprach sie weiter: »Noch musst du nichts tun, aber denk an mich und an meine Worte. Überlege dir gut, bevor du antwortest.«

»Du hast einen Plan?«

»Nein«, gestand sie. »Aber bislang war ich allein. Wenn du einschlägst, Resk, sind wir schon zu zweit.«

Er richtete sich wieder auf und drehte sich um. Doch bevor er wegging, sah er noch einmal zu ihr hinab. Und diesmal wirkte er weit weniger skeptisch. Er schritt durch die Tür, die Wachen schlossen sie, und Matani lächelte, während sie zwei Schüsseln mit Brei füllte und einige Stücke Brot abbrach.

»Worüber habt ihr geredet?«, fragte Nevek, als sie ihm das Essen reichte. »Trolle sind doch kaum mehr als Tiere.«

»Er ist ein Hügeltroll«, erklärte ihm Matani. »Und er ist ganz sicher kein Tier. Er ist ein Gefangener, so wie wir.«

»Und?« Nevek kaute auf dem zähen Brot. »Ist er hier der Bäcker? Würde so einiges erklären.«

»Ich glaube nicht. Aber das ist nicht wichtig. Er ist noch im Vollbesitz seiner Kräfte, anders als die meisten von uns.«

Matani beugte sich zu Dago hinab und schob ihm ein wenig Brot mit Brei in den Mund. Der Hirte kaute langsam und mechanisch, ohne sie anzusehen.

Auch die anderen begannen, sich Essen zu holen. Zum ersten Mal achtete Matani darauf, wer von ihnen sich noch geschmeidig bewegte, wer weniger erschöpft und ausgelaugt wirkte.

Sie wusste, dass es ein Wagnis gewesen war, den Troll anzusprechen. Wenn sie Pech hatte, trug er es gleich den Magatai zu. Denn die würden ihn sicherlich dafür belohnen.

Aber wenn er zusagte, dann gab es womöglich doch noch eine Chance für sie und so manch anderen hier im Raum.

Dago hustete, und Matani strich ihm mit der Hand über das schweißverklebte Haar.

Auf und davon

Tom lag auf seinem Bett und hörte zum x-ten Mal denselben Song. Billy Talent sangen wieder und wieder *Surrender*. Noch immer hatte er keinen vernünftigen Plan entwickelt, wie er im Alten Museum an die Münze kommen sollte. In Filmen sah das immer einfach aus: Da verschafften sich Leute coole Elektronik, brachen gemeinsam in eine Bank oder ein Museum ein, wurden fast geschnappt, entkamen aber am Ende natürlich mit der Beute. Tom scheiterte schon am ersten Punkt.

»Wenn ihr, du und Enno, loszieht, was macht ihr dann eigentlich so genau?«, fragte er Alex schließlich. »Ich meine, ihr steigt doch irgendwo ein, oder?«

»Alter, was soll das denn?«

Alex setzte sich auf und warf Tom einen finsteren Blick zu.

»Ich bin nur neugierig. Also, wie das so geht und so.«

»Das ist nichts für dich«, erwiderte Alex. In seiner Stimme

klang kaum verhohlen eine Drohung mit. »Ich will nicht, dass du mit so einer Scheiße anfängst.«

»Aber du machst das doch auch?«

»Das ist was anderes. Klar?«

»Klar«, echote Tom, obwohl gar nichts klar war. Er fand Alex' Reaktion ziemlich merkwürdig, aber der Ältere hatte offensichtlich keine Lust, weiter darüber zu reden, also schwieg er ebenfalls. Seine Gedanken wanderten zurück zum Museum. Einfach reingehen und die Münze abgreifen war nicht drin, obwohl er sich schon fast eingeredet hatte, dass sie quasi ihm gehörte, weil sie ja für ihn bestimmt war. Aber das nutzte wenig, wenn er nicht an sie rankam. *Und wenn ich da reingehe und sage, dass die Münze mir gehört, weil mir eine Gestalt im Nebel oder irgendein Rabe gesteckt hat, dass ich sie unbedingt brauche, geht der nette Mann in der Uniform bestimmt auch nicht sofort los und holt seine Schlüssel, um mir die Vitrine aufzusperren.*

Unten schlug eine Tür zu, so laut, dass Alex und Tom aufschreckten.

»Tom! Komm sofort runter!«

Die Stimme des Alten peitschte durch den Flur, und in Toms Nacken stellten sich alle Härchen auf. Es schwang eine ungezügelte Wut darin mit.

»Scheiße«, hauchte Alex, kreidebleich und mit entsetzter Miene.

»Tom! Ich weiß, dass du da bist! Komm her!«

Obwohl er nicht wollte, stand Tom auf. Es war, als ob sein Körper von allein auf den Befehl des Alten reagierte. Sein Geist war wie betäubt, als wäre er gar nicht anwesend. Er schlurfte zur Tür, hinaus in den Flur. Niemand war zu sehen, und er hatte auch nicht damit gerechnet. Keiner der anderen würde sein Zimmer verlassen und den Zorn des Alten riskieren. Tom schlich die Treppe hinab.

Der Alte stand in der Küchentür. Er schien noch größer als sonst zu sein, und sein Gesicht war vor Wut völlig verzerrt. Siedend heiß fiel Tom die Münze ein, die unter der Innensohle seines Schuhs steckte.

Bevor er jedoch etwas sagen konnte, kam der Alte auf ihn zu und packte ihn schmerzhaft am Arm. Hinter der Tür zu Mutters Zimmer bellte Tyson aufgeregt und japste. Tom konnte die Stimme hören, die versuchte, den Hund zu beruhigen.

»Komm mit, du kleiner Bastard!« Der Alte schleifte ihn durch die Küche hinter sich her und bis in das erste seiner Zimmer. Alles war noch genau so, wie Tom es in Erinnerung hatte, sauber aufgeräumt und im Augenblick total angsteinflößend.

»Du dachtest doch nicht wirklich, dass du damit durchkommst, he?«

Irgendwo tief in sich fand Tom die Stärke, zu antworten: »Ich weiß gar nicht …«

Ein Schlag traf seine Wange, riss seinen Kopf herum. Der stechende, scharfe Schmerz trieb ihm Tränen in die Augen.

»Lüg mich nicht an!«

Unbewusst ballte Tom seine Hand zur Faust.

»Ich lüge nicht.«

»Als ich neulich nach Hause gekommen bin, da ist mir gleich aufgefallen, dass du dich irgendwie schuldbewusst benimmst«, begann der Alte lauernd. »Und dann war meine

Tür auf, dabei schließe ich sie immer ab, weil ich euch diebisches Gesindel nur allzu gut kenne. Und es war ja nicht schwer zu erraten, dass du dahintersteckst, du verfluchter Zigeuner! Aber ich habe lange gebraucht, bis ich rausgefunden habe, was du mir gestohlen hast.«

»Ich habe nichts gestohlen«, widersprach Tom, und er wusste, dass er recht hatte. Im Gegenteil, es war der Alte gewesen, der ihm die Münze weggenommen hatte.

»Du hast dieses Medaillon, oder was es war, geklaut. Ich hatte schon gar nicht mehr daran gedacht, aber heute ist es mir wieder eingefallen. Was ist es, he? Ist es wertvoll? Willst du es zu deinesgleichen bringen und verhökern?«

Der Alte ließ Tom endlich los und baute sich so nah vor ihm auf, dass Tom den säuerlichen Schweißgeruch und das Bier in seinem Atem riechen konnte.

»Ich weiß nicht, was es war. Ich hab's doch nur im Garten gefunden.«

»Du hast es irgendwo geklaut und dachtest, du könntest es mir auch klauen. Rück es raus, du Bastard, oder es setzt was!«

»Ich bin kein Bastard«, brüllte Tom, und für einen Moment, nur einen winzigen Augenblick, wich der Alte vor ihm zurück. Dann fing er sich wieder und schlug zu. Diesmal sah Tom den Schlag kommen. Er drehte sich mit, und es war nicht so schlimm wie beim ersten Mal. Dennoch klatschte die Hand auf seine Wange, und es schmerzte. Der Alte hörte nicht auf, sondern schlug wieder zu und wieder und wieder. Tom riss den freien Arm hoch, um sein Gesicht zu schützen, aber die Schläge trafen seinen Kopf und seinen Nacken, bis der Alte schwer atmend innehielt.

»Du bist ein Bastard«, sagte er kalt. »Niemand wollte dich. Nicht mal deine eigene Sippe, Zigeunerkind.«

In Tom stieg eine Wut auf, die mit einem Mal jede Angst vor dem Alten verdrängte. Er richtete sich auf, hielt den Kopf hocherhoben und blickte ihm direkt in die Augen. So standen sie sich gegenüber, und Tom konnte nicht sagen, wie lange. Er wusste auch nicht, was er tun würde, falls der Alte noch einmal zuschlug.

»Geh auf dein Zimmer«, brachte der Alte endlich mit heiserer Stimme hervor. »Du hast Stubenarrest, bis du mir sagst, wo du es versteckt hast. Ich melde dich gleich in der Schule krank, und du bleibst oben. Wenn ich dich hier unten erwische, prügel ich dich windelweich. Und dabei kannst du dir schon mal überlegen, wie du künftig das Doppelte von dem nach Hause bringst, was du bislang hergeschafft hast. Offenbar liegt dir das Stehlen doch im Blut, da kannst du auch endlich für Kost und Logis bezahlen.«

Noch einen Herzschlag lang hielt Tom dem Blick des Alten stand, dann zog er trotzig die Nase hoch und wandte sich ab. Der Widerstand, der ihn gerade noch beflügelt hatte, fiel in sich zusammen, und die ganze Situation schien ihn förmlich zu erdrücken.

Ohne einen Blick zurück ging Tom durch die Küche. Er konnte den Alten hinter sich spüren, hasserfüllt, grausam, aber er ging so langsam, wie er nur konnte. Erst als er um die Ecke bog und die Treppe hochging, fing er an zu zittern. Beinahe hätte er sich hinsetzen müssen, so weich wurden ihm die Knie, aber er schaffte es noch, sich an der Wand abzustützen, und kam irgendwie bis in sein Zimmer.

Alex sah ihn mit großen Augen an. Tom versuchte, cool zu bleiben, doch er konnte die Tränen nicht zurückhalten. Ohne Alex' Blick zu erwidern, warf er sich auf sein Bett und biss die Zähne zusammen.

Es war spät in der Nacht, aber Tom konnte nicht schlafen. Er lag auf seinem Bett, immer noch in den Klamotten, in denen er gestern von dem Alten nach unten gerufen worden war, und starrte an die Decke. Seine Tränen waren längst versiegt. Der Schmerz und die Scham darüber, geschlagen worden zu sein, waren vergangen. Zurückgeblieben war nur eine Gewissheit: Hier konnte er nicht bleiben.

Tom wusste plötzlich, dass er dem Alten die Münze niemals geben würde. Denn selbst wenn er es täte, wäre das kein Ausweg. Solange er hierblieb, würde der Alte sein Leben bestimmen. Der Entschluss war also da, und als er ihn traf, erkannte Tom, dass er schon lange in ihm gereift war. Es gab kein Zurück mehr. Bei dem Alten konnte er nicht bleiben, auch wenn er sonst keinen Ort hatte, an den er gehen konnte.

Abrupt stand er auf und begann, leise seine Sachen unter dem Bett hervorzuziehen. Er nahm seinen Schulrucksack vom Stuhl, holte die Hefte und Bücher heraus, schob sie unter das Bett und begann, den Rucksack mit seinen Sachen zu füllen.

»Was machst du da?«, fragte Alex leise. Tom zuckte zusammen, hob die Schultern und erwiderte: »Ich packe.«

»Wieso, willst du verreisen?«

Tom drehte sich um. Von draußen fiel ein wenig Licht in das Zimmer, und er konnte Alex' Gesicht sehen.

»Ja, nach Ibiza an den Strand, Blödmann. Nein, ich verschwinde von hier.«

»Alter, das kannst du nicht machen.« Alex setzte sich auf. Er klang nicht nur besorgt, sondern beinahe panisch. »Gib dem alten Sack doch einfach das Ding zurück, dann geht es schon irgendwann vorbei.«

»Das geht niemals vorbei. Verstehst du das denn nicht? Solange wir hier sind, geht das nicht vorbei.«

»Wir können hier abhauen, wenn wir volljährig sind. Wir suchen uns 'ne Bude und hängen da ab.«

»Das sind noch Jahre«, erwiderte Tom. »Ich bleibe aber nicht noch jahrelang hier. Eher bringe ich mich um.«

Er stopfte weiter Sachen in den Rucksack. Klamotten, einen USB-Stick, zwei Ladegeräte, seine wenigen Besitztümer eben.

»Und was willst du machen? Du bist dann nur eine kleine Ratte da draußen. Lebst auf Platte, oder was?«

»Ich hab noch Geld versteckt. Damit komme ich erst mal über die Runden. Und dann? Mal sehen.«

»Das ist total bescheuert«, erklärte Alex ernst. Aber er schnappte sich seine Cargohose und kramte in den Taschen. Er hielt Tom etwas hin.

»Für dich. Mehr habe ich nicht hier.«

Tom nahm die Geldscheine entgegen. Er schluckte.

»Danke.«

»Bleib in Kontakt, klar? Ich ruf dich morgen an. Enno kennt Leute, bei denen kannst du unterkommen.«

»Ich weiß schon, wo ich schlafe«, erwiderte Tom. »Ich kenn da eine leer stehende Wohnung in Kreuzberg. Da bleibe ich die nächsten Nächte.«

»Okay, aber das sind nur ein paar Tage. Du brauchst Kohle und so weiter. Freunde. Das ist nicht so einfach, wie du denkst.«

»Jo, ich weiß.« Tom schlüpfte kurz ins Bad und warf eine Zahnbürste, Shampoo und Seife in eine Plastiktüte. Dabei hoffte er inständig, dass niemand ihn hörte.

Eigentlich wollte er sich noch einmal bedanken und verabschieden, aber Tom fehlten die Worte, als er in das Zimmer zurückkam. Auch Alex schwieg. Ein letztes Mal überprüfte Tom den Rucksack, ob er auch alles dabeihatte, dann schob er seinen MP3-Player, sein Handy und sein Taschenmesser in die Jackentasche, nahm seinen Schlafsack und den Rucksack und ging langsam zum Fenster. *Noch kann ich es einfach sein lassen. Mich zurück ins Bett legen, schlafen. Und morgen ist alles wie immer.* Tom schüttelte den Kopf. *Es kann nicht mehr wie immer sein.*

»Was ist mit Karo? Benny? Willst du einfach so verschwinden?«, fragte Alex mit belegter Stimme. Tom blieb stehen. Er müsste die beiden jetzt wecken, mitten in den Zimmern mit den anderen. Karo würde es nicht verstehen, das wusste er, und sie würde versuchen, es ihm auszureden. Und wenn es jemanden gab, der das konnte, dann sie.

»Sag du es ihnen. Sag ihnen, dass wir uns demnächst wiedersehen können. Wir machen einen Treffpunkt aus, irgendwo in der Stadt. Und sag ihnen, dass ich an sie denke.«

Mit diesen Worten öffnete er das Fenster und kletterte hinaus in die laue Nacht.

Die aufgehende Sonne weckte Tom viel zu früh. Er hatte sich nicht getraut, die Rollläden herunterzulassen, weil er nicht wollte, dass sich jemand fragte, wer dort oben in der leeren Wohnung unter dem Dach war. Er war schon früher manchmal hierhergekommen, nachdem er die Wohnung durch Zufall entdeckt hatte. Die Hausbewohner ließen das Tor zum Hof normalerweise offen, und die Eingangstür zum Hinterhaus war meistens nicht abgeschlossen, auch wenn innen ein vergilbter Zettel hing, auf dem jemand handschriftlich darum bat, nach 22 Uhr abzuschließen. An der Wohnungstür hatte Tom seine ersten Erfahrungen im Schlösserknacken gesammelt; es war ein altes Schloss, längst keine echte Herausforderung mehr.

Er mochte die Wohnung, denn sie hatte einen großen Balkon, von dem aus man über die Dächer Berlins sehen konnte. Jetzt, da er die Nacht auf dem abgewetzten Parkett verbracht hatte, eingewickelt in seinen Schlafsack, fand er sie weniger toll. Sein schmerzender Rücken teilte ihm mit, dass er Betten klar bevorzugte.

Tom warf einen Blick auf sein Handy und stellte fest, dass es noch keine sieben Uhr war. Die Nacht war zu kurz gewesen, aber zumindest hatte er ein wenig Schlaf gefunden.

Im Bad gab es Wasser, immerhin, auch wenn es nicht warm wurde. Zum Waschen und Zähneputzen musste das reichen. Dann setzte sich Tom auf die blanken Dielen vor der Küchenbalkontür, genoss im Schutze der Scheibe die wärmenden Strahlen der Sonne und ging seine Besitztümer durch. Das Wichtigste war das Bündel Geldscheine, das er auffächerte und vor sich ausbreitete. Nach schnellem Zählen kam er auf knapp sechshundert Euro. Ein kleines Vermögen und genug für die erste Zeit. Danach würde er weitersehen müssen, aber irgendwie fühlte er sich optimistisch. *Vielleicht liegt es an dem schönen Morgen? Oder an dem Raben, der auf dem Balkon sitzt?*

Tom wollte schon die Tür öffnen, als der Vogel träge seine Flügel spreizte und davonflog.

Als Tom diesmal beim Museum ankam, war es früh und noch nicht besonders voll. Er stellte sich an der Kasse an, bezahlte die Karte, nahm sich einen Museumsführer und begab sich hinein. Es war ihm wichtig, nicht aufzufallen, also ging er mit langsamen Schritten durch die Ausstellungsräume und sah sich hier und da Exponate an, ohne jedoch wirklich etwas zu sehen. Ab und zu schaute er in den Führer, um herauszufinden, wo es hier wohl alte Münzen geben konnte. Der Lageplan war verwirrend, und Tom kannte sich zu wenig aus, also steckte er die Hand in die Tasche und umschloss seine eigene Münze mit den Fingern. Er blieb vor einer großen Vase mit einigen Figuren darauf stehen und tat so, als betrachte er sie, während er sich eigentlich auf die Münze konzentrierte.

Es dauerte einige Sekunden, bis sich etwas tat. Das Gefühl, ganz in der Nähe zu sein, kehrte zurück, viel stärker als zuvor. *Irre!*

Langsam ging Tom durch die Gänge und Säle und konnte dabei förmlich spüren, wie er sich seinem Ziel näherte. *Bitte keine Vitrine, die mit einer Alarmanlage gesichert ist,* flehte er innerlich. *Am besten wäre es, wenn sie einfach irgendwo rumliegen würde.*

Aber natürlich tat ihm das Universum keinen Gefallen. Stattdessen landete er in einem kleinen Raum irgendwo im Erdgeschoss, in dem es einige Büsten zu sehen gab, die ihn herzlich wenig interessierten. Viel spannender war die Tür, die zwischen zwei Ausstellungsstücken versteckt lag. Tom ging ein Stück näher und besah sie genauer. Sie hatte keine Klinke, nur einen Knauf und ein Schloss. Ziemlich modern, so wie es aussah, aber Tom hatte ohnehin kein Werkzeug dabei.

»Da geht es nicht weiter«, erklang eine Stimme hinter ihm. Ein älterer Mann mit einem Walross-Schnauzer in einem uniformähnlichen Anzug sah ihn streng an. »Zumindest nicht für dich.«

»Oh, Entschuldigung, ich dachte, das wäre Teil der Ausstellung.« Tom legte so viel Zucker in seine Worte, wie er konnte. »Ist ja alles total spannend hier.«

Die Miene des Mannes wurde etwas weicher. Kunst- und geschichtsinteressierte Jugendliche waren ihm wohl gleich weniger unsympathisch.

»Dahinter sind nur alte Lagerräume. Die wichtigen Ausstellungsstücke sind hier.«

»Danke, dann weiß ich Bescheid«, erwiderte Tom wahrheitsgemäß und lächelte freundlich. Der Mann nickte ihm noch einmal zu, sein Mund verzog sich unter seinem buschigen Schnurrbart zu etwas, was möglicherweise ebenfalls ein Lächeln sein sollte, dann ging er zu der Tür und steckte einen Schlüssel in das Schloss.

Tom trat einen Schritt zur Seite, so als ob ihn das gar nicht interessieren würde, und fixierte die Büste vor seiner Nase, als hinge sein Leben davon ab, sie genauestens zu studieren. Seine Hand glitt in seine Hosentasche, wo er die zusammengefaltete Skizze der Münze verstaut hatte.

Eigentlich hatte sein Plan vorgesehen, sich bei jemandem nach der Münze zu erkundigen, indem er die Zeichnung vorzeigte.

Der Museumswächter ging durch die Tür, die langsam hinter ihm zufiel.

Schnell sah Tom sich um; er war allein im Raum.

Im allerletzten Moment sprang er vor und schob das gefaltete Blatt zwischen Tür und Rahmen, genau dort, wo das Schloss saß. Er hielt den Atem an, als das Papier knirschte, zog es ein winziges Stück zurück und lehnte sich gegen die Tür, damit sie von innen wie geschlossen wirkte.

Jetzt konnte er nur noch hoffen, dass das Walross keinen Verdacht geschöpft hatte.

Kein Abschied

Die Tage vergingen, und da Matani keine Möglichkeit hatte, sie sinnvoll auszufüllen, überließ sie sich mehr und mehr dem Halbdämmer, das die Hütte und ihre Bewohner einhüllte. In der Zeit zwischen den Mahlzeiten, wenn sie keine Pläne mit dem jungen Troll schmieden konnte, träumte sie oft einfach vor sich hin. Sie dachte an ihren Vater und ihre Mutter, an das Heimzelt ihrer Familie, an die Begrah, an den offenen, endlosen Himmel, blau über dem Gold des Gräsermeers.

Matani wurde von einem hellroten, pulsierenden Leuchten aus ihren Tagträumen gerissen. Das ganze Innere der Hütte war in dieses zuckende Licht getaucht, das aus dem Nichts zu kommen schien.

»Was ist das?«, keuchte sie entsetzt. Sie fuhr hoch und lauschte angestrengt.

Nevek richtete sich neben ihr auf. »Sie zaubern! Sie zaubern wieder!«

In die sonst so lethargischen Gefangenen kam Unruhe. Einige begannen zu weinen, andere stießen verzweifelte Rufe aus, und zwei nahmen ihre letzten Kräfte zusammen, wankten zur Tür und schlugen wütend mit den Fäusten dagegen.

»Steh nicht auf«, riet Nevek Matani. »Schließ die Augen. Versuch, nicht daran zu denken.«

Alarmiert blickte Matani sich um. Innerhalb von wenigen Herzschlägen hatte sich die Atmosphäre in der Hütte, über der zuvor eine nahezu unnatürliche Ruhe gelegen hatte, vollkommen verändert. Die Schreie, das Schluchzen, das donnernde Hämmern bildeten nun zusammen einen beinahe unerträglichen Lärm, während das übernatürliche Licht immer schneller pulsierte, bis es fast zu einem Flackern wurde.

Nur Dagu neben ihr reagierte nicht auf den Lärm und das Licht. Er lag zusammengerollt da, die Arme um die Beine geschlungen, den Kopf eingezogen, und wirkte dabei vollkommen teilnahmslos.

Matani kam Neveks Ratschlag nach. Sie ließ sich zurücksinken und lehnte sich mit dem Rücken an die Wand. Ihre Hände fuhren über den Boden, und sie wünschte sich nichts sehnlicher, als die Kraft der Erde zu spüren, sie durch sich hindurchfließen zu lassen und zu laufen. Weit fort von diesem Ort, fort von dem Zauber und den grausamen Absichten der Schwarzen Herren. Aber da war nichts als Holz. Sie war zu weit vom Erdboden entfernt, und es gab keinen beruhigenden Strom uralter Macht, der durch ihren Körper hätte fließen und ihn mit neuer Kraft hätte füllen können.

Stattdessen fuhr unvermittelt ein eiskalter Schmerz durch ihren ganzen Leib. Es kam so überraschend, dass sie ein Stöhnen nicht unterdrücken konnte. Um sie herum wurden die Schreie lauter, und das Heulen wurde durchdringender.

Dann verebbte der Schmerz, aber ein furchtbares Gefühl des Verlusts blieb zurück, das ihr die Kraft aus den Gliedmaßen saugte. Sie keuchte und hörte Dagu leise schluchzen.

Doch sie konnte sich nicht um ihn kümmern, denn der Schmerz kehrte zurück. Er war nicht an einer bestimmten Stelle, er war überall, in allen Teilen ihres Körpers zugleich, grausam und fordernd. Das Pulsieren des Lichts war langsamer geworden, und der Schmerz kam jetzt in Wellen über sie. Mit jedem Aufleuchten fühlte sie eine alles überdeckende Qual, und dazwischen nur eine dunkle, schreckliche Leere.

Matani krümmte sich zusammen, machte sich so klein wie möglich, als könnte sie den Schmerz so abwehren, und bald lag sie wie Dagu auf dem Boden. Tränen liefen ihr über das Gesicht, und sie hatte nicht einmal mehr die Kraft, zu schreien oder auch nur ein Wort hervorzubringen. Es war unmöglich, der Pein zu entgehen, die wieder und wieder über sie hereinbrach, durch sie hindurchbrandete und in ihr das furchtbare Gefühl zurückließ, dass sie selbst an ihrem Schicksal die Schuld trage. Denn der Schmerz brachte alte Erinnerungen mit sich, aber nur die schlimmsten. Erinnerungen an Momente, in denen sie sich falsch verhalten hatte, an all das Verborgene, für das sie sich schämte.

Matani wusste nicht mehr, was schlimmer war, die Schmerzen oder die Erinnerungen. Sie hatte kein Gefühl mehr für Zeit und Raum, wusste nicht mehr, wo sie sich befand und warum.

Dann war es vorbei, ebenso schnell, wie es angefangen hatte. Doch die Erinnerungen blieben, ebenso wie das Gefühl der Leere und der Schuld, und Matani konnte nichts tun, als sich selbst in ihren Armen zu wiegen und zu weinen.

Als sie wieder zu einigen klareren Gedanken fähig war, bemerkte sie, wie um sie herum gerüstete Männer durch die Reihen schritten. Matanis Arme und Beine zitterten, und sie fühlte sich einfach nur endlos müde. Ohne mehr als den Kopf ein wenig zu drehen, beobachtete sie die Magatai, die von einem zum anderen gingen und die schlaffen Leiber mit langen, seltsam verzierten Stöcken anstießen.

Einer trat direkt neben sie und stieß ihr das Ende seines Stocks in die Seite. Sie wollte das dunkle Holz, das mit einem hellen Metall umwickelt war, wegschieben, aber ihre Bewegung war unkoordiniert, und sie traf den Stock nicht.

Der Gerüstete ignorierte ihre Abwehrreaktion einfach, ging weiter und drückte Dagu die Stockspitze in den Rücken. Matani drehte sich vorsichtig um. Der Krieger wiederholte den Stoß dreimal, dann wandte er sich an seine Kameraden.

»Der hier kann weg«, erklärte er mit von seinem Helm gedämpfter Stimme. Er steckte seinen Stock in eine Schlaufe am Gürtel, bückte sich und packte Dagu am Handgelenk.

»Nein!«, rief Matani und warf sich herum. Sie schaffte es, seinen Arm zur Seite zu treten. Seine Hand fuhr zu seinen Waffen, aber sie drückte sich mit dem anderen Fuß von der Wand ab und stieß ihm ihre Schulter gegen die Beine. Er geriet ins Wanken und keuchte überrascht auf, dann fiel er auf sie.

Er war schwer, und der Aufprall trieb ihr die Luft aus den Lungen. Die Metallstreifen auf seiner Rüstung kratzten über ihre Haut, zogen tiefe Striemen und zerrissen die Überreste ihrer Kleidung. Er schlug nach ihr, traf ihren Oberarm. Sie ergriff seinen anderen Arm, fand ein Stück Haut zwischen Handschuh und Armschiene und biss hinein, so fest sie konnte. Diesmal schrie er vor Schmerz auf. Er hieb mit der freien Hand auf ihren Arm, aber sie ließ nicht los, sondern verbiss sich nur noch fester.

Ein Schlag sandte brennende Schmerzen durch ihren Rücken, dann traf ein Hieb ihren Kopf. Für einen kurzen Moment wurde ihr schwarz vor Augen, aber dann klärte sich ihr Blick wieder. Sie ließ den Mann los und schlang die Arme um den Schädel, um sich zu schützen. Sie spürte einen Tritt, ehe der Krieger von ihr wegkroch, dann prasselten Schläge auf sie herab, hart und schnell.

»Sie hat mich gebissen«, fauchte der Gerüstete. »Die kleine Schlampe hat mich gebissen.«

Die Schläge verebbten, und Matani spähte zwischen ihren Armen hindurch. Der Krieger war wieder aufgestanden, hatte das Visier seines Helms hochgeklappt und sah mit großen Augen auf das Blut, das von seinem Unterarm auf den Boden tropfte. Matani hatte den metallischen Geschmack noch im Mund und grinste trotz ihrer Schmerzen breit.

Um sie herum standen drei weitere Magatai. Sie hatten ihre Stöcke in den Händen, bereit, jederzeit wieder auf sie einzuprügeln. Die starren Fratzen auf ihren Helmen sahen finster auf sie herab. Sie spie blutroten Speichel auf den Boden.

»Ich bringe dich um«, brüllte der Krieger plötzlich. »Ich schlag dich tot wie das wilde Tier, das du bist!«

Er hob seinen Stock und kam bedrohlich auf sie zu. Sie wollte ihn ansehen, bis er bei ihr war, aber dann vergrub sie den Kopf doch in den Armen, als er über ihr stand. Jeden Moment erwartete sie den ersten von vielen Schlägen.

»Was geht hier vor?«, donnerte plötzlich eine Stimme, und Matani riskierte einen Blick zwischen ihren verschränkten Armen hindurch. Ein gerüsteter Mann stand im Eingang zu ihrem Gefängnis. Sie konnte wenig erkennen, da er das Licht im Rücken hatte, aber er war groß und hager, und sein Kopf reichte beinah bis an den Türrahmen.

»Sie hat sich gewehrt, Herr«, antwortete der Krieger. »Dieses Biest hat mich verletzt.«

Matani hatte das Gefühl, dass sie gemustert wurde, aber sie konnte den Blick eher spüren als sehen. Das Gesicht des Mannes lag im Schatten.

»Ein kräftiges Mädchen«, sagte er ohne Emotionen in der Stimme. »Wir können unsere Ressourcen nicht verschwenden.«

»Herr, sie ist eine Unruhestifterin«, widersprach der Wächter.

Einige Herzschläge lang schwieg der Mann in der Tür. Matani wusste, dass ihr Schicksal von seinen nächsten Worten abhängen würde.

»Wenn schon ein bloßes Mädchen eine solche Gefahr für dich darstellt, sollte ich vielleicht nach einer anderen Möglichkeit suchen, dich für unsere Sache zu nutzen, nicht wahr?«

Obwohl Matani die Drohung verstand, klang der Mann eher so, als langweilte er sich.

»Nein, Herr.« Die Stimme des Wächters wirkte nun ganz anders, unterwürfig und leise.

»Gut. Dann tut eure Pflicht.«

Die Gerüsteten kamen dem Befehl nach. Zwei hielten Matani mit ihren Stöcken in Schach, während die beiden anderen Dagu hochhoben.

Matani wagte nicht, hinzusehen. Es gab nur einen Grund, warum sie Dagu mitnehmen sollten, und sie wollte nicht daran denken, dass der Hirte, der noch so jung und voller Leben gewesen war, schon zu ihren Ahnen hatte gehen müssen.

»Lasst uns Abschied nehmen, Herr«, ergriff Nevek unvermittelt das Wort. »Ich bitte Euch.«

»Schweig, Sklave«, zischte einer der Gerüsteten und hob drohend seinen Stock, aber der Mann in der Tür hielt die Hand hoch.

»Abschied nehmen?« Wieder diese leere Stimme. »Nein. Ihr dürft euch glücklich schätzen, dass ihr dem Imperium an diesem Ort dienen dürft. Jener dort hat seinen Teil bereits geleistet. Ihr werdet ihm folgen.«

»Herr, habt Mitleid«, brachte Nevek leise hervor. Matani sah sein gesenktes Haupt, die zitternden Hände, den gebeugten Rücken.

»Der hier ist alt und nur noch zu wenig nutze«, befand der Mann und deutete auf Nevek.

Es dauerte einige Momente, bis Matani verstand. Die Gerüsteten traten zwei Schritte zurück und hoben ihre Stöcke. Sie richteten die Enden auf den alten Mann.

»Nein!«, brüllte sie, aber da leuchtete das Metall der Stöcke weiß auf, und zwei laute Donnerschläge ertönten. Nevek sackte in sich zusammen.

»Ihr feigen ...«

Es knallte erneut, und vor Matanis Augen tanzten plötzlich alle Farben auf einmal. Ihre Zunge konnte die Worte nicht mehr aussprechen, die sie den Magatai entgegenwerfen wollte. Aber noch während ihr die Sinne schwanden, schwor sie sich Rache an den Mördern.

Lichter in der Nacht

Tom lauschte, aber nichts geschah. Als er sich schließlich sicher wähnte, zog er die Tür einen Spaltbreit auf und spähte hindurch. Hinter der Tür war ein schmales Treppenhaus zu sehen. Er holte tief Luft, dann schlüpfte er durch die Tür hindurch. Zweifelnd blickte er nach oben und dann nach unten. Er versuchte, sich vorzustellen, wo eine solche Münze wohl aufbewahrt wurde, und da fielen ihm wieder die Worte ein, die er von dem Raben gehört hatte: *Was du suchst, ist in der Nähe, unter der Erde, umgeben von Wasser.*

Das Treppenhaus sah viel schlichter aus als der Rest des Museums. Tom schlich die schmucklose Treppe hinab in den Keller. Er kam an eine weitere Tür aus Metall, an der er lauschte. Als er nichts hörte, öffnete er sie vorsichtig. Dahinter lag ein dunkler Korridor, von dem richtig viele Räume abgingen. Tom huschte leise in den Flur. Seine Finger kribbelten. Er glitt zur ersten Tür, versuchte herauszufinden, ob jemand dahinter war, aber er konnte weder Licht unter der Tür sehen noch etwas hören, also öffnete er sie so vorsichtig wie möglich.

Tom blickte in einen Raum voller Regale und Schubladenschränke. Überall standen graue Boxen herum, und alle Kisten waren mit kleinen, weißen Etiketten beklebt. Er ging in den Raum und las einige Etiketten, aber es waren nur Folgen aus Buchstaben und Zahlen, die für ihn keinen Sinn ergaben. So kam er nicht weiter.

Wieder griff er nach der Münze, doch diesmal holte er sie gleich aus der Tasche. Er schloss die Faust um sie und verließ sich auf den Lockruf, den er zu hören glaubte. Dies hier war der falsche Raum.

Er kehrte in den Korridor zurück und öffnete vorsichtig die nächste Tür. Hohe Regale reichten dahinter bis zur Decke, gefüllt mit Papprollen und Karteikästen. Auch hier hatte er kein Glück.

Aber zwei Türen weiter war es so weit. Tom betrat den Raum, ohne Vorsichtsmaßnahmen zu treffen, so sehr drängte es ihn. Durch zwei kleine Oberlichter fielen ein paar Sonnenstrahlen und beleuchteten einen kahlen Betonfußboden. Er blieb vor einem kleinen Karteischrank stehen, der auf einem Schreibtisch ruhte, und seine Hand berührte die unterste Schublade. Mit zitternden Fingern öffnete er sie. Es lagen einige kleine Kästchen darin. Tom holte sie heraus, um sie schnell zu durchsuchen.

Hier musste er richtig sein. Die Münze in seiner Faust fühlte sich warm an und fast so, als ob sie pulsierte. In den ersten beiden Kästchen lagen Metallteile, die vermutlich alle irgendwann einmal als Zahlungsmittel gedient hatten.

Im dritten Kästchen prangte eine Münze auf schwarzem Stoff. Sie schien Toms eigener sehr ähnlich, war aber dunkler angelaufen und sah noch einmal deutlich älter aus.

Einige Sekunden lang starrte Tom sie nur an, dann nahm er sie in die andere Hand.

Wenn er ehrlich war, hatte er erwartet, nun irgendetwas Außergewöhnliches zu spüren. Doch das war absolut nicht der Fall. Hatte er gerade noch nichts sehnlicher gewünscht, als diese Münze zu besitzen, fühlte er nun nichts mehr. Außer vielleicht Erleichterung.

Er schob die beiden Münzen in seine Hosentasche, klappte die Kästchen rasch zu und verstaute sie wieder in dem Karteischränkchen.

Er wollte sich gerade aufrichten, als er draußen auf dem Flur etwas hörte. Toms Blick fiel auf die Tür. Sie war nur angelehnt. *Mist. Ich hab den Wachmann ganz vergessen.* Blitzschnell kroch er unter den Schreibtisch, da er auf dem Korridor Schritte hörte, die sich rasch näherten. Er zog sich ganz in den Schatten zurück, die Knie an die Brust gepresst. Die Tür wurde geöffnet. Von seiner Position aus konnte Tom lediglich Beine in Uniformhosen sehen. Sicherheitshalber hielt er den Atem an.

Die Beine blieben einen Moment im Türrahmen stehen, als ob ihr Besitzer sich suchend im Raum umsehen würde. Dann wurde eine Hand ausgestreckt und die Tür geschlossen.

Tom stieß den angehaltenen Atem aus. Als sich die Schritte wieder entfernten, zwang er sich, rückwärts von hundert bis eins zu zählen. Erst danach verließ er sein Versteck und schlich aus dem Lagerraum, zurück ins Treppenhaus und bis zur Tür zu den Ausstellungsräumen.

Er drückte die Klinge herunter. Kein Alarm ertönte und auch keine Schreie. Niemand versuchte, ihn aufzuhalten.

So schnell er konnte, schlüpfte er durch den Spalt hinaus und ließ die Tür hinter sich ins Schloss fallen. Ein älterer Herr, der vor einer Büste stand und mit zusammengekniffenen Augen versuchte, die Beschriftung zu lesen, sah kurz zu ihm herüber, runzelte die Stirn, schüttelte dann aber leicht den Kopf und widmete sich wieder der marmornen Frau.

Den ganzen Weg über bis zum Ausgang fürchtete Tom, jeden Moment laute Stimmen zu hören oder gleich die Hand eines Wachmanns auf seiner Schulter zu spüren.

Doch erst als er hinaustrat in den sonnigen Tag, begriff er wirklich, was er gerade getan hatte.

Als sein Handy ihm am Montagmorgen neun Uhr anzeigte, rief Tom bei Frau Andresco-Müller im Amt an. Sie meldete sich, und Tom verstellte seine Stimme ein bisschen, in der Hoffnung, ganz normal und nicht nervös zu klingen.

»Hallo, hier ist Tom Rabe. Entschuldigen Sie, dass ich so früh anrufe, aber ich würde Sie gern um einen Gefallen bitten. Ich weiß, Sie haben schon mal etwas für mich getan, aber vielleicht können Sie mir noch einmal helfen?«

Er redete absichtlich einfach so drauflos. Auch wenn er sich kaum vorstellen konnte, dass der Alte beim Jugendamt anrufen würde, wenn er entdeckte, dass Tom verschwunden war – sonst würde man ja möglicherweise nach dem Grund fragen –, wollte Tom ihr keine Zeit zum Nachdenken geben.

»Ja, sicher, Tom. Worum geht es denn?«

»Sie haben mir ja gesagt, dass ich ein Findelkind war. Können Sie mir verraten, wo ich gefunden wurde?«

Daraufhin folgte zunächst nur Schweigen. »Ich weiß nicht, ob ich das …«

»Bitte«, unterbrach Tom sie. »Es ist mir sehr wichtig, verstehen Sie? Ich will ja gar nicht viel, aber das ist die einzige Verbindung, die ich zu meinen Eltern habe. Ich werde doch bald sechzehn, dann ginge das doch auch so, oder?«

»Hm, ja, vielleicht. Mal sehen. Ich kann in die Akte schauen, wenn es dir so wichtig ist. Warte mal eben, bitte.«

»Klar.«

Er konnte hören, wie sie etwas in einen Computer eintippte.

»Und, wie geht es dir so?«

»Och, super«, log Tom fröhlich. »Richtig gut.«

»Wie läuft es in der Schule?«

»Gut, gut. Ich glaube, ich bekomme in Mathe eine Zwei.«

Immer noch Tastaturgeräusche. *Mann, mach schon. Wie lange dauert das denn?*

»Das ist ja toll«, erklärte sie, dann änderte sich ihr Tonfall: »Ah, hier haben wir es. Du wurdest beim Kloster Rabenstein gefunden, Tom. Das ist in Brandenburg.«

»Super, vielen Dank. Sie sind die Beste.«

Tom hörte noch, wie sie irgendwas sagte, unterbrach aber schon die Verbindung und begann, im Internet nach dem Kloster zu suchen.

Tom trat im Schein der Straßenlaterne von einem Fuß auf den anderen. Obwohl er Alex vertraute, hatte er ein ungutes Gefühl bei dem Treffen. *Was, wenn der Alte was davon mitbekommen hat? Wenn er Alex belauscht hat oder so?*

Aber er konnte kaum etwas tun, außer abzuwarten. Vorsichtshalber hielt er etwas Abstand zu der Bushaltestelle, wo sie sich treffen wollten, und behielt seine Umgebung genau im Auge. Es waren nur wenige Menschen auf der Straße unterwegs. Hin und wieder fuhr ein Auto vorbei.

Im Rucksack auf seinem Rücken trug Tom seine gesamte Habe bei sich. Die Münzen steckten in seiner Jackentasche. Inzwischen waren sie das Wertvollste, was er besaß, auch wenn er keine Ahnung hatte, für wie viel Geld man sie hätte verkaufen können.

Ein alter Golf hielt am Straßenrand bei der Bushaltestelle. Halb erwartete Tom, dass jemand aussteigen würde. Aber der Wagen blieb nur mit laufendem Motor stehen. Nervös beäugte Tom das Fahrzeug. Hatte der Alte ihn doch aufgespürt? Aber dann sah er im Gegenlicht das Profil des Fahrers. *Alex!*

Tom lief zur Haltestelle, sorgsam darauf bedacht, den Wagen stets genau zu beobachten. Er erreichte die Seitentür und sah hinein. Tatsächlich saß Alex hinter dem Steuer und kaute an seinem Daumennagel. Tom riss die Tür auf.

»Alter!«, entfuhr es Alex.

»Hi«, erwiderte Tom und schleuderte seinen Rucksack auf den Rücksitz, dann warf er sich auf den Beifahrersitz und zog den Gurt quer über seine Brust. Alex gab schon Gas, als der Sicherheitsgurt einrastete.

»Seit wann hast du ’nen Führerschein?«

»Soll das ’ne Kontrolle werden oder was?«

»Hey, schon gut, kein’ Stress. Wem gehört die Karre?«

»Die hat Enno besorgt.«

Na klar, vermutlich heißt besorgt *in diesem Fall* geklaut. *Super.* Aber dann erinnerte er sich daran, dass er selbst ja streng genommen in den Keller eines Museums eingebrochen war, und beschloss, lieber die Klappe zu halten.

»Wohin fahren wir?«

»Keine Ahnung«, entgegnete Alex. »Sag du es mir.«

»Ich müsste aus Berlin raus, Richtung Osten, nach Brandenburg. Ziemlich in die Pampa. Wäre super, wenn du mich zu einem Bahnhof oder so bringen könntest.«

»Mann, wir haben ein Auto. Da fahren wir doch nicht mit der lahmen Bahn!«

Alex trat das Gaspedal durch, und der Golf sprang regelrecht nach vorn. Sie rasten durch die leeren nächtlichen Straßen, bis Alex fragte: »Also, wohin?«

Tom nannte ihm die Adresse des Klosters.

»Pampa ist ja wohl noch untertrieben. Da ist ja nix. Direkt dahinter kommt das Ende der Welt.«

»Du musst nicht mitkommen. Das ist meine Sache. Ich kümmer' mich schon darum«, erwiderte Tom kleinlaut. »Ich will dich da nicht mit in was reinziehen.«

»In was reinziehen? Was hast du abgezogen, Kleiner? Eine Bank ausgeraubt?«

Fast, dachte Tom bei sich. *Ein Museum.* Laut sagte er: »Nichts. Es geht um meine Eltern. Ich bin da … also … ich wurde da gefunden. Früher, verstehst du?«

Alex sagte nichts, sondern fädelte sich auf einer Schnellstraße ein und ging gleich auf die Überholspur. Sie zogen an Familienkarossen vorbei, an Lieferwagen. Keiner von beiden sprach.

Irgendwann sackte Toms Kopf gegen die Scheibe, und er schlief ein. Er schlug die Augen erst wieder auf, als Alex ihn unsanft gegen die Schulter stieß.

»Aufwachen, wir sind gleich da.«

Immer noch müde und total verschlafen, sah Tom sich um. Um sie herum war es komplett dunkel. Lediglich die Scheinwerfer des Golfs spendeten ein wenig Licht.

»Wie spät ist es?«, murmelte er.

»Gleich halb vier.«

Unter den Rädern knirschte es. Sie schienen über Kies oder Ähnliches zu fahren.

»Wie hast du das gefunden?«

»Im Dorf ist 'ne Tankstelle, da hab ich nach dem Weg gefragt.«

»Du hast angehalten? Wieso hast du mich nicht geweckt?«

Alex zuckte mit den Schultern. Vor ihnen schälten sich die Umrisse großer Bäume aus der Dunkelheit. Der Golf hielt an, und Alex stellte den Motor ab. Mit einem Mal war es total still.

»Endstation«, flüsterte Alex. Er sah Tom an. »Und hier willst du was rausfinden? Hier ist doch nix. Und wenn hier mal was von deinen Eltern war, dann ist das fünfzehn Jahre her.«

Ohne zu antworten, öffnete Tom die Tür und stieg aus. Es war kühl, aber nicht kalt. In den Bäumen rauschte ein leichter Wind, und hinter ihnen ließ sich in der Finsternis ein Gebäude erahnen.

»Da vorn muss es sein«, erklärte Tom und holte sein Handy heraus. Er schaltete es ein und ließ das Display beleuchtet. Es spendete nicht viel Licht, aber genug, um nicht über die eigenen Füße zu stolpern.

»Sollen wir nicht lieber warten, bis es hell wird? Heute Nacht ist da doch eh keiner.«

Natürlich hatte Alex recht; es wäre besser, im Wagen zu bleiben, noch ein bisschen zu schlafen und erst zu einer zivileren Tageszeit zum Kloster hinüberzugehen. Aber etwas in ihm trieb Tom an, so stark, dass er dagegen machtlos war.

»Nur gucken«, meinte er leise und griff in die Tasche, wo die beiden Münzen leise klimperten. Im Licht des Handys ging er zu den Bäumen und zwischen ihnen hindurch. Er lauschte ihrem Rauschen. Es war, als seien seine Sinne in dieser Nacht besonders empfindlich. Hinter ihm lief Alex, das spürte und hörte er. Mittlerweile zeichnete sich das Kloster als ein gewaltiges Viereck aus alten Mauern und überwucherten Dachzinnen in einiger Entfernung vor ihnen ab.

Aber der Anblick des Gebäudes ließ Tom seltsam kalt. Natürlich erkannte er es nicht wieder. Wie auch? Er war ja noch viel zu klein gewesen, als er zuletzt hier war.

Vor ihnen gab es eine freie Fläche zwischen den Bäumen, auf die Tom zuhielt. Er holte die Münzen heraus. Und wusste plötzlich, dass er genau hierherkommen sollte. Als er sich umsah, bemerkte er, dass es viel heller geworden war. Verwundert blickte er auf sein Handy, doch es schienen die Münzen zu sein, die zu leuchten begonnen hatten. Lichtstreifen wirbelten um sie herum.

Ja, es waren nicht die Münzen, die alles hell erleuchteten. Es war ein seltsames Gebilde aus Licht, ein Wirbel, so groß wie ein Fußball, das mitten vor ihnen in der Luft stand.

»Was ist das denn für ein Ding?«, rief Alex.

Instinktiv wich Tom einige Schritte zurück. Das Leuchten wurde immer heller und der Wirbel aus reinem Licht immer größer.

»Nimm das auf«, rief Alex. »Das ist ja irre!«

Tom hielt sein Handy hoch und schaltete die Kamerafunktion ein. Das grelle Leuchten drohte die Handykamera in die Knie zu zwingen, aber er hielt drauf. Alex ging an ihm vorbei, ein schattenhafter Umriss vor dem Leuchten.

Plötzlich vergrößerte sich der Lichtwirbel blitzartig. Alex sprang zurück und rief: »Scheiße, was ist das?«

»Keine Ahnung«, entgegnete Tom wahrheitsgemäß. Er sah hinab auf die beiden Münzen in seiner Hand, die das Leuchten des Wirbels imitierten, und unvermittelt hatte er das Gefühl, zu verstehen.

»Das meint mich. Geh weg da, Alter, das ist wegen mir.«

Alex hörte nicht auf ihn, sondern blieb stehen.

»Das ist nicht dein Ernst!«

»Doch.« Tom schluckte. Bis gerade eben hatte er noch nicht gewusst, was geschehen würde, aber jetzt ahnte er es. »Das ist für mich. Ich geh da durch.«

Als hätte der Lichtwirbel seine Worte verstanden, wuchs er noch weiter und wurde so hell, dass Tom den Blick abwenden musste. Er sah auf sein Handy herab und schickte das aufgenommene Video mit einem letzten Gedanken an seine Freunde ab.

Dann ging er zögerlich einen Schritt auf den Wirbel zu. Und noch einen.

Es war nun so hell, dass Tom nichts mehr erkennen konnte.

Als er den Wirbel fast schon erreicht hatte, packte ihn Alex an der Jacke.

»Komm zurück!«, brüllte der Ältere.

Doch da hüllte der Lichtwirbel Tom ein, und er fiel und fiel und fiel.

ZWEITER TEIL

Ankunft

Das Gefühl war dasselbe wie bei einem Sturz. So als ob Tom viele Hundert Meter tief hinabfiel, in ein seltsames, alles überstrahlendes, pulsierendes Leuchten. Das Licht durchdrang seinen Körper, floss in Wellen durch ihn hindurch. Es berührte seine Seele, und Tom konnte spüren, wie sie sich für das warme Licht öffnete. Er hatte keine Angst, in diesen Strom zu fallen und von ihm mitgerissen zu werden, obwohl seine Sinne ihm sagten, dass er in die Tiefe stürzte, und ein Teil seines Verstandes *wollte,* dass er Angst hatte. Es war das Licht, das ihm die Furcht nahm.

Dann wurde das Pulsieren schneller, und Tom glaubte, erneut einen Strudel wahrzunehmen, der ihn verschlang.

Tom hätte nicht sagen können, wie lange er fiel; Zeit hatte keine Bedeutung mehr. Er erinnerte sich an sein Leben, sah kleinste Details aus seiner Kindheit in unglaublicher Klarheit vor sich, und die Farben all dieser Bilder waren so intensiv, dass sie vor seinem inneren Auge zu leuchten schienen. *Vielleicht fühlt es sich so an, wenn man stirbt,* dachte er ohne Sorge. *Vielleicht ist es einfach vorbei mit mir, und jetzt sehe ich mein Leben an mir vorüberziehen?*

Unvermittelt verschwand das Licht und ließ Tom in Dunkelheit zurück. Seine Füße berührten etwas, und ehe er sich's versah, stolperte er und fiel der Länge nach hin. Es war klar, dass er sich nun wieder auf festem Boden befand.

Um ihn herum schien absolutes Chaos zu herrschen. Er hörte laute Schläge, ein dumpfes Wummern und Schreie in allen Tonlagen. Irgendetwas brüllte wie ein großes Tier. Tom riss die Augen auf, aber in seinem Blickfeld tanzten nur bunte Lichter, die ihm die Sicht nahmen. Es roch erdig, mit einem scharfen Unterton, wie Ozon. Der Boden unter ihm vibrierte und ließ seinen Körper von Zeit zu Zeit erbeben. Eine leise Angst beschlich ihn.

»Hallo?« Seine Stimme verlor sich in dem fürchterlichen Lärm. Er setzte sich auf und rieb sich die Augen. Ein Windhauch fuhr über sein Gesicht, als ob etwas ganz nah an ihm vorbeigelaufen wäre, und er zuckte zurück und öffnete erschrocken die Augen. Auch wenn ihn das Licht nun schmerzhaft blendete, konnte er doch zumindest wieder Umrisse erkennen.

Menschliche Gestalten liefen umher, und bunte, unwirkliche Lichtflecken rasten zwischen ihnen durch die Luft. Tom glaubte, große Gebäude zu erkennen, zwischen denen er sich befand. Über ihm war ein dunkler Nachthimmel. *Was ist hier los? Wo bin ich?*

Vorsichtig kam er auf die Füße und blickte sich genauer um. Er stand zwischen zwei länglichen Gebäuden, so groß wie Lagerhallen, von denen es insgesamt vier gab, die um einen zentralen Turm angesiedelt waren. Bunte Lichter wanderten diesen Turm empor, und auch aus den Hallen drang Licht in verschiedenen Farben. Doch er konnte dieses wundersame Schauspiel nicht länger beobachten, denn als er registrierte, was sonst um ihn herum geschah, gefror ihm das Blut in den Adern.

Er sah Männer und Frauen, die vor schwarzen Gestalten davonliefen. Kaum ein Dutzend Meter von ihm entfernt rannte ein Mann geduckt an der Wand einer der Hallen entlang, als ihn ein großer, gerüsteter Krieger erreichte. Tom sah, wie der Krieger sein Schwert hoch in die Luft reckte, dann raste es auf den Laufenden herab.

Tom blieb beinahe das Herz stehen. »Was …«, hauchte er entsetzt.

Ein dumpfer Schlag fuhr durch den Boden und ließ ihm die Knie weich werden. Ein ohrenbetäubendes Ächzen ertönte, und der Turm erzitterte in seinen Grundfesten. Steine bröckelten aus der Flanke, fielen mit lautem Knall zu Boden, und Staub rieselte herab. Menschen schrien in Panik auf, als sich der Turm zur Seite neigte, noch einen Moment verharrte und dann umstürzte.

Die Druckwelle des Aufschlags wehte Tom Staub ins Gesicht, und er musste husten. Explosionen blühten wie Feuerblumen im Staubnebel auf, die bunten Lichter zersprangen in Tausende Funken. Der Staub legte sich auf Toms Zunge, drang ihm in Nase und Mund. Es war ein unangenehmer Geschmack, erdig und gleichzeitig scharf. Tom bekam keine Luft mehr, hustete weiter und versuchte, sich den Staub aus den brennenden Augen zu reiben.

Ich muss hier weg, erkannte er mit einem Mal. Das war der einzig klare Gedanke, den er zu fassen vermochte, und dann rannte er auch schon los, als hätten seine Beine nur auf den Befehl gewartet. Das Donnern in der Erde hörte nicht auf, und immer wieder wurde alles von Stößen ins Wanken gebracht. Der Staub nahm Tom die Sicht, und der Lärm war ohrenbetäubend. Tom tastete sich an der Wand einer der Hallen entlang, fühlte raues Holz unter seinen Fingern, zog sich Splitter zu, ohne weiter darauf zu achten. Er wusste nicht, wohin sie ihn führen würde, aber die Wand der Halle war für den Moment die einzige Orientierungshilfe, die er hatte.

Tom stolperte über etwas, wagte aber nicht, nach unten zu sehen, sondern rappelte sich auf und ging vorsichtig durch den Staubnebel weiter.

Vielleicht bin ich wirklich gestorben und in der Hölle gelandet?, schoss es ihm durch den Kopf. Die Luft war voller giftiger Dämpfe. Es gab schattenhafte Gestalten, die andere Menschen jagten. Einen Boden, dem man nicht vertrauen konnte und der erbebte, als fürchte selbst er, was auf ihm geschah.

Doch langsam lichtete sich der Staub ein wenig, und Tom konnte erkennen, dass er in die richtige Richtung hastete, oder zumindest hoffte er das. Er befand sich an der Seite einer der Hallen und schien aus dem bebauten Bereich herauszulaufen. Vor sich sah er eine freie Fläche, die in eine Art Feld überging. Sofort lief er schneller.

Plötzlich sprang ihn jemand von der Seite an.

»Runter!«, ertönte eine Stimme direkt an seinem Ohr, als er zu Boden gerissen wurde. Er rollte sich auf den Rücken und sah, wie ein Pferd über ihn hinwegsetzte. Im Bruchteil einer Sekunde konnte er jede Kleinigkeit erkennen, den Riemen des Sattels, das kurze, dunkle Fell, die Füße, die in Steigbügeln steckten. Dann waren Pferd und Reiter über ihn hinweg, und der Aufschlag der Hufe erdröhnte neben seinem Kopf.

»Bist du lebensmüde?«

Benommen drehte Tom sich um und sah ein Mädchen, vielleicht in seinem Alter. Genau konnte er das nicht sagen, denn sie erschien ihm auf ihre Art ebenso seltsam und fremdartig wie die Gestalten in den Rüstungen, die bewaffneten Krieger. Ihre Haut war fast ebenso dunkel wie ihr kurzes Haar, und beides war von Staub bedeckt, sodass sie aussah, als habe sie sich mit einem bizarren Muster bemalt. Ihre hellen Augen leuchteten wie Feuer aus ihrem schmutzigen Gesicht.

»Ich ... hab nichts gehört«, versuchte er zu erklären, aber sie stand bereits auf und sah sich um. Der Reiter preschte über die freie Fläche, wendete sein Pferd, indem er brutal an den Zügeln riss, und nahm sie ins Visier. Er zog sein Schwert und gab seinem Tier die Sporen. Tom schloss die Augen.

Das kann einfach nicht wahr sein. Das muss ein Albtraum sein. Ich muss aufwachen. Dringend aufwachen!, sagte er sich immer wieder selbst. Aber nichts geschah. Als er die Augen wieder öffnete, war seine Umgebung noch genauso schrecklich wie vorher.

Eine Gestalt löste sich hinter ihm aus dem Schatten des Gebäudes und sprang den Reiter an. Der Aufprall warf das Pferd einfach um, und der Reiter schrie laut auf. Die Gestalt erhob sich aus dem Wirrwarr aus Gliedmaßen und trat vor ins Licht.

Tom schrak zurück. Was im Zwielicht auf den ersten Blick wie ein grobschlächtiger Mann ausgesehen hatte, entpuppte sich jetzt als ein kantiges Wesen mit grober, dunkelgrauer Haut und einem mächtigen Haupt. Das Gesicht war bestialisch, aus dem Mund ragten zwei große Hauer, und die kleinen Augen musterten ihn eindringlich. Das Wesen wirkte, als sei es aus Stein gemeißelt, aber von einem unbegabten Künstler, der es nicht geschafft hatte, die menschlichen Proportionen zu treffen.

Das Entsetzen traf Tom wie ein Schlag gegen den Kopf. »Nein«, stammelte er. »Nein. Nein. Nein.« Sein Körper bewegte sich fast von selbst, und er kroch auf allen vieren rückwärts davon.

»Dahin willst du nicht«, sagte das Mädchen ruhig, während sie wieder neben ihm in die Hocke ging. Ihre Kleidung war kaum mehr als ein Fetzen Stoff, den sie sich um den Oberkörper und die Hüften gewickelt hatte. Sie wies über Tom hinweg in Richtung des umgestürzten Turms, von wo noch immer Schreie voller Angst und Schmerz ertönten.

Tom merkte, dass sie ihn neugierig musterte, aber er wusste nicht, was er sagen oder tun sollte. Er konnte den Blick kaum von dem Wesen abwenden, das sich inzwischen neben sie gestellt hatte. Es war größer als Tom, ja vermutlich sogar größer als der Alte. Seine Hände waren riesig und klobig. Sie sahen jede für sich groß genug aus, um einen Basketball zu umfassen – und einfach so zu zerquetschen. Und das ließ Tom blitzschnell eine Entscheidung treffen. Er drehte sich um und lief zurück in den Staubnebel.

Er hoffte, dass der Staub ihn verschluckte und sie ihn nicht verfolgen würden. Sofort musste er wieder husten, aber er zog sich sein Shirt vors Gesicht und konnte so wenigstens ein bisschen besser atmen.

Tom war noch nicht weit gekommen, da fuhr eine Windböe in den Dunst, und der unnatürliche Nebel lichtete sich. Plötzlich war die Sicht auf den Hof zwischen den Hallen frei. Tom sah die Menschen, die dort umherrannten oder miteinander kämpften. Und in ihrer Mitte, umgeben von einem riesigen Wirbel aus Staub und Schutt, einen dunkelhaarigen Mann auf einem gewaltigen schwarzen Pferd. Ein dunkelrotes Leuchten flackerte über seine Rüstung, deren eigentümliche Verzierungen wie Augen und Münder aussahen. Nein, Augen und Münder *waren,* ganze Gesichter, schmerzverzerrt, Fratzen voller Leid und Angst. Und sie flüsterten. Tom konnte es hören, das Betteln aus Dutzenden von körperlosen Kehlen. Das unwirkliche Licht wirkte wie Blut auf dem Panzer des Mannes. Der ganze Leib des Kriegers war in diese Rüstung aus schwarzem Metall gehüllt, das eine böse Kraft ausstrahlte, die Tom den Atem nahm. Nur der bleiche Kopf des Mannes war frei, und er sah sich mit vor Wut verzogener Miene um.

Vor Grauen wie gelähmt, taumelte Tom zwei Schritte zurück.

Das Pferd des Mannes bäumte sich auf, und er hob einen Kriegshammer mit einem bösartigen Dorn an der Spitze über den Kopf. »Findet sie alle!« Seine Worte donnerten Tom durch Mark und Bein. »Niemand wird entkommen!«

Eine riesige schwarze Raubkatze richtete sich neben dem Pferd auf und ließ ein Brüllen vernehmen, als wollte sie die Befehle des Mannes bestätigen.

Flieh!, erklang eine Stimme in Toms Kopf. Er hätte wohl an seiner geistigen Zurechnungsfähigkeit gezweifelt, wäre ihm die Stimme nicht seltsam vertraut erschienen. So aber kam er der Aufforderung unverzüglich nach.

Langsam schlich er rückwärts davon, unfähig, die Augen von dem schwarzen Krieger zu nehmen, dessen Rüstung zu leben schien. Tom war regelrecht froh, als der Staub wieder um ihn wehte und ihn verbarg. Erst als er sich sicher war, dass niemand ihn verfolgte, wagte er es, sich umzudrehen und zu rennen. Er stürmte die Wand des Gebäudes entlang, hielt an der Ecke inne und sah sich vorsichtig um. Keine Reiter zu sehen, keine Krieger, keine Dämonenfratzen.

Er lief über die freie Fläche und duckte sich dann in das, was er zuerst für ein Feld gehalten hatte, was sich aber nun als langblättriges Gras erwies, das ihm fast bis zu den Schultern reichte. Einen Herzschlag lang zögerte er, tiefer in das dichte Gras vorzudringen, aber die furchtbaren Schreie, die hinter ihm erklangen, trieben ihn weiter.

Die Blätter des Grases waren scharfkantig und steif, und schnell hatte Tom Schnitte an den Händen, weil er sich mit den Armen einen Weg bahnen musste. Als er den seltsamen Lichtschein des Kampfschauplatzes verließ, breitete sich sofort Dunkelheit um ihn aus. Der nächtliche Himmel spendete nur wenig Licht, gerade genug, um die nähere Umgebung zu sehen. Tom blickte nach oben. Es war eine klare Nacht, und am Firmament funkelten mehr Sterne, als er je zuvor gesehen hatte. Der Anblick war grandios und das Erste an diesem merkwürdigen Ort, was nicht Furcht einflößend oder bedrohlich wirkte.

Allmählich beruhigte sich Toms Herzschlag, und eine bleierne Erschöpfung machte sich in seinen Gliedern breit. Die Angst, die ihn die ganze Zeit im Griff gehabt hatte, schwand, und endlich konnte er wieder klar denken.

Langsam machte er sich die Situation bewusst. Er hatte keine Ahnung, wo er war und was mit ihm geschehen war. Die Ereignisse waren jenseits von allem, was er begreifen konnte. Aber eines war sicher: Er musste weg von diesem Gelände, diesen Gebäuden, musste Distanz zwischen sich und die grausamen Krieger bringen.

Danach musste er weiterplanen, aber jetzt ging es erst mal nur darum, zu überleben. Denn dass der Mann mit der lebenden Rüstung eine tödliche Gefahr darstellte, wusste er so sicher wie seinen Namen.

»Du bist so laut wie ein Begrah«, flüsterte es nicht weit von ihm.

Tom fuhr herum, konnte aber nichts sehen. »Wer ist da?«

»Sei leise«, zischte die Stimme. Die Stimme einer Frau. »Sie schicken Jäger, die werden uns verfolgen. Du musst leise sein und dich geschickt anstellen. Sonst werden sie dich fangen und zurückbringen.«

Obwohl die Stimme das »zurück« nicht näher beschrieb, wusste Tom auch so, dass er das nicht wollte. Egal, was sonst geschah, er wollte nicht zurück an diesen Ort.

»Wer bist du?«, fragte er, diesmal deutlich leiser, während er in das dichte Gras starrte und etwas zu erkennen versuchte. Einen Moment später teilten sich die Gräser vor seinen Augen und gaben den Blick auf das dunkelhäutige Mädchen frei, das er bei den Hallen gesehen hatte. Sie richtete sich zu ihrer vollen Größe auf und reichte Tom damit bis zum Kinn. Sie war sehr schlank, hatte nackte, kräftige Beine und Füße ohne Schuhe.

Aus irgendeinem Grund kam er sich plötzlich mit seiner Jacke, dem Hemd und den Sneakern seltsam angezogen vor, während sie hierherzupassen schien. Sie hielt die Arme vor der Brust verschränkt und blickte so streng, dass ihre Augenbrauen fast über der Nase zusammentrafen. Nervös sah sich Tom nach ihrem monströsen Begleiter um, konnte ihn aber nicht entdecken.

Schließlich glättete sich ihre Stirn jedoch, und sie streckte die Hand aus, als ob sie ihn berühren wollte. Doch dann brach sie mitten in der Bewegung ab. »Komm mit«, sagte sie knapp und lief los.

Unschlüssig blieb Tom stehen, dann fasste er sich ein Herz und folgte ihr. *Wenn sie mir etwas tun wollte, hätte sie das schon längst getan,* versuchte er sich zu beruhigen. Sein Gefühl sagte ihm, dass er ihr mehr vertrauen konnte als den Leuten auf dem Hof, ob gerüstet oder nicht. Tom hatte keine Ahnung, woher er plötzlich so klar wusste, wer Freund und Feind war, aber er war sich seiner Sache sicher.

Er lief eine Zeit lang hinter ihr her, bis sie an einen kleinen Teich in einer Senke kamen, der kaum zehn Meter im Durchmesser haben mochte.

»Du hast Durst?«

Tom nickte. Seine Kehle war nicht nur wie ausgedörrt, sondern auch noch voller Staub.

»Trink.«

»Was, einfach aus dem Tümpel da?«

Sie schwieg, und tatsächlich wirkte das Wasser im schwachen Licht der Sterne plötzlich unglaublich einladend. Tom kniete sich am Rand des Teiches hin, steckte seine Hände in das kühle Wasser und sah, wie der Schmutz von ihnen abgewaschen wurde. Er schöpfte einige Handvoll Wasser aus dem Teich und trank gierig. Es war köstlich, besser als alles, was er je zuvor getrunken hatte.

»Wir müssen weiter«, stellte seine Begleiterin fest. »Sie werden bald kommen. Lauf hinter mir, ich zeige dir, wie du durch das Gras kommst.«

Tom spritzte sich noch einmal Wasser ins Gesicht, dann stand er wieder auf. Er schaffte es einfach nicht, zu verstehen, was um ihn herum gerade passierte. Sein Hirn war wie betäubt, und sein Körper sagte ihm, dass er sich hinlegen sollte, um zu schlafen oder einfach aufzugeben. Aber das kam wohl gerade nicht infrage. Wenn er sich jetzt hinlegte, würde er vielleicht nie wieder aufwachen.

»Sofort«, erwiderte Tom. Dann kam ihm ein Gedanke, und er durchsuchte die Taschen seiner Jacke und seiner Jeans. Sein Portemonnaie war noch da, ebenso wie das Taschenmesser, sein MP3-Player und sein Schlüsselbund, aber sonst fand er nichts. *Ich hab mein Handy verloren. So ein Mist.* Er schloss die Augen. Er war abgeschnitten von der Welt. Denn das Mädchen hatte ganz sicher nirgendwo ein Handy versteckt, und die nächste Notrufsäule war vermutlich so weit weg wie die Sterne.

Als er die Augen wieder öffnete, sah ihn das Mädchen unverwandt an, als erwartete es etwas von ihm.

»Ich bin Tom«, sagte er langsam und legte seine Hand flach auf die Brust, wie er es schon mal in alten Filmen gesehen hatte. Dann deutete er auf sie. »Wie heißt du?«

Ein spöttisches Funkeln erschien in ihren Augen, dann legte sie ihrerseits die Hand auf die Brust, allerdings mit so großer Geste, dass Tom das Gefühl hatte, sie würde ihn auf den Arm nehmen.

»Ich heiße Matani.«

Gejagt

Erst als sich am Himmel die ersten Zeichen der aufgehenden Sonne andeuteten, entschied Matani, dass sie eine kleine Rast einlegen sollten. Tom war vollkommen erschöpft. Sie waren schnell gelaufen, und die Anstrengung hatte dafür gesorgt, dass er alle Luft zum Atmen brauchte und keine Fragen stellen konnte. Dabei waren ihm unterwegs in etwa hundert eingefallen.

Aber als sie endlich anhielten, ging er einfach nur auf der kleinen Lichtung inmitten des Grases in die Knie und ließ sich dann seufzend zurücksinken. Matani setzte sich neben ihn und sah ihn an. Ihr schien dieser Marathon weniger ausgemacht zu haben als ihm.

»Wir werden Resk bald einholen, hoffe ich«, sagte sie, als würde ihm der Name etwas bedeuten.

»Resk?« Zum Glück ließ sich das Wort gut keuchen.

»Du hast ihn schon gesehen.« Sie deutete mit dem Kopf über ihre Schulter. »Im Lager.«

»Das Monster? Dieser Steintyp?«

Ihre Miene verriet Unverständnis.

»Stein-Tüüp? Nein, er ist ein Troll, ein Hügeltroll. Gibt es keine Hügeltrolle da, wo du herkommst?«

»Nee«, brachte Tom hervor. »Keine Trolle.«

»Er ist vorgelaufen, um dich nicht zu erschrecken, während ich auf dich gewartet habe. Er wird dir nichts tun.«

Ihre Beteuerung war nicht sehr beruhigend, aber Tom wollte nicht weiter an das graue Wesen mit den Hauern denken.

»Wieso hast du auf mich gewartet?«

»Nicht deinetwegen«, stellte sie trocken fest. »Du warst dumm, zurückzulaufen. Ich habe seinetwegen auf dich gewartet.« Sie wies mit der Hand zum Himmel.

Zuerst erkannte Tom nichts außer dem sich langsam aufhellenden Firmament, dann sah er einen Schatten über sich. Ein großer Vogel drehte eine Runde, glitt zu ihnen herab und landete kaum fünf Meter von Tom entfernt. Es war ein Rabe, deutlich größer als alle, die Tom bislang gesehen hatte. Seine Federn wirkten im Zwielicht schwarz wie Pech. Er sah Tom mit schief gelegtem Kopf an, dann begann er, sich das Gefieder zu putzen, als wäre die Anwesenheit der beiden Menschen für ihn nichts Besonderes.

Aus irgendeinem Grund fand Tom die Gegenwart des Raben tröstlich. Es kam ihm vor, als würde er einen alten Bekannten sehen, ausgerechnet hier, wo ihm alles sonst fremd und feindlich erschien.

»Ist das deiner?«, fragte er verwirrt. »Ist er zahm?«

Das Mädchen lachte, und er hatte das ungute Gefühl, dass es sich schon wieder über ihn lustig machte.

»Meiner? Nein. Es ist wohl eher deiner.«

Vorsichtig stand Tom auf. Der Rabe hob seinen Schnabel und sah ihn an. Es lag eine Spannung in der Luft zwischen ihnen, eine unerklärliche Verbindung. Es war Tom, als würden die kleinen, schwarz schimmernden Augen direkt in sein Herz blicken und jeden seiner Gedanken kennen. Ihm wurde schwindlig, und er wandte den Blick ab. Sofort verschwand auch das seltsame Gefühl.

»Ich verstehe gar nichts mehr«, murmelte er leise und sah sich um. Der Himmel über ihnen war inzwischen von einem dunklen Blau, das zum Horizont hin in ein Farbenspiel aus Gelb und Orange überging. Die Sonne würde bald aufgehen und diesen fremden Ort bescheinen. Noch war es zwischen den Gräsern dunkel und schattig, aber die warme Nacht ließ Tom vermuten, dass der Tag hier ziemlich heiß sein würde.

»Bist du verletzt?«, erkundigte sich Matani besorgt. »Du musst dich doch an deinen Raben erinnern. Wir haben gemerkt, dass er zu dir gehört, und als er in das Lager zurückgeflogen ist, wusste ich, dass er dich führen würde.«

»Du meinst, der Rabe hat mir gesagt, dass ich abhauen sollte?« Tom sah wieder zu dem Tier hinüber.

Wieso eigentlich nicht?, fragte er sich müde. *Immerhin hat auch in Berlin schon ein Rabe mit mir gesprochen.*

Weit in der Ferne ertönte ein hohes Heulen, das ihre Köpfe herumfahren ließ. Tom konnte nichts erkennen, aber Matani sah plötzlich gehetzt aus.

»Wir müssen weiter. Wir dürfen nicht hierbleiben.«

»Wer jagt uns?«, fragte Tom matt, während sie sich suchend umblickte.

»Die Herren der Schwarzen Städte. Wen sie mitnehmen, den sieht man niemals wieder. Großvater hat gesagt, dass sie einen über das Meer bringen, in ihre Heimat.«

Ein flinker Schatten huschte durch das Gras, dann sprang ein pelziges Wesen an Matani hoch. Tom brauchte einen Moment, um zu erkennen, dass es sich nicht um einen kleinen Hund, sondern um einen sandfarbenen Fuchs mit einem buschigen Schwanz und großen, hellen Ohren handelte.

»Da bist du ja«, sagte Matani erleichtert, während ihr das Tier die Hände ableckte. »Sie gehört zu mir«, erklärte sie über die Schulter hinweg, ehe sie sich in Bewegung setzte. Der Fuchs ließ von dem Mädchen ab und trottete neben ihr her. Nur Tom zögerte noch.

»Komm«, sagte Matani eindringlich. »Dein Rabe findet den Weg schon. Immerhin kann er ja fliegen.«

Offensichtlich bereitete es ihr weitaus weniger Schwierigkeiten, während des Laufens zu sprechen. Tom biss die Zähne zusammen, schwor sich, dass er so lange und so weit laufen würde wie sie, und folgte ihr.

Noch während er überlegte, wer wohl die Herren der Schwarzen Städte sein mochten, berührten die ersten Strahlen der Sonne den Boden und tauchten die Steppe in ihr Licht. Das Gras war von einer satten, fast goldenen Farbe, die im Sonnenaufgang leuchtete. Ein sanfter Wind wehte, und das Gras neigte sich in Wellen, als wäre es ein großer See oder ein Meer, aber natürlich hielt Matani nicht an, um die Schönheit des Augenblicks zu genießen, sondern sie schien im Gegenteil nur noch schneller zu laufen. Tom musste sich anstrengen, um es ihr gleichzutun, und schon bald war alles, was er noch wollte, weiterhin einen Fuß vor den anderen zu setzen, einfach nur weiterzulaufen, weiterzuatmen, ohne zu stolpern und auch ohne nachzudenken. Sie glitten durch das Gräsermeer wie Fische durchs Wasser. Die Wärme der Sonnenstrahlen auf Toms Haut gab ihm neue Kraft. Er konnte geradezu spüren, wie seine Erschöpfung nachließ, wie sein Schritt sicherer wurde, schneller und sein Atem regelmäßiger. Es war, als ob das Licht der Sonne direkt durch ihn strömte und ihm die Kraft verlieh, die er für diesen wahnsinnigen Lauf benötigte, und als er den Kopf hob, sah er, dass ihnen der Rabe tatsächlich folgte, ein dunkler Schemen am Himmel.

Noch bevor die Sonne ihren höchsten Stand erreichte, entdeckten sie vor sich eine dunkle Gestalt, die mit langen, schwerfälligen Schritten ungefähr in dieselbe Richtung lief wie sie. Tom verzog das Gesicht – das musste der Troll sein, dem er schon einmal begegnet war. *Vielleicht habe ich mir seine Fratze letzte Nacht ja nur eingebildet,* hoffte er wider besseren Wissens. *Der umstürzende Turm, der Staub, die Reiter, wäre ja kein Wunder, wenn man da Sachen sieht, die es eigentlich nicht gibt. Vielleicht ist* Troll *ja nur so eine Art Spitzname?*

Aber seine Hoffnung erfüllte sich nicht. Die Gestalt bemerkte sie und hielt inne, sodass sie schnell zu ihr aufschlossen. Es war der Troll, und er war auch bei Tageslicht nicht weniger Furcht einflößend als bei Nacht. Ganz im Gegenteil, denn im Hellen war nun jedes Detail zu sehen, und es war vollkommen unmöglich, zu glauben, dass das ein Mensch sein könnte.

Die Haut des Trolls war grau und schien dick wie Leder zu sein. Er wirkte wegen seiner kurzen Beine und der breiten Schultern untersetzt. Schon auf den ersten Blick waren die mächtigen Muskeln zu sehen, die bei jeder Bewegung spielten. Der Kopf war groß, die Ohren dafür klein. Von Haaren keine Spur, weder auf dem Haupt noch am Körper. Gestern hatte Tom die Kleidung nicht bemerkt, aber das Wesen trug eine Art breiten Lederrock, der von zwei über der Brust gekreuzten Ledergurten gehalten wurde.

Offenbar um Tom nicht zu erschrecken, kam der Troll nicht auf sie zu und ging sogar in die Hocke, kurz bevor sie ihn erreichten. Nervös leckte sich Tom über die Lippen.

»Das ist Resk«, erklärte Matani und lächelte. »Er ist mein Freund. Und das hier ist Tom. Er kennt keine Trolle.«

»Doch, kenne ich«, protestierte Tom. »Ich hab den *Herrn der Ringe* auf DVD gesehen, und ich hatte ein paar Games, bei denen es Trolle gab. Waren aber immer die Gegner.« Er blickte entschuldigend von dem Mädchen zu dem Troll.

Die beiden sahen ihn verständnislos an. »Die Trolle sind bei euch Gegner von Geems?«, fragte Resk vorsichtig.

Von Matani kam zuerst gar keine Reaktion, dann zuckte sie mit den Achseln. »Diesen Ort kenne ich nicht«, erklärte sie ernst.

»Ort? Nein, nein, das ist kein Ort. Es sind Spiele, verstehst du? Am Rechner ...« Seine Stimme verlor sich, da er erkannte, dass beide keine Ahnung hatten, wovon er sprach.

»Bei uns spielen wir Gerokk«, grummelte der Troll mit tiefer Stimme. »Mit Steinen.«

Tom verkniff sich einen zynischen Kommentar und nickte stumm.

Matani blickte zwischen ihnen beiden hin und her. Schließlich wandte sie sich an Resk: »Hast du jemanden gesehen?«

»Nein.« Die Stimme des Hügeltrolls war dumpf und tief. »Ich war ganz allein.«

»Gut. Wir sollten dennoch nicht lange verweilen. Vermutlich jagen sie uns noch immer. Wir müssen so schnell wie möglich Schutz finden.«

»Was für Schutz?«, hakte Tom nach.

»Einen Stamm meines Volkes. Sie werden uns aufnehmen, und es sind zu viele, als dass uns die Jäger einfach mitnehmen könnten.«

»Klingt gut. Dann mal los.«

Beide sahen Tom an, wieder ohne zu verstehen.

»Aufbruch?«, fragte er vorsichtiger.

Diesmal setzten sich Resk und Matani in Bewegung, und Tom folgte ihnen. Tief in seinem Inneren spürte er die Ungeheuerlichkeit der Situation, aber die Ereignisse ließen ihm keine Zeit, seine Lage groß zu überdenken. Es war, als habe man ihn in einen reißenden Fluss geworfen, und nun musste er einfach schwimmen, wenn er nicht untergehen wollte, sich vollkommen auf das Hier und Jetzt konzentrieren.

Sie waren noch keine Stunde gelaufen, als Matani über ihre Schulter sah und sich dann anstandslos zu Boden warf.

Nach einer Schrecksekunde folgte Tom ihrem Beispiel, und auch Resk kauerte sich in das hohe Gras.

Langsam kroch Tom auf Matani zu. »Was ist?« Er wagte nicht mehr als ein Flüstern. Kalte Angst in seinem Inneren vertrieb die Wärme der Sonne.

»Hinter uns sind Verfolger.« Auch sie sprach leise, und Resk knurrte wie ein Hund.

Ganz langsam erhob sich Tom, bis seine Nasenspitze fast oberhalb des Grases war. Er schob einige lange Halme auseinander und spähte zwischen ihnen hindurch. Tatsächlich entdeckte er drei dunkle Gestalten, die ihnen viel näher waren, als er gehofft hatte. Es waren Männer auf Pferden, die das Gras deutlich überragten. Tom sank wieder zu Boden.

»Haben sie uns gesehen?«

»Ich weiß nicht«, erwiderte Matani. »Kommt mit.«

Sie schlich geduckt durch das Gras voran. Tom blieb dicht hinter ihr. Zu groß war das Risiko, dass er sie in dem Gräsermeer aus den Augen verlor.

»Wir sollten kämpfen«, befand Resk mit einer Stimme, in der Todesverachtung lag. »Wir können ihnen doch nicht entkommen.«

»Unsinn.« Matani sprach wieder lauter. »Sie haben Pferde und Waffen. Wenn wir kämpfen, töten sie uns oder nehmen uns gefangen. Unsere einzige Hoffnung ist, dass sie uns nicht finden.«

Tom war gewillt, ihr zuzustimmen. Er wollte nicht gefunden werden, nicht von diesen seltsamen Fremden, die ihn in das Lager zurückbringen würden, zurück zu dem Mann mit der schwarzen Rüstung. Er kroch noch schneller voran.

Immer wieder stand Matani vorsichtig auf und versuchte, einen Blick auf ihre Verfolger zu erhaschen. Sie sagte nichts, aber Tom konnte in ihrer angespannten Miene lesen, was sie sah: Die Jäger blieben ihnen auf den Fersen.

»Schneller«, zischte Matani. Es war anstrengend, sich so gebückt zu bewegen, halb laufend, halb kriechend, oft auf Händen und Knien im Dreck. Das Gras raschelte, und überall waren kleine Insekten. Matanis Fuchs war im hohen Gras verschwunden und folgte ihnen jetzt vermutlich auf seinen eigenen Wegen.

Resk blieb ein wenig hinter ihnen zurück. Vermutlich fiel es dem großen Troll noch schwerer als Tom, das Gras als Deckung zu benutzen. Tom konnte ihn hinter sich schnaufen hören. Dort, wo der Troll herlief, brachen die Grashalme unter seinem Gewicht. Als Tom einen Blick zurück warf, sah er, dass sie eine Spur hinterließen. Nicht sehr auffällig oder sehr breit, aber wenn selbst er sie sehen konnte, mussten Menschen, die sich in diesem Land auskannten, sie umso leichter entdecken.

»Wir werden sie nicht los«, rief er Matani gedämpft zu. »Sieh doch.«

Das Mädchen drehte sich zu ihm um, und ihr Blick folgte seiner ausgestreckten Hand. Er deutete hinter sich, und sie nickte nach einigen Momenten des Schweigens.

»Resk, komm her. Du auch, Tom.« Die beiden schlossen zu ihr auf. »Wir schlagen einen Bogen zurück. Und verstecken uns entlang der Spur, die wir hinterlassen haben. Wenn sie vorbeikommen, schlagen wir zu.«

Matani sah in ihre kleine Runde. Tom schluckte nervös, aber Resk nickte entschlossen. »Gut.« Der Hügeltroll schien nicht nur keine Angst zu haben, sondern sich sogar über die Entscheidung zu freuen.

»Es sind drei, wir sind drei. Jeder von uns übernimmt einen«, erklärte Matani ihren Plan weiter. »Wartet auf mein Zeichen, ja?«

»Ich ... Was soll ich tun?«, brachte Tom trotz seines trockenen Mundes heraus. »Das sind Krieger mit Schwertern auf Pferden. Ich habe noch nie ... Ich kann nicht ...«

»Greif deinem Feind in die Zügel«, schlug Resk vor. »Reiß ihn vom Pferd. Lass ihn nicht seine Waffe ziehen. Du musst schnell sein. Wenn er sein Schwert in die Hand bekommt, bist du tot.«

Na super! Das macht mir Mut, dachte Tom bei sich, schwieg aber und nickte. Er versuchte, eine entschlossene Miene aufzusetzen, aber er war sich nicht sicher, ob es ihm gelang. Natürlich hatte er sich auch schon mal geschlagen, wenn es nicht anders ging. Auf den Straßen gab es immer Leute, die Ärger suchten, und wenn man mit Alex unterwegs war, dann blieb es irgendwie auch nicht aus, dass einen der Ärger fand. Aber das hier war ein ganz anderes Kaliber. Das würde keine Prügelei werden. Die Reiter wirkten wie Krieger aus einem Spiel oder einem Film. Es waren erwachsene Männer, die vermutlich Schlachten geschlagen hatten und jeden Tag stundenlang mit ihren Schwertern trainierten.

»Los!«, befahl Matani, und Tom machte sich mit einem äußerst flauen Gefühl im Magen mit auf den Weg, um ihre Verfolger anzugreifen.

Echte Magie

Sein Herz schlug laut in seinen Ohren. Tom lag im hohen Gras, gut verborgen, wie er hoffte. Irgendwo zu seiner Rechten befand sich Matani. Resk hatte sich eine andere Stelle gesucht, und Tom konnte von seinem Platz aus nicht erkennen, wo der Troll auf der Lauer lag. *Ich muss meinen Gegner nur lange genug beschäftigen,* versuchte er sich einzureden. Aber unwillkürlich kehrten seine Gedanken zur letzten Nacht zurück. Er konnte den schwarzhaarigen Mann in seiner Rüstung wieder vor sich sehen, wenn er die Augen schloss. *Was, wenn er dabei ist?*

Ein kleiner, brauner Käfer kroch den Grasstängel direkt vor Toms Nase hinauf. Das Insekt setzte einfach ein Bein vor das andere und schien sich nicht darum zu kümmern, dass der Weg bis zur Spitze noch weit war. Tom konnte die Augen nicht abwenden. Zu gern hätte er gewusst, ob es solche Käfer auch in Berlin gab, aber konnte sich nicht daran erinnern, schon einmal ein solches Exemplar gesehen zu haben. Andererseits hatte er bislang allerdings auch kaum Interesse an Käfern gehabt. Fast unwillkürlich warf er einen Blick zum Himmel. Der Rabe war immer noch dort oben und zog jetzt weite Kreise über ihnen. *Ich bin hier.* Tom hätte nicht zu sagen gewusst, ob er diesen Gedanken in Richtung des Raben gedacht hatte oder ob es andersherum gewesen war.

Der Grashalm erzitterte, ehe die Hufe von Pferden in Toms Sichtfeld kamen. Der Käfer klammerte sich fest und stellte jeden Versuch ein, weiterzukrabbeln. *Schlaues Kerlchen.* Tom schloss die Augen und versuchte, seine Atmung zu beruhigen. Es gelang ihm nicht. Stattdessen sah er das unheimliche rote Leuchten vor sich und das wutverzerrte Gesicht des Schwarzgerüsteten.

»Los!«, brüllte Matani, und Tom hauchte ein leises »Fuck«, bevor er aufsprang. Bis zum letzten Moment war er nicht sicher gewesen, ob er das hier können würde, aber als es so weit war, reagierte sein Körper ganz instinktiv. Er rannte die wenigen Meter auf den letzten Reiter zu und sprang ihn einfach von der Seite an. Der Krieger trug ein Kettenhemd mit metallenen Verstärkungen und einen Helm mit heruntergelassenem Visier. Tom erschien es in dem Sekundenbruchteil, in dem er einen genauen Blick darauf werfen konnte, als ob es das Gesicht des Reiters in eine grausame Fratze verwandelte.

Tom bekam den Arm des Mannes zu fassen und ließ sich im vollen Lauf fallen. Kettenglieder glitten durch seine Hand, rissen kleine Wunden in seine Haut, und er glaubte schon, gänzlich abzurutschen. Aber dann erwischte er doch noch das Ende des Ärmels und krallte sich daran fest. Der Gerüstete schrie auf, als er aus dem Gleichgewicht geriet, und sie stürzten gemeinsam zu Boden, während das Pferd aufgeregt schnaubte.

Tom rollte sich ab und drehte sich um. Er fürchtete, ein Schwert auf sich zurasen zu sehen, aber der Krieger war mit einem Fuß im Steigbügel hängen geblieben und wurde nun von seinem Pferd mitgeschleift, während er brüllend versuchte, sich zu befreien.

Hastig sah Tom sich um. Matani war es gelungen, ihren Gegner vom Pferd zu werfen, und eben schlug sie ihm mit dem Ellbogen gegen die ungeschützte Kehle. Resk duckte sich gerade unter einem Schwerthieb hinweg – seinen Feind hatte der Troll offenbar nicht aus dem Sattel werfen können, bevor dieser seine Waffe zog –, und der Reiter nutzte Resks Ausweichen, um mit seinem Pferd einige Meter zwischen sich und den Hügeltroll zu bringen.

Toms Gegner schaffte es doch noch, seinen Fuß aus dem Steigbügel zu ziehen, und er fiel zu Boden wie ein Sack Kartoffeln. Sein Pferd stob davon. Tom rannte zu ihm, bereit, sich auf ihn zu werfen, aber der Mann hatte ein Kurzschwert gezogen und rappelte sich bereits auf. *Verdammt!*

Sofort wich Tom zurück, doch der Krieger setzte ihm nach. Seine Klinge beschrieb glänzende Bögen, durchtrennte Gräser und trieb Tom vor sich her. Hilfe suchend sah Tom sich um, aber Matani war noch mit ihrem Feind beschäftigt, und Resk musste sich der Reiterangriffe erwehren; von beiden war keine Unterstützung zu erwarten. *Was hat Alex zu Messerstechereien gesagt?* Tom versuchte fieberhaft, sich zu erinnern. *Du musst den Arm erwischen.*

Wie gebannt starrte er auf die Klinge seines Feindes. Sie war nicht lang, kaum länger als sein Unterarm. Viel kleiner als die Schwerter aus den Filmen und Spielen, die er kannte. Aber in diesem Augenblick wirkte sie weitaus tödlicher. Denn dies hier war echter Stahl, scharf geschliffen.

All die Helden, die Tom kannte, warfen sich immer ohne zu zögern in die Schlacht, kämpften mit funkelnden Schwertern gegen das Böse. Doch er stand hier in Jeans und Sneakern mitten im Nirgendwo einem Mann in einer dunklen Rüstung gegenüber, der wusste, wie man ein Schwert führte, während er selbst nicht mal mit einem Butterfly irgendwelche Tricks draufhatte.

Die Klinge zuckte vor, ein schneller Stoß, dem Tom nur durch einen Sprung nach hinten entkommen konnte. Sein Gegner setzte sofort nach, hieb zwei-, dreimal schnell nach ihm, ließ ihm keine Chance, nachzudenken. Tom warf sich nach links, dann nach rechts, aber der Krieger schien jede seiner Bewegungen vorauszuahnen, schnitt ihm den Weg ab, kam ihm mit jedem Schlag näher. Der Schweiß lief Tom über die Stirn, und gleichzeitig war ihm eiskalt. Und dann war er zu langsam. Die Klinge schnitt durch den Ärmel seines Hemdes, traf auf seine Haut und zog eine glühend heiße Linie über seinen Arm. Tom schrie vor Schmerz auf. Ein Rückhandschlag traf ihn im Gesicht, er taumelte nach hinten, stolperte und stürzte.

Nein! Nein! Nein! Tom krümmte sich in Erwartung des tödlichen Hiebes zusammen, ganz sicher, jeden Moment kalten Stahl zu spüren. Aber der Todesstoß kam nicht. Tom blickte auf. Der Mann stand über ihm, die Spitze seiner Waffe auf ihn gerichtet, ein dunkler Schatten vor der Sonne. Er schien den Moment auszukosten.

Eine Welle von Wärme durchlief Tom, und er dachte zunächst, es wäre die Erleichterung, endlich aufgeben zu können, aber dann kam noch eine Welle und noch eine, bis ein warmes Pulsieren wie flüssiges Sonnenlicht durch seinen ganzen Leib strömte. Die Klinge hob sich, verschwand im hellen Leuchten der Sonne. Die Zeit schien sich zu verlangsamen, so als wollte sie Tom die Gelegenheit geben, seine letzten Sekunden auszukosten.

Er reckte den Arm, hörte, wie er »Nein!« rief.

Plötzlich war alles hell. Keine Geräusche, nichts mehr, außer weißer, schmerzhafter Helligkeit.

Mit einem Schlag entlud sich die Wärme durch seine Hand.

Das Licht verebbte, und Tom blieb halb geblendet zurück. Vor seinen Augen tanzten schattige Abbilder des Kriegers. Es dauerte eine Weile, bis er wieder die Erde unter sich spürte, den Wind im Gras hörte, merkte, dass er atmete, keuchte, lebte.

Seine Sicht klärte sich ein wenig, und er kam vorsichtig auf die Knie. Ihm war schwindlig, und er war erschöpft.

Direkt vor sich sah er eine Gestalt liegen. Es war der Krieger. Er lag auf dem Rücken, die Arme ausgebreitet. Sein Gesicht war immer noch hinter dem Visier verborgen, aber seine Hand hielt nicht mehr sein Schwert. Tom konnte sehen, dass sich seine Brust unter regelmäßigen Atemzügen bewegte, aber ansonsten war er so still wie ein Toter.

Was habe ich getan?

Du hast endlich die Magie in dir entfesselt, ertönte eine Stimme in seinem Kopf.

Verwundert sah Tom sich um und sah den Raben, der einige Meter abseits gelandet war und ihn beobachtete. *Ich hatte schon Angst, du würdest nie herausfinden, wie das geht.*

Tom beugte sich vor und sah den Raben an. »Kannst du mich verstehen?« Er kam sich nicht länger seltsam vor, mit dem Vogel zu sprechen. Nicht hier, in diesem fremden Meer aus Gras, während er über einem gefallenen Krieger kniete, den er gerade mit – ja, womit eigentlich? Wirklich mit Magie? – besiegt hatte.

Natürlich verstehe ich dich, antwortete der Rabe. *Du musst nicht laut sprechen. Ich verstehe dich auch so. Wir sind beide Teile eines Ganzen, du und ich. Du weißt es nur noch nicht.*

»Wieso?« Mehr bekam Tom nicht heraus. Es war alles zu viel.

Weil wir zusammengehören, so wie auch die Magie zu dir gehört, kam die Antwort. *Und ich werde dich leiten, damit du verstehst. Ich werde dir den Pfad zeigen, der sich vor dir erstreckt.*

Tom wollte etwas sagen, aber seine Zunge versagte ihm den Dienst. Er sank zurück auf den Boden, blickte zum hellen Himmel empor und verlor das Bewusstsein.

Aufstehn!

Alex wurde davon wach, dass ihm Sonnenlicht ins Gesicht schien. Vögel zwitscherten vor dem Fenster, und von draußen drang der Lärm der Straße zu ihm herein. Er stöhnte und versuchte, sich das Kissen so über den Kopf zu ziehen, dass es alle Störungen ausblendete. Er hatte zu lange geschlafen und einen furchtbaren Kater. Verdammt, hatte er gestern mit Enno und den Jungs so gesoffen? Wo war das gewesen? In einem Club? Seine Ohren rauschten wie nach einer Überdosis fetter Bässe. Oder war er auf einem Konzert gewesen? Und wo war er jetzt? Beim Alten zu Hause?

Nein. Etwas stimmte nicht. Er konnte nicht genau sagen, was es war, aber er konnte es so deutlich spüren wie seinen eigenen Herzschlag. Vorsichtig hob Alex das Kopfkissen ein Stück an. Der Lärm, der von der Straße hereindrang war … falsch. Er hörte lautes Rufen in einer Sprache, die er nicht verstand. *Türkisch vielleicht.*

Und er hörte ein Pferd wiehern. Ganz eindeutig, da draußen musste ein verdammter Gaul stehen. Was er nicht hörte, waren Autos. Er lauschte einen Moment lang angestrengt, hielt sogar den Atem an, um sich zu konzentrieren, aber da war nichts. Das Pferd wieherte, noch ein weiteres Vieh schrie, vielleicht ein Esel, und er hörte deutlich die fremdartigen Stimmen, die einander anbrüllten. Aber kein Hupen, kein Reifenquietschen, kein Mopedgeknatter und keine Motorengeräusche. Nichts.

In was für eine beschissene, gottverlassene Gegend haben die mich geschleppt?, fragte er sich benommen. *Oh Gott, bin ich vielleicht im Knast?*

Er hatte in letzter Zeit zusammen mit Enno ein paar Sachen abgezogen, bei denen er sich sicher war, dass er im Jugendarrest landen würde, sollte man sie dabei erwischen. Da war die Tankstelle in der letzten Woche gewesen und dann der Bolle-Markt vor ein paar Tagen.

Bei dem Überfall auf den Supermarkt hatte Enno sogar eine echte Knarre dabeigehabt und nicht nur eine umlackierte Spielzeugpistole wie an der Tanke.

Die Pistole hatte Alex Respekt eingeflößt; sie in der Hand zu halten war ein ganz anderes Gefühl, als mit seinem Messer herumzuspielen.

Hatten sie gestern Nacht total zugedröhnt versucht, irgendeinen Laden zu überfallen? Aber sollte er sich dann nicht trotzdem an irgendetwas erinnern? Zumindest daran, wie die Bullen ihn festgenommen hatten?

Es gab nur eine Möglichkeit, herauszufinden, ob er wirklich im Gefängnis war. Er musste das verdammte Kissen vom Gesicht nehmen und nachsehen.

Langsam schob er das Kissen auf die Seite. Der Stoff fühlte sich rau unter seinen Fingern an. Panik drohte ihn zu übermannen. Das Rauschen in seinen Ohren wurde laut wie ein Tsunami, und Übelkeit stieg in ihm auf.

Ganz ruhig, Alter, ermahnte er sich selbst. *Du packst das schon.*

Als sich sein Herzschlag wieder normalisiert hatte, zwang er sich, die Augen aufzuschlagen.

Er war nicht im Knast. Und auch nicht im Haus des Alten. Oder bei Enno. Er war an einem Ort, den er noch nie zuvor gesehen hatte, da war er sich sicher.

Das Bett, in dem er lag, war riesig. Ein massives, hölzernes Ungetüm mit kratzigen Laken. Helles Sonnenlicht fiel schräg durch die Öffnungen eines Fensterladens und malte Muster auf den groben Holzboden. Staubkörner tanzten in den Lichtstrahlen und ließen sie so fest aussehen, als könne er einen davon abbrechen.

Außer dem gigantischen Bett gab es kaum Möbel, bloß noch einen irgendwie antik aussehenden Stuhl und ein Gestell mit so etwas wie einer Schüssel darauf.

Alex hatte keine Ahnung, wie spät es sein mochte. Vergeblich schaute er nach rechts und nach links, um einen Nachttisch mit einem Wecker oder einem Radio zu entdecken. Nichts.

Trotzdem sah das Ganze nicht aus wie eine Zelle. Die schwere Holztür musste mindestens hundert Jahre alt sein. So was verwendete man doch bestimmt heute nicht mehr, um Leute einzusperren.

Wo war eigentlich sein Handy? Seit Jahren schon legte er es jeden Abend neben sein Bett, wenn er schlafen ging.

Und überhaupt: Wo waren seine Sachen? Ein Blick unter die Decke zeigte ihm, dass er jedenfalls nichts mehr am Leib trug. Aber ihm war warm, heiß sogar, obwohl es im Raum keine Heizung zu geben schien, sondern nur eine Art offenen Kamin, der zudem leer war. *Aber wir haben Mai,* dachte er benommen. *Es sollte nicht so heiß sein.* Ihm brach der Schweiß aus, und er spürte, wie die Panik zurückkehrte.

Die Klinke an der Tür bewegte sich. Die Holztür wurde aufgeschoben, und ein Junge betrat das Zimmer. Er war drahtig und dunkelhäutig und vermutlich etwa im selben Alter wie Tom. Als Alex an den Namen dachte, durchfuhr ihn blitzartig eine Erinnerung. Er war gestern mit Tom zusammen gewesen. Sie waren zusammen im Auto gefahren. Aber der Kleine war nicht mit ihm hier.

Der fremde Junge trug *echt* seltsame Klamotten. Eine weite Stoffhose und eine Art T-Shirt ohne Ärmel. Schuhe hatte er gar keine an. Er sah aus, als hätte er sich irgendwelches Zeug auf dem Flohmarkt am Linke-Ufer gekauft und wäre dann überfallen worden.

Als sich ihre Blicke begegneten, schlug sich der Junge rasch die Hand vor den Mund. Dann verneigte er sich. »Namikas, Herr. Du bist wach.«

Alex starrte ihn verblüfft an. »Bin ich«, brachte er kopfnickend hervor. »Wer bist du?«

»Ich bin Ajun, Herr. Ich gehöre dir.«

Der Junge, der sich Ajun nannte, blickte zu Boden.

Alex verdrehte die Augen und versuchte, einen klaren Gedanken zu fassen. »Okay, Ajun. Wie auch immer. Du musst mir helfen. Ich hab keinen Plan, wo ich hier bin oder was ich hier mache. Totaler Filmriss, verstehst du?«

Ajun sah ihn verwirrt an und schüttelte den Kopf. »Möchtest du vielleicht Wasser?«

Als er die Frage hörte, merkte Alex, wie durstig er war. Seufzend nickte er.

Der Junge stürzte aus der Tür und kam nur Augenblicke später mit einer Karaffe und einem Becher zurück. Beides sah aus, als hätte Ajun es auf der Waldorfschule getöpfert. Aber das Wasser war kalt, und es schmeckte großartig. Als Alex den Becher absetzte, kam ihm eine Idee.

»Hör mal, Ajun, seid ihr so 'ne Art Sekte? Amish vielleicht?« Er konnte sich vage erinnern, im Fernsehen mal eine Doku über Leute gesehen zu haben, die wie im Mittelalter lebten und einen Haufen Frauen heiraten durften. Er glaubte zwar, sich zu erinnern, dass es die bloß in Amiland gab, aber vielleicht hatten sie ja eine Ortsgruppe Brandenburg gegründet?

Möglicherweise hatten Tom und er einen Unfall gehabt, und er konnte sich deswegen so schwer erinnern, weil sein Kopf angeschlagen war. Und diese freundlichen Amish hier hatten ihn gefunden, konnten aber niemanden anrufen, weil sie ja keine Telefone hatten. Ja, irgendwie so musste es sein.

Ajun hatte Alex so aufmerksam zugehört, als ob sein Leben davon abhinge, aber er schien nur die Hälfte der Worte verstanden zu haben.

»Wir dienen den Magatai, Herr«, erklärte er vorsichtig.

»Heißen so eure Priester?«

Noch bevor Ajun dazu etwas sagen konnte, wurde die Tür erneut geöffnet. Ein Mann trat ins Zimmer, ein großer Mann. Der garantiert kein Amish war. Er trug eine schwarze Rüstung wie aus einem Kinofilm. Sein dunkles Haar war stoppelkurz geschnitten, und der Ausdruck auf seinem kantigen Gesicht ließ Alex erstarren.

Der Neuankömmling blickte Ajun zornig an. »Du solltest mich sofort rufen, wenn er aufwacht, *Koshkas!*«, sagte er mit durchdringender Stimme. Dann hob er ansatzlos die gepanzerte Hand und verpasste Ajun einen Schlag, der diesen durch das halbe Zimmer schleuderte. Der Junge landete in einer Ecke und gab ein Wimmern von sich. Er kam geduckt wieder auf die Füße und schlich aus dem Raum.

Der Fremde wandte sich zu Alex um. »Ich freue mich, dass du aufgewacht bist«, sagte er mit seiner sonoren Stimme. »Hoffentlich hat dieser Hund dich nicht geärgert. Wir alle sind froh, dich endlich unter uns zu wissen. Du bist uns sehr willkommen.«

Fuck. Der Neuankömmling sah trotz seiner einigermaßen freundlichen Ansprache wirklich gefährlich aus. Sein hageres Gesicht zeigte keine Regung.

Alex richtete sich im Bett auf und lehnte seinen Oberkörper gegen die Wand. Die Anwesenheit des gepanzerten Mannes weckte alle seine Straßeninstinkte. *Du darfst nicht schwach wirken,* ermahnte er sich selbst. *Gib ihm bloß nicht das Gefühl, dass du ein genauso leichtes Opfer wie Ajun bist.*

»Wo bin ich hier?«

Ein Blick aus kalten Augen musterte ihn. *Scheiße. Falsche Frage.*

»Du bist in Alynth, der Hauptstadt der Provinz Nessa.«

Insgeheim verfluchte sich Alex dafür, dass er Erdkunde immer noch langweiliger gefunden hatte als die übrigen

Schulfächer. Jedenfalls hatte er das Gefühl, von beiden Orten noch nie etwas gehört zu haben. *Vielleicht bin ich in Arabien? Aber das würde bedeuten, dass ich in einem Flieger hergekommen bin. Verdammt, wie lange hab ich bloß gepennt?*

»Du hast einen weiten Weg zurückgelegt, während du geschlafen hast. Der Sar'thosa hat gesagt, dass du verwirrt sein könntest, wenn du aufwachst.«

»Ach ja? Weiß der Typ zufällig auch, wo mein Handy ist?«

Der Mann in der Rüstung verzog keine Miene.

»Ich bin hier, um dich zum Sar'thosa zu bringen«, sagte er, statt auf Alex' Frage zu antworten. »Kannst du aufstehen?«

»Ja«, erklärte Alex. »Aber nicht so.« Er deutete mit der Linken auf seinen nackten Oberkörper.

Die Augen des Mannes verengten sich zu schmalen Schlitzen. Alex lief ein kalter Schauer über den Rücken. Plötzlich war es ganz unwichtig, wo er war und wie er hergekommen war. Alles, was zählte, war, diesem kalten Blick standzuhalten.

Schließlich nickte der Gerüstete. »Gut. Ich werde Ajun zu dir schicken, damit er dir hilft. Und dann werde ich dich abholen.«

In Alex' Ohren klangen die Worte wie eine Drohung.

Seelenfresser

Als er die Augen öffnete, glaubte Tom für einen winzigen Moment, dass er in seinem Bett lag. Er hatte ein undeutliches Gefühl von Dringlichkeit, so als ob er ahnte, dass er zu spät zur Schule kommen würde. Doch dann sah er den Nachthimmel über sich, der mit Sternen übersät war, und die Erinnerungen kehrten zurück. Ein Kampf, der Reiter in der schwarzen Rüstung, Matani, der Troll, ein Lichtblitz und ein Rabe.

Er setzte sich auf, aber sofort spürte er einen pochenden Schmerz in den Schläfen und zuckte zusammen. Er schloss die Lider und hielt sich den Schädel.

»Du solltest langsam aufstehen. Du musst sehr erschöpft sein.«

Es war Matanis Stimme, und sie klang freundlich und besorgt. Tom war endlos froh, sie zu hören. Langsam wagte er es, die Augen wieder zu öffnen. Er lag in einer Kuhle im Gräsermeer. Jemand hatte ihm die Jacke ausgezogen und sie ihm wie ein Kissen unter den Kopf geschoben. Ein kleines Feuer brannte, und Resk stocherte mit einem Schwert darin herum. Es roch nach Gebratenem, und Tom lief sofort das Wasser im Mund zusammen, während sein Magen deutlich grummelte.

»Du hast Hunger«, stellte Matani fest und reichte ihm einen Lederbeutel. »Aber erst musst du trinken.«

Skeptisch besah Tom den Beutel, fand eine kleine Öffnung aus Horn und setzte sie an die Lippen. Es war nur Wasser, aber es vertrieb die Trockenheit aus seiner Kehle. Er trank, setzte ab, trank erneut und dann noch einige Schlucke, bis der Beutel deutlich leichter war. Es war, als würde das Wasser auch seinen Kopf waschen und die Gedanken klarer spülen.

»Wo sind wir? Was ist passiert?«

»Wir sind nicht weit von der Stelle, an der wir den Männern aufgelauert haben. Resk hat dich von dort weggetragen.« Sie deutete auf den Hügeltroll, der inzwischen eine Satteltasche auf dem Schoß hatte und ihren Inhalt mit großer Sorgfalt inspizierte. »Wir konnten dich nicht wecken, wie nicht anders zu erwarten.«

»Wieso nicht?«

»Du hättest uns sagen müssen, dass du so etwas kannst.« Der Tonfall des Trolls, der gerade einen kleinen silberfarbenen Gegenstand ins Licht hielt, klang ein bisschen vorwurfsvoll.

»Der Reiter hat Resk verletzt«, erklärte Matani. »Hätten wir gewusst, dass du über solche Magie verfügst, hätten wir anders angreifen können.«

»Ich hätte es euch gesagt, wenn ich es selbst gewusst hätte«, protestierte Tom. »Aber ich hatte keine Ahnung davon. Und ich habe es nicht mit Absicht getan. Es ist einfach passiert. Er … er wollte mich erschlagen, und dann … Es ging alles so schnell.«

»Dafür hast du es aber gut gemacht«, sagte der Troll anerkennend und nahm ein Tuch aus der Satteltasche, das er zwischen seinen groben Fingern rieb, wie um die Qualität zu prüfen.

»Es sah nicht so aus, als wüsstest du nicht, was du tust.« Matani setzte sich neben Tom und sah ihn eindringlich an. »Das ist sehr seltsam, weißt du? Du bist sehr seltsam. Deine Kleidung. Deine Sprache. Dass du deinen Begleiter nicht erkannt hast. Und dass du Magie besitzt, ohne es zu wissen.«

Tom wurde bei dieser Aufzählung fast schwindelig. »Glaub mir, wenn ich dir sage, dass es mir nicht besser geht. Was denkt ihr, wie seltsam ihr ausseht?«

Matani gab ein leises, glucksendes Lachen von sich. »Sehr, vermute ich. Geht es dir jetzt denn besser?«, fragte sie dann.

»Ja, danke.« Er lächelte. Sie musste sich irgendwo den Schmutz von der Haut gewaschen haben. In ihrem dunklen Gesicht leuchteten ihre Augen so hell wie der Mond am Himmel.

Tom suchte nach Worten, um ihr zu erklären, wie merkwürdig das alles für ihn war. »Da, wo ich herkomme, gibt es so etwas wie Magie eigentlich nicht. Nur dumme Tricks für Kinder. Ich weiß weder, wo ich bin, noch, wie ich genau hierhergekommen bin. In den letzten Wochen sind mir ein paar echt schräge Sachen passiert, und ich hab dauernd diesen Raben getroffen, der wollte, dass ich eine bestimmte

Münze auftreibe, um irgendeine Reise damit zu bezahlen. Meine Freunde haben mir Mut gemacht, mich auf diese Sache einzulassen, und ich habe es getan, weil sie mich sowieso verfolgt hat.« Er räusperte sich und fragte sich für einen kurzen Moment, wie diese ganze Geschichte auf Matani wirken mochte, aber die Worte sprudelten einfach weiter aus ihm heraus.

»Dann war da ein Licht, wie ein Strudel. Das Licht fühlte sich richtig an, so als ob ich endlich den Weg gefunden hätte, von dem der Rabe geredet hatte. Aber dann bin ich in dem Lager angekommen, und seitdem ist gar nichts mehr gut.«

Matani hielt den Kopf schief und hörte ihm angestrengt zu. »Haben sie dich über das Meer mitgebracht? Die Schwarzen Herren?«

»Hm? Nein. Ich komme nicht von jenseits eines Meeres. Oder vielleicht doch. Ich weiß es nicht.« Er konnte sehen, dass sie ihn nicht verstand.

»Es könnte Magie gewesen sein«, vermutete sie. »Die Schwarzen Herren können große Macht über den Geist ausüben. Sie können dir die Kraft rauben. Vielleicht haben sie dir deine Erinnerungen geraubt.«

Tom warf einen Blick auf seine schmutzigen Jeans.

»Nein, ich denke nicht. Ich bin nicht von hier. Ich glaube ...« Er sah ihr in die Augen. »Ich glaube, ich bin aus einer anderen Welt. Oder aus einer anderen Zeit.«

Als sie darauf nichts erwiderte, sprach er hastig weiter. »Wie im Kino, weißt du? Oder wie bei *Assassin's Creed* oder so.« Er wollte noch mehr sagen, aber dann fiel ihm ein, dass sie ja offenkundig nicht wusste, was ein Kino oder ein Computerspiel war.

Also versuchte er es anders. »Wo ich herkomme, ist Technik total wichtig, aber Magie ist es nicht. Jeder hat ein Handy. Ein kleines Telefon. Und Computer, ohne die geht wirklich gar nichts. Und die Leute fahren Auto oder mit der U-Bahn, wenn sie irgendwohin wollen. Ich laufe nie zu Fuß, ohne dabei Musik zu hören. Pferde gibt's bloß auf Bauernhöfen oder im Fernsehen. Und echte Schwerter haben höchstens die Leute vom Mittelaltermarkt. Überall ist Beton. Und hohes Gras findest du bloß in ein paar Parks. So sah meine Welt bis gestern aus, und jetzt«, er sah sich um und breitete die Arme aus, »jetzt bin ich hier.«

Es tat gut, es auszusprechen. Er fühlte sich mit einem Mal weniger einsam in der schier endlosen Weite der Steppe.

»Das muss ein ziemlich komischer Ort sein, an dem du lebst«, erklärte Resk.

Na ja, im Vergleich zu einer Trollhöhle bestimmt, lag es Tom auf der Zunge, aber er behielt den Gedanken lieber für sich.

Matani hatte wieder die Augenbrauen zusammengezogen und sah aus, als ob sie sich vergeblich bemühte, ihn zu verstehen. Dann schüttelte sie den Kopf. »Ich kenne viele der Sachen nicht, über die du da redest.«

Tom kam plötzlich ein Gedanke. Er griff nach seiner Jacke und ließ die Finger in die Tasche gleiten. Hastig zog er seinen MP3-Player hervor und bewegte das Rädchen, um zu testen, ob er noch funktionierte. Der kleine Bildschirm leuchtete auf, und die Batterie in der rechten oberen Ecke zeigte an, dass das Gerät fast vollständig geladen war. Er zog die weißen Ohrstöpsel hervor und reichte sie Matani.

»Steck dir das in die Ohren.«

»Was? Wieso?«

»Du wirst schon sehen.«

Als sie den Kopf vorbeugte, half er ihr, die Kopfhörer richtig anzulegen. Dann ließ er das Rädchen wandern, bis er gefunden hatte, was er suchte, und drückte auf Play.

Das Resultat war verblüffend. Matani machte einen Satz nach vorn, und auf ihrem Gesicht zeichnete sich zunächst Schreck ab. Dann fing sie sich und starrte voller Verwunderung erst das kleine Gerät in Toms Hand und dann Tom selbst an, und endlich breitete sich ein Lächeln auf ihrem Gesicht aus, und sie bewegte den Kopf im Takt, bis der Song zu Ende war.

Tom schaltete das Gerät aus. »Ziemlich gut, oder?«, fragte er vorsichtig.

»Das kommt von dort, wo du lebst?«, entgegnete sie in beinahe ehrfürchtigem Ton.

Er nickte.

»Dann bist du tatsächlich ein Weltenwechsler?«, fragte sie mit heiserer Stimme.

»Muss wohl.« Wirklich toll fand er die Vorstellung nicht.

Natürlich, erklang die Stimme in seinem Kopf. *Vertrau mir, du bist ein Weltenwechsler. Der erste seit tausend Jahren.* Der Rabe landete neben Tom und begann wieder, sein Gefieder zu putzen. *Und* ich *habe dir den Weg gewiesen. Wenn auch mit ein wenig Hilfe.*

Tom sah den Raben verständnislos an.

Von den Magatai.

Wie eine verdammte andere Welt

Stimmen drangen vom Flur her zu Alex herein, und dann öffnete sich die Tür, und Ajun kam zurück. Über seinen Armen lagen einige Kleidungsstücke, und er trug einen Krug in der Hand, den er vorsichtig auf dem Gestell mit der Schüssel abstellte. Auf dem Gesicht des Jungen zeichneten sich leuchtend rote Striemen ab, wo der Mann ihn geschlagen hatte. Plötzlich schob sich ein anderes Bild vor Alex' inneres Auge, das Bild des weinenden Benny, der sich die Wange hielt und aus der Küche rannte, während Alex und Tom zusammen nach Hause kamen.

Es gab eine Frage, die er dem Jungen unbedingt stellen musste. »Ajun, war ich allein, als ich hierhergekommen bin?«

Der Junge sah ihn mit großen Augen an und nickte dann. »Ja, Herr. Natürlich warst du allein.«

Verdammt, dachte Alex. *Bedeutet das, dass Tom zu Hause ist und alles in Ordnung? Oder steckt er in noch größeren*

Schwierigkeiten als ich? Wie auch immer, der Kleine hier ist wahrscheinlich die beste Quelle, wenn ich herausfinden will, was uns überhaupt passiert ist.

»Hey, du verstehst mich ja doch ganz gut.« Alex setzte sein bestes Lächeln auf.

»Ja, Herr.«

»Sag mal, Ajun, hast du zufällig meine Sachen gefunden? Weißt du, wo mein Handy ist, und könntest du es mir rasch holen?«

Ajuns Gesichtsausdruck zeugte neuerlich eindeutig von Verwirrung.

Er versteht meine Sprache, aber er weiß nicht, was ein Handy ist, erkannte Alex. *Ersteres heißt wohl, dass ich nicht in Arabien bin. Und Letzteres, dass dieser Ort noch viel übler ist, als ich zuerst dachte. Wo auf dieser Welt wissen Jungs in Toms Alter nicht, was ein Handy ist?*

»Das ist so ein kleiner schwarzer Plastikkasten«, versuchte er zu erklären. Er zeigte die Abmessungen mit den Fingern. »Mit Zahlen und einem angebissenen Apfel drauf«, versuchte er es weiter, als Ajun den Kopf schüttelte. »Hast du den vielleicht irgendwo gesehen?«

Ajun hatte offenbar noch immer keinen blassen Schimmer, worum es ging. Der Junge warf einen ängstlichen Blick zur Tür. »Jarkas hat gesagt, ich soll dir beim Waschen und Ankleiden helfen, Herr«, sagte er.

Alex seufzte. So würde er hier nicht weiterkommen. Dieses ganze *Herr*-Gequatsche war irgendwie nervig. »Lass das mit dem ›Herr‹. Ich heiße Alex.« Er schwang die Beine über den Rand des Bettes und versuchte aufzustehen. Sofort wurde ihm schwindelig, und er musste sich wieder setzen.

Verdammter Mist, ich muss ziemlich lange ausgeknockt gewesen sein, dachte er benommen.

»Mehr Wasser, Herr?«, fragte Ajun besorgt, und Alex nickte. *Nervig, aber es hat auch was für sich.*

Nachdem er ein weiteres Glas Wasser geleert hatte, fühlte er sich kräftig genug, um das mit dem Aufstehen noch mal zu probieren. Obwohl erneut kleine schwarze Punkte vor seinen Augen tanzten, schaffte er es diesmal, stehen zu bleiben.

Er wippte auf den nackten Fußsohlen hin und her und tat ein paar tiefe Atemzüge. *Okay, dann mache ich mal ein paar Schritte.* Ajun schüttete Wasser aus dem mitgebrachten Krug in die Schüssel auf dem Gestell.

»Ist nicht wahr«, knurrte Alex. »Das ist das Badezimmer, ja?«

Ajun sah aus, als ob er wieder Schwierigkeiten hätte, ihn zu verstehen, nickte aber trotzdem eifrig.

»Okay. Und wo kann ich hier mal pinkeln?«

Der Junge deutete auf eine weiße, abgedeckte Schüssel, die unter dem Bett hervorragte und die Alex zuvor nicht bemerkt hatte.

»Grandios«, murmelte er. Dann ging er zu der Waschschüssel, tauchte seine Hände in das kalte Wasser und ließ es sich über den Kopf und das Gesicht laufen.

Das Wasser tat ihm gut, weckte seine Lebensgeister. Vorsichtig tastete er seine Kopfhaut ab, aber er konnte keine Platzwunde oder Beule erfühlen. Seine verschwommenen Erinnerungen rührten also vermutlich nicht von einem Schlag auf den Kopf her.

Er sah an sich hinunter, als er fortfuhr, sich zu waschen. Seine Rippen zeichneten sich deutlicher unter der Haut ab als beim letzten Mal, da er sich im Spiegel betrachtet hatte, so als ob er ein paar Kilo verloren hätte. Und seine Muskeln fühlten sich steif an, als ob er sie zu lange nicht benutzt hätte. Aber ansonsten fühlte er sich eigentlich ganz gut.

Ajun reichte ihm ein weißes Tuch aus grobem Stoff, mit dem Alex sich abtrocknete. Dann gab ihm der Junge frische Kleidung, ein weites weißes Hemd und eine Hose aus Leder. Während Alex hineinschlüpfte und dabei feststellte, dass ihm die Sachen leidlich passten, holte Ajun ihm ein paar Lederstiefel, die Alex bis zu den Knien reichten, und zum Schluss kam ein Gürtel, wieder aus Leder, an dem sich eine Schlaufe befand.

Als Alex den Gürtel geschlossen hatte, hielt der Junge ihm eine Klinge hin, ein schlankes, silbrig glänzendes Schwert.

»Wow«, sagte Alex. Er fuhr mit dem Daumen ganz leicht über die Schneide und merkte sofort, dass dies eine scharfe Waffe war, kein Spielzeug.

Die ganze Situation kam ihm immer mehr wie ein Traum vor. Das war doch alles verrückt. Er würde jeden Moment aufwachen. Oder jemand würde ins Zimmer stürzen und ihm eröffnen, dass er einem gigantischen Schwindel aufgesessen war. Es würde ein paarmal klicken und blitzen, und morgen würden sich all seine Facebook-Freunde über die Bilder von ihm bei diesem unfreiwilligen Herr-der-Ringe-Casting totlachen.

Aber nichts von alldem geschah. Als Alex wieder auf seinen Daumen schaute, war dort immer noch eine winzige rote Linie zu sehen. Er führte die Hand an die Lippen und leckte darüber. Das Blut schmeckte metallisch, und der Schnitt tat ganz leicht weh. Er träumte nicht.

»Bitte, Herr«, drängte Ajun. Echte Angst lag in der Stimme des Jungen. Alex kannte diesen Tonfall. Er hatte ihn oft genug bei Tom, bei Benny, bei sich selbst gehört. Und ebenso, wie sie sich zu Recht vor dem Alten fürchteten, hatte auch Ajun allen Grund, Angst zu haben. Die Striemen auf seiner Wange bewiesen es.

Dies hier war insgesamt kein Scherz. Was immer hier ablief, war ziemlich real, und Alex schätzte, dass er froh sein konnte, wenn er je wieder auch nur irgendetwas auf Facebook schreiben würde.

Egal, wie gern er in das Bett zurückgekrochen wäre, egal, wie gern er einfach geschrien und gegen die Wand getrommelt hätte, im Augenblick blieb ihm nichts anderes übrig, als mitzuspielen, was immer hier für ein Spiel gespielt wurde.

Er nahm die Klinge entgegen und steckte sie in die Lederschlaufe. Ajun nickte zufrieden.

»Ich hole Jarkas«, verkündete er und ließ Alex zurück.

Alex seufzte tief. Er ging zum Fenster hinüber und stieß die hölzernen Läden auf, durch deren Verzierungen das Licht ins Zimmer gefallen war. Dann stützte er sich auf das Fenstersims, um hinauszusehen.

Draußen war es heiß und stickig. In etwa so wie an einem wirklich heißen Augusttag in Berlin. Die flirrende Hitze drang zu Alex hinauf und hüllte ihn ein wie eine zu warme Decke. Er schloss für einen kurzen Moment die Augen. Als er sie wieder öffnete, sah er vielleicht drei Stockwerke unter sich die Stadt, in der er sich befand. Der Anblick war ein totaler Schock.

Okay. Das muss verdammt weit weg sein. Nicht Arabien. Oder China. Oder sonst wo in Asien.

Häuser mit Türmen und Giebeln aus schmutzig weißem Sandstein säumten Straßen, die bloß aus Lehm und Staub zu bestehen schienen. Die Wege wurden von allen möglichen Karren und Kutschen befahren, von denen die modernsten aussahen, als stammten sie aus dem vorletzten Jahrhundert. Vor die meisten dieser Fuhrwerke waren Esel oder Pferde gespannt.

Die Straßen und Plätze, die Alex sehen konnte, waren voll mit Menschen. Sie grüßten sich, schimpften mit ihren Kindern oder lachten. Manche redeten in einer Sprache, die Alex nicht verstand, aber die meisten Leute verstand er problemlos.

Alex sah Frauen und Kinder, die ebenso dunkelhäutig wie Ajun waren, aber auch extrem hellhäutige Menschen und alle Hautfarben dazwischen. Die Kleidung der meisten schien recht einfach und der drückenden Hitze angepasst. Aber es gab auch prunkvolle Gewänder, Rüstungen aus Metall und farbenprächtige Kleider, und Alex war sich ziemlich sicher, dass unter ihm gerade jemand in einer Sänfte vorbeikam, getragen von sechs Männern in roten Roben.

Die ganze Stadt wirkte durch und durch … alt. Alt und sehr fremd.

Sie sah überhaupt nicht wie ein Ort aus, der in irgendeinem Land lag, das er kannte.

Sie sah aus wie aus einer verdammten anderen Welt.

Die Stimme des Raben

»Was sind Magatai?«

Matani stutzte. Tom schien die Luft zu fragen, er sah sie nicht an, und sie war nicht sicher, ob er mit ihr sprach. Dennoch antwortete sie. »Die Magatai sind die Schwarzen Herren. Wie die Jäger und die Reiter im Lager. Sie sind Fremde, die von jenseits des Meeres kamen, vor langer Zeit.«

»Warum sollten die mir den Weg hierher zeigen?«

Forschend blickte Matani ihn an. Er hielt noch immer das magische Kästchen in der Hand, aus dem die Musik gekommen war, sah irritiert aus und blickte nun abwechselnd von seinem Raben zu ihr.

»Ich weiß nicht, was du meinst«, gestand sie. »Den Weg hierher?«

»Der Rabe hat gesagt, dass sie mir den Weg hierher gewiesen haben.«

»Ah. Es ist unhöflich, nur unter sich zu sprechen, wenn jemand anders dabei ist.«

Der Rabe hüpfte ein, zwei Schritte zur Seite und legte den Kopf schief. Matani sah ihn strafend an.

Es tut mir leid, und ich bitte um Verzeihung. Er sandte seine Worte in ihren Geist, und sie ließ die Verbindung zu, obgleich sie wusste, dass die Füchsin es nicht gern sah, wenn sie so mit anderen Begleitern sprach.

Aber ein verstohlener Blick zeigte Matani, dass ihre Gefährtin im Moment mit großer Neugier die Dinge beschnüffelte, die Resk aus den Satteltaschen der Reiter gezogen hatte, und sich nicht allzu sehr für den Raben und seinen Freund interessierte.

Entsprechend nutzte sie die Ablenkung und fragte rasch nach: »Was ist mit den Magatai?«

Sie haben Magie gesammelt, um das Tor zu öffnen. Sie haben versucht, Tom auf ihre Seite zu ziehen, damit er ihnen hilft. Aber sie verstehen die andere Seite der geteilten Welt nicht. Die Stimme des Raben klang nun sehr von sich eingenommen. *Also habe ich ihnen geholfen.*

»Du dienst den Magatai?« Matani erhob sich und legte drohend die Hand an den Dolch, den sie einem der Krieger abgenommen hatte.

Nein, kam die Antwort hastig und schon weit weniger selbstgefällig. *Aber ich musste doch Tom beim Übertritt helfen. Wir waren so lange getrennt, und nur ihre Magie hat es mir erlaubt, den Schleier zwischen den beiden Teilen der Welt zu durchbrechen.*

»He, Rabenjunge, schau, was ich gefunden habe!« Der Troll hielt einen Stoffbeutel in die Höhe, und die Füchsin sprang sofort auf und versuchte, danach zu schnappen. »Brot. Ich weiß nicht, was mit euch ist, aber ich habe Hunger.«

Der Troll holte das Brot aus dem Beutel und teilte es in drei gleich große Teile. »Sonst hatten sie nichts dabei, was wir gebrauchen können«, sagte er zufrieden kauend.

Matani hielt ihr Brotstück unschlüssig in der Hand.

»Er ist wirklich von der anderen Seite der geteilten Welt?«, fragte sie den Raben.

Der Vogel nickte. *Willst du dein Brot nicht?*

Matani lachte und warf ihm ein bisschen Kruste vor den Schnabel, die er zufrieden aufpickte.

Mit der neuen Erkenntnis setzte sich Matani wieder hin und sah Tom an, dessen Blick immer noch zwischen ihr und dem Raben hin und her wanderte.

Zuerst hatte sie angenommen, dass er ein Sklave oder vielleicht auch ein Gefangener der Fremden gewesen sei. Aber so vieles an ihm passte weder hierher noch zu den Magatai. Da war zunächst seine merkwürdige Kleidung. So etwas hatte sie noch nie zuvor gesehen. Seine blaue Hose war aus einem festen Stoff und hatte sehr gerade Nähte, und er trug ein hellblaues Hemd mit ganz kleinen Knöpfen. Noch seltsamer waren allerdings seine Schuhe, die vorwiegend aus einem Material waren, das ihr ganz sicher vollkommen unbekannt war. Und dann hatte er dieses magische Kästchen bei sich.

»Ich verstehe nur Bahnhof«, mischte er sich nun selbst ein. »Geteilte Welt?«

Als du durch das Tor gegangen bist, hast du deine Welt verlassen und bist in unsere gekommen. Von deinem Börlin direkt hierher.

»Berlin«, erwiderte Tom geistesabwesend, bevor er fortfuhr: »Dann ist es wahr? Die Münzen, der Lichtstrudel, das alles hat mich in eine andere Welt gebracht?«

Matani konnte die Aufregung in seinen Augen sehen. Sie selbst konnte nicht sprechen. Zu gewaltig war der Gedanke, dass dieser junge Mann, der in ihrem Stamm kaum sein erstes Jahr als Jäger hinter sich gehabt hätte, ein Weltenwechsler sein sollte.

Ja und nein, sagte der Rabe kryptisch, und Matani hatte das deutliche Gefühl, dass er es genoss, ihnen Wissen vorauszuhaben. *Es ist eine andere Welt, aber sie ist der deinen näher, als du vielleicht denkst. Die Münzen sind eine Art Schlüssel. Die Magatai benötigen sie als Fokus für ihre Magie. Ohne einen solchen Fokus kann keine Magie den Schleier durchdringen.*

»Ich kapiere nur die Hälfte von dem, was du da sagst«, erklärte Tom.

»Ich auch«, pflichtete Matani ihm bei, und ihre Blicke trafen sich.

»Und natürlich frage ich mich: Warum ich? War das bloß ein blöder Zufall?«

Ein keckerndes Geräusch ertönte. Der Rabe lachte.

Ein Zufall? Nein. Genau du musstest es sein. Weil du von hier stammst. Die Magie ist in dir, in deinem Blut. Deshalb sind wir verbunden.

Allmählich wurde es Matani nun doch zu bunt. »Weltenwechsler sind nur Legenden«, stieß sie hervor. »Viele sagen, es gibt keine andere Seite, keine geteilte Welt. Wer sagt uns, dass du nicht lügst, Rabe?«

Der Vogel plusterte empört sein Gefieder auf und hüpfte von einem Bein aufs andere.

Ich lüge nicht! Es hat mich große Anstrengung gekostet, durch den Schleier mit ihm zu reden. Ich musste mit einfa-

chen Vögeln arbeiten. Und wenn du nicht daran glaubst – wenn du nicht an ihn glaubst –, ist es auch egal. Die Magatai glauben daran. Sie haben ihn geholt, und das ganz sicher nicht, nur um zu beweisen, dass die alten Legenden wahr sind.

Mit diesen Worten breitete er seine Schwingen aus und flog in die Dunkelheit davon.

Matani rief ihm noch eine Entschuldigung nach, aber entweder hörte er sie nicht oder er ignorierte sie einfach. Sie wandte sich an Tom: »Es tut mir leid, dass ich den Worten deines Begleiters nicht geglaubt habe. Es ist nur … Weltenwechsler, das sind nur Geschichten, Erzählungen, verstehst du? Es ist sehr schwer zu glauben, dass du wirklich bist, was dein Rabe behauptet.«

»Bei uns glaubt da erst recht niemand dran. Es gibt vielleicht solche Storys, aber die sind für Kinder.« Er sah sie an. »Und hier gibt es wirklich Magie? Ich meine, das ist eine blöde Frage, ich hab ja selbst … aber ist das normal?«

»Die richtige, mächtige Magie ist selten«, erklärte sie. »Wer sie beherrscht, kann gewaltige Dinge bewirken. Aber fast jeder kennt einen kleinen Zauber. Es ist nicht schwer. Man sammelt die Kraft in sich. Sie kommt aus der Erde, dem Himmel, dem Wasser. Aus allem, womit du dich verbunden fühlst, kannst du die Kraft ziehen. Und man kann sie dazu benutzen, die Welt ein bisschen zu verändern. Es ist ganz normal, nichts Besonderes.«

Stille trat ein.

Tom starrte zum Feuer hinüber, an dem Resk sich zusammengerollt hatte und eingeschlafen war. Die Füchsin hatte sich an seine Beine geschmiegt und döste ebenfalls.

Matani versuchte zu überlegen, was sie jetzt tun musste. Ein Weltenwechsler bedeutete Veränderung, so viel war sicher. Und wenn die Magatai die vielen Mühen nur auf sich genommen hatten, um Tom hierherzuholen, dann würden sie sicherlich alles daransetzen, ihn endlich in ihre Hände zu bekommen.

»Ich hab so was nie für möglich gehalten«, murmelte Tom unvermittelt. »So was passiert doch nicht in echt! Irgendwie habe ich die ganze Zeit gedacht, das alles wäre nur ein Traum. Oder ein komischer Witz auf meine Kosten. Das ist so ... irre? Wenn ich das auf Facebook schreibe, werden die Leute ...« Er brach ab und biss sich auf die Unterlippe.

»Du träumst nicht«, entgegnete Matani. »Du bist hier, und wir sind hier. Und die Fremden werden dich suchen. Wir müssen noch schneller reisen und noch vorsichtiger sein. Sie werden ihre Reiter ausschicken, und wenn sie uns finden ...«

Sie musste nicht weitersprechen. Sie konnte in Toms Miene lesen, dass er sie verstand. Er wollte ebenso wenig zurück zu den Magatai wie sie selbst.

»Wo wohnst du?«, fragte er. »In einer Stadt?«

»Nein. Mein Stamm zieht durch das Gräsermeer. Er wird nicht mehr dort sein, wo ich ihn verlassen habe.«

»Wie willst du ihn finden?«

Matani lächelte. »Das wird mir schon gelingen. Ich bin sehr gut darin, im Gräsermeer aufzuspüren, was ich suche.«

»Durch Magie?«

Ihre Hand strich über den rauen Erdboden. Sie konnte seine Kraft spüren, auch wenn sie sich nicht darauf konzentrierte.

»Ja, Tom, mittels Magie.«

Ein endloser Lauf

»Ist es noch weit?«

Obwohl Tom gerufen hatte, antwortete ihm Matani nicht. Sie lief kaum zehn Meter vor ihm. Ihre dunkle Haut bildete einen starken Kontrast zu dem goldgelben Gras. Ihre Schritte waren noch leicht, obwohl sie schon seit Stunden rannten. Tom hingegen fühlte sich erschöpft und müde, und langsam bekam er das Gefühl, dass es nie wieder anders sein würde.

Er war in den letzten Tagen so viel gerannt wie noch nie zuvor in seinem Leben. Stunden vergingen, in denen sie nichts taten, als durch das Gräsermeer zu laufen. Es wunderte ihn selbst, aber irgendwie fand er die Kraft, mit den beiden anderen mitzuhalten. Resk war nicht schnell, trotz seiner Größe, aber der Hügeltroll schien so hart wie der Fels zu sein, dem er ähnlich sah. Matani behauptete, sie könne ihre Kraft aus dem Boden ziehen. Tom hatte es nicht ganz verstanden, aber die Gesetze dieser Welt waren ihm ohnehin fremd.

Der Rabe brach immer mit ihnen gemeinsam auf, wenn sie weiterzogen. Aber seit sie die Verfolger hinter sich gelassen hatten, flog er oft wie ein Späher voran und war viele Stunden lang nicht zu sehen, bis er dann abends in ihr Lager zurückkehrte. Tom hatte beobachtet, dass es Matanis Füchsin meist ebenso hielt.

»Ich brauch 'ne Pause«, rief er und lief langsamer. Als die beiden anderen einfach weiterrannten, hob er die Arme. »Hey!«

Matani hielt inne und sah sich nach ihm um. Es wurmte Tom, dass sie ihn so locker abhängen konnte. *Alles nur Magie*, erklärte er sich selbst, ohne jedoch wirklich daran zu glauben. Sie war ihr ganzes Leben in der Steppe unterwegs gewesen, jagte, fand ihre eigene Nahrung, konnte allein überleben. Während Tom meist mit der Straßenbahn gefahren war und sich seine Pizza im Laden um die Ecke geholt hatte.

»Eine Rast«, verkündete Matani, ohne dass ihre Stimme verriet, was sie darüber dachte. Dankbar sank Tom zu Boden und streckte seine Gliedmaßen aus. Seine Beine fühlten sich an, als würden sie gleich abfallen. Seine Muskeln schmerzten, seine Knochen waren wie gestaucht, und so ziemlich alle seiner Gelenke wirkten, als ob sie geschwollen wären.

Resk blieb einfach stehen und hielt Ausschau. Unterdessen kam Matani zu Tom und legte ihm eine Hand auf die Schulter. »Du läufst gut«, stellte sie fest, was Tom zu einem bitteren Lachen reizte.

»Ja, klar. Ohne mich wärt ihr schon längst da. Ihr rennt wie die Teufel, und ich …« Er schloss die Augen. »Ich bin total fertig.«

»Du läufst weiter und schneller, als ich geglaubt hätte«, erwiderte Matani ernst. »Andere hätten wir längst zurücklassen müssen. In dir ist mehr Kraft, als du denkst.«

Unsicher sah Tom sie an. Er zuckte mit den Schultern. »Kann sein.«

»Ich habe darüber nachgedacht, und ich denke, es ist deine Magie«, erklärte sie unvermittelt. »Sie hilft dir.«

»Magie ...« Tom setzte sich auf. Er konnte nichts von Magie spüren. »Wie kann es sein, dass ich dank Magie besser laufe, wenn ich nicht einmal weiß, woher ich sie kriegen und wie ich sie nutzen sollte?«

Sie legte ihm die flache Hand auf die Brust. »Sie ist in dir. Selbst wenn du es nicht weißt. Vielleicht erinnert sich ein Teil von dir daran? So wie du atmest? Oder wie du laufen kannst, ohne darüber nachzudenken?«

»Aber du hast gesagt, du musst dich darauf konzentrieren, die Kraft der Erde zu spüren, damit sie dir die Ausdauer schenkt, die du brauchst. Ich konzentriere mich aber nicht, oder wenn, dann nur darauf, bei dem ganzen Gerenne nicht zusammenzuklappen.«

»Ja, aber das bin ich. Bei dir mag das ganz anders sein. Immerhin bist du ein Weltenwechsler.«

Die Sonne ging bereits unter, als der Rabe zurückkehrte und in einer engen Spirale zu ihnen herabsank, bis er wenige Meter neben Toms Kopf mit ausgebreiteten Flügeln durch die Luft glitt.

Vor uns ist etwas. Menschen, Pferde, Wagen.

Tom sah zu dem Vogel hinüber, dann gab er das, was der Rabe gesagt hatte, so gut es ging im Laufen weiter. Matani verlangsamte ihren Schritt, hielt jedoch nicht an.

»Ist das gut ... oder schlecht?«, fragte Tom keuchend. Sie waren den ganzen Tag unterwegs gewesen, und in seiner Seite spürte er ein unangenehmes Kribbeln, eine Art Warnung vor dem Seitenstechen, das bald kommen würde.

»Ich denke, es ist gut. Es ist nicht mehr weit bis zu meinem Stamm. Das muss eigentlich unser Lager sein«, erwiderte sie und wandte dem Raben den Kopf zu: »Schaffen wir es heute noch?«

Wenn du dich ein bisschen mehr anstrengst, mein Freund, bestimmt, kam die Antwort direkt in Toms Kopf. Inzwischen konnte er besser zwischen seinen eigenen Gedanken und dem Gerede des Raben unterscheiden, aber noch immer war es seltsam; vor allem, wenn der Rabe ihn wenig subtil ausschimpfte.

»Sehr witzig«, grummelte er, ehe er Matani lauter erklärte: »Ja, er glaubt schon.«

»Dann los.«

Sie lief wieder schneller, und Tom beeilte sich, es ihr gleichzutun. Er konzentrierte sich nur noch auf das Laufen, vertrieb jeden anderen Gedanken aus seinem Geist und zwang sich, auch die Schmerzen zu ignorieren. Alles, was zählte, war der nächste Schritt.

Die Dunkelheit kam, aber Tom achtete gar nicht darauf, so konzentriert war er. Und er war auch überrascht, als Matani und Resk irgendwann anhielten und er vor sich den Grund für ihren Stopp sah.

In einer Senke zwischen zwei niedrigen Hügeln loderten ein Dutzend oder mehr Feuer. Sie beleuchteten eine ganze

Reihe von großen, runden Zelten mit flachen Dächern. Irgendwie hatte er sich immer Indianerzelte vorgestellt, wenn Matani von ihrem Stamm erzählt hatte, doch die Zelte sahen denen aus billigen Spaghetti-Western kein bisschen ähnlich. Andererseits sah auch Matani ja nicht wirklich indianisch aus. *Sollte mich der Trash im TV etwa nicht angemessen auf das Leben in der Wildnis vorbereitet haben?*, fragte er sich mit einem Grinsen und war selbst erstaunt, das trotz Müdigkeit und brennender Lunge noch zustande zu bringen.

»Ist das dein Stamm?«

»Ja«, antwortete sie knapp.

»Woher weißt du das?«, knurrte Resk.

»Weil mich jemand erwartet. Kommt.«

Das letzte Stück Weg liefen sie nicht, sondern gingen langsam in die Senke hinunter. Tom versuchte, Einzelheiten in der Finsternis auszumachen, aber es war wenig zu erkennen. Es gab Pferde, die zwischen den Zelten umherliefen, und er glaubte auch, den einen oder anderen Menschen zu sehen. Als sie näher kamen, konnte er nicht nur die Feuer riechen, sondern auch das Essen, das dort unten gekocht und gebraten wurde. Es roch wie bei einem Grillfest. Köstlich.

Noch bevor sie die äußersten kleinen Zelte erreicht hatten, wurden sie bemerkt. Zwei Schatten lösten sich aus der Dunkelheit und entpuppten sich als ein Junge und ein Mädchen, beide vielleicht zwei oder drei Jahre jünger als Tom. Sie hatten ebenso dunkle Haut wie Matani, und beide trugen jeweils einen Bogen und einige Pfeile bei sich.

Matani rief erfreut etwas und fiel dem Mädchen um den Hals, das die Umarmung erwiderte. Der Junge sah mit einem Lächeln zu, dann fiel sein Blick auf Tom und Resk, und sein Gesichtsausdruck verfinsterte sich. Besonders der Hügeltroll schien ihm Sorgen zu bereiten, aber auch Toms Erscheinung, die unter dem langen Lauf reichlich gelitten hatte, schien ihm nicht wirklich zu gefallen.

Tom trat unruhig von einem Fuß auf den anderen und versuchte, den Jungen anzulächeln. Als sein Gegenüber die Stirn runzelte, stellte Tom den Versuch sofort ein. Er kannte sich hier nicht aus, und wer konnte schon sagen, ob ein Lächeln als Begrüßung hier gern gesehen wurde?

Endlich löste sich Matani aus der Umarmung und wandte sich breit grinsend an Tom und Resk: »Jetzt sind wir sicher.«

»Super. Können wir …« Tom sah sich um. »Ich würde mich gern hinsetzen.«

Die Anspannung der Flucht war mit einem Mal von ihm abgefallen, und eine namenlose, tiefe Erschöpfung ergriff von ihm Besitz. Es war, als würde ihm die Erkenntnis, dass sie ihr Ziel erreicht hatten, jeden Antrieb nehmen. Schon fielen ihm die Augen im Stehen zu.

»Ja, komm!«

Matanis Aufforderung drang wie durch Ohrstöpsel zu ihm durch, und er riss sich noch einmal zusammen. Sie ging zwischen den Zelten entlang, und Tom folgte ihr gemeinsam mit Resk und den beiden Jugendlichen. Er nahm kaum bewusst wahr, dass die Zelte mit bunten Farben und Bildern bemalt waren und dass die Leute sie aufmerksam beobachteten, ja geradezu anstarrten. Er sah dunkle Gesichter und helle Augen in der Dunkelheit.

Schließlich kamen sie an ein Feuer, das so hell flackerte, dass es Tom in den Augen schmerzte.

»Matani!« Eine dunkle Stimme, tief und selbstbewusst, aber voller Freude. Eine weitere Stimme erklang und dann noch eine und immer mehr: »Matani!«

Ein Mann kam auf sie zu und schloss Matani in seine kräftigen Arme. Er war ein wahrer Hüne, mit mächtigen Muskeln an den Oberarmen und auf der nackten Brust. Er trug nur eine einfache Lederhose und hatte nackte Füße.

Andere versammelten sich um sie herum. Männer und Frauen, alle dunkelhäutig und mit denselben dunklen Haaren, wie auch Matani sie hatte. Sie trugen Leder und grobe Stoffe, einfache Kleider oder Hosen und Westen. Viele trugen ihre Haare so wie der große Mann, der Matani in eine Umarmung gezogen hatte, in Zöpfen, aber Tom sah auch kahle Schädel und kurze, strubbelige Haare. Es fiel ihm schwer, Details auszumachen. Alles schien ineinanderzufließen, der Kreis der Menschen um sie herum ...

»Da'ir, das sind Resk und Tom«, erklärte Matani, während sie sich von dem Hünen löste.

Tom nickte und versuchte noch einmal ein freundliches Lächeln. »Hallo. Ich ... muss ... nur ... kurz hinsetzen.«

Er fiel mehr auf den Hosenboden, als dass er sich setzte. Mit erhobenem Zeigefinger wollte er noch etwas sagen, aber er brachte kein Wort mehr heraus, bevor die Farben aus der Welt flossen und ihn einfach mitnahmen in eine ruhige, sichere Schwärze.

LEGENDEN WANDELN UNTER UNS

Manchmal wird man wach und weiß genau, wo man sich befindet. Manchmal ist es anders, und es dauert einen Moment, bis man einordnen kann, was um einen herum passiert.

Als Tom die Augen aufschlug, wusste er nur, wo er nicht war: zu Hause. Und dann kamen die Erinnerungen, und unvermittelt wurde ihm bewusst, dass er weiter weg war von allem, was er kannte, als jemals zuvor.

Auch seine Umgebung machte ihm diesen Umstand unmissverständlich deutlich. Er lag auf einer Art Bett, in dicke, warme Decken gewickelt. Direkt neben ihm hing ein Teppich an der Wand, der zwei goldene Pferde vor einem dunkelroten, reich verzierten Hintergrund zeigte. Die Pferde bäumten sich Rücken an Rücken auf, und in den verschlungenen Mustern des Rands entdeckte Tom kleine Umrisse von Menschen und Tieren. Der Raum, in dem er sich befand, war nicht sehr groß. In der Mitte stand eine dicke, mit bunt angemalten Schnitzereien versehene Holzstange, die wie eine Säule zur Decke emporragte. Als Tom sie sich genauer besah, bemerkte er, dass sie tatsächlich das Dach abstützte – er war nicht in einem kleinen Raum, sondern in einem großen Zelt. Die Stange ragte durch ein Loch in der Decke hinaus, und er konnte einen schmalen Streifen Himmel sehen, der zwar noch dunkel war, aber gerade begann, sich hell zu färben, als ob gleich die Sonne aufgehen würde. *Oder es wird gerade dunkel. Wie lange habe ich geschlafen?*

Die Zeltwände waren mit einer Vielzahl dieser farbigen Teppiche behangen, die alle Tiere und Menschen zeigten, hauptsächlich Pferde und Reiter. Zwischen den Teppichen waren Holzkonstrukte gespannt, die auf Tom wie Jägerzäune wirkten. Alles war sehr bunt. Er sah viel Rot und Blau und etwas Gold. Auf dem Boden lagen ebenfalls Teppiche, die allerdings keine Bilder aufwiesen. Sie waren in dunkleren Farbtönen gehalten, passten aber zum Rest der Einrichtung. Ein niedriger Tisch, kaum kniehoch, stand fast in der Mitte des Zeltes. Auf dem Tisch lag eine dunkelblaue, sehr fein gewebte Decke mit goldenen, eckigen Mustern, und darauf stand ein kleiner Tonkrug mit einer passenden Schale. An den Wänden gab es noch mehr Mobiliar, eine Truhe aus bunt lackiertem Holz und sehr seltsam aussehende Holzgerüste, die Tom nach längerem Hinsehen für Stühle hielt. Das Licht kam von zwei Öllampen, deren Flammen von kleinen Lampenschirmen aus dünn geschabtem Leder geschützt waren.

Tom setzte sich auf und nahm alles in sich auf. Außer ihm war niemand in dem Zelt, aber er konnte von draußen leise Stimmen hören. Er schlug die Decken zurück und stellte überrascht fest, dass er ein langes, dünnes Stoffgewand trug, das ihn an ein Nachthemd erinnerte. Seine eigenen Klamotten waren nirgends zu sehen. *Na toll, im Nachthemd,* dachte er, und dann fiel ihm noch etwas ein: *Wer hat mich umgezogen?* Seine Wangen kribbelten, und bei dem Gedanken daran, dass es vielleicht Matani gewesen war, schoss ihm die Röte ins Gesicht. Er sah sich nach Kleidung um, konnte aber nichts finden. Also nahm er die oberste Decke und schlang sie sich wie einen Umhang um die Schultern, bevor er den Ausgang aus dem Zelt suchte, ihn fand und an die frische Luft trat.

Jetzt war er sicher, dass es Morgen war. Obwohl der Himmel noch zu weiten Teilen dunkel war, spürte er es, als könnte er fühlen, wie die Sonne aufging.

Zwischen den Zelten brannte ein großes Feuer, an dem einige Gestalten versammelt waren. Tom zögerte einen Augenblick, bevor er sich ein Herz fasste und hinüberging.

»Tom!«

Matani saß neben einem großen Mann, in dem Tom den Hünen erkannte, den sie ihm mit einem seltsam klingenden Titel vorgestellt hatte. *Gestern? Oder heute?* Er beschloss, danach zu fragen.

»Hallo.« Er lächelte die beiden an. »Wie lange habe ich geschlafen?«

Dafür, dass er sich extrem unwohl unter den Blicken der Fremden fühlte, klang seine Stimme eigentlich ganz normal, fand er.

»Nur diese Nacht«, erklärte der Hüne und stand auf. Im Sitzen war er schon beeindruckend gewesen, aber stehend, mit einem über die Schultern gelegten Fell und seinen zahlreichen, fingerdicken Zöpfen wirkte er weniger wie ein Mensch als vielmehr wie eine Naturgewalt.

Er kam auf Tom zu, den er um deutlich mehr als einen Kopf überragte. Die Decke, die er trug, roch nach Pferd.

Tom konnte in dem Gesicht des Mannes nichts lesen, also versuchte er, trotz seiner Nervosität möglichst gelassen zu wirken.

»Du hast Matani gerettet«, erklärte der Mann.

»Eigentlich … na ja, eigentlich hat sie eher mich gerettet. Da waren die Reiter, diese Magatai. Die hätten mich ein-, zweimal beinahe umgebracht.«

Der große Mann schwieg, und auch Tom wusste nicht, was er sagen sollte, bis Matani fragte: »Hast du Hunger?«

Als habe er nur auf das Stichwort gewartet, meldete sich Toms Magen zu Wort. Es war kein Knurren, aber ein deutliches Gefühl der Leere.

»Ja«, sagte er verwundert. Normalerweise konnte er frühmorgens nichts essen, weil er lange Zeit nach dem Aufstehen einfach keinen Hunger hatte.

»Dann setz dich ans Feuer«, sagte der Hüne. Es war anscheinend als Einladung gemeint, klang aber wie ein Befehl. Tom setzte sich neben Matani auf einige übereinandergelegte Felle. Es war ein weicher Sitzplatz. Sein Gesicht und seine Hände waren bald warm vom Feuer. Matani reichte ihm eine flache Schale mit einem Brei darin und ein Stück helles, grobes Brot. Sie sah ihn erwartungsvoll an, also tunkte er das Brot in den Brei und biss das triefende Stück ab. Er kaute vorsichtig. Das Brot war relativ zäh, aber der Brei schmeckte dafür ziemlich gut, leicht süß und cremig.

»Lecker«, erklärte er, nachdem er den Bissen hinuntergeschluckt hatte. »Was ist das?«

Sofort bereute er, gefragt zu haben. Er hatte genug Dokus über Leute gesehen, die in der Mongolei, am Amazonas oder in Tibet wohnten, um zu ahnen, dass die Antwort vermutlich so ausfallen würde, dass es ihm den Appetit verdarb.

»Geschlagene Begrah-Milch mit Honig darin. Und das da«, sie deutete auf das Brot, »ist Brot.«

»Brot gibt es bei mir zu Hause auch. Das hier ist so ein bisschen wie Fladenbrot, nur körniger«, stellte er fest, um dann schnell hinzuzufügen: »Finde ich aber gut.«

Matani nickte und lächelte ihn an. Ihr Gesicht wurde vom Feuer angeleuchtet. Tom erwiderte das Lächeln. Sie sah anders aus als jedes andere Mädchen, das er kannte. In ihrem dunklen Gesicht wirkten ihre Zähne sehr weiß, und sie hatte große, beinahe schwarze Augen.

»Er hat die ganze Nacht über dich gewacht.«

Verwirrt blickte Tom sie an, merkte dann aber, wie sie in Richtung des Zeltes nickte. Er drehte sich um und erwartete, einen Krieger aus ihrem Volk zu sehen, doch da war niemand. Bis er den Blick hob und die Silhouette des Raben sah, der auf dem Dach des Zeltes saß, den Kopf zwischen die Flügel eingezogen.

»Irgendwann musst du mir mehr darüber erzählen. Was das mit den Gefährten so auf sich hat, meine ich.«

»Sie sind deine Verbindung zur Kraft der Magie«, erklang eine zittrige Stimme hinter Tom. Als er den Kopf drehte, sah er einen alten Mann, der in zahlreiche Decken gehüllt war. Neben Tom standen zwei der jungen Männer auf und machten dem Alten Platz.

»Das ist mein Großvater«, erklärte Matani leise, während sich der Greis unter einigem Stöhnen und mehreren Beschwerden setzte. »Sein Name ist ...«

»Noch kann ich mich an meinen Namen selbst erinnern, danke«, fiel er ihr ins Wort, bevor er sich an Tom wandte. »Er lautet Atin.« Der Greis hatte silberweißes Haar, und sein Gesicht war von zahllosen Falten und Runzeln durchzogen.

»Äh, freut mich.«

Unsicher, was er tun sollte, lächelte Tom so freundlich, wie er konnte. *Was macht man hier eigentlich, um sich zu begrüßen? Gibt man sich die Hand? Spuckt man auf den Boden?* Zumindest das Lächeln schien nicht unangebracht zu sein, denn der Alte zeigte sein fast gänzlich zahnloses Grinsen und ließ sich dann eine Schale reichen. Er setzte sie an die Lippen und schlürfte laut daraus. Als er damit fertig war, wischte er sich mit einem Zipfel einer Decke Mund und Kinn ab und blickte ins Feuer.

»Du bist der Weltenwanderer?«

Bloß keine Zeit mit Small Talk verschwenden, dachte Tom. »Ich denke schon«, antwortete er laut.

»Denkst du es oder weißt du es?«

»Ich komme definitiv nicht aus eurer Gegend. Und mein Zuhause lässt sich vermutlich nicht mit einem Pferd erreichen. Nach allem, was ich gesehen und erlebt habe, ist das hier nicht mal meine Welt. Also weiß ich es.« Es auszusprechen machte es noch realer.

Der Alte legte den Kopf schief und sah Tom aus Augen an, die ebenso dunkel wie Matanis waren. »Aber das hier ist deine Welt«, sagte er rätselhaft.

»Großvater!«, protestierte Matani. »Du verwirrst ihn nur noch mehr.«

»Lass ihn«, wies sie der Hüne zurecht. »Irgendjemand wird es ihm ja erklären müssen.«

»Seit wann gibst du denn Atin recht, Vater?«, fragte Matani spitz.

»Oh, er ist dein Vater?«, wollte Tom wissen.

Sie nickte. Tom sah den großen Mann genauer an, konnte jedoch äußerlich wenig Familienähnlichkeit feststellen.

Der Alte wandte sich wieder an Tom. »Da siehst du es, mein Junge, das ist der Fluch meiner Familie: Keiner von uns kann lange den Mund halten. Aber das weißt du ja sicher schon, oder?«

Obwohl Matani entrüstet schnaubte, musste Tom lachen.

»Gut, gut.« Atin zwinkerte Tom verschwörerisch zu. »Was ich dir sagen wollte, ist, dass das, was du für deine Welt und unsere Welt hältst, in Wahrheit nur eine einzige, geteilte Welt ist. Früher einmal, vor so vielen Generationen, dass sich nicht einmal der Staub daran erinnert, waren die beiden Seiten vereint. Die Magie war stark in der Welt, und die Menschen, Trolle und Elfen konnten sie jederzeit nutzen.

Sag mir, kennt man auf deiner Seite der geteilten Welt noch Magie?«

Tom pfiff leise durch die Zähne. »Es gibt Geschichten«, erklärte er. »Über Magie, meine ich. Und auch über Trolle und Elfen. Aber es gibt sie nicht wirklich. Oder vielmehr glaubt niemand daran, dass es sie wirklich gibt«, korrigierte er sich rasch, als er an Resk dachte.

Der Alte nickte, und Matanis Vater warf seiner Tochter einen »Ich hab's dir ja gesagt«-Blick zu.

»Irgendwann damals hat ein Teil der Menschen begonnen, sich nicht länger auf die Magie zu verlassen. Sie erfanden Werkzeuge und bauten seltsame Gerätschaften, die schließlich allen Zauber ersetzen sollten. Doch dadurch, dass die Magie aus ihrer Welt verschwand, entstand auch eine Grenze zwischen den Völkern. Im Laufe der Zeit wurde diese Grenze, die uns trennte, immer ausgeprägter. Und irgendwann konnte sie nicht mehr überwunden werden, und die Welt war für immer geteilt. Und auch Trolle und Elfen sind Kreaturen, denen die Technik der Menschen fremd ist und immer bleiben wird und die sich deshalb aus diesem Teil der Welt zurückgezogen haben.«

Tom blickte in die Runde.

Obwohl am Feuer noch mehr als ein Dutzend Männer und Frauen aus Matanis Stamm saßen, sagte niemand etwas, nicht einmal der Hüne, der ganz offensichtlich ansonsten der Anführer war.

Wenn das so ist, erklärt das zumindest, warum mir vieles in dieser Welt so vertraut erscheint. Und warum es hier Trolle und Elfen und Ähnliches gibt und auf unserer Seite nur Bilder und Geschichten von diesen eigenartigen Wesen.

Er dachte an die Statuen und Reliefs, die er mal bei einem Schulausflug im Pergamon-Museum gesehen hatte.

»Früher haben sich die Menschen auf meiner Seite noch besser daran erinnert, dass es mal all die Wesen gab, die nur noch auf eurer Seite leben, oder nicht?«

Atin lächelte wieder. Dann streichelte er Matani über den Kopf. »Er ist kein Dummkopf, mein Kind, nicht wahr?«, sagte er so, als ob Tom gar nicht da wäre.

Matani stand vom Feuer auf. »Also wirklich, Großvater!«, sagte sie zu dem alten Mann, aber Tom hörte ihrer Stimme an, dass sie es nicht böse meinte.

»Ich weiß nichts oder nur wenig über deine Seite der Welt, Tom«, fuhr Atin fort. »Und was mir meine Enkeltochter erzählt hat, verstehe ich kaum. Aber es muss natürlich eine Zeit gegeben haben, zu der man bei euch über Trolle und Elfen, Sphinxen und Greifen gesprochen hat, über die Magie der Erde und des Wassers. Eine Zeit, zu der all das keine Fabeln, sondern Erinnerungen waren.«

Im Feuer knackte es, und Tom sah wieder in die Flammen. Funken stoben empor, tanzende Lichtpunkte, wie wandernde Sterne. Ganz weit entfernt am Horizont war die Sonne bereits zu ahnen. »Aber wenn die Grenze zwischen den beiden Teilen der Welt mittlerweile so stark ist, dass niemand sie überqueren kann, was mache ich dann hier?«, fragte er.

»Das ist genau die Frage, nicht wahr? Noch lange Zeit nachdem die Welt schon entzweit war, gab es einzelne Männer und Frauen, die trotzdem von einer Seite auf die andere wechseln konnten. Diese *Jogashi* verfügten über starke Magie, aber sie beherrschten auch die Technik, die deine Seite der Welt beherrscht.«

»Nur wenn man beide Seiten versteht, kann man auch auf beiden leben«, fügte Matanis Vater hinzu. »Es gab schon sehr lange keinen Jogashi mehr. Die beiden Seiten müssen heute zu verschieden sein, um es zu erlauben, die Grenze zu überqueren. Du, Tom, bist der erste Weltenwechsler seit mehr als tausend Jahren.«

Das Gewicht der Worte senkte sich förmlich auf Tom herab. »Wirklich?«, fragte er Atin und kam sich selbst dumm dabei vor.

Der Alte zeigte wieder sein zahnloses Grinsen. »Ja, wirklich.«

Geschichten von alten Zeiten

Da Tom sich zunächst nicht rührte, machte Matani sich bereits Sorgen, aber als er sich stöhnend aufsetzte, konnte sie ein Lachen nicht mehr unterdrücken.

Er sah sie finster an und klopfte sich mit flachen Händen den Staub aus der Kleidung. »Nicht witzig«, murmelte er.

Mit Mühe zwang sich Matani, wenigstens wieder halbwegs ernst zu werden.

Tom erhob sich und streckte den Rücken. Ein deutliches Knacken war zu hören. »Ganz und gar nicht witzig.«

»Jeder fällt mal aus dem Sattel. Das wird dich lehren, oben bleiben zu wollen«, stellte sie fest und ging langsam auf den jungen Hengst zu, der wenige Schritte neben Tom stehen geblieben war und ihn nervös beäugte. Eigentlich war es ein sehr ruhiges und geduldiges Tier, das perfekte Pferd für jemanden, der noch nie geritten war.

»Wie kann es sein, dass du keine Pferde kennst? Lauft ihr nur auf euren eigenen Füßen?«

»Nein.« Tom kam vorsichtig näher. Obwohl der Hengst recht klein war, hatte Tom anscheinend großen Respekt vor dem Tier. »Wir fahren StraBa oder mit dem Auto. Manchmal fliegen wir auch.«

»Fliegen? Du versuchst, mir eine Mähre zu verkaufen, oder?«

»Eine was?«

Verwirrt rieb sich Tom die Stirn, während Matani die Zügel des Hengstes packte und leise auf ihn einredete.

»Ein schlechtes Pferd? Du willst mich auf den Arm nehmen?«

»Nein, wir fliegen wirklich. Also, ich bin noch nie geflogen, aber es gibt Flugzeuge und eine Menge Leute, die sie benutzen.«

Er musste ihren verständnislosen Gesichtsausdruck bemerkt haben, denn er breitete die Arme weit aus und erklärte. »Künstliche Vögel? Groß, riesig sogar, da passen Hunderte von Menschen rein. Und die sind schnell, manche schneller als der Schall.«

Unsicher, ob er sie nicht doch zum Narren hielt, streichelte Matani dem Hengst über den Hals und sah Tom forschend an.

»Zuerst gab es nur Flugzeuge mit Propeller, aber jetzt haben sie Düsen. Die fliegen hoch, Kilometer über dem Boden. Menschen reisen damit, aber es gibt auch welche für den Krieg.«

»Das klingt aufregend«, erwiderte Matani vorsichtig. »So schnell und so hoch … ist das nicht gefährlich?«

»Nicht gefährlicher als der Straßenverkehr, heißt es immer. Aber wie gesagt, ich bin noch gar nicht geflogen. Das ist ziemlich teuer, und wohin hätte ich fliegen sollen? Bei uns gab es das nicht. Wir hatten nicht mal ein Auto. Wir sind Straßenbahn gefahren.«

»Und jetzt musst du reiten«, erklärte Matani und sah ihn auffordernd an.

Tom seufzte, schob aber seinen Fuß wieder in den Steigbügel, packte die Mähne und hielt kurz inne. Dann atmete er tief ein und schwang sein freies Bein hoch, wobei er das Knie des anderen gegen den Sattel drückte, ganz wie Matani es ihm gezeigt hatte. Bei einem der großen Pferde der Magatai wäre er vielleicht nicht in den Sattel gekommen, aber bei dem kleinen Steppenhengst funktionierte es, obwohl Tom keine Übung darin hatte.

»Sehr gut«, lobte Matani und reichte Tom die Zügel.

Der saß mit geradem Rücken im Sattel und sah starr geradeaus. »Und jetzt?«

»Jetzt musst du reiten. Bei uns lernen das schon die kleinen Kinder, so schwer ist es also nicht. Ich war drei Sommer alt, als ich das erste Mal einfach so geritten bin.«

»Was, drei Jahre? Das ist ein Joke, oder?«

»Ein was?«

»Ein Witz.«

»Nein. Du musst ihm zeigen, wohin du willst. Gib ihm ein wenig Zügel, dann geht er schon los. Der Bauch drückt gegen deine Beine, immer schön auf der Seite ein wenig mit dem Bein dagegen drücken, dann läuft er schneller. Und dann schau in die Richtung, in die du willst. Du musst dein Gewicht in die Richtung verlagern, aber nicht zu sehr.«

Sie hatte ihm das alles schon vorher ausführlich erklärt und ihm selbst gezeigt, wie man richtig ritt. Ihre Worte waren nur dazu gedacht, ihn abzulenken und ihm die Angst zu nehmen. Matani konnte sich überhaupt nicht vorstellen, wie es war, nicht reiten zu können. Aber seine weißen Knöchel und angespannten Züge sprachen eine deutliche Sprache.

Der Hengst setzte sich langsam in Bewegung. Tom gab sich sichtlich Mühe, ihn zu kontrollieren, aber er trottete nur sehr langsam geradeaus und hielt nach wenigen Schritten wieder an.

»Whoa«, entfuhr es Tom. »Das war schnell.«

Einen Moment lang glaubte Matani, dass er scherzte, ehe ihr klar wurde, dass er es ernst meinte. Beinahe hätte sie wieder gelacht, doch sie wollte ihn nicht entmutigen und rief deshalb: »Sehr gut! Du bist geritten.«

Er drehte sich zu ihr um und grinste. Der Hengst nahm die Gewichtsverlagerung als Befehl auf und setzte sich wieder in Bewegung. Tom erschrak, wandte sich hektisch nach vorn, schwankte gefährlich im Sattel, konnte sich aber mit beiden Händen in der Mähne festkrallen und blieb vornübergebeugt sitzen, bis das Pferd wieder ruhig dastand.

»Nicht vergessen, er ist ein Tier mit einem eigenen Willen. Er wird versuchen, das zu tun, was du willst, aber wenn er dich nicht versteht, kann er das nicht.«

Diesmal sah Tom nicht zu ihr, als er antwortete: »Klar.«

Langsam ging Matani zu Pferd und Reiter hinüber und klopfte dem Hengst lobend den Hals. Sie pfiff laut, und Vachir kam zu ihr getrottet. Ihr Stamm hatte die Stute im Gräsermeer gefunden, als er nach Matani gesucht hatte.

Die Magatai hatten ihr nicht einmal den Sattel und das Zaumzeug abgenommen. Sie hielten wenig von den Pferden der Steppe. Geschickt sprang Matani in den Sattel und ließ die Stute langsam laufen. Der Hengst schloss sich an, halb von Tom angetrieben und halb aus Gewohnheit. Matani lächelte.

»Und jetzt werden wir ein wenig üben.«

Sie unterdrückte den Instinkt, die Stute frei galoppieren zu lassen, und führte den Hengst langsam, während Tom lernte, sich an die Bewegungen des Pferdes zu gewöhnen, und dabei seine Angst verlor.

Der endlose Himmel war blau und wolkenlos über ihnen. Die Pferde grasten in ihrer Nähe, und Tom und Matani saßen auf einer groben Decke und verspeisten Brot und frischen Käse aus Begrah-Milch.

»Schmeckt gut«, murmelte er. »Nussig irgendwie.«

»Beglag«, erklärte sie. »Allein hat er wenig Geschmack, aber wir geben oft Nüsse oder getrocknete Früchte hinein. Man muss ihn frisch essen. Wenn er hart wird, kommt er in die Suppe, sonst muss man ihn lutschen.«

»Erinnert mich an Käse aus meiner Welt. Den mochte ich am liebsten auf Pizza.«

»Pizza?«

»Das ist auch ein Essen. So eine Art Fladenbrot mit Käse und Tomaten drauf. Und dazu jede Menge Wurst oder Peperoni, Spinat oder Spaghetti Bolognese oder …«

Er unterbrach sich und lachte. »Sorry, ich mag Pizza. Es kommt nicht alles auf einmal drauf, keine Sorge. Nur das, was passt.«

Matani fand sein Lachen ansteckend. »Klingt lecker. Ich würde gern mal so eine Pizza essen.«

Er schwieg und sah zum Himmel empor.

»Ich auch«, meinte er leise.

»Vermisst du dein Zuhause? Deine Welt?«

Er zuckte mit den Schultern.

»Keine Ahnung. Es ist so wenig Zeit, darüber nachzudenken, verstehst du?« Er wartete nicht auf ihre Antwort. »Ich habe bei einer ziemlich ätzenden Familie gelebt. Also, mein Pflegevater war richtig schlimm. Es war kein tolles Leben. Als ich noch da war, wollte ich nur weg. Aber ich vermisse die anderen, Alex und Karo und Benny und selbst die blöde Schule und sogar Salzi. Ich meine, nie wieder mit denen reden? Kein gemeinsames Kicken mehr? Kein Abhängen? Keine Pizza?«

Obwohl sie nicht alle Worte kannte, die er verwendete, verstand sie diesmal doch sehr genau, was er meinte. »Es tut mir sehr leid für dich. Ich kann verstehen, wie es dir geht. Als ich bei den Magatai war, dachte ich, dass ich dort vielleicht sterben würde. Fern von meinem Stamm, meiner Familie. Ich glaube, ich weiß, was du fühlst.«

Sie schenkte ihm ein trauriges Lächeln. Sie wollte ihm ein Zeichen geben, dass er nicht allein war in dieser für ihn fremden Welt. Obwohl seine Gedanken offensichtlich dunkel waren, gelang es ihm, es zu erwidern.

»Es ist so ... seltsam«, fuhr er fort. »Bei uns weiß man nichts mehr von einer geteilten Welt. Klar, es gibt Geschichten, in denen Leute fantastische Länder besuchen, aber das sind Geschichten. Schlechte Filme mit Zeitreisen und so. Aber das hat nichts damit zu tun, wie es hier ist. Als ich die Münzen gesucht habe, da war das mehr eine Spielerei, eine Art Flucht von zu Hause. Ich hab doch im Leben nicht erwartet, dass ich in eine andere Welt geraten würde!«

»Willst du zurückgehen?«

Diesmal sagte er lange nichts. Seine Finger spielten mit einem Grashalm, in den er immer dickere Knoten machte. Als er antwortete, klang seine Stimme nicht sicher.

»Ich denke schon. Nicht unbedingt nach Hause, aber zurück in meinen Teil der Welt durchaus.« Er öffnete die Arme, als wollte er mit dieser Geste die ganze Steppe umfassen. »Das hier, das ist für mich fremd. Ich kenne mich hier nicht aus. Alles ist anders. Hier gibt es Magie! Das ist so *anders,* dass ich es immer noch nicht raffe.«

Seine Worte verklangen, und Matani wusste nicht, was sie antworten sollte. Ihr Herz sagte ihr, dass es richtig war, dass Tom hierhergekommen war, dass er mit diesem Ort verbunden war. Aber sie konnte verstehen, dass er seine Heimat und seine Freunde vermisste. *Wäre es bei mir nicht ebenso?*

Sie beobachteten die Wolken, die hoch oben am Himmel über sie hinwegzogen, und lauschten dem Wind, der durch das Gras flüsterte.

»Erzähl mir von den Magatai. Wenn es stimmt, dass ich ihretwegen hier bin, sollte ich mehr über sie wissen«, bat Tom unvermittelt.

Matani lehnte sich zurück, bis sie auf dem Rücken lag. In ihrem Gesichtsfeld waren nur noch die Spitzen der Gräser, der Himmel und die Wolken.

»Sie kamen über das große Meer. Mein Volk lebte damals in den fruchtbaren Ländern an den Küsten. Wir hatten auch große Häuser aus Stein. Großvater sagt, dass wir viele waren, damals. Es gab Steinmauern um unsere Städte, und unser König saß nicht auf einem Pferd, sondern auf einem Thron aus Bernstein.«

»Ihr habt einen König?«, unterbrach sie Tom. »Ich dachte, jeder Stamm würde sich selbst regieren.«

»Wir hatten einen König, einen Anführer vom Blut des letzten Königs auf dem Bernsteinthron. Er starb, und es gab keine Nachkommen, also haben wir jetzt keinen König mehr.« Sie sah Tom an, der mittlerweile drei Grashalme zu einer dünnen Schnur verflocht. »Vater sagt, wir sind kein Volk für Könige. Als wir noch in den Städten lebten, haben sie uns nicht geholfen. Und in der Steppe sind sie noch nutzloser.«

»Verstehe.«

»Die Fremden kamen auf großen Schiffen. Ihre schwarzen Segel sollen den Horizont verdunkelt haben. Die Bäuche der Schiffe waren voll mit Männern und Frauen, die Schwerter trugen und Rüstungen aus schwerem Eisen. Sie landeten an der Küste, und ihre Gesandten kamen vor den Bernsteinthron und verlangten, dass unser König sein Knie vor ihrer Anführerin beugen sollte.«

Tom ließ sein Grashalmgeflecht sinken und schenkte ihr seine volle Aufmerksamkeit. »Das hat er doch nicht gemacht, oder?«

»Nein. Er rief seine eigenen Krieger zu sich. Aus allen Teilen unserer Länder kamen sie, unter vielen Bannern. Jede Stadt, jede Burg sandte ihm Krieger für sein Heer. Großvater sagt, dass die Zahl der Krieger damals hundertmal größer gewesen sei, als heute noch Menschen der Stämme in den Steppen leben. Sie zogen gegen die Magatai, deren Armee von ihren Schiffen an Land kam.«

Matani hatte die alten Berichte oft gehört. Sie wurden den Kindern erzählt, um sie vor den Magatai zu warnen. Aber auch, um ihnen zu erklären, warum ihr Volk im Gräsermeer lebte. Es gab viele Geschichten aus dieser Zeit, aber keine davon hatte ein gutes Ende.

»Es gab eine große Schlacht. Die Fremden hatten mächtige Magie auf ihrer Seite. Aber auch der König hatte Bündnisse mit starken Geistern. Das Wasser der See soll gekocht haben, und viele schreckliche Taten wurden vollbracht. Am Ende erschlug die Herrscherin der Magatai den König, und die Bernsteine seiner Krone fielen zu Boden, wo sie von seinem Blut benetzt wurden. Die Fremden zerstreuten die Armeen unserer Vorfahren, sie eroberten die Länder und die Städte, und sie nahmen sich, was sie wollten, und versklavten jene, die nicht davonliefen. Einige aber flohen in die Steppen, mit wenig mehr, als sie am Leibe trugen, und sie verstanden, dass man den Magatai nicht entgegentreten kann. Sie wurden wie der Wind.«

»Das verstehe ich nicht.«

»Der Wind weht, wo er will. Man kann ihn nicht packen, man kann ihn nicht besiegen. Er ist überall und nirgends. Stößt er auf zu starke Mauern, dann wechselt er einfach seine Richtung.«

»Das bedeutet, ihr weicht den Magatai immer aus?«

»Ja«, erwiderte sie und erinnerte sich daran, wie sie Großvater Atin eben diese Flucht vorgeworfen hatte. Das schien ihr jetzt lange her zu sein. »Genau das bedeutet es.

Aber so muss es sein, das sagen zumindest mein Vater und die Ältesten unseres Stammes.«

Matani machte eine Bewegung mit der Hand und sah Tom dann in die Augen.

»Du hast doch gesehen, wie mächtig die Schwarzen Herren sind. Und sie sind viele. Viel mehr als wir. Es sind immer mehr von ihnen über das Meer gekommen. Sie haben sehr starke Magie, und man sagt, dass sie keine Gnade kennen und niemals zögern, alles zu tun, was nötig ist, um ihre Ziele zu erreichen.«

»Ich habe einen von der Art gesehen, im Lager, weißt du? Einen Mann. Er trug eine Rüstung aus schwarzem Metall, auf der so seltsame Fratzen waren. In den Augen und Mündern leuchtete es, und ich glaube, sie haben sich bewegt.«

»Von den Männern, die du da beschreibst, habe ich nur gehört. Sie sind Anführer der Magatai. Es heißt, dass sie mittels Magie böse Geister in ihre Klingen gebunden haben und dass sie Seelen stehlen und in ihre Rüstungen sperren. Das ist dunkelste Magie. Dabei geht es um Dämonen, verstehst du?«

Tom brummte zustimmend, aber sein Gesichtsausdruck zeigte ihr, dass er nicht wirklich verstand. Es kostete Matani einige Überwindung, fortzufahren: »Sie hätten mir das Leben geraubt und damit meine Seele. So, wie sie es mit … mit Dago gemacht haben. Und das alles haben sie getan, um dich zu rufen.«

Ihre Stimme war brüchig geworden, und sie schwieg. Sie konnte die Trauer in sich spüren und die Wut. In ihrem Hals steckten Worte, die sie sagen wollte, aber nicht hervorbringen konnte. Die Erinnerung an die Zeit als Gefangene war schlimmer als alles, was sie davor gekannt hatte.

»Das tut mir leid. Ich wusste nicht mal, dass sie das waren, die mich gerufen haben. Und ich wollte ganz sicher nicht, dass sie dir oder deinen Leuten etwas antun, um mich hierherzubringen.«

»Es ist nicht deine Schuld.«

»Aber es ist trotzdem meinetwegen passiert«, widersprach Tom. »Wenn ich nicht wäre, dann hätten sie dich nicht gefangen genommen, dann wäre das alles nicht passiert.«

Sie rollte sich auf die Seite und sah ihn an. Er erwiderte ihren Blick, und sie konnte sehen, wie verloren er sich jenseits der Welt fühlte, aus der er gekommen war.

»Das ist Unsinn, und ich will nicht, dass du so redest. Die Magatai haben uns immer schon gefangen, wenn sie konnten. Oder willst du sagen, dass ich mit schuld daran bin, dass du hier bist, weil die Magatai mich benutzt haben, um die Magie zu wirken, die dich gerufen hat?«

Er schluckte und schüttelte den Kopf so heftig, dass seine dunklen Haare flogen. »Nein, natürlich nicht.«

Matani war dennoch nicht überzeugt, dass er es so meinte. Vielleicht, weil ihr das Schuldgefühl noch zu tief in den Knochen steckte, das die grausame Magie der Magatai im Lager in ihr zurückgelassen hatte.

»Wenn ich in meine Welt zurück will, was müsste ich dann tun?«

Matani zog die Stirn kraus und versuchte, sich an die Legenden von den Weltenwechslern zu erinnern.

»Es gibt Orte, da sind die Grenzen dünn. Orte von alter Macht. Dennoch braucht es Magie, eine ganz besondere Form von Magie, glaube ich.« Sie zuckte mit den Schultern und fuhr unsicher fort: »Es gibt Geschichten darüber. Menschen, die die Grenzen der geteilten Welt überwanden, als wären sie gar nicht da. Aber das ist alles sehr lange her. Bevor die Magatai zu uns kamen. Ich weiß darüber nicht allzu viel.«

»Wie haben es die Magatai angestellt, mich hier herüberzuholen?«

»Mit sehr starker Magie, glaube ich. Mit mehr, als einer allein wirken kann. Und dass sie es im Gräsermeer getan haben, bedeutet vermutlich, dass es an genau dem Ort sein musste. Außerdem hatten sie natürlich Hilfe von deinem Begleiter.«

»Sie haben mir auch einen anderen Botschafter geschickt«, erklärte Tom grübelnd. »Einen seltsamen Mann, der immer im Nebel war. Er hat mir gesagt, dass ich zwei Münzen brauche, eine von hier und eine aus meiner Welt, wenn ich das richtig verstanden habe.«

Es war kein Mann, erklang plötzlich die Stimme des Raben in ihren Köpfen. Matani fragte sich, ob es für Tom wohl seltsam war, seinen Begleiter auf diese Art sprechen zu hören. Immerhin war er ein ziemlich geschwätziger Rabe und kein so ruhiges Tier wie ihre Füchsin. *Sie konnten niemanden zu dir hinüberschicken. Es wäre viel zu aufwendig gewesen.*

»Was war es dann?«, erkundigte sich Tom.

Ein geistiger Bote. Durch unsere Verbindung gesandt. Kein Lebewesen, sondern Worte, die Gestalt angenommen haben.

Du hast ihnen in deiner Welt eine Form gegeben. Deshalb wusste die Gestalt auch deinen Namen, kannte deine Gedanken und deine Ziele.

»Boah, die haben mein Gehirn manipuliert?«

Ein wenig, aber sie hatten keinen großen Einfluss darauf. Sie haben dir auf die Weise nur eine Nachricht gesandt und gehofft, dass du darauf reagierst. Was du ja auch getan hast. Allerdings erst, als ich mitgemischt habe, schloss der Rabe, nun wieder in einem selbstgefälligen Ton.

»Ja, danke noch mal dafür, dass du mich hierhergeholt hast, wo Leute in krassen Killerrüstungen mir die Rübe abschlagen wollten. Super Plan, echt.«

Pft. Es war nicht richtig, dass wir getrennt waren. Jetzt ist es viel besser.

»Für dich vielleicht, du vorlautes Federvieh!«

Der Rabe, der ein wenig abseits von ihnen im Gras versteckt gesessen hatte, krächzte vorwurfsvoll, flatterte auf und flog davon.

Du wirst es noch verstehen!

»Er muss immer das letzte Wort haben, wie?«, fragte Matani.

Die Empörung verschwand aus Toms Gesicht, und er grinste. »Ja, keine Ahnung, wieso.«

»Er ist dir ähnlich«, erklärte sie. »Eigentlich seid ihr gemeinsam eins.«

»Was? Ich und der vorlaute Vogel sind uns ähnlich? Ich zwinge andere Leute nicht, einfach die Grenze zwischen zwei Welten zu überschreiten. Oder einer, die geteilt ist. Was weiß ich.«

»Ihr seid euch ähnlich, ganz sicher.«

»Nein.«

»Doch.«

»Nein!«

Tom verschränkte die Arme vor der Brust. Matani kicherte.

»Was ist so lustig?«

»Auch du musst immer das letzte Wort haben. Siehst du?«

Schwärzer als Schwarz

»Bist du fertig? Der Sar'thosa wartet.« Als Alex die schneidende Stimme vom Eingang hörte, fuhr er herum. Ajun hatte sich vor Jarkas verneigt und sah mit gesenktem Kopf zu Boden.

Alex fühlte sich nach seinem Blick aus dem Fenster wie betäubt. Dennoch gelang es ihm, »Ja« zu murmeln. Der gerüstete Mann musterte ihn von Kopf bis Fuß und nickte dann, scheinbar zufrieden. »Gehen wir.«

Ajun schien wie zu Stein erstarrt. Bis Alex und sein Begleiter das Zimmer verlassen hatten, rührte er keinen Muskel.

Sie betraten einen breiten Flur, der mit bunten Mosaiksteinen ausgelegt war. Viel Zeit, um auf seine Umgebung zu achten, blieb Alex allerdings nicht. Jarkas schritt rasch voran, und Alex folgte ihm, noch immer wie benommen von der Entdeckung, die er eben gemacht hatte.

Einige unverglaste Fensteröffnungen gingen auf die Straße hinaus, und ein flüchtiger Blick zeigte Alex, dass er sich den Moment im Schlafzimmer nicht nur eingebildet hatte: Alynth konnte sich unmöglich auf derselben Welt oder in derselben Zeit befinden wie die Stadt Berlin, in die er eigentlich gehörte und an die er sich noch bestens erinnerte. *Fuck.*

»Wir sind da.«

Alex wäre beinahe in Jarkas hineingerannt, der abrupt stehen geblieben war, was Alex, in Gedanken verloren, nicht bemerkt hatte.

Der Gerüstete hob die Hand, um an eine weitere massive Holztür zu klopfen.

»Ja«, ertönte es von drinnen.

Jarkas trat einen Schritt zurück. »Los, rein mit dir«, zischte er.

»Du kommst nicht mit?«, entgegnete Alex zögerlich, der sich gerade fragte, was ihn wohl hinter dieser Tür erwarten mochte. »Wie heißt er noch mal? Der Sar… – was?«

Jarkas schüttelte fassungslos den Kopf. »Er ist der Sar'thosa. Und er wartet nicht gern. Los jetzt, geh schon.«

Alex schluckte und drückte die schmiedeeiserne Klinke hinunter. Dann schob er die schwere Tür auf und betrat den Raum, der dahinter lag.

Dieser war überraschend groß, eher wie ein Saal. Die hohen Decken, die von schmalen Steinsäulen getragen wurden, verstärkten den Eindruck noch. Im Raum war es überraschend kühl; verzierte Holzläden bedeckten die hohen Fenster. Ein großer, hölzerner Tisch nahm beinahe die gesamte Länge des Raumes ein. An der Tafel hätten ohne

Schwierigkeiten dreißig oder vierzig Leute Platz gefunden, aber nur ein einziger Mann saß am Kopfende.

Er blickte von einem Schriftstück auf, das er wohl gerade gelesen hatte, als Alex eintrat.

Sobald Alex' Augen sich wieder an das Dämmerlicht gewöhnt hatten, musterte er seinen Gastgeber. Der Mann war nicht mehr jung, aber auch noch nicht alt. Sein dichtes schwarzes Haar mit einigen grauen Strähnen darin war zu einem Zopf zurückgebunden. Sein Gesicht war schmal und kantig. Eine dünne, blasse Narbe zog sich vom Kinn am Hals entlang. Sein Blick aus beunruhigend hellen, silbergrauen Augen ruhte auf Alex.

Der Mann trug eine schwarze Rüstung von ähnlicher Machart wie Jarkas' Panzer, nur viel verschnörkelter, detailreicher und kunstvoller. *Schwarz* schien irgendwie eine Untertreibung zu sein; es war vielmehr so, als ob die Farbe alles Licht verschluckte, das sie umgab.

Schwärzer als schwarz, fuhr es Alex durch den Kopf. Er konnte sich kein Metall vorstellen, aus dem diese Rüstung gefertigt sein mochte. Ohne dass er es sich hätte erklären können, ließ der Anblick ihm einen kalten Schauer über den Rücken laufen.

Von seiner ersten Einschätzung her vermutete Alex, dass dieser Typ dem Alten ziemlich ähnlich war – mindestens genauso skrupellos und beängstigend gut darin, Leute zu durchschauen.

Angriff ist die beste Verteidigung, dachte er und zwang sich zu einem Lächeln. »Sar'thosa«, sagte er und betete im Stillen, dass er den Titel richtig aussprach. »Du wolltest mich sprechen?«

Der Mann streckte die Hand aus. »Setz dich.«

Alex kam dem Befehl nach und ließ sich auf einem Stuhl in der Mitte der Tafel nieder.

»Dein Name ist Alex?«

»Ja. Alexander, eigentlich, aber das sagt niemand.«

»Ich habe lange auf dich gewartet, A-lex-ander.« Der Mann zog die Silben weit auseinander, als sei er mit dem Namen nicht vertraut. »Es ist gut, dass du nun endlich hier bist. Die Magatai brauchen dich, jetzt vielleicht dringender denn je zuvor.«

Alex fühlte den Blick der seltsamen Augen auf sich ruhen, und er hatte das Gefühl, als könnte der Mann direkt in ihn hineinsehen. »Leider ist es so«, begann er stockend, »dass ich mich kaum daran erinnern kann, wie ich hierhergekommen bin.«

Der Sar'thosa zuckte mit den Schultern. »Das ist wohl normal. Um den Übergang zu bewerkstelligen, braucht man mächtige Magie, und darauf reagiert jeder anders. Du hast vielleicht dein Gedächtnis verloren, aber ich vermute, dass die Erinnerungen zurückkehren werden. Falls sie es nicht tun, ist es nicht wichtig. Dein altes Leben zählt hier nichts mehr.«

Alex' Gedanken rasten. *Mächtige Magie? Mein altes Leben?*

Doch bevor er den Mund aufmachen konnte, um zu widersprechen, hob der Sar'thosa gebieterisch die Hand. »Ich habe dich hierhergerufen, weil du über Macht verfügst. Eine Macht, die ich brauche, um einen Krieg zu gewinnen.«

»Macht … über die *ich* verfüge?«, fragte Alex schwach.

»Ich weiß nicht genug über deine Seite der geteilten Welt, um erahnen zu können, was man dir dort bereits beigebracht hat, aber das werden wir schnell herausfinden. Noch magst du unausgebildet sein, doch wir werden gleich morgen mit dem Training beginnen. Jarkas wird dein Lehrer sein. Und ich werde deine Fortschritte genau beobachten.«

Obwohl ihm das ganze Gespräch von Minute zu Minute absurder erschien, nickte Alex. Der Typ sah einfach nicht aus wie einer, mit dem man diskutieren sollte.

Lächeln, nicken, »Du kannst mich mal« denken. Dieses Spiel habe ich jahrelang gespielt, sagte er sich selbst. *Das kann ich auch weitermachen.*

»Wo ist dein Begleiter?«, fragte sein Gegenüber unvermittelt.

»Mein was?«

»Dein Seelentier.« Bei diesen Worten steckte der Sar'thosa die Hand unter den Tisch. Erst jetzt bemerkte Alex, dass zu Füßen des Mannes eine gewaltige schwarze Raubkatze lag. Ein Panther. Er hatte so still dagelegen, dass Alex ihn zuvor gar nicht bemerkt hatte. Jetzt hob er den Kopf, und Alex konnte seine schmalen, bernsteinfarbenen Augen erkennen. Der Panther rieb seinen gewaltigen Kopf an der Hand seines Herrn, die ihn kraulte, dann stieß er ein tiefes Knurren aus.

Alex' Herzschlag setzte für einen Moment aus, und er musste mit aller Gewalt den Wunsch unterdrücken, aufzuspringen. *Verdammt, noch abgedrehter geht's ja wohl gar nicht.*

Mit möglichst ausdrucksloser Miene schüttelte Alex den Kopf. »Ich erinnere mich an … kein Seelentier.«

»Nun, *diese* Erinnerung wird wiederkommen«, versicherte ihm der Sar'thosa. Er stand unvermittelt auf, so als habe er ein Geräusch gehört, das Alex jedoch entgangen war. »Geh jetzt.«

Alex erhob sich und wollte schon zur Tür gehen, als ihm plötzlich noch etwas einfiel. »Was ist mit Ajun?«

»Wenn du ihn haben willst, gehört er dir«, sagte der Sar'thosa mit einem Achselzucken. »Er ist nur ein Sklave. Wenn du mehr Diener brauchst, lass es Jarkas wissen.«

Alex war froh, als die mächtige Tür wieder hinter ihm ins Schloss fiel. Wenn er es genau nahm, wirkte dieser Typ mit seinem zentnerschweren Panther noch um etliches unangenehmer als der Alte. *Möchte ja nicht wissen, was passiert, wenn der ausrastet.*

Da weit und breit gerade niemand zu sehen war, überlegte Alex, ob er wirklich direkt zu dem Zimmer zurückkehren sollte, in dem er aufgewacht war. Dann entschied er sich dagegen. Niemand hatte ihm verboten, sich hier ein bisschen umzuschauen, oder? Und jede zusätzliche Orientierung war besser als keine.

Er wanderte den Flur hinunter, bis er zu einer breiten Steintreppe gelangte, die ihn ein Stockwerk tiefer führte. Auf dem Flur, in den sie mündete, waren, anders als im oberen Stockwerk, jede Menge Leute unterwegs. Frauen und Männer balancierten Körbe oder Flaschen auf dem Kopf, andere hasteten mit Pergamentrollen oder irgendwelchen Gerätschaften in der Hand durch den Gang. Die meisten waren zu beschäftigt, um sich um ihn zu kümmern, aber einige starrten ihn auch ganz ungeniert an. Wenn sie seinen Blick bemerkten, verbeugten sie sich rasch. Manche murmelten auch etwas zur Begrüßung.

Alex hatte keine Ahnung, was er erwidern sollte. »Hi« kam schon mal nicht infrage, aber er konnte sich auch nicht an das Wort erinnern, das Ajun ihm gegenüber benutzt hatte.

In Alex' Kopf kreisten noch immer die Worte des Sar'thosa. *Man braucht mächtige Magie.* Magie. Natürlich kannte er Magie. Jedes zweite Computerspiel, das er je gespielt hatte, arbeitete mit Magie. Spruch auswählen, klicken, zack: Feuerball. Ob der Mann wirklich so etwas gemeint haben konnte? Galten hier andere Naturgesetze?

Erst als er um eine Ecke bog und in eine junge Frau hineinrannte, die einen Armvoll Holzscheite vor sich hertrug, wurde ihm seine Umgebung wieder bewusst. Ein Teil der Scheite fiel auf die Erde, und sie gab etwas von sich, was sich für Alex wie ein Fluch anhörte. Dann sah sie ihn an. Ihre Augen weiteten sich vor Schreck, und sie verneigte sich fast bis zum Fußboden.

»Namikas, Herr«, stotterte sie, »bitte verzeih mir.«

»Namikas«, wiederholte Alex freundlich. »Kein Problem, ich hab nicht aufgepasst, und du kannst ja nicht auf deine Füße achten bei dem ganzen Kram, den du da schleppst. Brauchst du Hilfe?«

Das Mädchen schüttelte beinahe entsetzt den Kopf. Sie bückte sich rasch, hob einige der Scheite auf, die sie hatte fallen lassen, und stürzte an ihm vorbei und davon.

Okay, Leute kennenzulernen ist hier auch ein bisschen schwieriger.

Als er weiterging, bemerkte er, dass er Hunger hatte. Eigentlich war ihm schon ganz flau im Magen, so als ob er seit Tagen nichts gegessen hätte. Den nächsten Menschen, den er traf, einen alten Mann mit kahlem Schädel, fragte er nach dem Weg zur Küche.

»Folge mir, Herr«, forderte dieser ihn auf, und Alex trabte dem Alten hinterher, bis der sich vor einem offenen Raum von ihm verabschiedete, aus dem Alex eine gewaltige Hitzewelle entgegenschlug.

Die Küche war riesig. Auf gemauerten Feuerstellen standen gigantische Töpfe. Jungen und Mädchen verschiedener Altersstufen waren damit beschäftigt, Berge von Gemüse zu putzen. *Wenigstens das Essen sieht ganz normal aus,* dachte Alex und spürte einen Stich im Magen.

In der Gluthitze der Küche wurde ihm ganz schummrig. Er griff haltsuchend nach der Wand, als ihn plötzlich jemand am Arm berührte.

»Herr, was machst du hier?«, fragte Ajun.

»Du«, murmelte Alex schwach. »Ich wollte mir was zu essen holen.«

Ajun sah ihn an, als ob er es mit einem Schwachsinnigen zu tun hätte. »Herr, ich bringe dir Essen, wenn du hungrig bist. Was möchtest du? Brot? Wein? Käse? Obst?«

»Klingt alles super. Aber ich glaube, ich muss hier raus.«

Ajun fasste ihn am Arm und bugsierte ihn eine Treppe hinunter und in einen Innenhof.

Nach der überhitzten Küche war dieser Ort eine echte Wohltat. Bäume spendeten Schatten, und in der Mitte des Hofes liefen zwei parallele Wasserrinnen entlang, die für

Kühlung sorgten. Auf Ajun gestützt, ließ Alex sich auf eine steinerne Bank nieder.

»Ich komme gleich wieder, Herr«, versicherte ihm Ajun und lief wieder ins Haus. Es dauerte einige Zeit, aber dann kam der Junge mit einem Tablett zurück, das über und über beladen war. Er stellte einen Teller vor Alex hin und legte ihm Brot und Stücke einer Frucht darauf, die Alex zwar nicht erkannte, die aber süß und nach Zitrus schmeckte. Von dort aus arbeitete er sich über den Käse und Kostproben diverser Fleischpasteten bis zu einem unglaublich süßen kleinen Kuchen vor. Unterdessen füllte Ajun einen Becher mit Wasser und einen zweiten mit einem hellen Wein.

Nachdem sein erster Hunger gestillt war, nahm Alex einen Schluck aus dem Weinbecher. Der Alkohol schien ihm direkt zu Kopf zu steigen und sorgte dafür, dass der sich zum ersten Mal an diesem Tag angenehm leicht anfühlte.

»Willst du gar nichts?«, fragte Alex Ajun, während er sich noch eine Kirsche in den Mund steckte.

Der Junge schüttelte den Kopf. »Das ist dein Essen, Herr.«

Alex betrachtete ihn kopfschüttelnd. »Das ist viel mehr, als einer überhaupt essen kann. Und ich bin pappsatt. Also – hau rein.«

Wieder schüttelte Ajun den Kopf, diesmal noch deutlicher als zuvor. »Ich darf in deiner Gegenwart nicht essen.«

Alex zog die Augenbrauen hoch. »Und wann isst du dann?«

»Später, in der Küche, mit den anderen …«

»Sklaven«, fiel Alex ihm ins Wort, dem gerade das Gespräch mit dem Sar'thosa wieder einfiel. *Er hat gesagt, Ajun sei nur ein Sklave.* Mein *Sklave, um genau zu sein.*

»Du bist echt mein … Diener?«, fragte Alex den Jungen.

Ajun nickte.

»Heißt das, du würdest alles tun, was ich dir auftrage?«

»Natürlich, Herr. Alles.«

Alex nahm noch einen Schluck von dem Wein. Das hier war echt zu abgefahren. »Hüpf über den Hof«, forderte er den Jungen auf.

Ajun stand auf, neigte leicht den Kopf und begann zu hüpfen. Er fuhr so lange fort, bis ihm das Hüpfen offenkundig schwerer und schwerer fiel. Aber obwohl er beinahe umkippte, hörte er erst auf, als Alex rief: »Ist ja gut, komm her und setz dich wieder.«

Der Junge leistete auch diesem Befehl sofort Folge. Alex sah ihn neugierig an. *Er müsste doch verdammt sauer auf mich sein.* Aber da war nichts in Ajuns Augen, keine Wut, kein Hass und auch keine Fragen.

»Wie kommt das? Ich meine, wieso bist du …«

»Ein Sklave, Herr? Meine Familie gehört zu den Kianad. Die Magatai haben sie schon vor langer Zeit unterworfen. Nun müssen wir ihnen dienen.«

»Aber ich bin kein Magatai, wer immer die so genau sind. *Mir* müsstest du also nicht dienen.«

Der Junge legte den Kopf schief und sah ihn an, als wollte er abschätzen, ob Alex ihn gerade auf die Probe stellte. »Natürlich bist du ein Magatai, Herr.«

Es erschien Alex sinnlos, noch mal zu widersprechen.

»Es gab hier also so eine Art Krieg, ja?«, fragte er stattdessen.

Ajun nickte. »Es herrscht immer noch Krieg. Viele Völker wehren sich gegen die Armee des Sar'thosa, aber sie werden alle nach und nach besiegt.«

»Wenn sie sowieso alle besiegt werden, warum bin ich dann angeblich so wichtig für ihn?«

»Du bist von der anderen Seite gekommen, Herr, aber du wurdest hier geboren.«

Ich soll hier geboren worden sein? Das stimmt doch vorne und hinten nicht. Alex kannte seine Geburtsurkunde. Er war im Elisabeth-Krankenhaus in Berlin-Schöneberg auf die Welt gekommen.

»Das kann nicht sein, Ajun«, erklärte er leise. »Ich bin nicht von … hier.«

»Doch«, widersprach ihm Ajun. »Du hast die Grenze der geteilten Welt überwunden. Das könntest du sonst nicht. Magatai wie du sind sehr selten, Herr, weil sie große Macht haben. Das sagen alle. Deshalb sind sie für den Sar'thosa wichtig. Das ist der Lauf der geteilten Welt.«

Alex pfiff durch die Zähne. Ob es an dem Wein lag oder an der Wärme oder an dem ganzen verdammten Tag – im Moment wusste er nicht, ob er lachen oder weinen sollte.

Sagen wir einfach, das hier ist wirklich eine fremde Welt. Wie Azeroth *oder so. Durch irgendeinen Zufall bin ich hierhergeraten. Und die Leute hier halten mich für jemand anders, als ich bin.*

Aber das bedeutet auch, dass es irgendeine Verbindung zu meiner eigenen Welt geben muss, oder?

»Ajun, wenn ich über eine Grenze hergekommen bin, dann muss die ja irgendwo sein. Kann ich wieder zurückgehen?«

Der Diener sah ihn aus seinen dunklen Augen an. Alex hätte nicht sagen können, ob der Junge sich über ihn amüsierte oder ob er ihm leidtat.

»Nein, Herr«, sagte er schließlich. »Du kannst nicht mehr zurück.«

Von Raben und Menschen

Tom legte den Kopf schief und sah den Raben an. »Mir platzt echt langsam der Schädel«, murmelte er. »Eine geteilte Welt. Und ich bin seit einer Ewigkeit der Letzte, der hier herübergekommen ist. Das ist ganz schön heavy, weißt du?«

Der Rabe, der auf einem flachen Gatter saß, das Matanis Stamm dazu benutzte, die Pferdeweiden abzugrenzen, stieß ein Keckern aus.

Stimmt, sagte er spöttisch. *Soo besonders bist du ja gar nicht, oder?*

Noch bevor Tom dem Raben die Meinung sagen konnte, flog der schwarze Vogel bereits davon und ließ ihn allein zurück.

Tom lief jetzt schon eine ganze Weile ruhelos über die Weiden und durch das Zeltdorf und versuchte darüber nachzudenken, was Atin, Matani und ihr Vater ihm erklärt hatten. Zuerst hatten ihn fast alle von Matanis Leuten ziemlich seltsam angesehen, aber mittlerweile schienen sie sich an seinen Anblick gewöhnt zu haben und gingen einfach weiter ihren Beschäftigungen nach, wenn Tom an ihnen vorüberlief.

Als er ungefähr seine zwanzigste Runde durch das Dorf drehte, erkannte Tom plötzlich Atin, der auf einem Stapel Zeltplanen saß und sein Gesicht in die warme Nachmittagssonne hielt. Ob er sich gerade erst dort hingesetzt hatte oder ob er ihn vorher einfach nicht bemerkt hatte, hätte Tom nicht zu sagen gewusst. *Wenn es hier überhaupt jemanden gibt, der mehr darüber weiß, wer ich bin und was das alles zu bedeuten hat, dann ist das Atin,* dachte Tom. Er näherte sich dem alten Mann und sah ihn fragend an. *Matani und ihr Vater haben ihn mit großem Respekt behandelt. Ob ich ihn einfach so ansprechen kann?*

Atin sah ihn an und nickte: »Ja.«

»Ja?« Tom war völlig perplex. Konnte der alte Mann seine Gedanken lesen?

»Falls du dich fragst, ob ich bereit bin, weiter mit dir über die geteilte Welt zu reden, lautet die Antwort ›Ja‹«, erklärte Atin.

»Wussten Sie das wegen Ihrer Magie?« Die Frage war ausgesprochen, noch bevor Tom sie sich richtig überlegt hatte.

Der Alte lachte. »Nein, dafür brauche ich keine Magie. Nur ein bisschen Menschenkenntnis. Also, was willst du wissen?«

»Sie haben gesagt, dass mein, hm, mein Gefährte meine Verbindung zur Magie ist?«

»Ja.«

Tom sah Atin erwartungsvoll an, aber der Alte sagte nichts weiter.

»Und was bedeutet das?«

»Du hast Magie in dir.«

»Das habe ich schon gemerkt. Als wir angegriffen wurden, habe ich mich verteidigt, ohne zu wissen, was ich eigentlich gemacht habe. Matani sagte, dass das Magie war.«

»Jeder hat Magie in sich. Die einen mehr, die anderen weniger. Es ist so, wie der Endlose Himmel und die Ewige Erde es für richtig halten. So wie einige schneller laufen und andere weiter springen. Du bist ein Jogashi, ein Weltenwanderer. Du musst über starke Magie verfügen, sonst könntest du nicht hier sein.

Jeder kann den Gebrauch von Magie erlernen. Aber wie stark man im Umgang mit der Magie werden kann, wissen nur der Himmel und die Erde. Diejenigen, denen eine große Grundmenge an Magie gegeben wurde, haben oft einen Gefährten. Es ist ein Ausdruck ihrer Kraft, verstehst du?«

»Ehrlich gesagt: nein. Soll das heißen, der Rabe ist nicht echt? Nur so eine Art Illusionszauber oder so?«

»Nein, er ist echt. Eure Seelen sind verbunden. Es ist die Magie deiner Seele, die ihn stärkt und ihm seine Gedanken und seine Sprache verleiht. Viele Menschen und Elfen haben etwas Ähnliches, aber bei den meisten ist es nur ganz schwach ausgeprägt. Sie haben eine Verbindung zu einem Tier, aber es kann nicht mit ihnen sprechen. Und dennoch wissen sie, was es fühlt und denkt, sie können es verstehen, weil ihre Seelen verbunden sind.«

»Und warum ist ausgerechnet ein vorlauter Rabe mein Begleiter?«

Der vorwurfsvolle Ton ließ den Alten lachen. »Wir glauben, dass der Endlose Himmel und die Ewige Erde es so einrichten, dass die Gefährten der Seele entsprechen.«

Darüber musste Tom erst einmal nachdenken. *Der Rabe entspricht meiner Seele? Und ich dachte, Matani wollte mich bloß foppen.*

Er versuchte sich zu erinnern, was seine Freunde ihm auf Facebook über Raben erzählt hatten, nachdem er begonnen hatte, über seine seltsamen Begegnungen mit den Vögeln zu schreiben. »Gelten Raben nicht auch als schlau? Irgendwer hat mir erzählt, dass Raben Todesvögel sind. Aber ich habe auch im Netz gelesen, dass sie bei Odin zwei kluge Vögel waren, der Gedanke und die Erinnerung, oder so ähnlich.«

»Raben sind die Bringer von Veränderung«, meldete sich Matani zu Wort, die plötzlich hinter Tom aufgetaucht war. Auf ihren Schultern trug sie ein kleines Mädchen huckepack, das sie jetzt packte, über ihren Kopf hob und auf den Boden setzte.

»Dein Pferd ist müde«, sagte Matani der Kleinen. »Jetzt musst du wieder zu Fuß gehen.«

»Mag nicht Fuß gehen.« Das Mädchen zog eine Schnute, lief dann aber doch rasch los und verschwand in einem der Zelte.

»Raben kündigen Wandel an, im Großen wie im Kleinen«, fuhr Matani fort. »Vielleicht auch den Tod. Sie sind die Botschafter des Endlosen Himmels, denn sie können viele Sprachen lernen. Während Adler die Größe und Stärke des

Himmels zeigen, sind Raben seine Schläue und List. Es heißt, dass Raben sehr treu sind und einen niemals verraten oder verlassen, wenn sie ein Band geknüpft haben. Wenn Mann und Frau aus verschiedenen Stämmen heiraten, dann wird der Segen der Raben herabgerufen, und beide opfern ihnen ein Tier.«

»Ziemlich irre«, entfuhr es Tom. Matani und Atin wechselten einen Blick, kommentierten den Ausdruck aber nicht.

»Warum bist du hier?«, fragte Atin, ohne Tom dabei anzusehen.

»Das weiß ich nicht«, gestand er. »Der Rabe hat gesagt, dass die Magatai mich gerufen haben. Aber er hat nicht gesagt, warum.«

Der Alte brummte und rieb sich sein stoppeliges Kinn.

»Ich verstehe das nicht«, redete Tom weiter. »Sie haben versucht, mich umzubringen. Warum sollten sie mich mit solchem Aufwand rufen, nur um mich dann zu töten?«

»Vielleicht weil du eine Gefahr für sie bist?«, vermutete Matani. »Wenn du von dir aus in diese Welt gekommen wärst, hätten sie dich suchen müssen. So konnten sie sichergehen, dass du ihnen in die Hände fällst – und dich dann töten.«

Ein kalter Schauer lief Tom über den Rücken. Er musste an sein Zuhause denken. Bislang hatte er geglaubt, dass der Alte das Übelste war, was einem passieren konnte. Er hatte nicht ganz recht damit gehabt. Der Alte war schlimm, aber von einer fremden, magiebegabten Macht gejagt zu werden, die einen umbringen wollte, das war deutlich schlimmer.

»Das erscheint mir nicht stimmig«, stellte Atin fest. »Sie haben viel getan, um Tom hierherzuholen, und dann hat er ihnen entkommen können …«

»Das lag bestimmt nicht in ihrer Absicht«, fiel Matani ihm ins Wort.

»Es steckt mehr dahinter«, fuhr der Alte fort. »Wir sehen nur den Rauch, nicht das Feuer. Aber es brennt irgendwo, und wir müssen mehr erfahren. Es muss einen bedeutenden Grund geben, warum ein Jogashi hier ist. Die Nachrichten, die der Wind zu uns bringt, sind beunruhigend. Die Magatai schicken Reiter ins Gräsermeer. Sie bauen Holzhäuser und Steinhäuser, immer weiter weg von den Wassern. Isfar sagt, dass immer mehr mit großen Schiffen kommen.«

»Isfar.« Matani spie den Namen aus. »Sein Wort ist nichts wert.«

Tom lehnte sich zu Matani und fragte leise: »Wer ist Isfar?«

»Er ist der Anführer eines Stammes. So wie mein Vater der Anführer unseres Stammes ist.«

»Und warum mag ihn niemand?«

»Isfar ist ein Eidbrecher. Er hat sein Wort auf heiligem Grund gegeben und es dann gebrochen. Niemand kann ihm mehr vertrauen.«

Tom schwieg. Er und die anderen zu Hause hatten oft genug gelogen. Aber das würde er jetzt ganz sicher niemandem auf die Nase binden.

»Also wissen wir nicht, warum die Magatai dich geholt haben«, fasste Matani zusammen.

Sie wollen, dass du einen Krieg für sie gewinnst, erklang die Stimme des Raben in Toms Kopf, gefolgt von einem herzhaften mentalen Gähnen. *Du bist dazu ausersehen. Du bist der Weltenwechsler, der ihre Armeen zum Sieg führen soll.*

Die Lichtkugel wuchs langsam. War sie zunächst nur so groß wie eine geschlossene Faust gewesen, hätte Tom nun schon beide Arme gebraucht, um sie zu umfassen. Sie war nicht hell, eher wie eine gedimmte Lampe, aber trotzdem musste er blinzeln, als er sie ansah.

»Konzentrier dich.«

Er brauchte den Hinweis nicht, denn er konnte spüren, wie ihm die Kontrolle entglitt. Für einen kurzen Moment schloss er die Augen und blendete alles aus, was um ihn herum war. Den Duft nach Essen, den Geruch der Pferde und die Geräusche der Menschen im Lager, die sich auf die Nacht vorbereiteten.

Es funktionierte. Die Sinneseindrücke wurden weniger und weniger, bis es nur noch ihn und das Licht gab. Er sah es gedämpft durch seine geschlossenen Lider. Er öffnete die Augen und schaute direkt in ein schmerzhaft helles Glühen.

»So ist es gut«, lobte Matani. Hinter Tom knurrte Resk, und es klang viel weniger erfreut. Tom hätte gern geantwortet, aber er konnte nicht. Die Kugel aus reinem Licht benötigte seine ganze Aufmerksamkeit. Er senkte den Blick, und bunte Nachbilder tanzten vor seinen Augen. Aber noch immer wurde das Licht heller.

»Kannst du spüren, wie die Kraft durch dich wandert?«

Tatsächlich konnte er das fühlen. Es war wie ein Strom, der seinen ganzen Körper erfasst hatte. Er floss von seinen Zehen in die Beine, hoch bis in die Brust, senkte sich aus seinem Kopf herab, drang mit Macht in seine Arme und verließ seinen Körper durch die Fingerspitzen. Es war ein atemberaubendes Gefühl, wie er es noch nie zuvor erlebt hatte.

Die Kugel wurde größer und größer, je mehr Kraft er in das Gebilde sandte. Matani hatte ihm gezeigt, wie er ihr Form geben konnte.

»Vorsichtig«, ermahnte sie ihn. »Nicht zu schnell.«

Aber Tom konnte spüren, dass er noch mehr konnte. Solange es ihm gelang, sich auf das Licht zu konzentrieren, konnte er es heller machen und größer, konnte er es vielleicht sogar wandern lassen oder ihm andere Formen als die einer Kugel geben. Er lenkte noch mehr Kraft durch seinen Körper und wurde mit einem noch grelleren Leuchten belohnt, das sogar in den Augen brannte, wenn man sie abwandte.

Unter diesem Ansturm von Magie begannen seine Hände zu zittern, und er spürte, wie ihm Schweiß über das Gesicht lief. Es war so anstrengend, als würde er rennen. Aber anders als beim Laufen hatte er das Gefühl, dass er einfach immer weitermachen könnte.

»Hör besser auf«, bat Matani, aber Tom sandte stattdessen noch mehr der Kraft in die Kugel, die nun das halbe Zelt ausfüllte. Trotz der Helligkeit war es im Inneren kaum wärmer geworden, obwohl das Licht sicher so kräftig strahlte wie eine 100-Watt-Glühbirne.

Als dieser Gedanke in seinem Kopf Raum gewann, schwand die Aufmerksamkeit, die er der Kugel schenkte. Der Fluss der Magie kam ins Stocken, er konnte sie nicht mehr kontrollieren, und sie verschwand.

Die Lichtkugel fiel in sich zusammen und war beim nächsten Herzschlag einfach weg. Toms Hände sanken in seinen Schoß, ein Kribbeln lief von seinen Fingerspitzen bis in seine Schultern, und es fühlte sich an, als habe er stundenlang Gewichte gestemmt.

»Tut mir leid«, murmelte er. »Ich weiß nicht, was passiert ist.«

»Das war sehr, sehr gut«, erklärte Matani. »Ich meine, für deinen ersten Versuch.«

»Ich seh immer noch bunte Flecken«, brummte Resk missmutig und setzte sich neben ihn. »Ihr und eure dämliche Magie.«

Der Troll rieb sich mit Daumen und Zeigefinger über die Augen. Noch immer erwartete Tom, ein Knirschen zu hören, wenn dieses urige Wesen sich bewegte, als ob Fels über Fels scheuern würde, aber Resk sah nur aus, als ob er aus Stein wäre, ohne es zu sein. Noch bevor sie mit ihren Versuchen begonnen hatten, hatte Tom herausgefunden, dass Trolle keine Magie nutzten und ihr auch ziemlich misstrauisch gegenüberstanden.

»Die Kraft, die du in dir gefühlt hast, stammt aus dem Licht selbst. Es gibt viele Quellen der Magie, und am einfachsten ist es immer, eine zu benutzen, die du direkt nutzen kannst. Die Erde, wenn du Kraft brauchst, um zu laufen, oder das Licht des Mondes, wenn du eine Leuchte brauchst.« Matani ließ sich ihnen gegenüber auf die Knie nieder und strich mit der Hand über den Teppich auf dem Boden. »Mir selbst fällt es am leichtesten, die Kraft aus der Erde zu ziehen. Das ist bei uns im Stamm nicht ungewöhnlich. Du indes scheinst eine natürliche Begabung zu haben, das Licht der Sonne zu nutzen.«

»Wow, so wie Fotosynthese?«

Tom war stolz, dass er sich daran erinnerte, obwohl Biologie nicht gerade sein Lieblingsfach gewesen war. Aber Matani sah ihn nur verständnislos an.

»Na, wie Pflanzen«, versuchte er zu erklären. »Das ist das mit dem Chlorophyll, deswegen sind Pflanzen doch grün.«

»Sind sie doch gar nicht alle«, gab Resk zu bedenken. »Das ganze Gras da draußen ist mehr gelb, und bei mir zu Hause gab es blaue Heilkräuter.«

»Äh, so genau weiß ich nicht, ob blaue Kräuter auch Chlorophyll haben. Aber alle Pflanzen brauchen Sonne, oder? Ist ja auch egal. Das war eh nicht mein Lieblingsthema in Bio. Das mit den Bienen und den Blumen war viel …« Er sah Matanis Blick und wurde rot. »… lehrreicher«, schloss er lahm und räusperte sich. Er wollte schnell etwas sagen, um das Thema zu wechseln, aber ihm wollte partout nichts einfallen, und natürlich hatte Matani bemerkt, dass er mit seinen eigenen Worten nicht glücklich war.

»Blumen? Bienen?«

»Ach, das ist nichts.« Tom winkte ab und hatte eine Idee. »Wir haben da nur in der Schule so Sachen gelernt. Wie man Honig gewinnt.«

»Ich mag Honig«, ließ Resk sich vernehmen. »Bei mir zu Hause gab es Hügeltrolle, die Honig gesammelt haben. Bei den Magatai gab es so was nicht.« Der Troll klang ehrlich betrübt.

Dankbar ergriff Tom die Möglichkeit, das Thema zu wechseln: »Die Magatai ... Wie ist das bei denen mit der Magie?«

Matani rümpfte die Nase. »Sie beherrschen vor allem die Macht der Dunkelheit. Durch sie gewinnen sie an Kraft. Damit lassen sich Zauber wirken, die gefährlich sind, kalt und tödlich. Aber wie du ja schon weißt, rauben die Magatai auch anderen ihre Kraft, um sie für sich zu nutzen. Sie nehmen ihren Opfern das Leben, um ihre eigene Magie zu stärken. Sie wirken sehr mächtige Zauber, und die stärksten der Schwarzen Herren sind die stärksten Magier der geteilten Welt.«

»Das sind ja wirklich ganz nette Typen«, stellte Tom finster fest. »Was heißt das: Sie ziehen ihre Kraft aus der Dunkelheit? Sind sie bei Tageslicht dann schwach?«

»Nein. Man kann die Kraft in sich aufnehmen und in sich behalten. Sie ist nicht nur da, wenn man Kontakt zu ihrer Quelle hat. Auch wenn ich jetzt den Erdboden nicht berühre, trage ich doch noch seine Kraft in mir.«

Sie hob eine Hand und blies in die leere Handfläche. Ein funkelnder Staub entstand, der eine Wolke bildete, bevor er herabfiel und wieder verschwand.

»Hübsch«, kommentierte Tom. »Wozu kann ich das Sonnenlicht noch nutzen, außer um lustige Kugeln damit zu machen?«

»Es gibt keine festen Regeln dafür, was du kannst und was nicht«, erklärte Matani vorsichtig. »Die Kraft gibt dir zwar vor, wofür du sie verwenden kannst, aber wie du sie verwendest, bestimmst du – in Abhängigkeit von deinem Talent. Mit der Macht des Lichts in dir dürfte es dir schwerfallen, Dunkelheit zu erzeugen oder auch als Kraftquelle zu nutzen. Ich kann den Wind kaum anzapfen. Alles hat zwei Seiten, weißt du, und es ist kaum möglich, sie beide zu beherrschen. Dafür ist es leicht, das zu tun, was die Kraft ohnehin will. Lichtkugeln werden für dich einfach sein, solange du die Macht des Lichts in dir trägst.«

Tom musste zugeben, dass das sinnvoll klang. Während er den Zauber gewirkt hatte, war es ihm tatsächlich so erschienen, als ob diese Energie fast von allein geflossen wäre und er sie nur hatte lenken müssen. Während er darüber nachdachte, musste er grinsen.

»Was denkst du?«

»Dass das voll irre ist! Ich meine, ich hab gerade einfach so Licht gezaubert. Wie in einem Spiel, nur halt in echt. Das ist ... keine Ahnung. Unbeschreiblich.«

»Das ist ja doch nichts Besonderes«, sagte Matani lächelnd. »Bei allem, was du mir von deiner Seite der geteilten Welt erzählt hast, habe ich trotz deiner gegenteiligen Beteuerungen ehrlich gesagt den Eindruck, dass es bei euch Zauberer geben muss, die noch viel mächtiger sind als die Schwarzen Herren. Wie sonst könntet ihr diese großen Flugvögel nutzen?«

Tom schüttelte energisch den Kopf. »Nein. Bei uns gibt es wirklich keine Magier. Zumindest nicht, dass ich davon wüsste.«

»Bei euch gibt es gar keine Zauberei, Ehrenwort?«, erkundigte sich Resk ungläubig.

»Nee, bei uns gibt es so was nicht. Außer in Geschichten und so. In Märchen können das Leute, aber die sind meistens böse, wie die Magatai. Die Guten haben oft keine

Magie. In Spielen ist das anders, da kann man schon mit Magie rocken, aber das ist nur virtuell. Nicht echt eben.«

»Wie macht ihr es warm, wenn kein Feuer da ist? Oder hell?«

»Mit Technik«, erklärte Tom. »Da, wo ich herkomme, ist es fast immer hell. Zumindest wenn man es hell haben will. Licht gibt es überall. In der Stadt kann man leben, ohne dass es je richtig dunkel ist. Wir haben Straßenlaternen und Leuchtreklame und jede Menge Autos und so. Und warm machen wir's uns mit Heizungen. Bei mir im Zimmer waren es immer schnuckelige dreiundzwanzig Grad, dank Thermostat.«

»Klingt aber nach Magie«, befand Resk. »Vielleicht heißt das nur anders bei euch?« Der Hügeltroll stand auf und sah die beiden anderen an. »Ich such mal was zu essen. Wollt ihr auch?«

»Sag Bescheid, wenn du was findest«, bat Tom, dem nach all der Anstrengung ordentlich der Magen knurrte. Dennoch blieb er sitzen, da er seinen Knien noch nicht wieder so recht traute. Die fließende Kraft war einem Gefühl von Schwäche und Leere gewichen, das ihn ganz durchdrang.

»Ich bin ganz schön fertig«, stellte er fest und blickte Matani an. »Ist das immer so anstrengend?«

»Nein. Du wirst lernen, mit deinen Kräften zu haushalten. Außerdem hättest du aufhören sollen, als ich es gesagt habe. Am Anfang ist es durchaus anstrengend, da ist es besser, wenn man es nicht übertreibt.«

»Mag sein. Aber ich wollte wissen, wie weit ich komme. Wie lange lernt man das so?«

»Wie ich schon sagte: Dafür gibt es keine festen Regeln, das wirst du ausprobieren müssen. Du lernst ein ganzes Leben lang. Vielleicht kannst du nur Lichtkugeln machen, aber die dafür immer besser und schöner? Oder du kannst dafür sorgen, dass es bei uns nie mehr dunkel wird, so wie in deinen Städten.«

An ihrem Lachen erkannte Tom, dass Matani ihn auf den Arm nehmen wollte.

»Vielleicht kann ich das ja tatsächlich«, antwortete er und bemühte sich, eine möglichst geheimnisvolle Miene aufzusetzen.

»Aber mit der Magie ist es wie mit dem Reiten. Man macht schnell große Fortschritte. Später wird es schwieriger, mehr zu lernen«, erklärte Matani, nun wieder ernst.

Tom nickte. Er würde sich bemühen. Wozu auch immer es gut sein mochte, dass es ihm offenbar leichtfiel, Magie durch sich hindurchfließen zu lassen – er hatte das unbestimmte Gefühl, dass er nicht allzu viel Zeit haben würde, den Umgang damit zu lernen.

Angriff in der Nacht

Offenbar war es im Stamm üblich, alle Fragen und Probleme am großen Feuer in der Mitte des Lagers zu besprechen. Doch als Matani Tom erzählte, dass sich der Stamm zum Rat versammeln würde, hatte er deutlich mehr Zeremoniell erwartet, vielleicht eine alte Schamanin, die mit seltsamen Runenknochen die Zukunft vorhersagte, oder Trommeln und Räucherfässchen, aber in Wirklichkeit saßen nur alle Männer und Frauen im Kreis um das Feuer, unterhielten sich und tranken und aßen, wie sie es jeden Abend taten.

Es waren alle Mitglieder von Matanis Stamm da, die das interessierte, was heute besprochen werden sollte. Matani hatte ihm erklärt, dass viele nur dann an das Feuer kamen, wenn etwas zu besprechen war, was sie auch anging. Den Hirten war oft egal, was den Jägern wichtig war, und umgekehrt. Aber natürlich gab es auch Entscheidungen, bei denen der ganze Stamm mitreden wollte.

Das Feuer wärmte Toms Füße, und er ließ sich Brot mit Käse schmecken. Nachdem er den ganzen Tag mit Matani und Resk verschiedene magische Tricks geübt hatte, war er total ausgehungert. Heute Abend gab es einen würzigen, recht harten Begrah-Käse, den er ziemlich lecker fand. Überhaupt überraschte es ihn, wie viele verschiedene Nahrungsmittel der Stamm aus so wenigen Grundstoffen herstellen konnte. Soweit er das bislang beobachten konnte, verfügten die Leute hier hauptsächlich über Begrah-Milch, Fleisch, das die Jäger von ihren Streifzügen mitbrachten, und Getreide, aus dem die Fladenbrote gebacken wurden, und trotzdem gab es jeden Tag ein gutes Essen. *Obwohl ich echt nicht Nein sagen würde, wenn jetzt plötzlich jemand mit Pommes von Bollo ankommen würde. Pommes mit Chilisauce, wie sie Alex und ich immer bestellt haben.* Der Gedanke löste ganz plötzlich ein heftiges Heimweh in Tom aus, doch dann begann Matanis Vater zu sprechen.

»Wir sollten bald aufbrechen«, erklärte der Da'ir. Tom hatte inzwischen von Matani erfahren, dass der Name ihres Vaters Beram lautete, während Da'ir eine Anrede war, mit der man gegenüber Personen Respekt bekundete. Beim Anblick von Berams Muskeln fiel es Tom nicht schwer, besonders höflich zu sein; Matanis Vater wirkte im Licht des Feuers wie ein finsterer Krieger, der sich nur mühsam unter Kontrolle hielt, auch wenn der Hüne Tom gegenüber bislang nur freundlich und großzügig gewesen war.

»Die Herden haben noch genug zu fressen«, widersprach eine Hirtin. »Wenn wir zu früh aufbrechen, müssen wir vor dem Winterlager noch einmal zu einem neuen Ort aufbrechen.«

»Du hast recht, Maora. Aber die Magatai, die wir gesehen haben, sind uns schon sehr nahe gekommen. Sie haben meine Tochter gefangen, und sie haben einen unserer Hirten getötet. Es ist besser, wenn wir so weit, wie wir können, von ihnen wegziehen.«

Tom war erstaunt, dass Berams Worte so wenig kriegerisch waren. *So viel dazu, dass man jemanden nicht nur nach dem Aussehen beurteilen soll.*

Ein junger Mann stand auf, von dem Tom schätzte, dass er vielleicht so alt wie Alex war. An seinen Haaren konnte man erkennen, dass er ein Jäger war, so wie Matani.

»Und wollen wir diesen da mitnehmen?«, fragte der Jäger. Mit der ausgestreckten Rechten wies er auf Tom.

Beram stand ebenfalls auf und sah dem jungen Jäger in die Augen. »Wir werden ihn zumindest nicht hier zurücklassen. Noch wissen wir nicht, warum er für die Magatai von so großer Bedeutung ist, aber wir werden es herausfinden.«

»Er bringt uns in Gefahr, wenn wir ihn mitnehmen. Die Magatai werden ihn doch weiterhin jagen.« Das sagte eine junge Frau, die ein kleines Kind auf dem Arm hielt.

»Und was ist mit dem Troll?«, warf ein weiterer Mann ein. »Wollen wir wirklich einen entlaufenen Troll mitnehmen?«

Resk, der bislang in den Schatten zwischen den Zelten gehockt hatte, richtete sich nun zu voller Größe auf. »Ich bin nicht *entlaufen*«, sagte er würdevoll. »Und wenn ihr mich nicht wollt, gehe ich.«

»Resk, warte!« Matani sprang auf und ging zu dem Troll hinüber. Tom sah, dass sie hektisch auf ihn einredete, konnte aber ihre Worte nicht verstehen, da jetzt die ganze Versammlung am Feuer durcheinanderzureden schien.

»Die Trolle sind unsere Verbündeten.«

»Das sind sie nicht! Sie sind niemandes Verbündete!«

»Die Tochter des Da'ir hat den Rabenjungen gerettet, wir können ihn nicht einfach fortschicken.«

»Und was, wenn der Rabenjunge ein Verräter ist?«

Schließlich hob Beram beide Hände. »Ruhe!«, rief er mit so durchdringender Stimme, dass fast sofort alle anderen verstummten.

»Der Rabenjunge, wie ihr ihn nennt, ist ein Jagoshi. Er ist der erste Weltenwechsler seit vielen Generationen. Was immer wir tun, ich kann mir nicht vorstellen, dass die Geister ihn ohne Grund zu uns geschickt haben.«

»Und außerdem ist er mein Freund, ebenso wie Resk.« Matani war an das Feuer zurückgekehrt und hatte trotzig die Arme vor der Brust verschränkt. »Ich war in dem Lager der Magatai. Ich weiß, was sie dort mit den Gefangenen machen. Und ich werde ganz sicher niemanden den Schwarzen Herren überlassen, damit sie ihm die Kraft rauben und ihn töten, sodass ihre furchtbaren Zauber mehr Macht haben. Ihr solltet euch schämen, so etwas auch nur vorzuschlagen.«

Zu seinem Erstaunen sah Tom, dass ihre Worte Wirkung zeigten. Der Jäger und die Frau mit dem Kind wechselten einen Blick, dann nickte der junge Mann dem Häuptling zu und nahm wieder seinen Platz beim Feuer ein. Nach und nach setzten sich alle wieder hin, die vorher die

Stimme erhoben hatten, und sahen erwartungsvoll den Da'ir an. Auch Matani nahm wieder Platz. Tom sah, dass ihr Vater sie mit einem seltsamen Blick bedachte. In seinem Gesicht zeigten sich in gleichem Maße Stolz und Sorge.

»Gut«, erklärte Beram. »Wir werden also sowohl den Rabenjungen als auch den Troll mitnehmen. Wie rasch können wir die Begrah-Herden zusammentreiben und ins Winterlager aufbrechen?«

Während der Da'ir und die Hirten über Weidegründe und Begrah-Tränken sprachen, wandte Tom sich an Matani: »Das war ja knapp. Vielen Dank für deine Hilfe!«

»Ach was.« Matani winkte ab. »Viele von meinen Leuten reden bloß gern. Ich glaube nicht, dass sie dich wirklich zurückgelassen hätten.« Sie kaute an ihrer Unterlippe, und Tom fragte sich unwillkürlich, ob sie sich ihrer Sache wirklich so sicher war, wie sie vorgab.

»Was ist das Winterlager?«, fragte er, um vom Thema abzulenken.

»Immer bevor die Stürme kommen, ziehen wir tiefer in die Steppe hinein. Dort gibt es einen heiligen Ort, einen Felsen, der weit über das Gräsermeer hinausragt. Die Stämme versammeln sich in seinem Schatten. Bei diesem Treffen wird alles besprochen, was besprochen werden muss. Hochzeiten zwischen den Stämmen werden vereinbart, begangen und gefeiert, und falls es Zwist zwischen den Stämmen gibt, wird dieser vor die große Versammlung getragen und von den Anführern entschieden. Wir können die Kinder kennenlernen, die über das Jahr geboren wurden, und gemeinsam um die Toten trauern. Begrah und Pferde für die Zucht werden getauscht und verkauft. Beim großen Rennen können die schnellsten Reiter die Anerkennung aller Stämme gewinnen. Ganz zuletzt feiern wir ein großes Fest miteinander, das mehrere Tage dauert. Dann verteilen sich die Stämme wieder, wegen der Tiere, aber alle bleiben in der Nähe des heiligen Felsens.«

»Ah, ein Powwow«, sagte Tom, der sich plötzlich an ein Was-ist-Was-Buch erinnerte, das er vor x Jahren gelesen hatte. Matanis Stirnrunzeln übersah er geflissentlich. »Wie viele Stämme gibt es denn?«

»Viele. Von den kleinen Stämmen wie dem unseren gibt es sogar sehr viele. Größere weniger. Früher haben alle Anführer auf den Rat und die Weisheit des Königs gehört ...«

»Ich dachte, ihr hättet keinen mehr«, warf Tom ein. »Wegen der ätzenden Magatai«, fügte er rasch hinzu.

»Aber es gab noch lange Zeit Älteste aus der Linie des letzten Königs. Sie gehörten zu keinem Stamm, sondern bildeten mit ihrem Gefolge eine eigene Gemeinschaft. Die besten und stärksten Jäger wurden von ihnen gerufen. Sie lebten um den heiligen Felsen herum, und wenn es Streit zwischen zwei großen Stämmen gab, schlichteten sie die Zwistigkeiten. Niemand war gezwungen, ihrem Wort zu folgen, aber es hatte großes Gewicht. Doch der letzte Nachfahre des Königs wurde ermordet, im Winterlager.«

»Wie ist das passiert?«, erkundigte sich Tom. *Bestimmt die Magatai. Ein Überfall oder Assassinen oder so.* Er konnte sich gut vorstellen, dass die Magatai auch zu feigen Methoden griffen und jemanden heimlich umbringen ließen.

»Einer der Anführer hat den Eid des Friedens gebrochen.« Matani schluckte, als ob es ihr schwerfiel, ihren Ärger zu beherrschen. »Niemand darf im Winterlager Blut vergießen. Selbst Stämme, zwischen denen es eine Fehde und viel Hass gibt, halten sich daran. Aber nicht er … er hat seine Hand gegen den letzten Nachfahren erhoben.«

»Isfar«, schlussfolgerte Tom, der sich an ihre früheren Unterhaltungen erinnerte. »Deswegen heißt er bei euch Eidbrecher.«

»Ja. Er ist der Anführer eines großen Stammes. Viele Tausend folgen ihm. Sie ziehen nahe der Küste umher. Es heißt, dass Isfar mit den Magatai Geschäfte macht und ihr Verbündeter ist.«

»Ich wusste es! Die Magatai stecken dahinter. Sie haben ihn dafür bezahlt …«

Tom sah, dass Matani den Kopf schüttelte, und hielt inne.

»Nein, das glaube ich nicht. Hätte er im Auftrag der Schwarzen Herren gehandelt, dann hätte ihn auch sein ganzer Stamm nicht schützen können. Die Anführer ließen ihn ziehen. Er ist ein Eidbrecher, und niemand traut mehr seinem Wort, aber … ich weiß auch nicht. Sie hätten ihn damals bestrafen sollen. Nur wie? Ein Anführer beugt sein Knie vor niemandem, außer vor einem Königsnachfahren.«

»Vielleicht wollte er an deren Stelle treten? König werden?«

»Niemand hätte ihn akzeptiert, und er hat es nie versucht.«

Sie schwiegen und blickten in die tanzenden Flammen. Funken stoben auf. Mit einem Ohr kehrte Tom wieder zu der Diskussion der Stammesmitglieder zurück, aber er merkte rasch, dass sie noch immer über den geplanten Abbau des Lagers redeten.

Dafür, dass sie hier Begrah-Mist verbrennen, riecht es gar nicht so schlimm, wie ich erwartet hätte, dachte er. Doch das lag vermutlich nur daran, dass sich seine Nase langsam an die unsäglichen Hygienebedingungen gewöhnt hatte, die im Lager herrschten. Er selbst wusch sich zwar noch, aber das war kein Vergleich zum Duschen daheim, und er war den ganzen Tag auf den Beinen.

Tom sah an sich herab und hätte beinahe gekichert. Seine Klamotten waren eine seltsame Mischung aus den Sachen, die der Stamm ihm gegeben hatte, und seinen eigenen. Die Jeans war noch in Ordnung, auch wenn sie deutliche Spuren der letzten Wochen zeigte. Die dunklen Sneaker hatten die Anstrengungen noch am besten überstanden. Dafür hatte er sein T-Shirt aufgegeben und nun bloß ein leichtes Lederhemd an, das erstaunlich dünn und weich war. Solange es so warm blieb, brauchte er sonst nichts, weswegen er die dünne Jacke und sein eigenes Hemd im Zelt ließ, ebenso wie die wenigen anderen Besitztümer, die er mit hierhergebracht hatte. Manchmal hörte er abends vorm Einschlafen noch ein bisschen Musik, aber er wusste, dass der Player bald keinen Saft mehr haben würde, und wenn er den Sound seiner Lieblingsbands in den Ohren hatte, fühlte er sich in dem Schlafzelt fremder als je zuvor.

Als er aus seinen eigenbrötlerischen Gedanken zurückkehrte, war am Feuer Stille eingetreten. Er sah sich um. *Für sie ist es auch nicht leicht,* dachte er. *Ich schätze, sie finden mich genauso gewöhnungsbedürftig wie ich sie. Und ob-*

wohl ich ein Fremder bin, haben sie alles, was sie haben, mit mir geteilt. Tom sah Matani fragend an, und als sie ihm zunickte, stand er auf und räusperte sich.

»Ich möchte mich bei euch für eure Gastfreundschaft bedanken. Ihr habt mich aufgenommen und mich beschützt. Es ist mir eine Ehre, euer Gast zu sein.« Die letzte Formel hatte er von Matani gelernt.

Einige der Stammesmitglieder murmelten zustimmend, andere nickten ihm zu.

»Aber ich denke, es ist an der Zeit für mich, wieder aufzubrechen.« Jetzt sahen ihn alle an. Tom schluckte, als die sorgsam überlegten Worte plötzlich wie weggewischt waren. »Ich möchte euch nicht länger in Gefahr bringen. Und ich will zurück nach Hause.«

»Und wie willst du das anstellen?«, erkundigte sich Atin, der bisher meist geschwiegen hatte.

»Ich weiß es nicht«, gestand Tom. »Aber ich muss es herausfinden.«

»Die Magatai haben ihn hierhergeholt. Dann müssen sie doch auch wissen, wie er wieder zurückkehren kann«, sagte Maora.

»Die Magatai können wir aber schlecht fragen, oder?«, warf der junge Jäger ein.

»Wir können zum Lager der Magatai gehen. Es ist zerstört, aber dort wird es sicherlich etwas geben, was uns mehr über den Weg des Jagoshi verrät«, mischte sich Matani ein. »Wir können ihre Magie erforschen und Tom einen Weg zurück suchen.«

»Es gibt einen Grund, warum er hier ist«, ergriff Atin wieder das Wort. »Es ist sein Schicksal.«

»Was für ein Schicksal soll das sein? Ich bin nur ein einfacher Teenager aus Berlin. Ich habe von eurer Seite der Welt keine Ahnung. Was also soll ich hier schon groß machen?«

»Dennoch bist du der Erste seit langer Zeit, der den Schleier der geteilten Welt überwunden hat. Dies geschieht nicht einfach so. Dein Platz ist hier.«

Tom wollte etwas erwidern, aber es fiel ihm nichts ein, was nicht respektlos gegenüber dem Alten gewesen wäre. *Schicksal, so ein Mist!* Noch ehe er eine höflichere Antwort finden konnte, wurde ihre Diskussion jäh unterbrochen.

»Reiter!«, rief eine Stimme jenseits des Lichtkreises. »Reiter in der Dunkelheit!«

Sofort sprangen alle auf. Von einer Sekunde auf die andere war das ganze Lager in Aufruhr.

»Wo?«, fragte Beram zurück, und seine Stimme übertönte die Rufe der anderen.

Eine junge Frau kam ans Feuer. Ihre Augen waren aufgerissen, und sie deutete über ihre Schulter. »Da. Viele, mit schwarzer Kleidung und Waffen!«

»Haltet die Kinder in den Zelten«, befahl Beram. »Holt eure Waffen. Wir sammeln uns …«

Ein lauter Knall ertönte, gefolgt von einem Schrei in der Dunkelheit.

Verdammt! Verdammt! Verdammt!

»Sie sind hier«, rief Matani und packte Tom am Arm. »Die Magatai sind hier!«

Sie zerrte ihn aus dem Lichtschein des Feuers zwischen zwei Zelte. Tom konnte die Angst in ihren Augen sehen, aber da war noch mehr: Wut.

»Was tun wir?«

»Ich hole meinen Bogen«, erklärte sie. »Du suchst Resk. Wir treffen uns am Heimzelt meiner Familie.«

Tom nickte, aber sie huschte schon davon. *Resk suchen, alles klar.* In dem Chaos um ihn herum konnte er kaum klar denken. *Wo ist er zuletzt hin?*

DAS SPITZE ENDE NACH VORN

»Aufwachen! Herr, wach auf!« Alex öffnete unwillig die Augen. *Verfluchter Mist. Ich bin immer noch hier, und das alles war kein Traum.*

»Was gibt's denn, Kleiner?«, murmelte er verschlafen. »Brennt der verdammte Kasten oder was?«

»Das Training, Herr. Jarkas wartet schon auf dich. Ich muss dich zum Sandplatz bringen.«

Alex richtete sich auf, reckte die Arme in die Höhe und streckte sich. *Stimmt. Der Sar'thosa hat gestern von einem Training gesprochen, das heute beginnen sollte.*

»Hast du 'ne Ahnung, was ich da lernen soll? Feuerbälle werfen und Drachenreiten oder so was?«

Ajun warf ihm einen ungläubigen Blick zu, der Alex mittlerweile schon beinahe vertraut erschien. »Jarkas ist der Kampfmeister, Herr«, sagte er mit Respekt in der Stimme.

Alex reckte einen Daumen in die Höhe. »Topp. Meine letzte Taekwondo-Stunde ist schon ein bisschen her, aber vielleicht kann er mir ja auch ein paar neue Streetfighting-Tricks beibringen.«

»Ich habe Frühstück mitgebracht«, erklärte Ajun diplomatisch, der offenbar keine Ahnung hatte, wovon Alex da redete.

Das Frühstück erwies sich als ein pampiger weißer Brei, der genau genommen nach nichts schmeckte, mit einem Becher Wasser. Lustlos stocherte Alex mit dem Löffel in der Schüssel herum, bis er schließlich Ajuns nervöses Auf- und Ablaufen nicht mehr aushielt, die Schüssel wegstellte und aufstand.

»Bekomme ich jetzt jeden Morgen Frühstück ans Bett?«, fragte er, während er sich sein Hemd überzog.

»Wenn du es wünschst, Herr.«

Hey, die Antwort hätte ich mir auch denken können. Ich werde immer besser.

»Wie wäre es dann morgen mit einem schönen Nutella-Toast und einem Kaffee?«

»Nut... Was?«

Alex seufzte. »Mit einem Brot und was Warmem zu trinken?«

»Brot und Tee – natürlich, Herr.«

Als Alex fertig angezogen war, folgte er Ajun aus dem Zimmer. Über einige Gänge und Treppen erreichten sie einen riesigen Hof, den Alex noch nicht gesehen hatte. Der Boden war mit Sand bedeckt, und einzelne Quadrate waren mit einfachen Holzpfosten und Lederschnüren abgeteilt.

Die so entstandenen Vierecke sahen aus wie Boxringe, und darin wurden offenbar alle möglichen Kampfstile und mit allen vorstellbaren Waffen trainiert.

Hauptsächlich waren es junge Männer, die hier übten, doch Alex sah, dass auch ein paar Mädchen darunter waren.

»Hier lernen die Soldaten«, erklärte Ajun und fügte leise hinzu: »Für den Krieg.«

Alex ließ seinen Blick über die Kämpfenden wandern. Seiner Ansicht nach schienen sie bereits ziemlich gut in dem zu sein, was sie da taten.

»Welche Waffen willst du, Herr?« Ajun zog ihn am Hemdsärmel zu einem Holzgestell, auf dem sich die verschiedensten Klingen, Keulen und Schilde befanden. Von einigen Waffen hätte Alex nicht mal den Namen sagen können, andere kannte er aus dem Fernsehen oder aus dem Geschichtsunterricht.

Ich schätze, nach 'ner Knarre brauche ich gar nicht erst zu fragen.

Er ging prüfend an dem Gestell auf und ab und entschied sich schließlich für ein Schwert, ähnlich dem, das er bereits bei sich trug. Ein prüfender Griff zeigte ihm, dass die Trainingswaffe stumpf war. Ansonsten waren sich beide Waffen von Länge und Gewicht her gleich. Auf einem weiteren Ständer entdeckte er eine Reihe von Dolchen und nahm einen in die Hand.

»Die Dolche sind keine Übungswaffen, Herr«, erklärte Ajun. »Sie sind scharf.«

»Umso besser«, entgegnete Alex grinsend und wog die kleine Waffe in der Hand. Sie fühlte sich recht vertraut an, fast wie sein Butterfly-Messer. Er schob sich den Dolch in den Stiefel.

Ajun nahm das Schwert entgegen, und Alex steckte stattdessen die Übungswaffe ein, als er Jarkas auf sich zukommen sah.

»Bist du bereit, anzufangen?«, fragte der Kampfmeister mit einem prüfenden Blick auf Alex' Waffe und suchte dann ein ähnliches Schwert vom Ständer aus.

Jarkas trug wieder dieselbe schwarze Rüstung wie am Vortag und machte auch keine Anstalten, sie abzulegen.

Wenn das mal kein Beschiss ist, dachte Alex, nickte aber trotzdem. *Hoffentlich wird ihm wenigstens schön warm in dem Ding.*

Obwohl es noch früh am Morgen sein musste, strahlte die Sonne schon vom Himmel, und Alex war auch in seiner leichten Kleidung warm.

Jarkas stellte sich ihm gegenüber auf und nahm das Schwert in beide Hände. Ajun trat zurück und setzte sich ein Stück weit entfernt mit gekreuzten Beinen in den Sand.

Alex zog seine Übungswaffe und versuchte, die Haltung des Kampfmeisters nachzuahmen.

»Hast du schon einmal gekämpft, Junge?«, fragte Jarkas mit einem ziemlich unangenehmen Lächeln. »Weißt du irgendetwas darüber?«

Obwohl er natürlich noch nie mit einem Schwert gekämpft hatte, störte Alex die zur Schau gestellte Arroganz des Mannes gewaltig.

»Das spitze Ende gehört nach vorn, richtig?«, fragte er deshalb zurück.

Jarkas lachte humorlos auf. Zehn Sekunden später lag Alex das erste Mal im Staub.

»Nimm den Arm hoch. Los, versuch, meine Schläge abzuwehren.«

Alex wischte sich mit der Linken den Schweiß von der Stirn, bevor er die Rechte mit dem Schwert wieder hob und gerade noch so einen wuchtigen Schlag parierte, den Jarkas gegen ihn führte. Der ältere Mann ließ seine Waffe ein Stück weit sinken, doch als Alex gerade nachsetzen wollte, um endlich einen Gegentreffer zu landen, zielte sein Gegner nach unten und versetzte ihm mit der flachen Klinge einen Schlag gegen die Beine. Alex machte einen Satz wegen der plötzlichen Schmerzen, die seine Schienbeine hinaufrasten, und fluchte laut.

Dieser Bastard. Morgen werde ich komplett grün und blau sein. Wie hat der alte Sack das bloß schon wieder gemacht?

»Du lässt deine Deckung zu schnell für einen scheinbaren Vorteil fallen«, erklärte Jarkas ungerührt. »Das wird im Kampf dein Tod sein.«

Danke für den Hinweis, du Arsch, lag es Alex auf der Zunge, doch er verkniff sich die Bemerkung. Vermutlich hatte der Kampfmeister sogar recht; seine Abwehr war zu langsam, und es war dumm gewesen, sich so schnell aus der Reserve locken zu lassen. Aber es kam ihm so vor, als ob sie hier schon ewig aufeinander einschlugen. Er schwitzte am ganzen Körper, und sein Mund fühlte sich staubtrocken an, so durstig war er. Außerdem war es auch nicht gerade fair, dass der ältere Mann die Treffer durch seine

Rüstung vermutlich gar nicht spüren konnte, selbst wenn es Alex gelang, seine Deckung zu durchbrechen.

»Stell dich wieder in die Ausgangsposition. Dreh deinen Oberkörper. So, und nun halt die Klinge schräg, damit du einen Großteil deines Körpers damit schützen kannst.«

Alex tat wie geheißen. Er griff den Knauf des Schwertes mit beiden Händen und hielt die Waffe vor sich. Als Jarkas ihn erneut angriff, machte er einen Satz nach vorn und parierte den Schlag ohne Mühe. Diesmal fiel er nicht auf seinen scheinbaren Vorteil herein, sondern kehrte sofort zu seiner Position zurück. Als er auch den nächsten Schlag abwehrte, warf Jarkas ihm einen anerkennenden Blick zu. »Schon besser.«

Alex grinste und nickte seinem Lehrer zu. Diesen Moment nutzte Jarkas, um erneut anzugreifen. Wieder erwischte er Alex mit der flachen Klinge, diesmal am Arm.

Irgendwann zahle ich dir das zurück, alter Mann, dachte Alex wütend, während er auf die nächste spöttische Bemerkung seines Gegenübers wartete.

Doch statt ihn auf seine Dummheit aufmerksam zu machen, erstarrte Jarkas kurz und verneigte sich dann so tief, dass seine Stirn fast seine Knie berührte.

Als Alex aufsah, entdeckte er den Sar'thosa, der auf einem gewaltigen schwarzen Pferd über den Hof trabte, bis er am Rand des Sandfeldes anhielt.

Auf dem Reittier sah der Mann sogar noch beeindruckender aus. Er trug einen schwarzen Helm unter dem Arm und ein gewaltiges Schwert auf dem Rücken. Im hellen Tageslicht konnte Alex erkennen, dass das, was er gestern zunächst für kunstvolle Muster auf der Rüstung gehalten hatte, in Wirklichkeit Augen und Münder darstellte.

Zunächst dachte er, das Licht spiele ihm einen Streich, doch dann war er sich sicher, dass sich die Lippen wie in einem ewigen Murmeln verzerrten und sich die Augenlider unablässig öffneten und schlossen. Der Anblick war auf eine Art und Weise unangenehm, die Alex zwang, zu Boden zu schauen – und damit direkt in die gelben Augen der gewaltigen schwarzen Raubkatze, die den Sar'thosa begleitete.

Alex verneigte sich ebenfalls, und er sah aus dem Augenwinkel, dass Ajun vor dem Reiter auf den Knien lag.

»Macht das Training Fortschritte?«, fragte der Sar'thosa an Jarkas gewandt. Er deutete mit dem Kinn zu Alex hinüber. »Wie ist er?«

Jarkas hob den Kopf ein Stück und antwortete: »Ja, Herr. Er ist sehr begabt.«

Er hält mich für begabt? Oder sagt er das nur, damit er vor seinem Chef nicht schlecht dasteht?, grübelte Alex.

Der Sar'thosa schwang sich vom Pferd und winkte Ajun herbei, damit der Junge ihm die Zügel abnahm. Ajun sah sichtlich nervös aus, als er das große Tier ein Stück wegführte. »Ruf einen deiner Leute«, befahl der Sar'thosa dem Kampfmeister.

»Elion. Komm her.« Jarkas winkte einem jungen Mann zu, der unweit von ihnen auf dem Sandplatz trainiert hatte. Der Angesprochene setzte sich sofort in Bewegung. Er war groß und sehr schlank. Sein Haar war so kurz geschnitten, dass es kaum einen dunklen Schatten auf seiner Kopfhaut bildete. Er trug eine Art Wams aus Leder, einen Schild in der Linken und ein kurzes Schwert in der rechten Hand. Als er näher kam, sah Alex, dass sein schmales Gesicht beinahe hager wirkte und dass seine Ohren seltsam länglich geformt waren. In Alex' Kopf tauchte wie von selbst ein Wort auf, das den Neuankömmling beschrieb. Ein *Elf.*

»Namikas, Herren«, grüßte Elion den Sar'thosa und den Kampfmeister. In seiner Stimme klang eine Art von Ehrfurcht mit, die Alex so noch nie gehört hatte.

»Kämpft«, befahl der Sar'thosa. »Ich will selbst sehen, wie er sich schlägt.«

Elion und Alex hoben ihre Übungsschwerter, aber der Sar'thosa schüttelte den Kopf. »Nicht damit. Ich will wissen, wie er sich in einem richtigen Kampf bewährt.«

Alex schluckte schwer, und auch Elion sah verunsichert aus.

»Herr, er hat gerade erst mit der Ausbildung begonnen«, wagte Jarkas einzuwenden.

»Darauf wird auch keiner unserer Feinde Rücksicht nehmen. Er kämpft.«

Als Jarkas Elion bestätigend zunickte, ging dieser zum Waffenständer hinüber, um sich ein scharfes Schwert zu holen, während Jarkas Alex die Waffe reichte, die er gestern bekommen hatte.

»Willst du einen Schild, Junge?«, fragte der Kampfmeister, aber Alex schüttelte den Kopf, obwohl der Gedanke verführerisch war.

»Ich habe keine Ahnung, was man damit macht«, gab er zu.

»Gut. Dann denk daran: Die spitze Seite nach vorn«, sagte Jarkas nicht unfreundlich und trat aus dem Ring zurück.

Alex atmete ein paarmal tief ein und aus, um sich zu beruhigen; er hatte wieder einmal das Gefühl, dass Protest seinerseits ohnehin sinnlos wäre.

»Dann los«, sagte er und nahm wieder die Grundstellung ein, die sein Lehrer ihm beigebracht hatte. Sein Gegner nahm ihm gegenüber Aufstellung.

»Es ist mir eine Ehre«, erklärte Elion.

Alex, der nicht wusste, was er darauf erwidern sollte, nickte bloß.

Der erste Angriff des jungen Soldaten erfolgte blitzschnell. Er schob den kleinen Rundschild vor, und als Alex mit seinem Schwert auf den Schild schlug, griff Elion mit der Waffe in seiner anderen Hand an. Er zog die Klinge über Alex' Oberarm und hinterließ einen tiefen Schnitt.

Fuck, dachte Alex, als Blut seinen Arm hinablief und er beinahe das Schwert hätte fallen lassen. *Das hier ist wirklich ernst gemeint.*

Deutlich vorsichtiger als zuvor ging er in seine Ausgangsstellung zurück. Sein Gegner führte eine rasche Serie von Angriffen auf ihn aus, und Alex hatte Mühe, sich mit seiner Waffe zu verteidigen. Zwar konnte sein Gegner keinen weiteren Treffer landen, aber Alex gelang es auch nicht, an dessen Schilddeckung vorbeizukommen.

Sie beide schwitzten; der Sand knirschte unter ihren Füßen. Die übrigen Geräusche auf dem Kampfplatz waren verstummt, doch Alex konnte nur raten, dass das daran lag, dass die anderen Soldaten ihr Training unterbrochen hatten, um ihnen zuzusehen.

Elion setzte die Hitze ebenfalls zu. Er unterbrach die Angriffe und wich zwei Schritte zurück, um Alex zu beobachten. Als sie einander vorsichtig umkreisten und darauf lauerten, dass der jeweils andere sich eine Blöße gab, geriet Alex schließlich in eine Position, in der ihn die Sonne kurz blendete. Sofort nutzte sein Gegner den Vorteil, sprang auf ihn zu und fügte ihm einen weiteren Schnitt zu, diesmal an der Hüfte. Es brannte wie Feuer.

Scheiße, zu langsam, erkannte Alex. Er musste sich allmählich etwas einfallen lassen, sonst würde ihn Elion Stück für Stück auseinandernehmen.

Er hatte noch nie zuvor einen Kampf erlebt, in dem solche Waffen zum Einsatz gekommen waren. Und er hatte noch nie zuvor eine solch tödliche Entschlossenheit in den Augen seines Gegners gesehen. Aber er hatte schon eine Menge Straßenkämpfe bestritten. Und die meisten Gang-Jungs waren auch keine Schwachmaten gewesen. *Kümmer dich um das, was du kannst, Alex,* ermahnte er sich selbst. *Du kannst das schaffen.*

Als er sich daran erinnerte, kehrte sein Selbstbewusstsein zurück. Er hob das schwere Schwert und grinste den anderen so breit an, wie er konnte. »Komm schon, du Pussy«, provozierte er ihn.

Das brachte seinen Gegner tatsächlich für einen Moment aus dem Konzept. Wut zeichnete sich auf Elions Gesicht ab, und aus der Wut resultierte ein überhasteter Angriff.

Alex ließ ihn auf sich zustürmen, wich im letzten Moment zurück und taumelte nach hinten. Dann, als der junge Soldat gerade nachsetzen wollte, ließ Alex das Schwert fallen. Die Augen seines Gegners weiteten sich vor Überraschung und im Triumph, doch da hatte Alex bereits den Dolch aus dem Stiefel gezogen und rammte ihn seinem Gegner mit voller Wucht in den Oberschenkel. Sobald die Klinge saß, drehte er sie noch einmal herum, bevor er die Waffe losließ.

Elion schrie auf und ging zu Boden. Seine Hände ließen Schwert und Schild fallen, und er umklammerte das Heft des Dolches, der in seinem Bein steckte.

Schwer atmend richtete Alex sich auf.

Jarkas ließ seinen Blick von Alex zu seinem Gegner und schließlich zum Sart'thosa wandern. »Es tut mir leid, Herr«, sagte er langsam.

Alex hatte keine Ahnung, was seinem Lehrer leidtat – dass er doch nicht so viel Talent besaß, wie er versprochen hatte, oder dass er Elion mit einem Trick besiegt hatte.

»Alexander lebt noch, Kampfmeister. Also kein Grund, etwas zu bedauern.« Der Sar'thosa sah Alex an, und um seine dünnen Lippen spielte so etwas wie ein Lächeln. »Gut gemacht. Ich bin zufrieden.«

Dann zeigte er auf den jungen Soldaten, der noch immer am Boden kauerte und sein Bein umklammert hielt. »Du darfst den Elfen töten«, verkündete er, wandte sich ab und winkte Ajun, ihm sein Pferd zu bringen.

»Was?«, entfuhr es Alex. »Nein. Ich will ... Ich meine ... Muss ich das tun?«

Der Sar'thosa drehte sich noch einmal um. »Wenn du ihn entehren willst, kannst du ihn zu deinem Sklaven machen«, sagte er, und die Münder auf seiner Rüstung schienen Alex dabei hasserfüllte Worte zuzuzischen.

»Okay. Okay. Gut, dann eben das«, stotterte Alex. Seine Gedanken überschlugen sich beinahe. *Ich will ihn nicht umbringen. Echt nicht. Die ticken doch nicht mehr ganz sauber hier.*

Der Sar'thosa zuckte mit den Schultern, als ob ihm das Schicksal des jungen Soldaten völlig gleichgültig wäre. Dann stieg er auf sein Pferd und ritt langsam über den Hof davon, begleitet von der riesigen Raubkatze, deren Kopf fast bis zum Sattel reichte.

»Für heute ist das Training zu Ende«, erklärte Jarkas. »Ich sehe dich morgen.«

Alex hob sein Schwert auf, steckte es in die Lederscheide und holte tief Luft. *Au, verdammt noch mal.* Die beiden Schnitte, die Elion ihm verpasst hatte, brannten, und er wollte nur noch eins: von diesem Sandplatz herunter und in die relative Kühle seines Zimmers.

»Du musst ihn mitnehmen, Herr«, sagte Ajun, der plötzlich neben ihm stand und auf Elion deutete.

Der junge Soldat hielt noch immer den Kopf gesenkt. *Ein Elf.* Der Sar'thosa hatte das Wort ebenfalls verwendet, also musste es wohl stimmen.

Der Elf hatte sich, ohne einen Schmerzenslaut von sich zu geben, das Messer aus der Wunde gezogen und hielt es Alex nun hin. »Töte mich, Herr«, sagte er tonlos, ohne Alex anzusehen.

»Nein.« Alex nahm dem Soldaten das Messer aus der Hand und schüttelte den Kopf. »Das kommt nicht infrage.«

»Dann gehöre ich jetzt dir.«

Seid ihr alle verrückt oder was?, wollte Alex schreien. *Das halt ich ja im Kopf nicht aus.*

Er rieb sich mit der Linken über die Stirn, doch offenbar gab es keine andere Lösung.

»Na gut. Ajun, hilf ihm beim Aufstehen. Dann kommt er eben mit.«

Blitze in der Finsternis

Mit einem Schlag herrschte vollkommene Dunkelheit. Stimmen schrien, es war plötzlich kalt, und es fühlte sich an, als ob ein Todeshauch über Toms Haut strich. Dann knallte es mehrmals und in schneller Folge.

Das muss die Magie der Magatai sein, erkannte Tom. *Die absolute Dunkelheit, ihre Stäbe, mit denen sie Menschen betäuben.*

»Tom?«, dröhnte Resks Stimme durch die Finsternis. »Tom?«

»Ich bin hier«, erwiderte Tom, ohne sich vom Fleck zu rühren.

Eine schwere Pranke legte sich auf seine Schulter, und er zuckte zusammen.

»Bin nur ich.«

»Resk, wie hast du mich gefunden?«

»Ich kann dich sehen. Die Dunkelheit ist kein Problem für einen Hügeltroll.«

Seine Stimme klang erstaunlich stolz, aber Tom hatte jetzt keine Zeit, weiter darauf einzugehen. »Was siehst du?«

Tastend legte er seine Hand auf den Arm des Trolls, und Resk stapfte los.

»Es sind Magatai zwischen den Zelten. Sie reiten umher. Sie können in der Dunkelheit sehen, so wie ich. Niemand sonst kann es.«

»Wo ist Matani?«

»Ich sehe sie nicht. Überall rennen Menschen rum wie aufgeschreckte Hühner. Ich glaube, die Magatai versuchen, sie alle zusammenzutreiben.«

Tom konnte die Schreie hören, das Geräusch der laufenden Füße, das Schnauben der Pferde, die Rufe der Magatai. Es war ein Albtraum, von Feinden umgeben, aber blind für ihre Angriffe zu sein.

»Sie werden alle mitnehmen«, flüsterte er entsetzt, als er die Wahrheit erkannte. »Selbst wenn alle ihre Waffen geholt hätten – wie sollen sie in der Finsternis kämpfen?«

»Wir müssen weg«, befand Resk und knurrte leise. Es schmeckte dem Hügeltroll offensichtlich nicht, fliehen zu müssen, und er zögerte.

Flieh oder kämpf, erklang die Stimme des Raben in Toms Kopf. *Aber steh nicht nur so herum!*

Wie soll ich kämpfen?, entgegnete Tom ihm in Gedanken, nahezu wie gelähmt vor Hilflosigkeit und Verzweiflung. *Ich habe keine Waffe, und ich sehe nichts!*

Du trägst deine Waffe in dir.

Da verstand Tom. Kleine Kinder, Alte, Männer, Frauen, sie alle würden von den Magatai verschleppt werden, als Sklaven missbraucht, wenn nicht Schlimmeres. Er erinnerte sich an Matanis Erzählung von dem Lager, in dem sie eingesperrt gewesen war. Die Wut und die Angst, die er in ihren Augen gesehen hatte, stiegen nun auch in ihm auf. Ohne zu wissen, wie ihm geschah, hob er die Arme gen Himmel.

»Das werde ich nicht zulassen!«

Er spürte das zögerliche Fließen der Macht in seinem Innern. Diesmal wartete er nicht, bis es von selbst stärker wurde. Er drängte die Magie aus sich heraus, schleuderte die Kraft in den Himmel über sich. Ein langer Schrei entriss sich seiner Kehle.

Plötzlich konnte er wieder sehen. Ein grelles Licht strahlte alles an, tauchte das gesamte Lager in unnatürliche Helligkeit ohne jeden Schatten. Es kam von der Lichtkugel über Tom, doch es war auch überall zugleich, ein Licht ohne klare Quelle, die Essenz des Lichts, in der es keine Dunkelheit mehr gab.

Tom hörte die kehligen Schreie der Magatai, und er sah, wie sie sich ans Visier griffen und versuchten, ihre Augen zu bedecken. Ihre Pferde wieherten angsterfüllt, stiegen auf die Hinterhand, und viele der Reiter fielen brüllend zu Boden.

Innerhalb von wenigen Minuten wendete sich das Blatt, obwohl das Licht kaum so lange anhielt, bevor es verblasste.

Von der plötzlichen Helligkeit geblendet, verloren die Magatai in ihren dunklen Rüstungen anscheinend jede Orientierung und jedes Ziel. Und Matanis Leute fassten wieder Mut und nutzten die unverhoffte Chance, um sich entweder in Sicherheit zu bringen oder zum Angriff überzugehen.

Tom sah, wie Beram am Feuer mit Rufen und emporgestreckten Armen die Jäger und Krieger des Stammes um sich sammelte und mit ihnen über die zu Boden gegangenen Feinde herfiel, während Resk zwischen den Zelten entlanglief und die verbliebenen Reiter vor sich hertrieb, nur fort von den Menschen.

Matani indes stand im Eingang des Heimzelts ihrer Familie, den Bogen in der Hand, verschoss Pfeil um Pfeil, und jeder davon schien einen Magatai zu treffen.

Tom lief zu einem der Gefallenen, nahm ihm die lange, leicht gebogene Klinge aus den Fingern und rannte zu Matani hinüber, bereit, ihr Deckung zu geben, sollte sich einer der Angreifer nähern.

Aber die Fremden kamen nicht zu ihnen, sondern verließen fluchtartig das Lager. Wer sein Reittier verloren hatte und noch nicht getötet worden war, rannte um sein Leben, und diejenigen, die sich auf ihren Pferden gehalten hatten, gaben ihnen die Sporen und verschwanden in der Nacht.

Der Spuk endete so schnell, wie er begonnen hatte, doch einige Krieger des Stammes, angespornt von ihrem unverhofften Sieg, sprangen nun ihrerseits auf ihre Pferde, zur Rache bereit.

Beram jedoch hielt sie zurück: »Lasst sie ziehen! Wir reiten nicht Hals über Kopf in die Nacht. Wir wissen nicht, wie viele Feinde dort draußen noch lauern!«

Tom sah den Widerwillen in den Gesichtern derer, die den Magatai gern gefolgt wären, aber niemand setzte sich über den Befehl hinweg.

»Wir haben sie vertrieben«, stellte Matani neben Tom fest. Sie atmete laut und schnell, und ihre Worte klangen noch gepresst von der Anstrengung des Kampfes.

»Du hast brillant mit dem Bogen geschossen … wie?«

»Die Erde gab mir Kraft, Tom. Ich konnte spüren, wo die Magatai waren.«

»Saubere Arbeit«, murmelte er zur Erwiderung.

Im Lager um sie herum machte sich nun eine schreckensstille Geschäftigkeit breit. Die jüngeren Frauen sahen nach den Kindern, die älteren nach den verletzten Stammesangehörigen. Die Jäger trugen die gefallenen Magatai zusammen, und einige andere Männer und Frauen begannen bereits damit, die eingestürzten Zelte wieder aufzurichten und neu abzuspannen, obwohl ihnen das Grauen noch ins Gesicht geschrieben stand.

Mit einem Mal verließ Tom die Anspannung. Sein Körper war von der Magie ausgezehrt und müde, und eine große Erschöpfung breitete sich in seinem Geist aus.

»Du hast auch saubere Arbeit geleistet«, entgegnete Matani. »Das Licht, das warst du!«

»Ja. Ich musste daran denken, was du gesagt hast, darüber, wie die Magie funktioniert. Ich wusste nicht, ob es klappen würde. Es war nur ein Versuch.«

Sie schenkte ihm ein Lächeln, das mindestens so hell war wie die Lichtkugel. »Es hat uns alle gerettet. In der Dunkelheit hätten sie uns besiegt, einen nach dem anderen, und mit sich genommen. Unseren ganzen Stamm.«

Bei dem Gedanken daran wurde Tom von einer plötzlichen Ernüchterung erfasst, und eine bittere Gewissheit überkam ihn.

»Oder sie waren auf der Suche nach mir. Es war sicher kein Zufall, dass sie euch jetzt überfallen haben. Ich glaube, sie waren hinter mir her.«

Matani senkte den Blick und antwortete ihm nicht.

Tom biss die Zähne zusammen und wandte sich von ihr ab. Mit vor Entschlossenheit grimmiger Miene ging er zu Beram, der sich am großen Feuer leise mit Atin besprach.

»Es ist, wie ich vorhin schon sagte: Ich muss euch verlassen«, erklärte er mit fester Stimme und nahm dabei aus dem Augenwinkel wahr, wie der Rabe auf dem Dach des nächsten Zelts neben ihnen landete. »Solange ich hier bin, seid ihr in Gefahr.«

»Der Stamm hat entschieden. Wir brechen bald auf«, entgegnete Beram mit hocherhobenem Haupt. »Wir ziehen fort von den Magatai, ins Winterlager. Dort sind wir sicher, und du bist uns ein willkommener Gast.«

Langsam schüttelte Tom den Kopf. »Danke, aber ich will nicht, dass ihr meinetwegen je wieder solche Probleme habt«, er wies auf das Lager, »oder am Ende noch alle ums Leben kommt. Ich werde wirklich lieber versuchen, in meine Heimat zurückzukehren.«

»Ich komme mit dir«, ließ Resk sich vernehmen und streckte sich. »Vielleicht finde ich auch meine Heimat wieder.«

»Wenn das dein Entschluss ist, dann werde ich euch begleiten.« Überrascht sah Tom Matani an, die sich ihnen lautlos genähert hatte und sich jetzt vor ihm aufbaute. »Ihr werdet Hilfe brauchen.«

»Das werde ich nicht erlauben«, widersprach Beram, aber Matani hob ihre Hand.

»Ich bin eine erfahrene Jägerin, und ich kenne das Gräsermeer. Jemand muss sie führen, und ich bin dafür die

Richtige, das weißt du. Es ist meine Entscheidung, Da'ir. Ich werde im Winterlager zu euch stoßen.«

Der Anführer des Stammes zweifelte an ihren Worten, so viel war Tom klar. Er selbst war sich nicht sicher, was er empfand. Einerseits wäre es gut, Matani noch nicht Lebewohl sagen zu müssen. Andererseits war sie in seiner Gesellschaft in Gefahr, und der Gedanke daran, dass ihr etwas passieren könnte, machte ihm Angst.

Aber als er die Entschlossenheit in ihrem Blick sah, wusste er, dass er es ohnehin nicht verhindern konnte. Sie würde ihn und Resk begleiten, denn ihre Entscheidung war gefallen, und Tom hatte das Gefühl, dass keine Macht dieser Welt sie mehr aufhalten konnte.

Das verlassene Lager

Als Resk sich ein wenig ungelenk in das Gras duckte, folgte Matani mit deutlich mehr Geschick seinem Beispiel und schlich sich dann an den Troll heran.

»Wir sind gleich da«, erklärte er mit seiner tiefen Stimme. Matani nickte und rief vorsichtig Tom zu ihnen, der sich ebenfalls geduckt näherte. Er hatte sich auf Schläfenhöhe ein gewundenes Tuch um den Kopf gebunden, um seine Haare aus dem Gesicht zu halten, was irgendwie ungewohnt aussah, und schaute sie fragend an.

»Wir sind gleich da«, wiederholte Matani Resks Worte, woraufhin Tom abwinkte.

»Ich weiß. Der Rabe hat mir gesagt, dass alles ruhig ist und niemand zu sehen.«

»Das hättest du uns auch früher verraten können«, erwiderte Resk und erhob sich.

»Sorry. Ich dachte, ihr mit euren tollen Sinnen wüsstet das.«

»So.« Matani sah ihn an, war sich aber nicht sicher, ob er scherzte oder nicht. »Ich habe keine besonderen Sinne.«

»Resk kann im Dunkeln sehen.«

»Aber es ist nicht dunkel.«

»Schon klar, aber ich …«

»Können wir einfach weiter?«, mischte sich Resk grummelnd ein. »Da vorn wollen wir hin, und Reden bringt uns nicht ins Lager.«

Sie folgten dem Hügeltroll, der vorausging. Als sie sich dem Lager weiter näherten, machte sich ein unangenehmes Gefühl in Matanis Magengrube breit. Sie wusste, was es war: Angst. Sie erinnerte sich an das erste Mal, als sie dort in der Nacht alles ausgespäht hatte. Hätte sie damals gewusst, dass sie nur wenig später gefangen genommen und in dem Lager landen und beinahe sterben würde, sie hätte die Beine in die Hand genommen und ihren Vater dazu bewegt, den Stamm in Sicherheit zu bringen. *Dorthin, wohin sie jetzt unterwegs sind. Ins Winterlager, tief in der Steppe, wo die Magatai uns nicht finden.*

Als sie die Ruinen des Lagers vor sich sahen, atmete Matani tief durch und versuchte, so die Furcht aus ihren Gedanken zu vertreiben. Sie blieben stehen und beobachteten das Gelände eine ganze Weile lang, aber tatsächlich konnten sie keine Bewegung erkennen.

Das Lager bot ein einziges Bild der Verwüstung. Der große Turm in der Mitte war umgestürzt und hatte eine der langen Hallen zerschmettert. Zwei weitere Hallen schienen abgebrannt zu sein, nur eine war noch intakt, aber auch an dieser waren Spuren der Nacht zu sehen, als Tom erschienen und Matani und Resk die Flucht geglückt war.

»Gehen wir hin«, schlug Matani vor, und als niemand protestierte, lief sie in das Lager hinunter. Als sie die freie Fläche betrat, wo die Magatai das Gras niedergebrannt hatten, lief ihr ein Schauer über die Arme, und sie fühlte sich ausgeliefert, aber sie war entschlossen, sich nicht von ihrer Angst besiegen zu lassen. Auf keinen Fall sollten die Fremden eine derartige Macht über sie haben. Sie gab der Füchsin zu verstehen, dass sie im hohen Gras warten sollte. Ein heiseres Bellen antwortete ihr.

»Wonach suchen wir genau?«, fragte Resk.

Matani zuckte mit den Schultern. »Keine Ahnung.«

Es dauerte einen Moment, bis ihr auffiel, dass genau diese Worte ganz typisch für Tom waren, der sie immer benutzte. Sie lächelte kurz, dann fuhr sie fort: »Achtet einfach auf alles Ungewöhnliche. Wir sollten vielleicht bei dem gefallenen Turm anfangen.«

Langsam gingen sie zu den Ruinen im Zentrum des Lagers. Von dem vorher so beeindruckenden Turm war nicht viel geblieben. Er war aus Stein erbaut worden und beim Einsturz in viele Quader zerfallen. Matani konnte metallene Überreste in den Steinen sehen, die sich anscheinend an der Seite des Turms nach oben gewunden hatten. *Vielleicht war das der Weg, den die seltsamen Lichter genommen haben?*

Tom kletterte über einen kleinen Hügel aus Schutt und versuchte, in das ehemalige Innere des Turms zu gelangen. Matani folgte ihm, was nicht ganz leicht war. Unter ihren Füßen rutschten Steine weg, und Staub wirbelte auf. Nicht zum ersten Mal dachte sie, dass die Schuhe, die Tom trug, vielleicht manchmal doch ganz praktisch waren. In der

Luft hing noch ein leichter Geruch, der sie an ihre Gefangennahme erinnerte, irgendwie beißend. Sie hustete.

»Nur noch Schrott«, stellte Tom enttäuscht fest. »Was immer das auch war, ich kann nichts mehr erkennen.«

Tatsächlich war vom Inneren des Turms nicht mehr viel übrig. Verbogenes Metall und gesplitterter Stein ragten empor. Es schien eine Art von Metallgerüst gewesen zu sein, das innerhalb des Turms errichtet worden war, aber Matani konnte seinen Zweck nicht einmal ahnen. Als sie näher heranging, entdeckte sie winzige Zeichen, die sich die verbogenen Metallstreben entlangwanden. Und da war noch etwas. Sie kletterte weiter, rutschte das letzte Stück den Schutt hinunter, wobei eine große Wolke Staub aufwirbelte, und hielt sich an einer dicken Metallstrebe fest.

Auf den Steinen direkt vor ihren Füßen waren dunkle Flecken, wie Spritzer, zu sehen. Sie bückte sich, um sie genau in Augenschein zu nehmen.

»Blut«, erklärte sie. Zwischen den Steinen hing ein Stofffetzen. Sie zog ihn mit einem Ruck heraus. Es war ein Stück dunkler, dicker Stoff, fein gewebt, mit einem kaum erkennbaren Muster darauf.

»Was hast du da?«

»Sieht aus wie ein Fetzen von einer Robe oder so etwas. Ich glaube, jemand war hier drin, als der Turm eingestürzt ist.«

»Äh, meinst du, da ist 'ne Leiche?«

Toms Stimme klang ziemlich angewidert, aber Matani konnte ihn beruhigen: »Ich denke nicht. Die Fremden lassen keine Toten hinter sich liegen. Sie äschern sie mittels Magie ein, das ist ihnen sehr wichtig. Wenn sie im Anschluss an das nächtliche Chaos noch hier waren, dann haben sie bestimmt alle Toten so bestattet, selbst die Sklaven.«

»Klingt echt nett«, erwiderte Tom ironisch, während er vorsichtig zu ihr herabstieg. Als er unten angekommen war, untersuchte er die Trümmer genau. »Du meinst, hier war jemand drin?«

Sie zog die Augenbrauen zusammen, während sie nachdachte. »Sie haben diesen Ort ganz sicher für ihre Magie gebraucht. Ich glaube, der Turm war eine Art Fokus. Die gestohlene Energie wurde hierhergeleitet. Vielleicht war es ein Magier der Magatai, der hier drin war, oder sogar mehrere, um die Kraft zu bündeln. Die Lichter liefen jedenfalls bis zum Turm und vom Boden bis zur Spitze hinauf.«

»Ich kann ein paar Steine wegschleppen«, bot Resk an, der zweifelnd den Stofffetzen betrachtete. Obwohl Matani es nicht immer leicht fand, in dem grauen Gesicht des Trolls zu lesen, konnte sie jetzt erkennen, dass er sich am Ort seiner einstigen Gefangenschaft mindestens genauso unwohl fühlte wie sie.

»Hier haben sie also ihre Nummer abgezogen, um mich zu rufen«, sinnierte Tom leise. Er trat gegen einen Stein, der ein Stück weiterrollte. Seine Finger fuhren über die kleinen Zeichen auf einer der Metallstreben.

Matani gesellte sich zu ihm. »Ja. Irgendwie unheimlich, oder?«, sagte sie, und Tom nickte nur.

Sie suchten gemeinsam noch weiter, aber es war schwer, etwas zu suchen, wenn man gar nicht wusste, wonach man genau suchte. Die Magie der Magatai war für Matani fremdartig, und Tom fand keine Hinweise auf die Zauber, deren Auswirkungen er bereits auf der anderen Seite der geteilten Welt gespürt hatte.

Resk schlich missmutig herum, trat gegen Steine und zersplittertes Holz und schien das Ganze für reine Zeitverschwendung zu halten.

»Die Fremden benutzen viel Metall für ihre Magie. Sie haben diese Stöcke, und hier ist jede Menge Metall im Turm verbaut worden. Es scheint für sie ziemlich wichtig zu sein«, grummelte der Troll.

»Aber nicht für euch, oder?«, fragte Tom an Matani gewandt. »Ihr ... also, ich meine ... wir können auch so zaubern, ohne Metall.«

Matani nickte. »Wir verwenden ohnehin nicht viel Metall, weil das ein Stoff ist, von dem wir nicht viel besitzen, und unsere Kraft stammt meist aus der Natur, die uns umgibt. Aber natürlich gibt es auch Magier im Gräsermeer, die ihre Kraft aus den Metallen ziehen.«

»Kannst du uns helfen?«, fragte Tom den Raben vernehmlich, der über ihnen kreiste. »Weißt du mehr darüber?«

Leider nicht. Ich habe nur gespürt, dass der Schleier zwischen den beiden Seiten der geteilten Welt hier dünner ist. Weil du auf der anderen Seite, aber in der Nähe warst, konnte ich einen Teil von mir zu dir senden. Zum Glück gab es da, wo du warst, Raben. Aber wie die Magatai das gemacht haben, weiß ich nicht.

»Du würdest mir doch nichts verschweigen, oder?«

Nein, kam die entrüstete Antwort, *wofür hältst du mich?*

»Sollen wir den Rest des Lagers untersuchen?«, erkundigte sich Matani vorsichtig.

»Jo.«

Tom kletterte wieder über den Schutt, und Matani tat es ihm gleich. Auf der anderen Seite wartete Resk auf sie.

»Ich habe mich umgesehen«, erklärte der Troll. »Der Turm ist auf die Unterkünfte der Sklaven gefallen. Wäre ich gerade da drin gewesen …«

»Zum Glück warst du aber nicht da drin.«

»Ja, zum Glück. Die beiden abgebrannten Hallen waren die mit den Gefangenen. Du warst in der dort.«

Resk wies auf eine der Ruinen. Matani erinnerte sich wieder an die Nacht ihrer Flucht, das laute Dröhnen, das Feuer, den Rauch. Hätte Resk sie nicht aus der Halle befreit, wäre sie in dem Feuer verbrannt. Sie fragte sich, was aus den anderen geworden war. Hätte sie damals gewusst, dass es so viel Chaos im Lager gab, hätte sie versucht, die Gefangenen gegen die Magatai zu führen, anstatt zu fliehen.

»Und was war da drin?«, fragte Tom und deutete auf das letzte noch intakte Gebäude.

»Die Unterkünfte der Magatai. Da durfte kein Sklave rein.«

»Na fein«, sagte Tom grimmig. »Von denen lassen wir uns nichts vorschreiben.«

Sie umrundeten die längliche Halle, bis sie eine Eingangstür fanden. Resk trat vor und verpasste der geschlossenen Tür einen Hieb, der das Holz des Rahmens ächzen und Splitter durch die Luft fliegen ließ. »Wen immer die hier draußen halten wollten – Trolle waren es wohl nicht«, brummte er zufrieden. Die Tür flog auf und gab den Blick auf einen dunklen Raum frei.

Mit einem Fingerschnippen rief Tom ein kleines Licht herbei, das neben seinem Kopf schwebte. Matani lächelte. Seine Begabung war wirklich beeindruckend. Es war gleich offensichtlich gewesen, dass seine Verbindung zur Magie stark sein würde, aber dass er nach so kurzer Zeit bereits zauberte, als wäre es die natürlichste Sache der Welt, war unglaublich. Locker deutete Tom in das Innere der Halle, und das Licht bewegte sich hinein, glitt ihnen wie ein kleiner, leuchtender Führer voraus. Der Rabe landete neben ihnen und lugte neugierig in die Halle hinein.

Obwohl sie sich alle drei bemühten, sich keine Angst anmerken zu lassen, betraten sie die Halle mit äußerster Vorsicht.

Es gab einen kleinen Eingangsraum, dessen Boden mit rußigen Stiefelspuren bedeckt war. Eine offene Tür führte in einen Gang, der mitten durch die Halle zu verlaufen schien und von dem rechts und links und am Ende weitere Türen abgingen.

»Sieht so aus, als hätten sie hier anschließend noch Sachen herausgeschafft«, stellte Tom betrübt fest und deutete auf die Stiefelspuren. »Wahrscheinlich haben sie das Lager geordnet verlassen.«

»Wir sehen uns trotzdem um«, beschloss Matani. »Wer weiß, ob sie nicht was vergessen haben.«

Langsam gingen sie durch die Räume. Die meisten, gerade im vorderen Teil des Ganges, waren offensichtlich Schlafräume gewesen. Es gab Haken für Hängematten in den hölzernen Wänden, und hier und da waren Besitztümer liegen geblieben, Kleidungsstücke und ein wenig Münzgeld, von dem Tom etwas einsteckte. Aber etwas Wertvolleres oder Interessantes entdeckten sie nicht. Dennoch durchsuchten die drei alles genau.

»Wo waren eigentlich die Pferde?«, fragte sich Matani halblaut.

»Es gab abseits des Lagers eine Koppel im Gräsermeer. Einige von uns mussten da nachts immer Wache halten. Wir mochten das nicht, weil es hieß, dass in der Steppe furchtbare Monster hausen«, antwortete Resk, fügte dann aber schnell hinzu: »Nicht, dass ich Angst gehabt hätte.«

»Natürlich nicht«, bekräftigte Tom. »Wovor auch? Du bist größer und stärker als alle anderen furchtbaren Monster.«

Resk sah ihn zweifelnd an. »Bei mir zu Hause wäre ich ziemlich klein. Wir Trolle wachsen viel länger als ihr Menschen. In hundert Jahren, da werde ich groß sein!«

»Wow, in hundert Jahren? Wie alt willst du denn werden?«

»Weiß nicht. Trolle sterben nicht so einfach. Wir sind wie Stein, weißt du? Tief in den Bergen soll es Höhlentrolle geben, die Tausende von Zyklen alt sind.«

Bevor Matani fragen konnte, was Zyklen waren, gab Tom ein erfreutes »Ha!« von sich.

Er war in den letzten Raum gegangen, der am Ende des Ganges lag, ein großes Zimmer, in dem noch hölzerne Möbel standen. Es gab einen Tisch, einen Stuhl, dazu ein langes, schmales Bett mit einer Matratze und zwei niedrigere Tischchen.

»Dann wollen wir doch mal sehen«, murmelte Tom, während er begann, den Raum zu durchsuchen. »Hier hat bestimmt der Cheffe gewohnt.«

»Der was?«

»Der Chef.« Tom sah ihre fragenden Mienen. »Der Boss? Der Anführer?«

»Sag das doch gleich«, murmelte Matani.

Sie sahen unter allen Möbeln nach, und Tom riss sogar die Matratze heraus und schnitt sie mit seinem Dolch auf, aber darin war nur müffelndes Rosshaar, das er achtlos auf den Boden fallen ließ.

»Nichts«, knurrte er enttäuscht. »Das kann doch nicht sein!«

Sie haben einfach alles mitgenommen, als sie abgezogen sind, erwiderte ihm der Rabe, der hinter ihnen in das Zimmer gehüpft war. *Sie dachten ja, du wärst ihnen durch die Lappen gegangen.*

»So ein Mist. So viel Pech kann man doch gar nicht haben.« Tom ließ sich auf den Stuhl sinken und legte den Kopf in die Hände. »Wie soll ich denn jetzt nach Hause finden?«

»Vielleicht hatte Atin recht?«, gab Matani zu bedenken. »Wenn wir nichts finden ...«

»Nein! So einfach gebe ich nicht auf. Hier muss es etwas geben. Irgendeinen Hinweis, irgendwas. Helft mir suchen.«

Tom kroch zu dem staubigen Haufen Rosshaar und begann, mit beiden Händen darin zu wühlen. Matani sah ihm zuerst kurz zu und dann zu Resk hinüber. Der Hügeltroll schien ihre Gedanken zu teilen, denn er schüttelte traurig das massige Haupt.

»Tom, hier ist nichts.«

»Doch!«

»Nein, lass uns draußen weitersuchen. Vielleicht finden wir dort mehr.«

»Draußen gibt es nichts«, zischte er wütend. »Nur Ruinen und ausgebrannte Hallen. Die Mistkerle haben alles mitgenommen. Die haben mich gerufen und dann nichts dagelassen! Wie soll ich denn so jemals den Rückweg finden? Diese blöden, verfluchten …«

Er hob wütend die Arme und schüttelte die Fäuste, als wollte er einem unsichtbaren Feind drohen. Dann sackte er in sich zusammen. »Du hast recht, Resk«, bekannte er. »Hier gibt es nichts.«

Matani setzte sich neben ihn auf die Tischkante. Sie legte ihm die Hand auf die Schulter und drückte sie. Eine Zeit lang blieben sie so sitzen, bis er schließlich aufstand und sich den Staub von den Händen klatschte.

Von draußen ertönte ein lautes Bellen. Matanis Kopf zuckte herum. Die Füchsin warnte sie!

»Was ist?«

»Wir müssen hier raus«, zischte Matani. »Sie hat etwas bemerkt.«

AUFBRUCHSSTIMMUNG

»Jarkas sagt mir, dass du bald bereit sein wirst, meine Truppen zu führen, Alexander. Ist das richtig?« Der Sar'thosa blickte Alex prüfend an. Die silberfarbenen Augen gaben wie üblich nichts von dem preis, was der Mann dachte.

Falls die Frage bedeutet, dass ich damit aufhören kann, mich jeden Tag auf dem Sandplatz vermöbeln zu lassen, bin ich sogar mehr als bereit, antwortete Alex, allerdings nur im Geist.

Obwohl er in der letzten Zeit mehr Prügel kassiert hatte als in seinem ganzen vorherigen Leben, war nicht zu übersehen, dass er besser und besser wurde. Mittlerweile schwitzte Jarkas schlimmer als er, wenn sie miteinander kämpften, und nicht selten lag der ältere Mann am Boden, wenn der Tag zu Ende ging.

Gegen die anderen Soldaten war Alex seit seinem Duell mit Elion nur selten angetreten, und wenn, dann hatte er meist gewonnen. Und er war verdammt froh, dass der Sar'thosa ihn nicht mehr dazu gezwungen hatte, weitere Kämpfe auf Leben und Tod auszufechten.

Aber bereit dazu, das Kommando zu übernehmen? Die meisten Soldaten kennen mich nicht, und ich habe keine Ahnung, ob sie tun würden, was ich ihnen sage.

Um Zeit zu gewinnen, griff Alex nach dem Becher, der vor ihm auf der Tafel stand, und trank einen Schluck Wasser. Sein Gegenüber wandte den Blick nicht für einen Moment von ihm ab und schien nicht mal zu blinzeln.

»Ich denke, Jarkas kann das besser beurteilen als ich«, entgegnete Alex schließlich ruhig.

Der Sar'thosa lachte humorlos, was umso beunruhigender klang, als zugleich das Echo aus den Mündern an seiner Rüstung drang.

»Es scheint, als hätten die Magatai an dir eher einen Diplomaten als einen Krieger gewonnen. Aber Jarkas sagt auch, dass du noch immer nicht viel Geschick darin zeigst, die Magie zu beherrschen. Wie kommt das, Alexander?«

Obwohl die Worte nicht vorwurfsvoll oder bedrohlich klangen, versetzten sie Alex in Alarmbereitschaft. *Kommt vielleicht daher, dass ich keine blasse Ahnung habe, wie ich diesen Stunt anstellen soll.*

»Ich weiß nicht, Herr. Ich habe gehört, dass es dauern kann, bis ein Weltenwechsler sich an alles erinnert, was er kann.« Das sagte ihm zumindest Ajun immer wieder, und Jarkas hatte auch schon so etwas verlauten lassen. Für Alex, der nicht daran glaubte, dass er überhaupt zu irgendetwas Magischem in der Lage war, stellte das allerdings nur einen schwachen Trost dar.

Zu Alex' Glück schien der Herr der Magatai nicht weiter auf diese Misere eingehen zu wollen. »Nun gut«, sagte er stattdessen. »Die Zeit wird es zeigen. Bist du bereit, im Nordosten eine Aufgabe für mich zu übernehmen?«

»Im Nordosten« klingt, als ob ich damit mal aus der Stadt rauskäme. Und das heißt vielleicht auch, dass ich endlich nach einem Rückweg suchen kann, sobald ich nicht mehr hier festsitze.

Alex nickte deutlich entschlossener als noch eine Minute zuvor und fügte sicherheitshalber noch ein »Ja, Herr« an.

»Gut. Meine Leute haben mir berichtet, dass es in Toliosa eine seltsame Allianz zwischen Menschen und Elfen gibt. Der Ort steht kurz vor einer Rebellion, und das zu einer Zeit, in der wir alle unsere Truppen brauchen werden, um unseren Vorstoß im Süden weiter voranzutreiben. Dieser Aufstand muss im Keim erstickt werden; ich brauche die unbedingte Gewissheit, dass in unserem Kernland alles ruhig ist, wenn wir die Armee in den Süden führen.«

Das klang wiederum beunruhigend genug, aber der Moment, um zu widersprechen, war vorbei, das wusste Alex. Wie immer fühlte er sich in Gegenwart des Sar'thosa klein und unbedeutend.

Alex wusste mittlerweile, dass der Herr der Magatai diese Wirkung auch auf andere Leute hatte. Er war Zeuge gewesen, wie selbst erprobte Soldaten und gestandene Männer in seiner Gegenwart zu zittern begannen. Aber von einem frischgebackenen Anführer erwartete der Sar'thosa sicher anderes. Also riss Alex sich zusammen, straffte die Schultern und wiederholte: »Ja, Herr.«

»Du brichst morgen mit fünfzig Reitern auf. Das sollte genügen. Ihr sollt keine Schlacht schlagen, sondern nur die Ordnung wiederherstellen. Lass die Rädelsführer hängen, und nimm ein paar der Kinder mit. Das wird sicherstellen, dass Toliosa so schnell kein zweites Mal aufbegehrt.«

Dazu konnte Alex nur noch nicken, ein weiteres Wort brachte er nicht heraus. Er hatte keine Ahnung, wo Toliosa lag oder was dort vor sich ging. Aber so, wie es aussah, hatte er jetzt wohl keine andere Möglichkeit mehr, als es herauszufinden. *Du und deine große Klappe,* dachte er ärgerlich. Aber zugleich wusste er, dass er ohnehin niemals den Mut aufgebracht hätte, sich dem Sar'thosa zu widersetzen.

Der Herr der Magatai musterte ihn noch einmal prüfend. »Jarkas wird dich begleiten, Alexander. Ihr brecht bei Sonnenaufgang auf. Ich will nicht, dass du zu lange fort bist, ich habe andere Pläne mit dir. Ihr reitet nach Toliosa, ihr sorgt dort für Ruhe und kehrt sofort wieder zurück. Verstanden?«

»Verstanden.«

»Du kannst gehen.« Mit einer nachlässigen Handbewegung war Alex entlassen.

Auf dem Rückweg zu seinem Zimmer hallten die Worte des Sar'thosa in seinem Kopf nach. *Ich habe andere Pläne mit dir.* Das war ein Thema, das irgendwie immer wieder zur Sprache kam, obwohl anscheinend niemand willens oder in der Lage war, Alex zu erklären, was das genau für Pläne waren.

Natürlich hatten die Magatai aus einem bestimmten Grund einen Weltenwechsler auf ihre Seite holen wollen, soviel war klar. »Aber du wirst früh genug mehr darüber erfahren« war in etwa alles, was Jarkas dazu zu sagen hatte, wenn Alex ihn danach fragte.

Insgeheim fürchtete Alex den Tag, an dem er herausfinden würde, was das für Pläne waren. Denn wahrscheinlich würden die Magatai spätestens dann merken, dass sie den falschen Mann erwischt hatten. Und Alex wollte sich lieber nicht vorstellen, was der Sar'thosa dann mit ihm machen würde.

In seinem Zimmer wurde er von Ajun erwartet, der gerade dabei war, den Boden zu fegen.

»Pack ein paar Sachen, Ajun«, sagte Alex, mehr weil es sich richtig anhörte, das zu sagen, als aus einem anderen Grund. »Wir gehen morgen auf eine Reise.«

Der Junge ließ den Besen ruhen und sah ihn fragend an. »Was für Sachen soll ich denn packen, Herr? Wird das eine lange Reise?«

Alex schloss die Augen. *Drei Monate. Drei Monate in dieser verfluchten Festung, und Ajun hat mich noch kein einziges Mal beim Namen genannt. Wenn ich sage: »Spring!«, fragt er mich höchstens: »Wie weit?«. Und ich dachte, wir könnten Freunde werden.* Wieder einmal hatte er das Gefühl, diesen Ort immer noch nicht besser zu verstehen als an seinem allerersten Tag hier. Der Gedanke machte ihn wütend.

»Mann, keine Ahnung«, knurrte er. »Weißt du, wo Toliosa liegt? Oder was die da für ein Wetter haben?«

Hastig schüttelte Ajun den Kopf.

»Dann verzieh dich und finde es heraus. Wenn du weißt, wie lange wir dahin brauchen, kann ich dir vielleicht auch sagen, was du packen sollst.«

»Natürlich, Herr.« Blitzschnell hatte Ajun die Tür geöffnet und verschwand im Flur.

Als der Junge gegangen war, ließ Alex sich auf sein Bett fallen. Es tat ihm leid, dass er ihn so angefahren hatte, aber die Neuigkeiten des Sar'thosa hatten nicht gerade dazu beigetragen, seine ständig angespannten Nerven zu beruhigen.

Und Ajun konnte manchmal wirklich begriffsstutzig sein.

Ob er Ajun und Elion überhaupt mitnehmen konnte? *Der Sar'thosa will, dass ich diesen Trupp anführe. Also ist es wohl meine Entscheidung, ob ich meine Diener mitnehme,* dachte er trotzig.

»Ich weiß, wo Toliosa liegt, Herr«, ertönte plötzlich eine ruhige Stimme von der Tür her.

Alex hob den Kopf und sah Elion, der eine große Decke, in die offenbar irgendetwas eingeschlagen war, auf den Armen trug.

»Ach ja? Und wie lange brauchen wir bis dort?«

Der Elf – Alex hatte sich erstaunlich schnell daran gewöhnt, den jungen Soldaten als solchen zu bezeichnen – kam herein und legte das Bündel auf dem Bett ab. »Das kommt darauf an – wenn wir Pferde haben und keine schweren Wagen, dann vielleicht eine Woche.«

»Eine Woche? Na gut, dann kann ich Ajun wenigstens sagen, wie viele Hemden er einpacken muss«, murmelte Alex reuig.

»Er meint es nur gut, Herr«, erwiderte Elion, der das Gespräch zwischen Alex und seinem Diener offenbar mitbekommen hatte.

»Ich weiß. Was hast du da?« Alex deutete auf das Bündel auf seinem Bett.

»Der Sar'thosa hat das für dich anfertigen lassen«, erklärte Elion ehrfürchtig und schlug die Enden der Decke auseinander. Darin lagen Teile einer Metallrüstung, Brustpanzer, Handschuhe, Arm- und Beinschienen und ein Helm, alles aus dem gleichen nachtschwarzen Material gefertigt, aus dem auch die Rüstung bestand, die der Sar'thosa stets trug.

»Woher weiß er denn, dass sie mir passen wird?«, fragte Alex irritiert, während er eine Armschiene in die Hand nahm.

»*Sie* werden dafür sorgen, dass die Rüstung passt, Herr.« Elion deutete auf winzige Hände und Füße, die sich wie ein bizarres Muster über das seltsame Material zogen.

Alex musste ein Schaudern unterdrücken, als er die Armschiene anlegte. Sie war ganz leicht und schloss sich so um seine Haut, als habe sie einen eigenen Willen. Er konnte sich des Eindrucks nicht erwehren, dass die winzigen Finger suchend über ihn hinwegstrichen, und das Gefühl sorgte dafür, dass sich die Härchen an seinen Armen aufstellten.

»Sie?«, flüsterte er mit einer Mischung aus Faszination und Abscheu.

»Die lebenden Geister, die in das Metall geflossen sind, Herr.«

Der letzte Schwerthieb trifft

Mit dem unbestimmten Gefühl, gerade einen großen Fehler zu machen, rannte Tom ins Freie. Draußen empfing ihn die Sonne. Es war hell und freundlich, aber die Warnung des Raben legte sich wie ein dunkler Schleier über sein Gemüt.

»Wo?«, rief er laut.

Von Norden, kam die Antwort. Der Vogel kreiste über ihnen, die Flügel ausgebreitet, und wandte den Kopf immer in dieselbe Richtung.

»Lasst uns rasch von hier verschwinden«, bat Matani, »uns verstecken.«

Sie sind zu nah. Wenn ihr in die Steppe lauft, reiten sie euch einfach nieder.

Resk baute sich neben der Halle auf und sah sich suchend um. Er hob einen kürbisgroßen Stein vom Boden auf und wog ihn in der Hand.

»Wie viele sind es?«

Zehn oder mehr.

»Verdammt«, entfuhr es Tom. »Das ist übel.«

Er selbst schaute sich ebenfalls um. Zwischen den Resten der Hallen war der Boden mit Schutt und Geröll vom Turm übersät. Dort war es schon schwierig, auch nur zu laufen. »Hier können sie bestimmt nicht so gut mit ihren Pferden entlangreiten. Das ist ein Vorteil weniger für sie. Wir lauern ihnen hier auf, verstecken uns und greifen sie an, wenn sie ins Lager reiten.«

»Vielleicht ziehen sie ja auch vorbei«, sagte Matani hoffnungsvoll, aber sie nahm dennoch ihren Bogen in die Hand und spannte die Sehne.

Resk schlug sich mit dem Stein in die Handfläche der anderen Hand und knirschte grimmig mit den Zähnen.

»Warn uns«, bat Tom den Raben, während er geduckt zu einer der niedergebrannten Hallen lief und sich zwischen den verkohlten Balken und Bohlen verbarg. Matani rannte zur noch unversehrten Halle, hielt kurz inne, sammelte sich und sprang dann mit einem gewaltigen Satz hoch auf das Dach, wo sie sich sofort duckte. Tom sah noch, wie sie den ersten Pfeil auf die Sehne legte, dann verschwand sie aus seinem Blickfeld. Nur Resk blieb mitten im ehemaligen Lager zurück. Der Hügeltroll schlenderte zu dem Schutthaufen in der Mitte und setzte sich.

»Was machst du da?«, zischte ihm Tom zu. »Versteck dich!«

»Ich kann mich nicht gut verstecken«, erwiderte der Troll ungerührt. »Ich warte hier. Einer von uns muss ja mit denen kämpfen, während ihr irgendwo rumschleicht. Wir Trolle sind gute Kämpfer.«

Tom wollte noch etwas sagen, aber da hörte er den Hufschlag mehrerer Pferde und duckte sich noch tiefer in die Schatten. Er versuchte, sich zu beruhigen und seinen Geist von allem zu befreien, aber es gelang ihm nicht besonders gut. *Mist, für diesen Zen-Kram bin ich einfach der Falsche!* Er hätte gern gebetet, wusste aber nicht, zu wem.

Vor seinem inneren Auge zogen Filmhelden vorbei, die ebenfalls in solche unmöglichen Kämpfe gezogen waren, mit entschlossener Miene und einer großen Waffe in der Hand, total cool und selbstsicher. Auch dafür war er nicht geeignet. Die Hand, in der er den langen Dolch hielt, war schweißnass, und sein Herz raste.

Ein Reiter kam in Sicht, umrundete langsam die vom Turm zerstörte Halle. Resk stand auf. Der Reiter sah ihn. Sein Visier war hochgeklappt, und er machte ein erstauntes Gesicht. Bevor er reagieren konnte, hatte der Troll ihm den Stein entgegengeschleudert. Das Wurfgeschoss schlug mit einem ekligen Knacken direkt in das Gesicht des Mannes ein, und er fiel einfach rückwärts vom Pferd. Jemand musste das gesehen haben, denn Tom hörte Warnrufe der Magatai.

Weitere Reiter stürmten um die Ecke, diesmal mit gesenkten Visieren und gezogenen Waffen. Die Dämonenfratzen ihrer Helme schienen Tom direkt anzusehen. Resk breitete die Arme aus, fletschte seine Hauer und brüllte so laut, dass selbst Tom sich erschrak. Die Pferde tänzelten nervös. Einer der Männer hob einen kurzen Stock – und schrie auf, als ein Pfeil in seine Seite drang.

Als wäre das ein Signal, sprang auch Tom auf und schrie. Er deutete mit dem Dolch auf einen der Krieger und ließ die Macht durch seine Hand fließen. Ein greller Lichtblitz schlug dem Mann in die Fratze seines Helms.

Resk lief auf die Reiter zu. Einer legte mit einem Stock auf ihn an, es knallte laut, und der Troll taumelte, schüttelte benommen den Kopf, klopfte sich dann selbst mit der Hand auf die Wange und brüllte erneut.

Matani ließ einen Pfeilregen auf die Gegner niedergehen, der sie zurücktrieb. Tom sprang vor, den Dolch erhoben und sandte ihnen einen Lichtblitz hinterher.

»Resk, nein!«, schrie er, als er merkte, dass der Troll auf dem Weg war, ihnen zu folgen. Resk hielt an und blickte sich wütend um. »Wir müssen hierbleiben. Wir dürfen uns nicht trennen!«

Der Hügeltroll nickte. Er sah auf den gefallenen Krieger herab und spuckte verächtlich aus. Tom schaute zu Matani, die auf dem Bauch über das Dach kroch.

Sie teilen sich auf, meldete der Rabe. *Zwei kommen um das Lager herum, die anderen kommen von Matanis Seite. Und da ist einer, der ihnen Befehle gibt. Er hat starke Magie und ...*

Die Worte des Raben wurden zu einem lauten Schrei, als ein dunkler Schatten in den Himmel raste und ihn umgab.

»Nein!«, rief Tom, aber der Rabe war nicht mehr zu sehen. Mit einem Gedanken sandte Tom ein helles Licht in den Himmel, um ihm zu helfen, doch schon donnerten Reiter in das Lager, und er musste zur Seite springen, um nicht einfach niedergeritten zu werden.

Eine Klinge sauste direkt an seinem Gesicht vorbei, dann war er wieder zurück im Schutz der ausgebrannten Halle und sah sich von dort im Lager um.

Einer der Reiter hing nur noch im Sattel; ein Pfeil ragte aus seinem Hals, und sein Pferd galoppierte wild zwischen den Hallen hindurch und davon. Zwei umkreisten Resk und hieben mit ihren gekrümmten Klingen nach ihm, aber der Troll hielt sie mit seinen langen Armen und wilden Ausfällen auf Abstand.

Viel näher jedoch war der Feind, der direkt vor Tom vom Pferd sprang und sich mit gezogener Waffe unter einem Balken hindurchduckte. Tom zog sich weiter in die Ruine zurück. Unter seinen Sohlen knirschte verkohltes Holz. Entschlossen hielt er den Dolch zwischen sich und den Angreifer, obwohl die Klinge sicherlich zu kurz und zu klein war, um ihn zu schützen.

Mit einem Schrei schickte Tom einen Lichtblitz gegen den Krieger, aber um dessen Leib wallten Schatten auf, die das Licht einfach verschlangen. *Oh shit!*

»Du wirst sterben, kleiner Magier«, tönte es dumpf unter dem Helm hervor. »Ich schneide dich auf und mache dir ein Ende!«

»Leck mich«, schleuderte ihm Tom entgegen und sprang vor. Er täuschte einen Hieb nach links an, warf sich aber nach rechts, genauso wie Alex es ihm gezeigt hatte. Die Klinge des Kriegers pfiff neben ihm durch die Luft, streifte seinen Arm und hinterließ eine Spur glühenden Schmerzes. Tom achtete nicht darauf. Sein Dolch traf die Brust des Gegners, kratzte über die Rüstung, fand keine Schwachstelle und glitt ab. Tom fiel zur Seite und entging einem Rückhandschlag des Mannes nur durch Glück. Er landete auf dem Rücken. Spitzes Holz bohrte sich schmerzhaft zwischen seine Schultern.

Der Krieger wirbelte herum, seine Klinge bewegte sich in einem perfekten Kreis. Tom erkannte, dass er im Kampf keine Chance gegen ihn hatte.

Noch einmal entließ er einen Strom der Macht aus seinem Inneren, sandte eine gleißende Lichtkugel gegen den Feind. Tiefe Schatten wirbelten um diesen herum, empfingen das Licht, und der Mann lachte – bis die Kugel in Myriaden blendender Lichtfunken zerbarst.

Mit einem Schrei taumelte der Krieger rückwärts, hieb blind mit seiner Waffe um sich, wandte sich ab und rettete sich mit einem Sprung durch ein verkohltes Brett aus den Trümmern hinaus ins Freie, jenseits des Lagers, wo er aus Toms Sicht verschwand.

Tom blieb schwer atmend zurück. Er sah auf seinen Arm, wo das Hemd sauber durchschnitten war und Blut aus einem langen, aber nicht sehr tiefen Schnitt lief. Es brannte wie Feuer, doch irgendwie gelang es ihm, den Schmerz zu unterdrücken.

Vorsichtig stand er auf und spähte hinaus ins Lager. Von seinem Raben war keine Spur zu sehen. Obwohl er oft nervig und Tom zudem nicht sicher war, ob der Rabe nicht ganz eigene, ihm weniger genehme Ziele hatte, hoffte er, dass ihm bei dem Schattenangriff nichts passiert war. Resk indes stand mit dem Rücken zur Hallenwand, während ein Reiter und ein Krieger zu Fuß ihn bedrängten.

Als Tom zu Matani sah, erschrak er. Zwei Gerüstete waren auf das Dach geklettert, und Matani lief vor ihnen davon. Es knallte, als einer seinen Stock auf sie richtete, aber sie sprang von der Kante des Daches – und war Toms Blicken entzogen. *Lauf,* dachte er inbrünstig. *Lauf wie der Wind!*

Dann sprang er selbst aus der Halle und sprintete quer über die offene Fläche. Steine rutschten unter seinen Füßen weg, und er strauchelte, schaffte es allerdings, auf den Beinen zu bleiben. Voller Zorn warf er sich gegen den berittenen Krieger, der auf Resk einhieb. Das Pferd schnaubte und stieg in die Höhe, als Tom den Mann an seiner Rüstung packte und sich fallen ließ. Gemeinsam mit dem Krieger krachte er auf den Boden, aber sein Sturz war weniger schlimm. Er rappelte sich auf. Auch der andere kam wieder auf die Füße, stach nach ihm, und Tom sprang zurück.

Plötzlich packte Resk die ausgestreckte Klinge mit der Faust und hielt sie fest. Der Krieger zog verzweifelt daran, und Blut lief über das Metall, aber der Troll ließ nicht los. Er sprang vor, und seine andere Faust traf den Helm, verbeulte die Dämonenfratze und sandte den Feind zu Boden.

Schon zog der gestürzte Reiter seinen Stock, aber bevor Tom reagieren konnte, trat Resk ihm mit aller Macht auf das Handgelenk. Tom hörte Knochen knacken und zuckte unwillkürlich zusammen. Die Schreie des Mannes verstummten, als Resk ihn mit einem Schlag mit beiden Fäusten ausschaltete.

»Matani«, keuchte Tom. »Feinde auf dem Dach.«

»Ja«, brummte Resk und leckte sich über die Innenfläche seiner Hand, wo dunkles Blut aus einem tiefen Schnitt lief. »Danke.«

»Nich' dafür.«

Sie liefen gemeinsam zur noch stehenden Lagerhalle. Von Matani war nichts zu sehen, aber einer der Krieger streckte seine Dämonenfratze über den Rand des Daches, ehe er sich schnell zurückzog, als er Tom und Resk kommen sah.

»Hoch«, befahl Resk und packte Tom unvermittelt am Hosenbund. Bevor er protestieren konnte, wurde Tom durch die Luft gewirbelt und sah die Dachkante auf sich zurasen. Entsetzt streckte er die Hände danach aus, flog aber noch weiter und landete wenig elegant auf allen vieren auf dem flachen Dach.

Ein Krieger stand weiter hinten und spähte ins Gräsermeer, während der zweite seinen Stock auf Tom richtete. Der Knall kam, bevor Tom reagieren konnte. Er riss den Mund auf, und mit seinem Schrei schoss automatisch die Energie aus ihm heraus. Er konnte den Aufprall der gegnerischen Macht auf seiner Haut spüren. Sie glitt über ihn, kribbelte auf seinem Gesicht, seiner Stirn; dann war sie vorbei, harmlos wie eine Brise.

Der Krieger starrte verwirrt auf seinen Stock. Tom grinste finster.

»Damit hast du wohl nicht gerechnet, was?«

Er riss die Hände hoch und deutete mit Devil Horns auf den Feind. Licht strahlte zwischen seinen Fingern, schlug zischende Bögen, dann entlud sich die Macht in einem Schlag, der den Mann in die Brust traf und nach hinten schleuderte. Er flog durch die Luft und verschwand aus Toms Sichtfeld, als er über die Dachkante wirbelte und zu Boden stürzte.

Der andere blickte kurz zu Tom, dann zur Seite, wo sein Kamerad eben noch gestanden hatte, drehte sich um und sprang vom Dach.

»Ha!«, entfuhr es Tom, aber gleich musste er an Matani denken und riss sich zusammen. Er lief zur Kante und sah dort hinab, wo sie hinuntergesprungen war. Zuerst entdeckte er nichts, dann im Gräsermeer eine Bewegung. Sie lief um das Lager herum, geduckt und versteckt. *Wie viele Pfeile kann sie noch haben?*, fragte sich Tom, und er kannte die Antwort: *Nicht viele.*

Er wollte ihr zurufen, dass sie ins Lager zurückkommen sollte, aber die Worte blieben ihm im Hals stecken, als er den Reiter sah, der auf sie zuhielt. Er war groß, auf einem riesigen Pferd. Seine Rüstung war schwarz, ebenso wie sein langes, gerades Schwert, das er in der gepanzerten Faust hielt. Sein Helm zeigte auch eine Fratze, aber diese war schrecklicher als die seiner Soldaten, denn ihre Augen leuchteten rot, und aus ihnen strömte dunkler Rauch. *Nein, Schatten,* erkannte Tom. Auf seiner Rüstung waren schreiende Münder abgebildet und aufgerissene Augen, und sie alle waren von einem unheiligen roten Leuchten erfüllt. Selbst sein Pferd war in dunkles Eisen gehüllt, und seine Augen glühten bestialisch.

Es war ein Krieger wie aus einem Albtraum, und er hielt genau auf Matani zu. Tom hatte so einen wie ihn schon einmal gesehen, in der ersten Nacht in dieser Welt, und er erinnerte sich noch gut an den Schrecken, den er verspürt hatte.

»Nein!«, schrie Tom, als der Schwarzgerüstete nur noch zwanzig Meter von ihr entfernt war. Er schlug die Hände zusammen und sandte einen Lichtblitz hinaus in die Ebene, der mit einem lauten Krachen vor dem schwarzen Reiter in den Boden einschlug. Das grässliche Pferd wich aus, und der Krieger riss an den Zügeln. Er sah zu Tom hinüber. Auch wenn Tom das Gesicht hinter der grauenvollen Maske nicht sehen konnte, wusste er doch sicher, dass der Krieger ihn hasserfüllt anstarrte.

Das Pferd stieg auf die Hinterhand, und der Schwarzgerüstete deutete mit seiner Klinge auf Tom. Der warf einen Blick in Richtung Matani, die weiterlief. Anscheinend hatte sie die Gefahr gar nicht bemerkt.

»Resk«, rief Tom. »Schnapp dir Matani! Ihr müsst von hier verschwinden.«

Es kam keine Antwort; stattdessen hörte Tom Schläge aus der Mitte des Lagers, schmerzerfülltes Grunzen und einen Triumphschrei. *Wir werden alle sterben,* dachte er, aber dann schüttelte er grimmig den Kopf. *Nein!*

So schnell er konnte, sammelte Tom weitere Magie in sich. Er deutete auf den Krieger und entließ die Macht mit einem Schrei.

Das Licht raste auf den Feind zu, der hob seine Klinge – und das Leuchten verschwand einfach, aufgesogen von der Waffe.

»Das ist schlecht«, murmelte Tom, als der Krieger seinem Pferd die Sporen gab und auf das Lager zuhielt. Er lief die Dachkante entlang, sprang hinab, rappelte sich auf und rannte hinaus in die Steppe, so schnell er konnte. Das Licht der Sonne beflügelte ihn, aber er wusste, dass er, wenn der Krieger ihm folgte, das schwarze Pferd nicht würde abhängen können. Deshalb blieb er stehen, drehte sich um und sammelte sich.

Mit einem Mal war er ganz ruhig. Er spürte den Wind auf seiner Haut, das Gras, das über sie strich. Sah den Kampf im Lager, Resk, der von Feinden umringt war, Matani, die dem Hügeltroll zu Hilfe eilte. Und den Reiter in seiner düsteren Pracht, der auf ihn zuhielt, über den Hals seines Pferdes gebeugt, die Klinge locker an der

Seite. Tom hörte das Heulen und Jammern der Münder, spürte die furchtsamen Blicke der Augen auf sich. Und entdeckte tief in sich das Reservoir an Macht, das nun in seine Glieder strömte. Er wartete ab, sein Herzschlag wurde langsamer, sein Atem ruhiger. Die Sonne wärmte ihn, und es war ein gutes Gefühl, ein richtig gutes Gefühl.

Als er die Hand hob, war der Reiter fast an ihn heran. Die Klinge hob sich zum tödlichen Schlag. Und Tom sandte ihr seine Macht entgegen.

Das Licht schlug in den Mann ein, brandete über ihn. Schatten stoben auf, warfen sich dem Licht entgegen – und zerstoben unter seinem Ansturm. Das Pferd wieherte, warf sich herum, stolperte, der dunkle Krieger wurde aus dem Sattel geschleudert, prallte hart auf den Boden, überschlug sich und blieb regungslos liegen, während sein Ross davongaloppierte.

Einen Atemzug lang glaubte Tom an seinen Sieg. Dann setzte sich der Krieger auf und sah zu ihm herüber. Und unter dem Blick dieser rot glühenden Augen verging Toms Ruhe. Er suchte die Kraft in sich, aber dort war nichts mehr. Die Magie glitt durch seinen Geist, ließ sich nicht greifen, nicht nutzen.

Lauf, schrie die Stimme des Raben in seinem Kopf. Tom sah den Vogel über sich, und er wollte dem Befehl nachkommen, aber er konnte den Blick nicht von seinem Feind nehmen, der sich erhob und langsam, fast gemessenen Schrittes, auf ihn zukam.

Panisch fand Tom doch noch die Kraft in sich, ihm einen Lichtblitz entgegenzuschleudern, aber der Krieger lenkte ihn verächtlich mit seinem Schwert zur Seite ab und ließ sich nicht aufhalten.

Jetzt, da er näher war, sah Tom all die schrecklichen Einzelheiten seiner Rüstung. Er sah die Gesichter, gefangen in ewigem, metallenem Entsetzen, und er wusste tief in seinem Innern, dass es echte Gesichter waren, nicht von einem Schmied geschaffen, sondern Lebenden geraubt. Schatten glitten über die Rüstung, kamen aus Augen und Mündern und verschwanden wieder in ihnen. Tom hob die Hand, aber sein Geist war leer. Nur eine kalte, alles verschlingende Angst war geblieben, und sie lähmte ihn.

Der Krieger blieb vor Tom stehen, packte ihn an der Schulter, zwang ihn in die Knie. Die Spitze seines Schwertes berührte Tom.

»Du gehörst mir«, flüsterte eine heisere Stimme, dann glitt die Klinge in seinen Körper. Ein flammender Schmerz brandete in Tom auf, so stark, dass er nicht einmal schreien konnte.

Der Rabe übernahm den verzweifelten Schrei. Tom spürte, wie sein Herz aussetzte. Er wollte atmen, aber sein Körper gehorchte ihm nicht mehr. Die Klinge zerrte an ihm; es war, als wollte sie ihm die Seele aus dem Leib reißen.

Toms Körper fiel nach hinten, als der Krieger ihn losließ, doch sein Geist folgte ihm nicht, sondern erhob sich. Tom sah sich selbst auf dem Rücken liegen, eine furchtbare Wunde an seinem Bauch, die Augen aufgerissen, den Mund geöffnet, der Blick leer.

So ist es also, wenn man stirbt, dachte er; dann verschlang ihn der weite Himmel.

DRITTER TEIL

Tod und Verderben

Vor Matani breitete sich ein Bild des Schreckens aus. Drei Magatai hatten Resk umstellt. Sie trieben den Troll mit gezielten Attacken vor sich her, riefen sich Kommandos zu und wichen zurück, wenn er versuchte, einen von ihnen zu packen. Aus mehreren Wunden des Trolls lief dunkles Blut, und sein Gesicht war verzerrt vor Wut und Verzweiflung.

Einen Pfeil hatte Matani noch in der Hand. Sie legte ihn ohne nachzudenken auf die Sehne, zielte und schoss. Er flog, wie sie es sich vorgestellt hatte, traf den nächsten der drei in den Nacken, als er sich gerade vorbeugte und ein schmaler Spalt zwischen Helm und Rüstung entstand. Der Magatai ließ seine Klinge fallen und ging in die Knie. Seine Hände versuchten vergeblich, den Pfeil zu erreichen, dann sank er zur Seite.

Die anderen beiden Feinde sahen sich nach Matani um, und diese kurze Atempause war alles, was Resk brauchte.

Er sprang vor, packte mit seinen großen Händen einen der beiden Krieger und hob ihn empor wie ein Spielzeug, während ihm die Klinge des Gegners über die Brust fuhr. Mit einem urtümlichen Schrei warf Resk seinen Feind von sich, und er prallte auf den Berg aus Schutt, rollte ihn herab und blieb liegen.

Der dritte Krieger wich zurück. Matani riss den Bogen hoch, tat so, als wollte sie auf ihn schießen. Er konzentrierte sich auf sie, nicht auf Resks Faust, die ihn krachend zu Boden sandte.

Matani sah sich um, aber im Inneren des ehemaligen Lagers waren keine Magatai mehr zu entdecken, die nicht kampfunfähig waren.

Sie lief zu Resk. »Wo ist Tom?«

Der Hügeltroll rieb sich die blutende Brust. Er schüttelte den Kopf. »Ich weiß nicht. Er ist dir hinterher, um dir zu helfen.«

Suchend blickte Matani sich erneut um – und entdeckte Tom. Er stand draußen im Gräsermeer, sandte seine Magie in Form eines Lichtblitzes gegen einen Gegner. Doch der war kein gewöhnlicher Magatai. Matani konnte selbst aus der Entfernung seine schwarze Rüstung mit den Fratzen erkennen.

»Oh nein«, hauchte sie. Es war ein Seelenfresser, der Tom angriff, und er ignorierte die Magie des Jungen einfach. Matani stand wie erstarrt da, als der Seelenfresser an Tom herantrat, ihn packte, die Klinge hob und ihm das magische Schwert schließlich in den Leib rammte. Tränen stiegen ihr in die Augen. Tom fiel einfach um, wie ein Stück gestorbenes Holz, das zu Boden fällt. Kein Schrei entwich seiner Kehle.

Stattdessen war es Matani, die vor Entsetzen schrie. Der Seelenfresser wandte sich ihnen zu, hob seine Klinge, grüßte sie spöttisch.

Sie rannte los, aber Resk erwischte sie hinten am Halsausschnitt und hielt sie zurück.

»Lass mich los!«, brüllte sie, außer sich vor Zorn, und schlug um sich. Doch Resk hielt sie mit seinen unwiderstehlich starken Pranken fest.

»Es ist zu spät«, murmelte der Troll mit seiner tiefen, beruhigenden Stimme. »Er ist gefallen.«

»Nein, das darf nicht sein.« Sie wehrte sich nicht mehr und wandte sich Resk zu. »Lass mich, bitte.«

Einen Herzschlag lang sahen sie einander in die Augen, dann löste der Hügeltroll seinen Griff.

»Hilfst du mir?«, fragte sie Resk, der grimmig nickte.

»Wir können ihn nicht zurückholen«, erklärte er.

Matani wusste das. Aber es gab etwas, was sie tun konnten. Sie lief durch das Lager und sammelte so viele Pfeile ein, wie sie konnte.

»Wir werden seinen Tod rächen!«

Mit den frischen Pfeilen im Köcher wandte sie sich um. Als sie zwischen den Hallen hindurchlief, sah sie, wie der Seelenfresser, der Tom angegriffen hatte, auf sein Pferd stieg. Das Antlitz auf seinem Helm war ihr zugewandt. Matani lief langsamer und legte einen Pfeil auf die Sehne. Sie spürte die Macht der Erde unter ihren nackten Fußsohlen. Sie nahm sie in sich auf, atmete tief durch. Noch war der Feind zu weit weg.

Der Seelenfresser zögerte. Sein Pferd tänzelte nervös, als könnte es die Unsicherheit seines Reiters spüren.

Komm schon, dachte Matani. *Greif mich an. Reite mich nieder. Töte mich. Komm!*

Aber der Seelenfresser ging nicht auf ihre Herausforderung ein, sondern ritt langsam zu der Stelle, an der Tom gefallen war. Hinter ihr kam Resk um die Halle herum, und mit einem Mal schien der Magatai eine Entscheidung zu fällen. Der Seelenfresser steckte sein Schwert in die Scheide, beugte sich aus dem Sattel herab, griff nach etwas und zog gleich darauf Toms schlaffen Leib vor sich auf den Rücken des Pferdes. Dann gab er seinem Ross die Sporen und galoppierte durch das Gräsermeer davon. Matani ließ den Pfeil von der Sehne, obwohl sie wusste, dass die Entfernung zu weit war. Der Pfeil erreichte den Reiter nicht und fiel wirkungslos zu Boden.

»Nein! Komm zurück! Du Feigling, komm zurück!«

Der Wind trug Matanis Worte über die Steppe, aber sie waren zwecklos. Der Seelenfresser ritt mit Tom fort, und es gab nichts, was sie tun konnte, um das zu verhindern. Matani sprintete ein Stück hinter ihm her, zog die Sehne des Bogens zurück, zielte erneut – und senkte die Waffe. Der Seelenfresser war zu weit weg und zu schnell. Er würde entkommen. Matani konnte sich nicht daran erfreuen, einen solchen Feind vertrieben zu haben. Er hatte bereits bekommen, weswegen er hergekommen war.

Alle Kraft wich plötzlich aus ihren Gliedmaßen, und sie legte sich auf den Boden, ganz still und ohne einen Muskel zu rühren. Sie spürte mehr, als dass sie es sah, wie der Hügeltroll sich neben sie setzte. Lange lag sie dort, während Resk neben ihr Wache hielt. Die Füchsin trottete heran, hockte sich ebenfalls neben sie, ihre kalte Nase stupste Matani in die Seite. Sie schmiegte sich an Matanis Leib, und ihr Atem ertönte im Gleichklang mit dem ihren.

Die Sonne wanderte über den Himmel, während Matanis Tränen auf ihren Wangen trockneten. Sie konnte nicht mehr weinen. Sie dachte an Tom, den sie nur so kurz gekannt hatte, dachte an seine Stimme, seine seltsame Art zu sprechen, sein Lachen, seine ersten Versuche, die Magie zu beherrschen, und die Art, wie der Wind mit seinem Haar gespielt hatte. Sie versuchte, so viele Erinnerungen wie möglich in sich zu bewahren, damit sie ihn niemals vergessen würde.

Schließlich brummte Resk: »Wir müssen aufbrechen. Wer weiß, ob er nicht mit mehr Magatai zurückkehrt.«

Soll er doch, dachte Matani finster und stellte sich vor, wie sie ihn mit Pfeilen spickte, während seine Soldaten sie in Stücke schlugen. Sie würde schießen und schießen, bis der Seelenfresser tot war, egal, was die anderen mit ihr anstellten. Zugleich wusste sie, dass Resks Drängen nur vernünftig war.

Es kostete sie unendliche Mühe, sich zu erheben. Sie fühlte sich wie eine alte Frau. Es war nicht nur die Erschöpfung nach dem Kampf, die sie erfasst hatte. Es war eine Erschöpfung grundlegenderer Art. Alles um sie herum hatte an Farbe verloren, war blass und grau geworden. Wo sie noch gestern allein beim Anblick des endlosen Himmels und der weiten Steppe Freude empfunden hatte, gab es nun nichts als Leere in ihr.

Ohne ein Wort herauszubringen, ging sie durch das hohe Gras. Die Füchsin lief an ihrer Seite, und Resk folgte ihr. Als sie sich ihrem Ziel näherte, schlug ihr Herz laut und schnell. Plötzlich zitterte sie am ganzen Körper.

Am Ort des letzten Kampfes war das Gras niedergetrampelt. Es sah beinahe so aus, als hätten sich hier Begrah gewälzt, wäre da nicht das Blut an den Halmen gewesen. Der Dolch, den Tom bei sich getragen hatte, lag im Gras, und Matani bückte sich, um ihn aufzuheben. Überrascht stellte sie fest, dass er noch warm war. Fast konnte sie sich einreden, die Wärme käme von Toms Berührung, doch es war die Sonne gewesen, die das Metall gewärmt hatte. *Toms Hand wird nie wieder warm sein.*

Matani mochte das Blut nicht länger ansehen und wandte sich ab. Wie benommen setzte sie einen Fuß vor den anderen und ließ den schrecklichen Platz hinter sich.

Da bellte die Füchsin, und Matani sah sich nach ihr um. Sie hockte etwas abseits im hohen Gras, und sie hatte etwas gefunden.

Matani folgte dem Ruf der Füchsin und fand diese neben einem kleinen, schwarzen Federtier: Der Rabe torkelte auf dem Boden umher, die Flügel halb ausgebreitet, sein Schnabel zuckte von links nach rechts. Toms Begleiter, der nun allein in der weiten Welt unter dem Himmel war.

»Ist er verletzt?«, fragte Resk.

»Vielleicht. Aber vor allem hat er Tom verloren. Ihre gemeinsame Seele … Das Band ist zerrissen. Er ist jetzt bloß noch ein einfacher Vogel, verloren in Erinnerungen, die er nicht mehr versteht.«

»Oh. Sollen wir ihn davon befreien? Ich könnte ihm den Hals umdrehen, er würde es kaum merken.«

Einige Herzschläge lange überlegte Matani, dann schüttelte sie den Kopf.

»Nein.«

Sie kniete sich neben das verwirrte Tier und streckte langsam ihre Hand aus. Fast schien es, als würde der Rabe sie erkennen, denn er hielt in seinen unkoordinierten Bewegungen inne und sah sie an. Sie glaubte, einen Rest von Intelligenz in seinen Augen zu erkennen. Als sie ihn sanft packte, wehrte er sich nicht. Sie stand auf und hielt ihn in ihren Händen.

»Wir nehmen ihn mit«, erklärte sie. »Er ist immer noch unser Freund.«

Und er ist das Letzte, was mir von Tom geblieben ist. Ich gebe ihn nicht her. Als habe der Rabe ihre Worte verstanden, krächzte er kläglich. Er starrte auf seinen Schnabel hinab, krächzte wieder und begann, mit den Flügeln zu schlagen.

»Ruhig«, flüsterte Matani ihm zu. »Ganz ruhig. Du bist in Sicherheit.«

Seine hektischen Bewegungen erlahmten, als sie weiter auf ihn einredete.

Die Füchsin strich um ihre Beine und sah zu ihr hoch, seltsam aufgeregt. *Er ist kein Begleiter mehr,* versuchte Matani auch sie zu beruhigen. *Sei nicht eifersüchtig.*

»Komm«, sagte Resk und wies in die Richtung, aus der sie auf dem Weg zum Lager gekommen waren. »Wir sollten von hier verschwinden.«

»Willst du nicht weiter in den Süden? Nach Hause?«

»Ich begleite dich zurück zu deinem Volk. Nach Hause kann ich auch später noch. Ich traue den Magatai nicht, und ich will nicht, dass dir etwas zustößt.«

Matani sah ihn dankbar an. Was immer man auch in der Welt für Geschichten über blutrünstige und grausame Trolle erzählte, Resk bewies, dass sie nur bösartige Legenden waren.

Sie verließen den furchtbaren Ort, an dem Tom in Matanis Leben getreten und an dem er ihr auch wieder entrissen worden war.

Pfeile aus dem Nebel

Der Regen tropfte noch immer auf das Zelt, als Alex aufwachte. Einen Moment lang blieb er noch unter der Decke liegen und starrte durch die schmale Öffnung im Dach nach draußen. Graue Wolken zogen über den ebenso grauen Himmel. Das ganze Zelt roch nach der alten Asche in der Feuerschale. Von draußen drangen die ersten Geräusche des erwachenden Lagers herein, Husten, Flüche, das Wiehern der Pferde.

Nach der Nacht auf der nackten Erde hatte Alex das Gefühl, als könne er jeden Wirbel in seinem Rücken einzeln spüren. Seine Lust, aufzustehen, ging gegen null. Sich bei diesem Regen anzuziehen, zu frühstücken, die Zelte abzubauen und alles auf die Packpferde zu laden, das war schon schlimm genug. Aber das Regenwetter bedeutete auch, dass die Planen über Tag nicht trocknen würden und sie die nächste Nacht in einer feuchten und müffelnden Unterkunft verbringen würden.

Mit einem Mal erschien ihm das Leben in Alynth ziemlich erstrebenswert, und er merkte zu seinem Erstaunen, dass er es vermisste, dass Ajun ihm morgens starken schwarzen Tee und süßes Gebäck ans Bett brachte.

Alex warf einen Blick auf die beiden schlafenden Gestalten, die ihm gegenüber auf der anderen Seite der Feuerstelle lagen. Elion lag ausgestreckt auf dem Rücken, unbeweglich wie eine Statue; Ajun indes hatte die Knie fast bis zur Brust angezogen und schnarchte leise. Schlafend sah er jünger aus als Tom. *Ich habe keine Ahnung, wie alt er ist,* grübelte Alex. *Vielleicht dreizehn oder vierzehn?*

Er war sich sicher, wenn er den Jungen geweckt hätte, wäre dieser nur allzu bereitwillig durch den Regen gestürmt, um seinem Herrn ein Stück Brot zu holen, aber Alex hatte gerade keine Lust, jemanden für sich aus dem Zelt hinauszujagen. Leise stand er auf, zog sich sein Hemd über und trat hinaus ins Freie.

Draußen wurde er von Jarkas erwartet, der offenkundig bereits Zeit gefunden hatte, nicht nur seine komplette Rüstung anzulegen, sondern sich auch über irgendetwas so zu ärgern, dass er stocksauer aussah.

»Namikas«, grüßte er Alex. »Es gibt ernste Neuigkeiten.«

»Was ist denn passiert?« Alex griff in sein feuchtes Haar, das in den vergangenen Monaten immer länger geworden war, und band es mit einer Lederschnur zusammen.

»Deine beiden Diener sind geflohen.«

Obwohl er das Gefühl hatte, dass es unangemessen war, lachte Alex kurz auf. »Ich bin mir ziemlich sicher, dass sie noch da sind.«

»Wir konnten im ganzen Lager keine Spur von ihnen entdecken.« Jarkas' finsterer Gesichtsausdruck vertrieb jede Heiterkeit aus Alex' Miene. Er seufzte. *Verfluchter Mist, warum sind die beiden nicht heute Morgen aus dem Zelt abgehauen, bevor der Kampfmeister einen Aufstand deswegen machen konnte?*

Aber jetzt war Leugnen zwecklos. Besser, er rückte gleich mit der Wahrheit heraus, bevor aus dieser Angelegenheit eine noch größere Affäre wurde. »Sie sind da drin.« Alex wies mit dem Daumen auf das Zelt. »Ich hab sie wegen des Regens bei mir übernachten lassen.«

Jarkas maß ihn mit einem düsteren Blick. »Natürlich, Herr«, sagte er mit so viel Verachtung, dass Alex sie beinahe körperlich spüren konnte. Jarkas nannte ihn sonst niemals *Herr*.

Dann ging der Kampfmeister an Alex vorbei, schob den Zeltvorhang zur Seite und rief mit donnernder Stimme: »Raus mit euch, *Koshkas!* Ich schwöre, wenn ich euch verfluchten Hunde noch einmal rufen muss, werde ich euch bei lebendigem Leib häuten.«

Nur Augenblicke später kamen Elion und Ajun aus dem Zelt, halb angezogen und mit Schlaf in den Augen. Mittlerweile hatte die Szene einige der Reiter als Beobachter angelockt, die sich um Alex' Zelt versammelt hatten.

»Jarkas, ich habe den Jungs erlaubt, in meinem Zelt zu schlafen«, wiederholte Alex leise, als er sah, mit welch ängstlichen Blicken die beiden den Kampfmeister bedachten.

»Das hast du, Herr«, gab Jarkas genauso leise zurück. »Niemand wird dir die Schuld geben. Du hast einen weiten Weg hinter dir, und wir wissen alle, dass die andere Seite der geteilten Welt … anders ist. Aber diese beiden sollten ihren Platz besser kennen, als darauf einzugehen. Sie müssen gebührend bestraft werden.«

Alex schüttelte den Kopf, doch Jarkas bedeutete Elion und Ajun bereits, ihm zu folgen.

»Wenn wir ihnen dieses Benehmen durchgehen lassen, werden deine Leute den Respekt vor dir verlieren«, erklärte der Kampfmeister leise im Gehen.

»Aber ich … aber …«, stammelte Alex.

»Ihr habt den Herrn beleidigt und, indem ihr ihn beleidigt habt, auch den Sar'thosa«, sagte Jarkas mit kalter Stimme, als sie den Platz erreichten, auf dem die Pferde angepflockt waren. Dann wies er auf einen der Reiter, der eben dabei war, seinen Becher und seinen Napf in einer der Taschen seines Sattels zu verstauen »Du da. Hol ein Seil, und binde die beiden an einen Baum. Jeder bekommt zwanzig Schläge.«

Der Mann, ein Magatai in der ledernen Rüstung der Reiter, nickte ergeben. »Natürlich, Herr.«

Während der Bestrafung drehte sich Alex fast der Magen um. Elion schwieg, und seinem Gesicht war hauptsächlich die Scham über die demütigende Behandlung anzusehen, aber Ajun heulte schon bald. Als Alex die Tränen sah, musste er sich auf die Lippen beißen, um nicht einzuschreiten.

Das ist deine Schuld, dachte er bei sich. *Hätten sie draußen geschlafen, wie sie es wollten und wie es ihrem Rang entsprach, dann wäre das nicht passiert.*

Als der Trupp der Reiter sich wieder auf den Weg machte, hatte der Regen aufgehört, aber die dunklen Wolken zogen weiter über den Himmel, eine beständige Drohung, dass der Regen jederzeit wieder einsetzen konnte. Es schien Alex, als läge eine düstere Stimmung über dem ganzen Zug. Elion und Ajun hielten sich hinten bei den Packpferden, während er mit Jarkas vorausritt. Den ganzen Tag über vermied er es, in Richtung seiner Diener zu blicken.

»Du darfst nicht so nachgiebig sein, Al-ex-ander«, sagte Jarkas ernst. »Wenn du diese Art von Nachsicht in Toliosa walten lässt, wird dir der Sar'thosa nicht verzeihen. Er erwartet von dir, dass du ihn würdig vertrittst.«

»Vielleicht erwartet er ein bisschen viel von mir«, sagte Alex bitter. »Ist er sich echt sicher, dass ich derjenige bin, den er zu seinem Stellvertreter machen will?«

»Alex.« Der Kampfmeister fasste ihn scharf ins Auge und beugte sich dann zu ihm vor. »Unser Herr ist bereits enttäuscht, dass du bislang keine magische Begabung zeigst und sich nach wie vor nicht offenbart hat, welches Seelentier zu dir gehört. Ich würde dir dringend raten, dafür zu sorgen, dass er keine weiteren Gründe mehr findet, enttäuscht zu sein.«

Alex presste die Lippen zusammen. *Er wird zwangsläufig enttäuscht sein, weil ich der Falsche bin!,* wollte er laut brüllen. *Ich gehöre nicht hierher, ich sollte nicht mal hier sein. Ich bin aus Berlin!! Und ich kann weder zaubern noch habe ich je eine besondere Beziehung zu irgendwelchen Viechern gehabt.*

Aber als er aufsah, entdeckte er die Angst in den Augen des Kampfmeisters. *Himmelherrgott, wenn dieser Kerl solche Panik hat, dann sollte ich vielleicht nichts tun, um das noch schlimmer zu machen.*

Er musste kein Hellseher sein, um zu wissen, dass der Sar'thosa nicht gut darauf reagieren würde, wenn er erführe, dass er eine Menge Training und Mühe in den falschen Typen gesteckt hatte.

»Ich verstehe, Kampfmeister«, sagte Alex also, so förmlich, wie er nur konnte. »Ich werde den Herrn nicht enttäuschen.«

»Gut so, mein Junge.« Jarkas war die Erleichterung förmlich anzusehen.

Einer der Späher kam auf seinem Pferd zurück. »Das Dorf ist nur noch wenige Meilen vor uns«, berichtete er mit einer Verbeugung. »Wir sollten zur Mittagszeit da sein.«

Wenigstens etwas, dachte Alex düster. Er streckte die Hand aus, auf die bereits wieder die ersten Regentropfen fielen. *Was immer wir dort sonst noch finden, vielleicht gibt es wenigstens mal ein festes Dach über dem Kopf.*

Tatsächlich erreichten sie etwa drei Stunden später Toliosa, so, wie der Späher es gesagt hatte. Aus den anfänglichen Tropfen war mittlerweile ein stetiger Nieselregen geworden. Die Zelte und Ausrüstung, die Pferde und Reiter waren bereits wieder vollständig durchnässt, und entsprechend missmutig ritt der Trupp voran.

Als die ersten Hütten vor ihnen auftauchten, bedeutete Alex dem Zug, anzuhalten.

Er wusste nicht, was er sich unter Toliosa vorgestellt hatte, aber ganz sicher nicht diesen trostlosen Weiler, der nun vor ihnen lag. Seit sie Alynth verlassen hatten, war ihm aufgefallen, dass die Städte und Dörfer am Wegesrand immer schlichter und ärmlicher wurden, aber das hier war sicher ein neuer Höhepunkt dieser Entwicklung. Von Alynth schien dieses Kaff so weit weg zu sein wie die hinterletzte Provinz der Mongolei von Berlin.

Vielleicht fünfzig ärmliche Hütten schmiegten sich in die Ausläufer eines Tales, das von Büschen und Bäumen gesäumt war. Durch den Regen wirkten die Pflanzen schon beinahe unwirklich grün, und Dunst stieg vom Boden auf, sodass es aussah, als würden weiße Vorhänge überall zwischen ihnen hängen. Einzelne Felder lagen um das Dorf herum verstreut, und Reihe um Reihe zogen sich Rebstöcke die flachen Hänge hinauf.

Am auffallendsten war, dass es keine Bewohner zu geben schien. Als die Reiter in das Dorf kamen, wirkten der Dorfplatz und die Behausungen wie ausgestorben.

»Sie sind aus dem Dorf verschwunden, als sie gesehen haben, dass wir kommen«, erklärte Jarkas und schnaubte. »Jämmerliche Feiglinge.«

Er hatte den Satz noch kaum ausgesprochen, als vielleicht zwanzig Pfeile durch die Luft zischten.

»Runter, verdammt«, brüllte der Kampfmeister und duckte sich im Sattel. »Verteilt euch!«

Die Reiter, gewohnt, den Befehlen ihrer Herren prompt zu gehorchen, stoben auseinander.

Nur Alex war sich nicht sicher, wohin er sein Pferd lenken sollte, also gab er ihm die Sporen und trieb die Stute voran. Die Pfeile waren von hinten gekommen, und er suchte Schutz hinter einem flachen, rechteckigen Gebäude.

Beinahe sofort folgten ihm Jarkas und zwei andere, die ihre Pferde rechts und links von ihm in Aufstellung brachten.

»Sie sind hinter den Bäumen, Herr«, erklärte einer der beiden Männer. »Wenn man darauf achtet, sieht man dort Bewegung und Metall blitzen.«

»Gute Augen«, lobte Jarkas. »Zu Pferd können wir die Bastarde wahrscheinlich nicht erwischen. Das Unterholz ist zu dicht, die Gäule würden sich die Knochen brechen.«

»Das ist genau, worauf sie hoffen«, fügte der Soldat düster hinzu.

»Gib den Männern den Befehl, abzusitzen. Wir rücken zu Fuß in den Wald vor.«

Alex sprang von seinem Pferd und zog sein Schwert. »Ich komme mit dir«, erklärte er dem Soldaten, und geduckt liefen sie über ein kleines Stück freier Fläche, bis sie die nächsten Reiter erreichten, die hinter einem anderen Gebäude Schutz gesucht hatten.

So trug Alex das Kommando von Gruppe zu Gruppe weiter, bis er vielleicht dreißig Mann um sich gesammelt hatte.

An einer schmalen, hohen Hütte, die offenkundig das Brunnenhaus des Dorfes war, traf er Jarkas wieder.

»Wo ist der Rest?«, fragte der Kampfmeister.

Alex zuckte mit den Schultern. »Versprengt«, sagte er, weil er an die Möglichkeit, dass sie von den Pfeilen getroffen worden waren, nicht denken wollte. »Wir sind genug«, erklärte er entschlossen. »Ich führe unsere Leute jetzt in den Wald.«

»Bist du dir sicher, dass du das tun willst?«, fragte Jarkas mit hochgezogenen Augenbrauen.

Als Alex nickte, konnte er eine Art neuen Respekt in den Augen des älteren Mannes sehen.

»Anjelma, du schützt sie«, befahl Jarkas einer Reiterin mit verhärmten Gesichtszügen.

Die Angesprochene nickte und murmelte etwas, was Alex nicht verstand. Aber als sie losliefen, erschien es ihm, als könnte er die einzelnen Soldaten nur noch verschwommen wahrnehmen, und er vermutete, dass es ihren Feinden ebenso gehen würde. *Dank Magie.*

Geduckt lief der Trupp über die schlammigen Straßen des Dorfes. Am Ausgang richteten sie sich alle auf ein Handzeichen von Alex plötzlich auf und stürmten in den Wald, aus dem der erste Pfeilhagel gekommen war. Und schon wurden sie erneut beschossen. Diesmal war die Nähe zu den Schützen größer, und die Pfeile trafen besser ihr Ziel. Neben Alex fielen zwei Männer um, und er merkte, wie kalte Wut in ihm aufstieg.

Ihr Bastarde. Euch werde ich erwischen.

Er brüllte auf und stürmte mit erhobenem Schwert vor. Sofort stürzte sich jemand auf ihn. Er parierte, drückte das Schwert des Angreifers nach unten, wie er es gelernt hatte, und setzte mit einer Reihe schneller Hiebe nach. Der Angreifer, ein Mann oder Elf in einer zusammengestückelten Rüstung, stolperte und fiel nach hinten, als schon der nächste Angreifer bei Alex war.

Die Waffen der Dorfbewohner schienen gegen das Metall seiner Rüstung unwirksam zu sein. Manche Schläge seiner Gegner trafen Alex zwar, doch selbst diese glitten wirkungslos an den nun ruhelos arbeitenden winzigen Händen und Füßen der Rüstung ab.

Alex hob das Schwert erneut und stieß einen urtümlichen Schrei aus. Viele seiner Reiter hatten jetzt die Dorfbewohner im Kampf gestellt, überall erklangen Schreie, Flüche, und es roch nach Blut.

Plötzlich spürte Alex einen heißen Schmerz in der Schulter, und als er dorthin sah, entdeckte er, dass der Schaft eines Bolzens aus seiner Rüstung ragte. *So können sie mich also doch treffen,* dachte er benommen.

Fast hätte er gelacht. Seltsamerweise verging der Schmerz fast ebenso plötzlich, wie er gekommen war, von der Aufregung des Kampfes wie weggewischt. Alex versetzte seinem Gegner einen harten Schlag mit dem Ellbogen gegen die Nase, und dieser ging stöhnend zu Boden. Suchend sah Alex sich nach dem nächsten Angreifer um und duckte sich dabei instinktiv, für den Fall, dass der Armbrustschütze ihn noch immer im Visier hatte.

»Halt! Aufhören! Wir ergeben uns«, erklang plötzlich eine dunkle weibliche Stimme zwischen den Bäumen.

Die wenigen Dorfbewohner, die noch aufrecht standen und seinen Reitern Widerstand leisteten, senkten ihre Waffen, und Alex bemerkte, dass die meisten keine Schwerter, sondern Sensen, Knüppel und Messer in den Händen hielten. Er sah einige Reiter am Boden liegen, die sich verletzt zusammenkrümmten, aber daneben lagen deutlich mehr Dörfler, die sie besiegt hatten.

Aus den Dunstschwaden trat eine Frau, die ein Lederwams und eine Armbrust trug. Sie war sehr groß und hatte ihr kupferfarbenes Haar so streng zurückgebunden, dass man deutlich ihre spitzen Ohren erkennen konnte. Zielstrebig ging sie auf Alex zu und beugte vor ihm das Knie.

»Wir ergeben uns«, wiederholte sie. »Lass meine Leute am Leben, Herr. So, wie ich dich am Leben gelassen habe.«

Plötzlich tauchte Jarkas neben Alex auf. »Warum hast du deine Brut dazu angehalten, uns anzugreifen?«, bellte er.

»Wir dachten, wir könnten euch besiegen«, war die schlichte Antwort.

Alex schüttelte den Kopf. Jetzt, da der Adrenalinschub des Kampfes nachließ, kehrte der Schmerz urplötzlich wieder zurück. Er blickte von der Armbrust der Frau zu seiner Schulter. Dunkles Blut sickerte aus der Wunde, und das Handmuster über seinem Herzen verwischte die Flüssigkeit zu roten Schlieren.

Alex wurde übel. Noch bevor er sich umdrehen oder etwas sagen konnte, sackten seine Beine unter ihm weg, und ihm wurde schwarz vor Augen.

»Herr?« Elions Stimme drang wie durch dichten Nebel gedämpft zu ihm durch. Alex schlug die Augen auf und sah sich suchend um. Er war in irgendeiner Holzhütte. Mehr ließ sich schwer sagen.

»Wo bin ich?«, fragte er unsicher.

»Wir sind noch in Toliosa, Herr. Jarkas wollte abwarten, bis es dir besser geht.«

Richtig. Wir haben gekämpft. Und dann steckte dieser Bolzen in meiner Schulter. Unwillkürlich tastete Alex mit der rechten Hand nach der Wunde. Jemand hatte ihm offenkundig die Rüstung ausgezogen, und er erwartete, einen Verband unter dem Hemd zu finden. Aber da war nichts. Die Haut unter seinen Fingern fühlte sich glatt und unversehrt an. Er wandte den Kopf und verdrehte die Augen, doch sein Blick entdeckte zwar ein Loch im Stoff und Blutflecken, die es umgaben, aber darunter war – nichts.

»Der Bolzen ist weg«, sagte er.

»Ja, Herr.« Elion lächelte. »Ich habe ihn herausgezogen und die Wunde heilen lassen.«

Es dauerte einen Moment, bis Alex verstand, was der Elf damit meinte. Er hatte noch immer Schwierigkeiten damit, das Konzept, dass Magie etwas ganz Alltägliches war, zu begreifen.

»Du kannst Magie wirken? Und Verletzungen heilen? Mann, warum hast du das denn nicht früher gesagt?«, verlangte er zu wissen. Zu gut erinnerte sich Alex an die vielen Male, da er völlig zerschlagen vom Sandplatz zurückgekehrt war. Ein bisschen Heil-Abrakadabra wäre da sicher super gewesen.

»Du hast nicht gefragt, Herr«, antwortete Elion mit unschuldigem Gesichtsausdruck. »Aber heute hat mir Jarkas befohlen, dich zu heilen. Und die anderen Soldaten ebenfalls.«

Alex beschloss, das erst einmal auf sich beruhen zu lassen. Er schwang die Beine von der Pritsche, auf der er gelegen hatte, und stellte sich aufrecht hin. In der Tat, er fühlte sich eigentlich richtig gut. *Wir haben gewonnen!* Das Gefühl, nach dem Kampf noch am Leben zu sein, war überwältigend. Er streckte sich und grinste Elion an, bis ihm plötzlich eine Szene des Kampfes wieder deutlich vor Augen stand.

»Haben wir … haben wir bei dem Angriff viele Leute verloren?«, fragte er leise.

»Der Kampfmeister ist sehr zufrieden«, versicherte ihm Elion. »Nur fünf von unseren Leuten sind gestorben, und ein paar weitere wurden verletzt.« Er brach ab und sagte dann nach einer kleinen Pause: »Auf Seiten der Dorfbewohner sieht es viel schlimmer aus.«

Alex blickte den Elf forschend an. »Waren da ... Leute dabei, mit denen du verwandt bist?«

Elion schüttelte energisch den Kopf. »Ich weiß nicht. Ich glaube es nicht. Und es hätte noch viel schlimmer für sie ausgehen können, wenn die Sprecherin des *Ra'ini* nicht aufgegeben hätte.«

Stimmt, da war was mit einer Armbrustschützin. Plötzlich sah Alex die rothaarige Elfe wieder vor sich, die vor ihm gekniet hatte.

»Was hat Jarkas mit ihr gemacht?«, wollte Alex wissen. Seine Kehle war wie zugeschnürt. *Ich hoffe bloß, sie baumelt nicht schon draußen am Galgen.*

»Sie ist mit einigen anderen Elfen draußen angebunden«, erklärte Elion. »Der Kampfmeister wartet sicher auf dich, um zu entscheiden, was mit ihr geschehen soll.«

Alex gelang es gerade eben so, einen Seufzer der Erleichterung zu unterdrücken. »Komm«, sagte er zu Elion. »Ich will zu Jarkas.«

Als die beiden vor die Hütte traten, sah Alex, dass die Sonne mittlerweile schon tief am Himmel stand. Er musste also ein paar Stunden weg gewesen sein. Seine Reiter, nun wieder auf ihren Tieren, waren damit beschäftigt, die Dorfbewohner umzingelt zu halten und zu bewachen. In der Mitte des Dorfes, bei dem Brunnenhäuschen, stand Jarkas und deutete auf einzelne Menschen oder Elfen in der verängstigten Menge. »Der da. Und der. Und sie. Ihr kommt alle mit.«

Jeder, auf den er gezeigt hatte, wurde aus dem Pulk der Männer, Frauen und Kinder gezerrt. Den Gefangenen wurden Handfesseln angelegt, und sie wurden in einem traurigen Zug an die Packpferde gebunden. Alex besah sich die Auswahl, die Jarkas getroffen hatte: Alle waren jung, kräftig genug, um den Weg nach Alynth zu überstehen, und alle würden vermutlich von vielen hier vermisst werden. Die Auswahl geschah in beinahe gespenstischer Stille; keiner der Dorfbewohner schien sich zu trauen, auch nur Widerworte zu geben, geschweige denn weitere Gegenwehr zu leisten.

Als vielleicht ein Dutzend Gefangene zusammengekommen waren, sagte der Kampfmeister: »Halt. Das ist genug.«

Er entdeckte Alex, der eben auf ihn zukam. »Ich bin erfreut zu sehen, dass es dir wieder gut geht, Herr«, sagte er förmlich. »Dein Sklave hat gute Arbeit geleistet.«

Alex nickte. »Das hat er wirklich.« Er trat näher an den Kampfmeister heran. »Was ist denn der weitere Plan?«, fragte er dann.

»Wir werden tun, was der Sar'thosa angeordnet hat«, erklärte Jarkas. »Wir nehmen einige Gefangene mit, um ihnen eine Lektion zu erteilen. Und diese elfische *Koshka* werden wir aufhängen.«

Jetzt entdeckte Alex auch die Elfe, die auf ihn geschossen hatte. Sie war an einen Pfeiler des Brunnenhäuschens gefesselt. Seltsamerweise war er nicht einmal wütend auf sie.

Eine Hinrichtung? Das packe ich einfach nicht, dachte Alex. *Egal, ob sie es verdient hat oder was Jarkas sagt. Oder*

der Sar'thosa. »Nein«, widersprach er deshalb so entschlossen, wie er konnte. »Wir nehmen sie auch mit nach Alynth. Vielleicht gibt es hier noch mehr dieser *Ra'ini,* die gegen die Magatai Intrigen spinnen. Vielleicht weiß sie etwas darüber.«

Der Kampfmeister kniff die Augen zusammen und musterte Alex kritisch. Aber schließlich sagte er: »In diesem Punkt hast du möglicherweise recht.«

Er wandte sich an eine Reiterin und deutete auf die Elfe. »Na los, binde sie hinter den anderen an.«

Dann blickte der Kampfmeister in die Runde. »Sind alle aus den Hütten raus?«

Als die Soldaten nickten, sagte er ruhig: »Dann zündet das Dorf an.«

»Nein, Herr! Bitte!« Plötzlich war es aus mit der Stille, und viele Dutzende Stimmen riefen durcheinander. »Das könnt ihr nicht tun!«

»Unsere ganzen Besitztümer! Unsere Ernte!«

Der Kampfmeister schüttelte den Kopf. »Immerhin lassen wir euch euer wertloses Leben«, entgegnete er grimmig.

Ajun führte Alex' Pferd zu ihm, und Alex stieg auf. Er ließ seinen Blick über die Männer und Frauen schweifen, die auf ihrem Dorfplatz standen und Jarkas erschrocken und entsetzt ansahen. Es waren ärmlich gekleidete Leute in einem armseligen Dorf, Menschen und Elfen, und sie sahen nicht danach aus, als ob sie noch für irgendjemanden eine Bedrohung wären. *Was mag sie dazu bewegt haben, überhaupt gegen die Truppen der Magatai aufzubegehren?*

Andererseits hatten sie fünf seiner Leute umgebracht, die nichts weiter getan hatten, als auf Befehl des Sar'thosa hierherzureiten, um nach dem Rechten zu sehen. Alex konnte am Rand des Dorfes die Scheiterhaufen erkennen, die die Reiter für die Leichen der Soldaten errichtet hatten. Sie würden mit dem Dorf verbrennen. *Und Jarkas hat recht. Wer nicht im Kampf gestorben ist, dessen Leben haben wir verschont. Sie mussten damit rechnen, dass so etwas geschieht, als sie beschlossen haben, uns zuerst anzugreifen.*

Mit der gepanzerten Rechten gab der Kampfmeister das Zeichen zum Aufbruch, und der Zug setzte sich langsam in Bewegung.

Als sie das Dorf verlassen hatten, ließ Jarkas jedoch noch einmal anhalten.

»Männer und Frauen, ihr tapferen Magatai!«, hob er an. »Wir haben heute für den Sar'thosa einen Sieg errungen, und er wird zufrieden mit uns sein, wenn wir nach Alynth zurückkehren. Dies verdanken wir Alexander, der uns geführt hat, so wie es der Herr wollte.«

Alex, der in Gedanken versunken neben Jarkas hergeritten war, hob überrascht den Kopf. *Eigentlich habe ich doch fast nichts gemacht.*

Aber die Reiter schienen das anders zu sehen. Als Jarkas sein Schwert zog und es hoch in die Luft hob, taten alle es ihm gleich.

»A-lex-ander«, rief einer, und bald fielen alle ein.

Alex sah von einem zum anderen und wusste nicht, was er tun sollte, also verneigte er sich im Sattel. Eine warme Woge stieg in ihm auf, als er die Rufe hörte.

Er hatte getan, was der Herrscher ihm befohlen hatte. Und er hatte seine Leute gut geführt. Konnte er da nicht auch stolz auf sich sein, zumindest ein bisschen?

Aber als die Reiter weiterzogen, wurden sie noch lange Zeit vom roten Schein des Feuers am Horizont beleuchtet, da Toliosa langsam abbrannte.

Ein verwirrter Rabe

Obwohl sie sich noch nicht in Sicherheit befanden, hatten Matani und Resk ein Feuer entzündet. Das Holz, das der Troll aus dem Lager mitgenommen hatte, würde nicht lange reichen. Dennoch war Matani froh. Ihr war kalt, auch wenn die Nacht im Grunde recht mild war. Das kleine Feuer wärmte sie zumindest ein wenig.

Die Füchsin lag zusammengerollt an Matanis Seite. Neben ihr hockte der Rabe, und die Art, wie er sie ansah, erschien ihr missmutig und traurig. Immer mal wieder stand er auf, versuchte, ein Stück zu laufen, aber seine Bewegungen waren unkoordiniert und ungeschickt. Doch wenigstens hatte er aufgehört, so herzzerreißend zu krächzen.

»In meiner Heimat singen die Überlebenden Lieder für die Toten«, erklärte Resk gerade und blies vorsichtig in die Glut, um sie ein wenig anzufachen. »Über ihre Taten, ihre Kämpfe und Siege. Man muss die Worte finden, während man singt. Die Musik ist immer sehr ähnlich. Soll ich es dir vormachen?«

»Nein«, erwiderte Matani schärfer, als sie es eigentlich wollte.

»Du trauerst anders um ihn?«

Sie nickte. Der Gedanke an Tom ließ ihr wieder Tränen in die Augen steigen, nicht genug, um zu weinen, aber sie spürte sie dennoch und schniefte.

»Er ist nicht tot, aber dennoch für immer verloren.« Matani sah zu Resk, der es sich am Feuer bequem machte. »Der Seelenfresser hat seinen Geist gestohlen.«

»Ich verstehe das nicht. Wie denn?«

»Sie reißen ihren Opfern die Seele aus dem Leib, stehlen ihre Lebenskraft für sich selbst. Sie binden die Seelen in ihre Rüstungen, zwingen die verbliebene Kraft, sie zu beschützen. Und den Körper ... Atin sagt, sie nehmen ihn mit, beleben ihn mit ihrer Magie. Er ist fortan seelenlos, gedankenlos, ein williger Sklave ohne Selbst, der alles für seinen Herrn tut. Diese Seelenlosen kennen keine Gefühle, keinen Schmerz. Nichts gilt ihnen etwas. Außer dem Willen ihres Herrn.«

Das Glühen des Feuers, das ihr gerade noch Wärme gespendet hatte, erinnerte sie nun an das Leuchten in den Augen und Mündern der schwarzen Rüstung. Es waren die gestohlenen Seelen, die dort zu sehen waren. Matani schluckte. *Tom ist jetzt einer von ihnen, gefangen in endloser Qual.*

»Wir folgen ihm, holen uns Toms Körper, zerbrechen diese Rüstung«, schlug der Troll vor, tatkräftig wie immer. »Dann kehrt sein Geist heim, nicht wahr?«

Matani senkte das Haupt.

»Nein. Das, was übrig ist, würde normalerweise einfach vergehen, so wie Nebel im Wind verweht. Und sollte der Geist aus der Rüstung des Seelenfressers entgegen aller Wahrscheinlichkeit doch in den Körper zurückkehren, wäre der Tom, den wir kennen, trotzdem tot. Denn sein Geist ist nicht mehr er, nur noch geraubte Lebenskraft. Alles, was ihn ausmachte, seine Gefühle, seine Erinnerungen, ist fort. Tot. Es ist besser, wir akzeptieren das. Wir haben ihn verloren.«

Der Rabe sprang auf, tat einige wacklige Schritte und krächzte leise.

»Ja, du vermisst ihn auch, wie?«, fragte Matani sanft.

Der Rabe starrte sie aus seinen schwarzen Augen an.

Am Feuer nahm Resk eine Handvoll Erde auf, spuckte hinein und verrieb das Gemisch auf seinen Wunden.

Matani sah ihn entgeistert an. »Bist du sicher, dass das eine gute Idee ist?«

»So machen wir Trolle das«, erwiderte er ungerührt und verschmierte die Erde weiter. »Das sorgt dafür, dass es gute Narben werden.«

»Narben? Warum willst du Narben?«

»Um mich an den heutigen Tag zu erinnern. An den Sieg und an Toms Tod. Darum bildet der Körper Narben: Damit wir nicht vergessen.«

Matani wollte noch etwas sagen, aber der Rabe hüpfte auf ihren Schoß und fiel mit einem kläglichen Krächzlaut um. Seine Krallen bohrten sich durch das Leder ihrer Hose in ihre Beine.

»Genug jetzt«, sagte sie ein wenig unwirsch, nahm ihn in beide Hände und hielt ihn so, dass er ihr auf Augenhöhe ins Gesicht sehen konnte. »Wir alle vermissen ihn. Du musst dich beruhigen und begreifen, dass er fort ist.«

Der Rabe krächzte, klapperte mit dem Schnabel und krächzte erneut.

Inzwischen hatte die Füchsin ein Auge geöffnet und sah interessiert zu ihnen herüber. Natürlich nicht interessiert genug, um sich zu bewegen, aber Matani spürte ihre Aufmerksamkeit.

Vorsichtig setzte sie den Raben wieder auf den Boden und schob ihn sanft von sich fort. Er breitete die Schwingen aus, um sein Gleichgewicht zu halten, was aber nur bedingt Erfolg zeigte.

»Du Armer. Wieder fliegen zu lernen wird sehr schwer für dich werden, wie?«

Dann legte sie sich auf die Seite und schloss die Augen. Resk und die Füchsin würden Wache halten. Und sie würde versuchen, die Kraft der Erde in sich aufzunehmen und etwas Schlaf zu finden, auch wenn sie ahnte, dass er nur zögerlich kommen würde.

Das Frühstück am nächsten Morgen war bescheiden. Einige Beeren, ein wenig von dem Käse, der noch übrig war. Die Füchsin fing sich eine Ratte, was ihr einen Biss an der Schulter einbrachte.

»Soll ich dir Erde mit Spucke darauf verreiben?«, neckte Matani sie. »Dann bekommst du bessere Narben und denkst das nächste Mal daran, dass Ratten ganz schön widerspenstig sind.«

Die Füchsin warf ihr einen finsteren Blick zu und entfernte sich mit erhobenem Kopf.

Matani seufzte.

»Wir müssen gleich aufbrechen. Es geht direkt zum Winterlager. Mein Stamm wird sicher bald dort eintreffen.«

Resk brummte zustimmend. Ob es nun an seiner seltsamen Medizin lag oder an der legendären Konstitution der Trolle, seine Wunden sahen tatsächlich schon viel besser aus. Matani mochte sich gar nicht vorstellen, was so tiefe Schnitte bei einem Menschen angerichtet hätten, aber die dicke Haut des Trolls schloss sich bereits wieder.

Sie biss noch ein Stück Käse ab und kaute langsam, während sie den Rest in ein Tuch einschlug und wieder verstaute.

Bis jetzt hatte der Rabe geschlafen, den Schnabel unter einen Flügel geschoben, aber nun wachte er auf und sah sich verwundert um. Er erhob sich, tat einen Schritt und kippte sogleich zur Seite. Unter lautem Gekrächze richtete er sich wieder auf.

Vielleicht hätten wir ihn doch von seinem Schicksal erlösen sollen, dachte Matani, als sie seine hilflosen Bewegungen sah, aber dann schüttelte sie den Kopf und vertrieb den Gedanken aus ihrem Geist. Der Gedanke an den Gefährten des Raben ließ sich jedoch nicht so leicht abschütteln.

Immerhin gelang es dem Raben, sich wieder aufzurappeln und ein Stück zu laufen. Dabei bewegte er die Flügel, als wollte er sie strecken. Sein Kopf ruckte hin und her. Schließlich kam er vor Matani zum Stehen.

»Hast du Hunger?«

Er schüttelte den Kopf, was Matani verblüffte. Er breitete die Flügel aus, senkte den Kopf, als verneigte er sich vor ihr. Dann hob er den Schnabel, gab ein keuchendes Geräusch von sich – und ein kleiner Lichtpunkt erschien vor ihm, als hätte er ein Glühwürmchen ausgehustet.

»Hast ... hast du das gesehen?«, fragte Matani, ohne die Augen von dem Vogel zu nehmen. Der Rabe erwiderte ihren Blick.

»Was?«

»Der Rabe ... hat Magie!«

Resk erhob sich und kam zu ihnen herüber. Der Troll musterte den Vogel ganz genau.

»Ich sehe nix«, stellte er fest. »Sieht so aus wie vorher.«

Wieder zog der Rabe den Kopf zurück und hob den Schnabel. Er keuchte, und ein weit größerer Lichtschein als beim ersten Mal schwebte durch die Luft und löste sich nach wenigen Augenblicken auf.

»Oh. Das meinst du. Erstaunlich.«

»Erstaunlich?«, wiederholte Matani. »Mehr hast du nicht zu sagen?«

»Nein? Was soll ich sagen, der Rabe macht Licht. Ist das nicht normal?«

»Nein! Raben tun so etwas normalerweise nicht.«

»Das ist Magie ... *Toms* Magie.«

»Vielleicht ist das der Rest von der Verbindung zu Tom? Weil seine Lebenskraft noch da ist?«

Der Rabe hüpfte aufgeregt auf und ab und krächzte. Er breitete die Schwingen weit aus und warf sich in die Brust.

»Das glaube ich nicht«, sagte Matani langsam, während sie das seltsame Verhalten weiter beobachtete. »Ich glaube viel eher ...«

Sie wagte nicht, weiterzusprechen. Zu ungeheuerlich war der Gedanke, der sich in ihrem Geist formte. *Kann das sein? Ist das möglich?*

Es kostete sie all ihren Mut, die Frage zu stellen: »Tom?«

Der Rabe sprang in die Luft, krächzte, dann nickte er immer wieder und wieder.

In Matanis Herz ging die Sonne wieder auf, deren Licht sie schon verloren geglaubt hatte.

»Das ist Tom!«, rief sie, und Tränen der Freude rannen ihr über die Wangen. »Tom!«

Es ist nicht leicht, ein Rabe zu sein

Als Matani endlich seinen Namen nannte, war Tom grenzenlos erleichtert. Er hätte gern geantwortet, aber es war auch so schon schwierig genug, mit dem kleinen Rabenkörper zurechtzukommen. Alles war anders und fremdartig, keine Bewegung lief ganz so ab, wie er es gewohnt war, und obwohl er es schon die ganze Zeit probierte, hatte er noch kein klares Wort herausgebracht.

Na endlich, dachte der Rabe, und es war noch seltsamer als sonst, ihn zu hören, denn jetzt teilten sie sich einen Körper.

Tom ignorierte die Stimme in seinen Gedanken und verbeugte sich erneut vor Matani.

»Wie ist das möglich?«, fragte sie, aber weder wusste er eine Antwort noch hätte er eine geben können, wenn es anders gewesen wäre.

Das Letzte, woran er sich erinnerte, war der Schwarzgerüstete, der Seelenfresser, mit seinem Schwert. Plötzlich war da sein Körper gewesen, völlig losgelöst von ihm, und dann ... nichts. Und als Nächstes hatte er Flügel gehabt, einen Schnabel und hatte nicht mal mehr laufen können.

»Geht es dir gut? Können wir etwas tun?«

Tom nickte, so gut es ging. Dann schüttelte er den Kopf. Natürlich konnten sie etwas tun: ihm wieder einen richtigen Körper besorgen, aber wie sollte er das mitteilen?

Richtiger Körper? Was soll das heißen? Als ob dieser grandiose Rabenkörper kein richtiger Körper wäre. Pah! Der Rabe versuchte beleidigt, die Kontrolle zu übernehmen, was dazu führte, dass sie nur wild durch die Gegend taumelten.

Lass das!

Du bist hier nur Gast, befand der Rabe schnippisch, stellte aber seine Bemühungen ein und überließ Tom den Vogelkörper. In den letzten Stunden hatten sie herausgefunden, dass es andersherum gar nicht funktionierte. Es gelang Tom einfach nicht, sich so weit zurückzuziehen, wie es vielleicht nötig gewesen wäre.

Es dauerte einen Moment, bis er sich wieder aufgerichtet hatte. Die Federn an seinem Bauch waren, nachdem er beinahe gestürzt war, total durcheinander, was ein wirklich seltsames Gefühl war, wie verwuscheltes Haar, nur viel intensiver.

Nimm den Schnabel, befahl der Rabe. *Meine Güte, das juckt. Einfach glatt streichen.*

Tom versuchte es, aber es war schwieriger, als er gedacht hatte.

Nein, nicht so ... Wie kann man so etwas Einfaches nicht können?

Tut mir leid, aber für mich ist das alles neu.

»Ist wirklich alles in Ordnung?«, hakte Matani nach. Sie sah skeptisch auf Tom herab.

Er nickte noch einmal und konzentrierte sich. Er öffnete den Schnabel, bewegte die Zunge probeweise und versuchte es dann: »Ga!«

Das kam dem, was er sagen wollte, recht nahe, aber Matani schien ihn nicht zu verstehen. Also probierte er es noch einmal: »Ka!«

Nein, das war es auch nicht. Hm, vielleicht so?

»Dscha! Chra! Ja!«

Tom hüpfte vor Freude.

»Ja! Ja! Ja!«

»Du kannst wieder sprechen.«

»Ja«, erwiderte Tom. »Irk krang ihh …«

Er brach ab, als er hörte, welche Laute aus seinem Schnabel kamen. Es würde wohl noch ein wenig dauern, bis er tatsächlich wieder verständlich reden konnte.

Kannst du momentan in ihren Geist sprechen?, fragte er den Raben.

Nein. Nicht solange du dich wie der Herr im Haus aufführst.

Tom seufzte.

»Huho, Tom«, meldete sich Resk zu Wort. Der Troll klang vergnügt, und so, als ob es ihm keinerlei Schwierigkeiten machte, sich Tom in dem Rabenkörper vorzustellen.

Tom wollte ihm zuwinken, aber der Flügel ließ sich nicht wie ein Arm bewegen, und beinahe wäre er wieder umgefallen. Er fragte sich, wie Raben wohl flogen. Für ihn war es schwer genug, einfach nur zu stehen.

»Ha'ho«, antwortete er mit einiger Mühe. »Chresk.«

»Sehr gut«, kommentierte Matani seine Versuche. Sie griff nach Tom und hob ihn vorsichtig hoch, bis er direkt vor ihrem Gesicht war. So gepackt zu werden war unangenehm, viel unangenehmer, als er gedacht hätte.

Weil sie die Flügel festhält, erklärte der Rabe. *Das mögen wir Vögel nicht so gern.*

Zum Glück stellte Matani ihn auf ihren Schoß. Tom breitete die Schwingen ein wenig aus, um das Gleichgewicht besser halten zu können.

»'urper«, sagte er, schluckte und startete noch einen Versuch: »Karper.«

»Du hast deinen eigenen Körper verloren. Und du willst ihn bestimmt zurück«, riet Matani, und Tom nickte heftig. »Verstehe. Ist der Rabe mit dir ... da drin?«

Wieder nickte Tom. Es war einfacher, als zu sprechen, auch wenn er das Gefühl hatte, zumindest beim Ja den Bogen rauszuhaben.

»Eure Verbindung muss stärker als die Magie des Seelenfressers gewesen sein«, vermutete Matani ernst. »Sein Schwert hat dich aus deinem Leib gerissen, aber seine Magie war nicht mächtig genug, um dich in seine Rüstung zu bannen. Stattdessen bist du in den Körper deines Begleiters gefahren. Das ist unglaublich. Du hattest sehr, sehr großes Glück.«

Jetzt legte Tom fragend den Kopf schief.

»Wenn ein Geist einen Körper verlässt, ist das sehr gefährlich. Mächtige Schamanen können das, freiwillig natürlich. Aber wer es nicht gelernt hat, verliert sich schnell, und dann löst sich der Geist – ohne Verankerung im Körper – einfach auf. Dass der Rabe in der Nähe war und dass eure Verbindung so stark ist, hat dir das Leben gerettet.«

Juhu, dachte der Rabe sarkastisch. *Und jetzt habe ich einen Untermieter, der nicht mal ordentlich Gefiederpflege betreiben kann!*

»Kut«, sagte Tom. »Korper chrolen.«

Es fiel ihm immer leichter zu sprechen. So langsam gewöhnte er sich an die seltsame Kehle des Rabenkörpers. Dennoch hatte er nicht vor, sich hier dauerhaft einzurichten.

Das hätte auch gerade noch gefehlt!

Tom ignorierte den Zwischenruf und sah Matani an.

Sie nickte. »Der Seelenfresser ist nach Norden geritten. Er hat deinen Körper mitgenommen. Vermutlich, um ihn mittels Magie zu seinem Sklaven zu machen.«

Das hatte Tom schon am Feuer gehört, und der Gedanke hatte ihm bereits da nicht gefallen. Er plusterte sein Gefieder auf und schüttelte den Kopf.

»Nein, das lassen wir nicht zu«, pflichtete ihm Matani bei. Sie blickte Resk an: »Wir müssen ihm folgen. Er hat einen guten Vorsprung, und das zu Pferd, deshalb sollten wir uns beeilen.«

Der Hügeltroll streckte sich und fletschte die Hauer. Er ließ seinen Kopf rollen, und sein Nacken knackte vernehmlich. »Ich hab gleich gesagt, dass wir ihm hinterher sollten. Wer Seelen frisst, sollte ein wenig gute, alte Troll-Gerechtigkeit zu spüren bekommen.«

Er schlug sich mit der zur Faust geballten Rechten in die linke Pranke. Es klang, als hätte jemand mit einem Hammer auf einen Stein geschlagen.

Hastig packten Matani und Resk ihre Sachen zusammen. Als sie aufbrechen wollten, hüpfte Tom neben ihnen her. Er schlug mit den Flügeln, aber sein Versuch zu fliegen scheiterte bereits im Ansatz. Dabei war er froh, nicht auch noch auf den Schnabel zu fallen.

»Komm«, sagte Matani und kniete sich neben ihn. Sie half Tom, ihren Arm hoch und bis auf ihre Schulter zu klettern.

Wie peinlich. Wir müssen uns tragen lassen, lästerte der Rabe, aber Tom war es ganz und gar nicht peinlich. So sanft er konnte, hielt er sich fest, als Matani plötzlich losrannte. Sie war schnell, und Tom wurde ordentlich durchgeschüttelt, aber es gelang ihm, auf ihrer Schulter sitzen zu bleiben.

Fast war es, als würde er fliegen, so schnell bewegten sie sich durch die Steppe. Immer wieder spreizte Tom die Flügel ein wenig, um auszutesten, wie es wäre, aber er traute sich nicht, es wirklich zu versuchen.

Erst als sie das zerstörte Lager, das nun auf ihrem Weg lag, erreichten, verlangsamte Matani ihren Lauf. Sie ging in die Hocke und spähte zu den Ruinen hinüber.

»Siehst du was?«, fragte sie Resk, der verneinte.

»Dann los.«

Obwohl nichts darauf hindeutete, dass jemand im Lager war, schlichen sie sehr vorsichtig näher. Der Überfall steckte allen noch in den Knochen.

Matani drückte sich an die Reste der Außenwand einer der niedergebrannten Hallen und lugte um die Ecke.

»Niemand hier«, flüsterte sie.

Als sie in die Mitte des Lagers trat, sah Tom, was sie meinte. Auf den ersten Blick war von ihrem Kampf keine Spur mehr zu sehen.

»Wo?«, gelang es ihm zu fragen.

»Sie sind abgezogen. Und haben alle mitgenommen, wie es ihre Art ist. Vermutlich sind sie dem Seelenfresser gefolgt. Wir müssen vorsichtig sein; sie werden langsam vorankommen, und es kann leicht passieren, dass wir sie einholen.«

»Sie hatten Pferde«, gab Resk zu bedenken.

»Ja, aber sie haben auch Verletzte und Gefallene. Sie werden nicht schnell reiten können.« Sie drehte den Kopf und sah Tom an. »Keine Sorge, wir folgen den Spuren des Seelenfressers. Die Füchsin wird uns leiten. Wir werden wie der Wind sein.«

»Gut.«

Einzelne Wörter habe ich schon drauf, dachte Tom. *Bald kann ich wieder total gut sprechen. Nicht, dass ich es mir hier drin zu gemütlich machen will; je eher ich meinen eigenen Körper wiederhabe, desto besser.* Er mochte sich nicht vorstellen, wie es sein würde, wenn sie versagten. Sein eigener Körper als hirntoter Sklave eines Magatai, und er selbst bis zu seinem Lebensende gefangen im Körper eines Raben!

Nicht in dem irgendeines Raben, sondern in meinem, erinnerte ihn der Rabe. *Was denkst du, wie ich mich bei der Vorstellung fühle?*

Tom war durchaus gewillt anzuerkennen, dass der Rabe ein ähnliches Maß an Unbehagen verspürte wie er selbst. Aber derzeit konnte er nicht viele Gedanken darauf verschwenden, denn Matani lief bereits weiter, und Tom musste sich darauf konzentrieren, sich festzuhalten. Durch seine Krallen konnte Tom die Energie spüren, die in ihr brodelte.

Es war, als würde ihr jeder Schritt Kraft geben, anstatt sie zu ermüden. Sie verließen das Lager und suchten nach den Spuren des Seelenfressers.

Als sie den Ort erreichten, an dem Tom gegen ihn gekämpft hatte, musste er schlucken. Die Erinnerung war noch zu deutlich, zu nah. Er meinte fast, die Klinge noch einmal zu spüren, ihre kalte Berührung, dann den Schmerz. Aber zum Glück hielten sie sich nicht lange auf, denn die Füchsin bellte heiser und sauste geduckt durchs Gräsermeer davon.

Matani und Resk folgten ihr. Jetzt, da er nicht selbst mitlaufen musste, erkannte Tom erst, wie schnell sie waren. Während Resk durch seine langen Beine und sein unermüdliches Tempo ohnehin ein großartiger Langstreckenläufer war, machte Matani durch ihre langen Schritte, die fast schon Sprünge waren, schnell Boden gut. *Bin ich auch so schnell gelaufen? Das ist kaum zu glauben.*

Bist du, antwortete der Rabe. *Du hast instinktiv die Macht des Lichts genutzt. Du gehörst hierher, Tom, in diesen Teil der Welt.*

Die Worte hallten noch lange in Toms Geist wider, während sie auf der Spur des Seelenfressers ins Reich der Magatai eindrangen.

Jenseits des Gräsermeers

»Wir müssen vorsichtiger sein«, raunte Matani ihren Begleitern zu. Sie ließ ihren Worten sofort Taten folgen und duckte sich hinter einen Busch mit großen, gezackten Blättern und verdorrt aussehenden rötlichen Früchten. Sie hatten das Gräsermeer bereits hinter sich gelassen, nach einer Reise, bei der Tom irgendwann gedacht hatte, dass sich die Landschaft nie mehr ändern würde.

Hier nun erschien ihm alles viel vertrauter. Es gab zwar auch noch Gras, aber nicht mehr die endlosen hohen Halme wie in Matanis Heimat, sondern saftige Wiesen, die sich mit lichten Wäldchen, Ackerland und Heckenstreifen abwechselten. Wenn Tom sich umsah und nicht gerade das Steppenmädchen oder den Troll im Blickfeld hatte, konnte er sich fast vorstellen, wieder zu Hause zu sein. Zwar nicht in Berlin, aber außerhalb, irgendwo hinter Potsdam, wo es ziemlich ländlich wurde.

Hier, wo es Felder gab und offensichtlich Getreide, Gemüse und Obst angebaut wurden, gab es natürlich auch Bewohner, die sich um all das kümmerten. Es gab Gehöfte und kleine Dörfer mit niedrigen Häusern aus hellem Sandstein, aber um die wenigen Gebäudeansammlungen hatten sie bisher immer einen Bogen gemacht. Manchmal hatten sie Leute gesehen, die auf den Feldern arbeiteten, Menschen und Elfen, wie Tom zu seiner Überraschung herausgefunden hatte.

Sie waren immer der Spur des Seelenfressers gefolgt, die Matani und die Füchsin gefunden hatten. Das kleine Tier hatte auch jetzt die Nase am Boden, lief zwischen verschiedenen Fährten hin und her und würde bellen, um seine Gefährtin darauf aufmerksam zu machen, sobald es etwas Interessantes entdeckt hätte.

»Ist es gefährrlich?«, fragte Tom und war stolz darauf, wie gut er die Worte inzwischen bilden konnte, auch wenn er das R immer noch sehr rollte. »Müssen wirrr die Magatai fürrchten?«

»Ich weiß nicht«, gestand Matani. »Ich war noch nie so weit in ihrem Land. Die Stämme verlassen das Gräsermeer normalerweise nicht. Zumindest nicht freiwillig.«

»Ich habe Reisende gesehen, als ich bei den Magatai war«, erzählte Resk und kratzte sich am Bauch. »Das ist nicht ungewöhnlich. Wir sagen einfach, dass wir zu unserem Herrn wollen.«

Tom spähte über den Busch hinweg. Nicht weit von ihnen führte eine staubige Straße zwischen den Feldern entlang. Er sah dort eine Bewegung, einen Wagen, zwei Reiter, dazu ein, zwei Gestalten zu Fuß.

»Es gibt irgendwo hier eine große Stadt«, fuhr der Hügeltroll fort. »Alynth. Ich war dort einige Zeit, nachdem sie mich gefangen genommen hatten und bevor ich in die Steppe geschickt wurde. Die Stadt ist groß. Wirklich groß. Riesig. Wie ein ... Gebirge. Aber eins, das die Menschen gebaut haben.«

Der Troll streckte sich und zeigte dabei seine beeindruckende Körpergröße. Tom war versucht, ihm zu sagen, dass er aus Berlin kam und dass er wirklich große Städte gewohnt war, schwieg aber. Er hatte inzwischen gelernt, dass es kaum eine Möglichkeit gab, den Bewohnern dieser Seite der geteilten Welt zu vermitteln, wie es drüben bei ihm aussah.

Plötzlich kam ihm ein Gedanke. »Wisst ihr, wie der Chef der Magatai heißt?«

»Chef?«, echote Resk.

»Der Bundeskanzler. Oder die Präsidentin. Was weiß ich, wer bei den Magatai regiert. Wurde im Lager darüber geredet, wer ihr Herr ist?«, erkundigte er sich aufgeregt.

»Das ist der Sar'thosa. Er steht über allen anderen.«

»Gut«, sagte Tom. »Dann behauptet ihr einfach, dass ihr ihm dient, falls uns jemand fragt. Und ich ... ich bin sein Lieblingsrabe! Der Zorn des Sar'thosa droht jedem, der mich nicht gut behandelt!«

Matani und Resk sahen einander an.

Tom klapperte mit dem Schnabel und machte sich so groß wie möglich.

He!, meldete sich der Rabe. *Hörst du auf, dich so aufzuplustern? Du Angeber!*

»Es könnte klappen. Trotz des Raben.« Matani erhob sich und fixierte die Stelle der Straße, an der die Füchsin saß und mit ihrer Rute auf den Boden klopfte. »Der Seelenfresser muss dort entlanggekommen sein. Er hat nicht auf seine Leute gewartet, sondern ist gleich weitergeritten.«

Tom musste ihr vertrauen. Mithilfe der Füchsin hatte Matani sie durch die Steppe gelotst. Sie hatten die kleine Gruppe Magatai überholt, ohne sich ihnen zu zeigen. Aber so schnell sie auch gereist waren, den Seelenfresser mit Toms Körper hatten sie nicht eingeholt.

»Sind wir sicher, dass er in die Stadt geritten ist?«

Matani nickte entschieden. »Er hat deinen Körper ja aus einem bestimmten Grund mitgenommen. Er will zu den Zauberern der Schwarzen Herren, und die findet er bestimmt in ihrer Stadt.«

»Also los«, sagte Tom. »Dem Typ hinterher, meinen Körper finden und dann nichts wie weg!«

Hoffen wir, dass es so einfach sein wird, dachte er bei sich, und er konnte seine Sorgen in den Mienen der anderen beiden gespiegelt sehen. Nichtsdestotrotz liefen sie los.

Als sie die Straße erreichten, stellten sie bald fest, dass sie viel benutzt war. Sie wurden immer wieder von Karren überholt, auf denen Leute ihre Waren oder andere Leute transportierten, aber auch von Reisenden, die zu Fuß unterwegs waren und ihr Gepäck auf dem Rücken oder auf dem Kopf trugen.

Tom blieb auf Matanis Schulter sitzen und schaute sich den Strom der Reisenden gut an. Die Menschen, die den Hauptteil bildeten, sahen ganz normal aus, wenn auch eher so, als ob sie einer Geschichtsdoku entsprungen wären. Die Männer trugen meist dichte Bärte, und das häufigste

Kleidungsstück war ein langes, fließendes, helles Gewand. Viele hatten eine dunklere Haut, wie Matanis Volk, aber es gab auch solche mit helleren Hauttönen.

Tom war nun beinahe froh, die Gestalt des Raben zu teilen, denn so fiel nicht auf, wenn er die anderen Reisenden anstarrte. Er sah einen Wagen, der etwas transportierte, was wie kleine, lebendige Sphinxen aussah, Elfen, die einen Eselskarren lenkten, und sogar eine Gruppe Zentauren. Er kam aus dem Staunen kaum noch heraus.

Auch Resk wurde oft regelrecht angegafft, aber keiner nahm vor dem großen Hügeltroll Reißaus. Sein Anblick war offensichtlich ungewohnt, aber keineswegs so ungewöhnlich, dass er Angst und Entsetzen verbreitet hätte.

Bei dem Gedanken daran, wie die Menschen wohl in Berlin reagieren würden, wenn Resk einfach den Ku'damm hinabspazierte, musste Tom kichern. Daraufhin sah sich ein Mann, der auf dem Bock eines Wagens saß, verwundert nach ihm um, sodass Tom erst einmal krächzte und einen seiner Flügel spreizte, um die Situation zu entschärfen. Der Mann schüttelte den Kopf, und Tom war froh, als sie ihn hinter sich ließen.

Allerdings waren sie nun deutlich langsamer als zuvor, denn sie wollten unter den Reisenden nicht auffallen. Es wurde schon langsam Abend, als Resk nach vorn deutete.

»Hinter dem Hügel liegt Alynth.«

Obwohl er immer noch glaubte, als Berliner alles gesehen zu haben, was große Städte zu bieten hatten, war Tom doch gespannt auf den Anblick.

Als er dann die ersten Türme erblickte, war er beeindruckt. Es sah aus, als ob sie auf eine Stadt aus Tausendundeiner Nacht zuhielten, mit hohen, schlanken Türmen aus hellem Stein und Häusern aus ebensolchem Stein mit kuppelförmigen Dächern. Die untergehende Sonne leuchtete auf die metallenen Spitzen dieser Kuppeln, die das Licht so reflektierten, dass sie selbst zu strahlen schienen.

In einem Punkt aber hatte er recht gehabt: Alynth war nicht annähernd so groß wie Berlin. *Selbst wenn man den Speckgürtel nicht mitzählt. Hier würde ja nicht mal eine StraBa lohnen.* Der innere Kern der Stadt war durch eine hohe Stadtmauer geschützt, aber um diese herum hatten sich längst weitere Viertel gebildet, mit eigenen Mauern und Toren.

»Kommen wir da einfach so rein?«, erkundigte sich Matani, woraufhin Resk nickte.

»Die Tore waren früher immer offen. Selbst nachts. Die Magatai sind mächtig; sie fürchten hier keine Feinde.«

»Haben sie denn Feinde?«, hakte Tom nach. Zu sprechen fiel ihm mit jedem Satz leichter.

»Hoch im Norden an der Küste gibt es noch Städte, die sich ihnen nicht unterworfen haben«, erklärte Matani, und Resk fügte hinzu: »Wir Trolle kämpfen auch gegen sie. Im Westen und auch im Süden, aber nicht am Meer.«

»Und im Osten?«

Beide schüttelten den Kopf, und Matani sagte: »Darüber weiß ich nichts.«

Sie folgten der Straße, die auf die Stadt zuführte. Obwohl es langsam dunkel wurde, waren noch sehr viele Menschen unterwegs. Plötzlich sah Tom etwas außerhalb der Stadt, an ihrer linken Flanke, halb von Gebäuden und äußerer Stadtmauer verborgen.

Zuerst dachte er, es wären weitere Häuser oder kleine Hütten, aber dann erkannte er, dass es Zelte waren, viele Zelte, in Reih und Glied aufgestellt. Ihr heller, sandfarbener Stoff hob sich von der dunkleren Umgebung ab, und an vielen waren Standarten angebracht, von denen Banner herabhingen.

»Was ist das?«, fragte er und wies mit dem Schnabel in die Richtung.

»Ich weiß nicht«, brummte Resk. »Das war nicht da, als ich noch in der Stadt war. Sieht aus wie …«

»Wie ein Kriegslager«, beendete Matani den Satz. Sie blieb stehen und schüttelte mit grimmiger Miene den Kopf. »Das sind Soldaten, Krieger, ganze Heerscharen. Schaut nur, das Zeltlager zieht sich bis über den Hügel dort hinten, und wer weiß, wie groß es dahinter und hinter der Stadt ist! Das müssen Tausende sein!«

Oder Zehntausende, warf der Rabe ein. *Die Magatai ziehen ihr Heer zusammen. Dafür kann es nur einen Grund geben.*

»Krieg«, krächzte Tom. »Sie wollen in den Krieg ziehen.«

Die Hallen der Jetoj

»Es war eine weise Entscheidung von dir, Soirin hierher mitzubringen«, sagte der Sar'thosa und zeigte Alex sein humorloses Lächeln. »Sie zu töten hätte die Rebellen von Toliosa einen Tag beeindruckt, vielleicht auch einen Monat oder ein ganzes Jahr. Aber so wissen wir, dass wir ihren Widerstand für sehr viel längere Zeit gebrochen haben.«

Alex war noch nie zuvor in den privaten Räumen des Herrschers gewesen. Sie wiesen einen überbordenden Luxus auf, den Alex eigentlich nicht von diesem stoisch wirkenden Machtmenschen erwartet hätte. Flache Tische mit aufwendigen Einlegearbeiten standen vor samtbezogenen Hockern und Sesseln. Überall glitzerten edelsteinverzierte Gefäße und Lampen, und der Boden war mit weichen Teppichen bedeckt. Während ihres Gesprächs waren zwei Sklaven damit beschäftigt, den beiden Männern mit Palmwedeln Luft zuzufächeln, aber es war ohnehin angenehm kühl im Zimmer, da sich von der Decke ein kleiner Wasserfall ergoss, ehe das Wasser im Boden verschwand und auf unsichtbaren Wegen den Wasserfall erneut speiste. Eine magische Spielerei, die dafür sorgte, dass es in den Räumen des Herrschers auch während dieses heißen Herbstes stets kühl und frisch blieb.

Ajun hatte Alex erklärt, dass das Wasser im Winter warm war und so wiederum die Räume heizte.

Doch je länger Alex hier war und all das Gold und den Prunk und die Magie der Magatai bewundern konnte, desto mehr hatte er das Gefühl, dass all der zur Schau gestellte Reichtum, die Juwelen und die prächtigen Wandteppiche dem Sar'thosa in Wirklichkeit nichts bedeuteten. Er umgab sich mit ihnen, weil so etwas von einem Herrscher erwartet wurde, doch eigentlich sah er darin nur Tand und lächerliche Spielereien.

Der Herr der Magatai blickte Alex an. »So, A-lex-ander, werden die Leute von Toliosa nie wissen, was mit ihrer Anführerin passiert ist. Und sollten sie je wieder auch nur eine Unze Gold Steuern zu wenig zahlen, dann werde ich Soirin schicken, um sie zu bestrafen.«

»Wie soll das funktionieren, Herr?«, stieß Alex hervor, ehe er sich bremsen konnte. Auf der Reise hatte die Elfe quasi nichts anderes getan, als ihn und Jarkas zu beschimpfen und zu verfluchen. Und gegen ihre Leute würde sie sich – selbst unter Androhung von Gewalt – sicher nie stellen.

»Meine Magier haben sie ihrer Seele beraubt, und sobald das Ritual abgeschlossen ist, wird sie nur noch ein … äußerst nützliches Werkzeug sein. Ich war mir sicher, du hättest schon andere dieser speziellen Diener hier in Alynth gesehen.«

Alex schüttelte den Kopf. *Die Seele geraubt? Das klingt ja furchtbar.* »Wird man mit allen Gefangenen aus Toliosa dasselbe machen?«, fragte er erschaudernd und hoffte dabei inständig, dass sein Gesichtsausdruck ihn nicht verraten würde.

Der Sar'thosa lachte und legte die Füße in den schwarzen Stiefeln auf eine niedrige Bank. Er schien auch hier nie seine Rüstung abzulegen, und das Echo seines Lachens drang aus Hunderten der winzigen Münder auf seiner Rüstung höhnisch zu Alex hinüber.

»Diese Behandlung ... ist nur ganz speziellen Gefangenen vorbehalten. Sie erfordert Magie, die aus dem Tod gezogen wird, und es gibt nur wenige Magier, die darüber verfügen. Sie verschwenden ihre Kräfte nicht an Trollgesindel oder Straßenschmutz, sondern nutzen sie nur für Körper, die dessen würdig sind.« Er machte eine kleine Pause, in der sein Blick unverwandt auf Alex ruhte. »Du weißt, dass ich mit deinem Erfolg in Toliosa sehr zufrieden war, Alexander. Aber ich kann nicht gutheißen, dass du noch immer nicht herausgefunden hast, woher deine Magie stammt. Vielleicht hast du eine der seltenen Verbindungen zur Todesmagie, und du hast deshalb noch keine Fortschritte gezeigt?«

Alex senkte den Kopf und starrte zu Boden. Er schwieg, weil er nicht wusste, was er darauf hätte erwidern können.

»Ich will, dass du in die Kammern der Jetoj gehst. Hilf den Magiern, den Körper der Elfe für das Ritual vorzubereiten. Vielleicht ist es genau das, was dir bislang gefehlt hat, um deine Magie zu entdecken.«

Ganz bestimmt, dachte Alex düster. *Ein bisschen Nekromantie und Leichenfledderei. Was könnte einem denn sonst noch fehlen?*

Obwohl er nun schon monatelang in der Festung von Alynth lebte, hatte Alex die Keller noch nie zuvor betreten. Gehörte man zu den Magatai, war es ohnehin so, dass man nur bestimmte Bereiche der Festung aufsuchte. Es war, als gäbe es unsichtbare Grenzen, die die Herren und die Sklaven voneinander trennten. Alex musste nie in die Küche gehen, nie in die Vorratskammern oder den Weinkeller. Wenn er etwas aus diesen Räumen haben wollte, konnte er jederzeit Elion oder Ajun schicken, um ihm das Gewünschte zu besorgen.

Aber die Kammern der Jetoj, von denen der Sar'thosa gesprochen hatte, lagen ebenfalls im Keller, und den Weg dorthin musste Alex allein antreten, ohne dass seine Diener ihm die Aufgabe hätten abnehmen können.

Er lief die gewundene Steintreppe hinunter, die ins Erdgeschoss führte, und nahm dann eine weitere, die ihn noch tiefer brachte. Schon im ersten Untergeschoss war es deutlich kühler als an der Oberfläche. Der dicke Stein schien jeden Laut und jede Wärme zu verschlucken. Das einzige Licht kam von Laternen, die in regelmäßigen Abständen an eisernen Haken an der Wand hingen. Hier gab es noch einige Diener und Sklaven, die zwischen geöffneten Türen hin und her liefen, Fässer rollten und Vorräte aus den einzelnen Kammern holten oder welche einlagerten.

Alex wusste von Ajun, dass er noch tiefer hinunter musste, zwei weitere Treppen und zwei weitere Stockwerke. Hier gab es keine Diener mehr und auch kein Licht, nur noch Span und Zunder, mit dem er selbst eine Laterne entzünden konnte, die in einer Nische bereitstand.

Mit dem Licht in der Hand ging er den steinernen Korridor entlang. Er fragte sich, wie alt dieser Teil der Festung wohl sein mochte und wer ihn erbaut hatte. Der Keller schien mitten in den massiven Fels hineingetrieben worden zu sein. *Sie müssen Magie dafür verwendet haben. Ohne Presslufthammer, Bagger und Bohrer können sie das sonst nicht geschafft haben.*

Schließlich erreichte er drei bronzene Türen, die mit eigenartigen Zeichen und Darstellungen von seltsamen Tieren bedeckt waren. Er streckte die Hand aus. Das rot schimmernde Metall fühlte sich kalt unter seinen Fingern an.

Alex nahm die Laterne in die Linke und öffnete mit der rechten Hand die erste der Türen. *Nicht verschlossen.* Als er den Raum betrat, sah er, dass dieser kreisrund war. Der Boden in der Mitte lag tiefer, sodass der Eindruck eines kleinen Amphitheaters entstand. In dessen Mitte befand sich eine Art Tisch, und darauf lag eine Gestalt. Der Raum wurde von schwach orangefarbenen Kugeln beleuchtet, die ein stetiges magisches Licht ausstrahlten. Ein scharfer Geruch hing in der Luft.

Vorsichtig hängte Alex seine Funzel an einen Haken neben der Tür. Dann ging er die drei flachen Stufen hinunter, die zu dem Tisch führten.

Er näherte sich ihm und blickte die Elfe an, die darauf lag. Der Tod hatte noch keinerlei Spuren hinterlassen, Soirin lag ganz friedlich da. Alex fühlte, wie ihm die Knie weich wurden, und stützte sich mit beiden Händen auf dem Tisch ab.

»Sie war etwas Besonderes, nicht wahr, Al-ex-ander?« Die warme, schmeichelnde Stimme ließ Alex ganz plötzlich herumfahren. Er hatte weder Schritte gehört noch sonst irgendwie gemerkt, dass sich jemand näherte.

Hinter ihm stand ein Mädchen, wohl das schönste, das er je gesehen hatte. Sie war fast ebenso groß wie er selbst, sehr schlank, und sie trug ein grünes Kleid, das wie seine eigene Rüstung mit Hunderten winziger, blasser Hände verziert war. Ihr nachtschwarzes Haar reichte ihr bis zur Taille, und sie schenkte ihm ein Lächeln, das ihm an diesem düsteren Ort seltsam unpassend erschien.

»Ich habe sie hierhergebracht«, sagte Alex düster. »Und jetzt soll ich irgendein Ritual mit ihr durchziehen.«

Das schöne Mädchen lachte leise. »Du erfüllst nur den Willen deines Herrn, Jagoshi.«

»Jagoshi?«

»So heißen die Weltenwechsler bei vielen Völkern, Al-exander«, antwortete sie gelassen.

»Wer … ich … ich meine, woher weißt du, wer ich bin?«, fragte er und fand selbst, dass sich seine Worte dumm und ungewollt feindselig anhörten.

Aber sie schien es ihm nicht übelzunehmen. »Gibt es denn in Alynth jemanden, der nicht weiß, wer du bist, Al-ex-ander?«, fragte sie mit ihrer dunklen, melodiösen Stimme und trat noch einen Schritt näher.

»Und wer bist du?«, wollte er wissen, statt ihre Frage zu beantworten.

Sie stand jetzt so nah bei ihm, dass ihre Lippen beinahe sein Ohr berührten, als sie flüsterte: »Eine Baobhan.«

Da ihm diese Erläuterung absolut gar nichts sagte, beschloss Alex, weiterzufragen.

»Und was tust du hier?«

Obwohl das orangefarbene Licht einen warmen Schein über den Raum warf, sah ihre Haut unwirklich blass aus. *Weiß wie Schnee, rot wie Blut, schwarz wie Ebenholz ...* Das stammte aus einem Märchen, erinnerte sich Alex, aber er wusste nicht mehr, welches es gewesen war.

»Die Magatai glauben, dass nur sie die geteilte Welt beherrschen sollten. Sie hassen und fürchten alle, die anders sind. Die Elfen, die Trolle, die Nereiden, die Chimären ... und uns. Sie bekämpfen uns und haben uns in die dunkelsten Wälder, die unwegsamsten Gebirge und tiefsten Gewässer zurückgetrieben. Aber manchmal nehmen sie auch Gefangene. Wenn sie glauben, dass es ihnen nutzt. So bin ich hierhergekommen. Dein Herr weiß, dass meine Magie ihm nützlich ist.«

»Du bist eine der Magierinnen, die ihre Kraft aus dem Tod ziehen, richtig?«, erkannte Alex.

Ihre Augen wurden schmal. »Deshalb bin ich in den Hallen der Jetoj. Niemand sucht sich aus, woher er seine Magie bekommt, Al-ex-ander.« Sie ging langsam um ihn herum, so dicht, dass er spürte, wie sich die Härchen an seinen Armen aufrichteten. »Und *du* weißt noch immer nicht, woher du deine Magie bekommen kannst, nicht wahr? Und das lässt dich gewaltig um dein Leben fürchten.«

»Lass mich!« Alex trat einen Schritt zur Seite. Die Baobhan mit ihrer unheimlichen Magie und ihren merkwürdig offenherzigen Erklärungen machte ihm gegen seinen Willen Angst.

»Was, wenn ich wüsste, dass du der falsche Jagoshi bist? Wenn ich dir sagte, dass es einen anderen gibt, den aber die Magatai in ihrer Verblendung nicht sehen können?«

Alex erstarrte. Er fühlte sich in die Enge getrieben und vor Panik wie gelähmt. »Du darfst es ihnen nicht verraten«, stieß er hervor. »Der Sar'thosa darf nicht erfahren, dass ich der Falsche bin.«

»Oh, keine Angst.« Das ebenso schöne wie mächtige Mädchen stand nun wieder vor ihm. »Von mir wird vorerst niemand dein Geheimnis erfahren. Und ich könnte dir sogar helfen.«

Er hatte das Gefühl, als ob ein eisiger Hauch über ihn hinwegstrich.

Unvermittelt hob die Baobhan ihre Arme und beschrieb mit ihnen Kreise, und die winzigen Hände und Arme, die im Stoff ihres Kleides gefangen waren, schienen ihre Bewegungen zu imitieren. Bald erschien vor ihr ein Kreis aus leuchtend roten Splittern, und durch diesen Kreis hindurch sprang ein Wesen in diese Welt, wie Alex es noch nie zuvor gesehen hatte.

Auf den ersten Blick sah es aus wie ein etwas kleinerer Löwe. Zumindest wirkten Kopf und Körper wie der eines Löwen. Der Schwanz jedoch war mit Schuppen besetzt, an den Seiten erkannte Alex ledrige Flügel, und als die Kreatur das Maul öffnete, sah Alex nadelspitze Zähne.

»Das hier ist ein Mantikor«, erklärte die Baobhan, offenbar mit dem Ergebnis ihres Zaubers höchst zufrieden. »Es gibt nur noch sehr wenige von ihnen. Er ist eine magische

Kreatur. Sein Biss und sein Schwanzschlag setzen ein tödliches Gift frei.«

Alex schaute die Bestie mit einer Mischung aus Respekt und Unwohlsein an.

Der Mantikor senkte den Kopf und kam auf ihn zu.

»Er wird dich als seinen Herrn akzeptieren, weil ich ihn an dich gebunden habe«, fuhr die Baobhan fort und sah Alex direkt in die Augen. »Er wird dich niemals angreifen. Aber was ihn wirklich besonders macht, ist seine Fähigkeit, dir Magie zu leihen. Alle Mantikore können die Kraft des Feuers nutzen. Und wenn er bei dir ist, kannst du das auch.«

Alex schluckte und betrachtete das Wesen fasziniert, das sich nun ihm zu Füßen niederließ. »Was willst du für ihn haben?«

»Oh, nur ein Versprechen. Der Sar'thosa wird dich schon bald ausschicken, um seine Armeen zu führen. Du kannst einmal sehr mächtig werden. Wenn ihr siegreich zurückkehrt, dann musst du mich aus diesem Keller befreien.«

Das schien ihm ein geringer Preis zu sein, wofür auch immer. Und wenn es stimmte, was sie sagte – wenn dieser Mantikor ihm tatsächlich die Macht verleihen konnte, den Sar'thosa zu täuschen …

»Und was ist mit dem Ritual an Soirin, bei dem ich dir helfen sollte?«

»Überlass das ganz mir, Al-ex-ander.«

Obwohl er eigentlich keine Ahnung hatte, worauf er sich einließ, nickte Alex. »Das ist ein Deal.«

Die Baobhan umfing ihn mit ihren schlanken Armen, und ihre eiskalten Lippen berührten die seinen. »Dann wird ein Kuss den Pakt zwischen uns besiegeln.«

Drei Fremde in Alynth

Sie hatten sich in einer Gasse verborgen, in der die Häuser so dicht zusammenstanden, dass man sich aus gegenüberliegenden Fenstern ohne Probleme hätte die Hände schütteln können. Matani duckte sich an die Wand, als aus der Straße, in die die Gasse einmündete, schwere Stiefelschritte ertönten. Im schummrigen Licht sah sie Schemen vorbeimarschieren, dunkle Gestalten, die in Reih und Glied gingen.

Erst als sie nicht mehr zu hören waren, wagte Matani es, sich aus den Schatten zu lösen und Resk mit der Hand ein Zeichen zu geben, der aussah, als hätte man ihn zwischen den Häusermauern eingeklemmt.

»Das war knapp«, murmelte sie, aber der Hügeltroll winkte ab.

»Das sind doch nur irgendwelche Soldaten. Wir sind bloß Besucher. Und hier sehen viele Leute viel seltsamer aus als wir. Die hätten uns nicht einmal beachtet.«

»Das glaube ich kaum«, erwiderte Matani trocken. Sie wusste, dass die Magatai jedem misstrauten, der anders war als sie. Die Schwarzen Herren hatten gegen so viele Völker Krieg geführt. Gegen die Stämme der Steppe, die Elfen und die Trolle. Und auch wenn es in dieser gewaltigen Stadt aus Stein nicht nur Menschen gab, so hatte sie doch bemerkt, dass fast alle nicht menschlichen Bewohner ärmlich gekleidet waren oder mit gesenktem Kopf durch die Straßen hasteten. Sie waren Diener oder Sklaven der Magatai, daran konnte kein Zweifel bestehen.

Dennoch folgte sie Resk, als er auf die größere Straße trat. Sie wurde von hohen Gebäuden aus schmutzig weißem Stein gesäumt, die so hoch waren, dass sich Matani zwischen ihnen fühlte, als würde sie eine tiefe Schlucht durchqueren. Sie versuchte sich vorzustellen, wie es war, in einem solchen Haus zu leben, aber es gelang ihr nicht. Sie würde Tom danach fragen, wenn sie erst wieder in Sicherheit waren.

Der Gedanke daran brachte sie zurück ins Hier und Jetzt. Sie hatten eine Aufgabe zu erfüllen, und sie musste sich darauf konzentrieren.

Obwohl es bereits dunkel war, waren auf der Straße noch viele Menschen unterwegs. So viele, dass Matani ganz schwindlig wurde. Im Winterlager waren alle Stämme ihres Volkes versammelt, und bei den großen Wettkämpfen, wie dem Bogenschießen und dem Reiten, kamen viele Hunderte, ja sogar viele Tausende auf einmal zusammen. Aber jetzt hatte sie das Gefühl, als würden allein auf dieser Straße mehr Menschen herumlaufen, als sie jemals an einem Ort versammelt gesehen hatte. Es war eng, es stank, es war laut. Selbst als sie dicht hinter Resk herging und seinen breiten Rücken als Deckung nutzte, wurde sie immer wieder angerempelt, berührt, gestoßen.

Am liebsten hätte sie laut geschrien, um sich die Menschen vom Leibe zu halten, aber sie hielt sich zurück. Aufzufallen war schließlich das Letzte, was sie wollten.

»Wow. So voll ist es in Berlin nur, wenn irgendwas abgeht. 'ne große Demo, oder die Fußballnationalmannschaft lässt sich feiern oder so«, flüsterte Tom direkt an ihrem Ohr. Sein Schnabel berührte ihre Ohrmuschel, sodass es kitzelte und sie einen Moment von dem Gedränge ablenkte.

Matani wandte den Kopf, um den Raben anzusehen, verzichtete aber darauf, ihm zu erklären, dass sie wieder einmal nur die Hälfte von dem verstanden hatte, was Tom sagte. Sie beschloss, dass es sich bei *Demo* und *Fußball* um etwas Ähnliches wie die Wettkämpfe im Winterlager handeln musste.

»Ich mag es nicht.« Das war eine Untertreibung. Matani ballte die Fäuste. »Wie weit noch?«

»Wir müssen ins Zentrum«, erklärte Resk über die Schulter hinweg. »Da vorn, wo die Türme sind. Dort wohnen die Herren der Magatai. Der Seelenfresser wird dort sein und Tom hoffentlich auch.«

»Ich bin hier«, zischte Tom kaum vernehmlich. »Zumindest der wichtigste Teil von mir.«

»Hm.« Resk schien nicht überzeugt zu sein, dass der Geist wichtiger war als der Körper. Er drängte sich durch eine Traube von Händlern und Käufern, die auf einem offenen Platz, umgeben von Arkaden, standen oder saßen und lauthals über den Preis von Waren stritten. Matani sah aus den Augenwinkeln, dass es allein auf diesem Markt eine unglaubliche Menge von Dingen zu kaufen gab – Stoffe und Gewürze, lebende Tiere, Schmuck und Lampen, Teller, Becher und Dinge, deren Namen und Bedeutung sie nicht kannte.

Endlich führte Resk sie auf einen anderen großen Platz, auf dem es etwas leerer war. In der Mitte plätscherte ein Brunnen, und ganze Familien hatten es sich darum gemütlich gemacht und aßen gemeinsam.

Ein Mädchen mit hellen Haaren jonglierte mit Bällen, die sie mittels Magie in der Luft tanzen ließ; einige kleine Kinder sahen ihr zu, lachten und klatschten. In der Menge, die sich auf dem Platz versammelt hatte, fühlte sich selbst Matani halbwegs sicher, weil sie wusste, dass sie hier nicht auffallen würden. Die Soldaten, die gelegentlich den Platz überquerten, blickten eher mit gelangweilten Mienen in die Menge. *Diese Stadtmenschen wirken gar nicht so anders als die Menschen bei uns,* dachte Matani. Aber dennoch sah sie, dass viele Familien sich ihr Essen von Dienern reichen ließen, deren Hautfarbe so dunkel war wie ihre eigene, und eine Frau verpasste einer Elfe eine schallende Ohrfeige, weil diese etwas hatte fallen lassen.

Die meisten Häuser am Platz beherbergten Geschäfte oder kleine Stände, an denen auch noch viele Menschen standen, aber dazwischen war zumindest ein wenig Raum. Matani atmete erleichtert auf.

Resk wies auf eine hohe Mauer am anderen Ende des Platzes, in der sich ein Tor mit zwei Wachen davor befand.

»Da müssen wir rein. Die obersten Magatai wohnen da drin, es ist wie eine Stadt in der Stadt.«

»Da sind Wachen. Die lassen uns doch niemals einfach so da rein«, stellte Tom besorgt fest.

Eine Frau, die an ihnen vorbeiging, warf dem Raben einen neugierigen Blick zu, woraufhin Matani, um sie abzulenken, lachte und sagte: »Du lustiges Tier, du!«

»Bitte?«

»Vorsicht«, flüsterte sie, ohne die Lippen zu bewegen. »Du bist viel zu auffällig.«

»Im Gegensatz zu wem?«, fragte Tom schnippisch. »Besorgt mir meinen Körper, dann ist das Problem erledigt.«

Matani fand, dass er sich mehr und mehr wie der alte Rabe anhörte, und das machte ihr Sorgen. Vielleicht würde man sie irgendwann gar nicht mehr trennen können.

»Trotzdem solltest du dich ein bisschen mehr wie ein Vogel benehmen. Komm, schlag mal mit den Flügeln oder so«, sagte sie.

Egal, ob Tom das einsah oder nur keine Lust hatte zu streiten, jedenfalls folgte er ihrem Rat, hüpfte ein paarmal auf ihrer Schulter umher und plusterte sein Gefieder auf.

»Die Magatai haben viele Sklaven«, sagte Resk. »Je mächtiger einer von ihnen ist, desto mehr davon braucht er. Im Inneren gibt es ganz viele verschiedene Leute, die ihnen dienen müssen. Wenn wir erst einmal drin sind, wird niemand großartig Fragen stellen.«

»Was nicht das Problem löst, wie wir reinkommen sollen«, gab Tom zu bedenken und versteckte dabei seinen Schnabel zwischen seinem Vogelkörper und Matanis Hals, so gut er konnte.

Sie ließ sich neben Resk im Schatten eines staubbedeckten Baumes auf den Boden sinken und dachte nach. Mit zusammengekniffenen Augen sah sie die Mauer an und versuchte, eine Schwachstelle zu entdecken. Doch sie war hoch und glatt gemauert und außerdem von allen Seiten her gut einsehbar.

Am helllichten Tag gibt es hier viel zu viele Menschen, die uns zusehen können. Außerdem wurde die Mauer in regelmäßigen Abständen von kleinen überdachten Türmen unterbrochen, in denen Lichter brannten. Dort würden mehr Soldaten sein, die die Festung auch nachts bewachten.

»Klettern kommt nicht infrage«, stellte sie fest. »Vielleicht können wir uns hineinschleichen?«

»Keine Chance. Die Wachen stehen direkt am Tor. An denen kommen wir nicht vorbei«, erwiderte Tom.

»Und wenn wir sie niederschlagen?«, fragte Resk und ließ seine Muskeln spielen. »Es sind nur zwei.«

»Dann fehlen da Wachen. Außerdem gibt es hier viel zu viele Zuschauer, man würde uns sehen und Alarm schlagen. Nein, wir müssen uns schlauer anstellen. Mit Gewalt kommen wir hier nicht weiter.«

Obwohl Matani wusste, dass das stimmte, hätte sie doch gern ihren Bogen dabeigehabt. Aber sie hatten alles Auffällige noch weit vor der Stadt versteckt. Niemand außer den Magatai durfte Waffen tragen, und sie wären sofort gefangen genommen worden, wenn sie einfach so in die Stadt spaziert wären.

Auch die Füchsin hatten sie in den Feldern vor der Stadt zurückgelassen, und Matani vermisste ihre Nähe sehr.

»Fliegen müsste man können«, murmelte Tom, dann hielt er inne. Er sah die Blicke, die Resk und Matani ihm zuwarfen, und schüttelte energisch den Kopf. »Nein, kommt nicht infrage. Ich hab's versucht, ich kann es nicht. Viel zu gefährlich. Dabei muss man Federn bewegen, von denen ich vorher nicht mal wusste, dass Vögel sie haben.«

»Aber wenn du hineinfliegst, könntest du deinen Körper finden, wieder in ihn hineinschlüpfen und einfach herauslaufen. Das wäre so viel einfacher als ...«

»Ich sagte Nein. Vergesst es.«

»Hast du Angst vor der Höhe?«

»Unsinn. Ich habe Angst davor, mit einem Rabenkörper wie ein Stein auf den Boden zu fallen. Fliegen ist nicht halb so leicht, wie es aussieht, glaubt mir einfach.«

»Dann kehren wir wohl besser um«, sagte Resk unschuldig. »Schade, wo wir so nah dran waren. Aber da kommen wir nicht rein.«

In Toms Blick sah Matani den Widerstand schwinden, also fügte sie hinzu: »Mir fällt auch nichts ein. Ich meine, das ist eine hohe Mauer. Sehr hoch. Und da sind überall Wachen der Magatai. Wer weiß, welche Magie sie wirken können?«

»Wir nehmen einen Wagen«, entgegnete Tom hastig. »Verstecken uns darauf, wenn er die Schwarzen Herren beliefert. Die müssen doch tonnenweise Sachen da drin brauchen! Das kann nicht so schwer sein.«

»Wo nehmen wir einen Wagen her?«, fragte Resk skeptisch.

»Werden sie den Wagen nicht durchsuchen?«, ergänzte Matani. Sie konnte sich wirklich kaum vorstellen, dass die

Magatai so unvorsichtig wären, einfach alles durch das Tor zu winken, was auf Rädern daherkam.

»Und wie soll ich mich verstecken?«, fragte Resk, der mit Matani abwechselnd Einwände gegen den Plan fand.

»Ach, ich weiß auch nicht«, murmelte Tom. »Ich habe Durst.«

Matani und Resk standen auf und klopften sich den Staub von der Kleidung. Dann gingen sie langsam zu dem Brunnen. Resk trank einen Schluck daraus, und Tom hüpfte auf dem steinernen Rand herum und tauchte seinen Schnabel ebenfalls ins Wasser. Matani meinte fast, seine Gedanken arbeiten zu hören. Er suchte nach einem Ausweg, einem Plan, aber die Stille verriet ihr deutlich, dass er keinen fand.

Schließlich kehrte er auf ihre Schulter zurück und seufzte leise. »Und wenn ich doch noch mal probiere zu fliegen – was mache ich dann da drin? Ich kenne mich doch gar nicht aus.«

Sie suchten sich eine ruhige Stelle in der Nähe des Brunnens, ehe sie antwortete: »Resk kann dir alles so gut beschreiben, wie er sich erinnert. Sie werden deinen Leichna... – ich meine, deinen Körper irgendwo aufgebahrt haben, bis sie die Magie anwenden, die ihn an den Seelenfresser bindet. Dafür kann es nicht so viele Orte geben.«

»Euer Plan ist total bescheuert«, befand Tom.

Insgeheim gab Matani ihm sogar recht. Der Plan war riskant, aber sosehr sie auch darüber nachdachte, ihr fiel kein besserer ein. Zu dritt oder auch nur zu zweit auf das Gelände zu kommen war schwierig. Aber ein einzelner Vogel? Ein Rabe, wie es sie überall gab? Ein Vogel, der auf

Dächern sitzen und alles beobachten konnte, würde niemandem auffallen, nicht einmal dem misstrauischsten Magatai. Und hätte Tom erst einmal seinen Körper gefunden, würde es auch nicht so schwer sein, hinauszugelangen. Sein Rabe könnte ihn leiten, und er könnte behaupten, ein Diener zu sein, der in der Stadt einen Auftrag zu erledigen hatte. Es war kein unfehlbarer Plan, bei Weitem nicht, aber in Matanis Augen war es der beste, den sie hatten.

»Was macht ihr in der Zeit?«

In Toms Stimme klang eine gewisse Resignation mit, so als habe er sich bereits damit abgefunden, dass er fliegen lernen musste.

»Wir warten hier draußen und halten uns bereit, um dir zu helfen. Du bist nicht allein, Tom. Wir sind bei dir.«

Matani hatte das Gefühl, dass der Rabe ihr Lächeln mit den Augen erwiderte.

Der tote Junge auf dem Tisch

»Ein Mantikor. Und die Magie des Feuers.« Der Sar'thosa schien zum ersten Mal, seit Alex ihm begegnet war, echte Zufriedenheit zu verspüren. Er nahm eine Weintraube aus der silbernen Schüssel, die ihm von der rothaarigen Elfe gereicht wurde, die Alex in Toliosa besiegt hatte. Die Frau trug nun ein schlichtes Leinengewand statt ihrer Rüstung, und ihr zorniger Gesichtsausdruck war verschwunden. Stattdessen sah sie den Herrn der Magatai mit völliger Leere in den Augen an.

Der Sar'thosa bemerkte offenbar den Blick, den Alex der Gefangenen zuwarf. »Und ich habe es dir ja gesagt: Wenn sie aus den Hallen der Jetoj zurückkehrt, wird sie ohne zu zögern auf meinen Befehl hin auch ihre eigenen Leute angreifen.«

Der Sar'thosa schaute die Elfe an, die ihm die gefüllte Obstschale dienstbeflissen erneut reichte. »Das würde dir doch nichts ausmachen, oder?«

Die schrecklichen toten Augen der Elfe richteten sich auf den Sar'thosa. »Nein, Herr. Was immer du wünschst, es wird geschehen.«

Alex konnte die Veränderung, die mit der Frau vorgegangen war, kaum fassen. Soirin hatte ihm und Jarkas auf dem gesamten Rückweg das Leben zur Hölle gemacht. Aber jetzt war davon keine Spur geblieben. Stattdessen waren da dieses maskenhafte Lächeln und die toten Augen.

»Das ist ... sehr beeindruckend«, brachte Alex hervor.

Der Sar'thosa nickte Soirin zu, die Alex die Obstschale herüberreichte. Alex schüttelte den Kopf. Seine Kehle war wie zugeschnürt.

Der Sar'thosa hingegen ließ sich eine sternförmige Frucht schmecken, die Alex nicht kannte. Das schmatzende Geräusch, das entstand, als der Herr der Magatai das Fruchtfleisch aus der harten Schale saugte, verursachte Alex Übelkeit.

»Meine Leute haben gerade einen neuen Körper aus dem Süden mitgebracht«, erklärte der Sar'thosa. »Sie sagen, dass der Junge, den sie getötet haben, seltsame Zauber verwendet hat und auch sonst ... außergewöhnlich war. Ich will, dass du noch einmal in die Kammern der Jetoj gehst. Hilf den Magiern dabei, auch den Körper dieses Wilden für das Ritual vorzubereiten. Es hat deine Magie geweckt, ein weiteres Mal wird sie stärken.«

Alex legte eine Hand auf den Kopf des Mantikor, der neben ihm saß. Das Gefühl des weichen Fells der magischen Bestie auf seiner Haut hatte etwas Beruhigendes an sich. Und vielleicht würde ihm die Baobhan ja noch einmal helfen.

»Noch während dieses Ritual vollzogen wird, werden sich meine Truppen sammeln. Der Moment ist gekommen, um dich zu ihrem Befehlshaber zu machen. Wir haben große Anstrengungen unternommen, um dich hierherzubringen, und du wirst mich nicht enttäuschen. In wenigen Tagen wirst du an der Spitze meiner Soldaten in die Schlacht reiten und endgültig für mich den Süden unterwerfen.«

Alles, solange ich nur heil hier herauskomme, dachte Alex. *Denn wenn er herausbekommt, dass ich der Falsche bin, wird er mit mir garantiert dasselbe wie mit dieser Elfe machen.*

Er hob den Blick und sah dem Sar'thosa direkt in die Augen. Dann nickte er entschlossen. »Ich werde es tun«, sagte er.

Wieder lief er den steinernen Korridor tief unter der Festung entlang. Der Mantikor blieb an seiner Seite, aber als Alex die bronzenen Türen erreichte, stieß er ein leises Fauchen aus, und Funken stoben aus seiner Mähne in alle Richtungen. Da jedoch sonst nichts geschah, betrat Alex die Hallen der Jetoj wie geheißen.

Das orangefarbene Licht hatte sich seit seinem letzten Besuch nicht verändert. Auf dem Tisch in der Mitte des Raumes lag nun die Gestalt eines jungen Mannes, vermutlich jünger als Alex selbst. Er trat näher und sah den toten Jungen genau an.

Als er ihn erkannte, wurde Alex heiß und kalt zugleich. Ihm war schwindelig, und er taumelte zurück, bis er sich wieder so weit gefangen hatte, dass er sich über den Tisch beugen konnte.

Der Tote hatte dunkle, verwuschelte Haare. Er trug die Kleidung der Wilden aus dem Süden, dazu aber eine Jeans. Über seinem Herzen klaffte ein großes Loch in dem Hemd, wo die tödliche Klinge ihn verletzt haben musste, und an seinen Füßen waren eindeutig abgetragene Sneaker zu sehen. Aus einer Hosentasche ragte ein kleines Klappmesser, das Alex nur allzu gut kannte. *Tom.* Der Kleine war hier, war tatsächlich mit ihm hier herübergekommen.

Tom war hier gewesen, und jetzt war er tot. Fetzen aus seiner Erinnerung tauchten vor Alex' innerem Auge auf. Ein geklautes Auto; der Alte, der ausrastete; eine Haltestelle; Tom und er auf dem Weg zu einem Kloster mitten im Nirgendwo, bei dem Tom nach Hinweisen auf seine Eltern suchen wollte. Und dann war da ... dieses Licht gewesen.

Tausend Fragen schossen Alex durch den Kopf. *Wo ist Tom die ganze Zeit über gewesen? Wie ist er gestorben? Und wie ist dieser ganze Dreck überhaupt erst passiert?*

Aber all das waren Fragen, auf die er keine Antwort wusste und vielleicht auch nie eine finden würde. Er atmete tief ein, um die aufsteigende Übelkeit zu bekämpfen. Dann streckte er langsam eine Hand aus und strich dem Toten das Haar aus dem eiskalten Gesicht.

»Kanntest du ihn?« Die Baobhan hatte das kleine Amphitheater durch die Bronzetür betreten und beobachtete ihn von dort oben aus.

»Er war mein Freund«, erwiderte Alex völlig benommen, und Tränen standen ihm in den Augen. »Mein kleiner Bruder.«

»Dein kleiner Bruder, Jagoshi? Wenn er das wirklich war, dann solltest du nicht darüber sprechen. Denn das bedeutet wohl, dass er ebenfalls von deiner Seite der geteilten Welt stammte.«

Die Baobhan kam langsam die Stufen hinunter und stellte sich neben Alex. Sie beugte sich über den Tisch und ließ eine ihrer schmalen, weißen Hände über Toms Gesicht gleiten. »Sie sagen, dass er im Leben ein mächtiger Magier war. Er wird im Tod deinem Herrn gut dienen.«

Plötzlich stand Alex glasklar ein Bild vor Augen: die einst so stolze Soirin, deren leblose Augen ins Nichts schauten, während sie wie ferngesteuert den Befehlen des Sar'thosa gehorchte.

»Hast du ... Warst du für das verantwortlich, was man der Elfe angetan hat?«, brüllte er fast.

»Du hast gewusst, was geschehen würde, als du sie kürzlich hier hast liegen sehen, Alexander, oder etwa nicht? Ich erfülle nur die Wünsche des Sar'thosa, dessen Gefangene ich bin. Ebenso wie du.«

Der tote Tom, diese Magierin, die Dunkelheit des Kellers – das alles war beinahe zu viel für Alex. »Was wollt ihr mit ihm machen?«, schrie er.

»Du weißt doch bereits, was der Sar'thosa mit ihm machen will, oder nicht?«

»Das kannst du nicht tun«, flüsterte Alex. »Bitte. Du darfst Tom nicht zu einem Zombie machen.«

»Tom«, wisperte sie. »Das war also sein Name?«

Er nickte.

»Wenn er ebenfalls von deiner Seite der Welt stammt und wenn wir beide wissen, dass du der falsche Jagoshi bist, wozu macht das dann deinen Tom?«, fragte die Baobhan und sah Alex aus ihren dunklen, unergründlichen Augen an.

Tom? War etwa Tom derjenige, den sie eigentlich hatten herbeirufen wollen? Mein kleiner Bruder? Ein mächtiger Magier?

Wenn das wirklich stimmte, dann war derjenige, den die Magatai gewollt hatten, tot. Und nur der, den sie bekommen hatten, ohne ihn zu wollen, lebte noch.

»Oh Gott«, murmelte Alex. »Tom war der Richtige, stimmt's? Wenn der Sar'thosa das herausbekommt ...«

»Wir haben einen Pakt geschlossen, hast du das schon vergessen, Al-ex-ander? Du kannst unbesorgt sein. Niemand wird davon erfahren. Du wirst in die Schlacht ziehen, und du wirst die Feinde der Magatai besiegen, und dann wirst du zurückkehren und mich befreien. Niemand wird je wissen, wer er war.«

Alex' Mund fühlte sich an, als ob er Asche geschluckt hätte.

Die Baobhan stellte sich neben ihn und ergriff Alex' Hand. Diesmal hatte er das Gefühl, dass seine Haut beinahe ebenso kalt war wie ihre.

Ein Crashkurs im Fliegen

Nein! Nein! Nein!

Der Rabe hätte es nicht schreien müssen, Tom war auch so bewusst, dass er etwas falsch machte. Anstatt vom Boden elegant abzuheben und mit einigen wenigen Flügelschlägen davonzugleiten, lag er kopfüber im Schmutz.

Du musst die Schwungfedern spreizen und mit den Schwanzfedern steuern. Du darfst doch nicht alles locker lassen!

Mühsam richtete sich Tom wieder auf. Resk hatte sich am Eingang der Gasse aufgebaut und stand Schmiere, aber Matani besah sich Toms Versuche mit offensichtlichem Mitleid. Beschämt plusterte er das Federkleid auf und schüttelte den Staub aus dem Gefieder. Es war spät, er war müde, und vermutlich würde bald die Sonne aufgehen.

»Ich kann das nicht«, erklärte er mit Nachdruck. »Ich kann nicht fliegen. Wir müssen einen anderen Weg finden.«

Noch war es dunkel, weswegen er Matanis Gesicht kaum erkennen konnte. Sie zog die Augenbrauen hoch und wiegte unentschlossen den Kopf hin und her. Offenbar war sie fast gewillt, ihm zuzustimmen.

Aber der Rabe war es nicht. *Wenn du schon nicht fliegen kannst, dann halt dich wenigstens zurück und hindere mich nicht daran! Wenn ich dir doch nur zeigen könnte, wie einfach es ist!*

»*Du* hast das Fliegen ja auch von klein auf gelernt«, widersprach Tom laut. »*Ich* mache hier den Crashkurs.«

Im wahrsten Sinne des Wortes.

»Wieso verstehst du das Wort überhaupt?«

Wir sind verbunden, schon vergessen? Ich kenne viele deiner Erinnerungen. Und viele deiner Worte. Der Rabe klang bereits wieder reichlich selbstgefällig.

»Wie läuft es da hinten?«, erkundigte sich Resk und drehte sich zu ihnen um.

Zum Glück übernahm Matani es zu antworten: »Es geht so.«

Von wegen! Du fliegst wie ein ...

»Mensch?«, unterbrach ihn Tom. »Kein Wunder. Ich bin ein Mensch. Gefangen in einem Rabenkörper.«

Nein, ich bin gefangen. Du kannst wenigstens rumlaufen und reden. Ich kann nichts.

»Wir müssen das anders machen. So geht das nicht. Da brauche ich ja Monate, bis ich einen kurzen Flug schaffe. Du musst irgendwie das Ruder übernehmen.«

Und wie?

Darauf wusste Tom keine Antwort. Er versuchte, sich innerhalb des Vogelkörpers zurückzunehmen, aber das ging nicht so einfach. Es war ja nicht so, als ob er die Wahl gehabt und sich freiwillig auf diese Dominanz eingelassen hätte.

Frustriert krächzte er und ließ ein kleines Licht aufsteigen. Zumindest die Magie konnte er noch nutzen, auch wenn ihnen das gerade nicht wirklich weiterhalf.

Mach das noch einmal!

»Was?«, fragte Tom. Dann erzeugte er einen winzigen Lichtfunken. »Das?«

Ja, genau. Für einen Moment war es, als könnte ich mich wieder bewegen. Mach mal mehr.

Tom kam der Aufforderung nach und konzentrierte sich auf den Fluss der Magie in sich. Plötzlich hüpfte der Rabe zwei Schritte nach vorn. Überrascht verlor Tom die Konzentration und fand sich unvermittelt in einem stolpernden Rabenkörper wieder, der ihm zwar gehorchte, aber dennoch schmählich auf den Rücken fiel.

Das war's, frohlockte der Rabe, als Tom sich wieder erhob. *Wenn du das ein wenig länger schaffst als nur eine Sekunde, fliege ich unterdessen, wohin wir wollen.*

»Das sollte machbar sein«, sagte Tom leise und fuhr dann lauter fort: »Matani, wir haben vielleicht eine Lösung. Der Rabe kann fliegen.«

»Das will ich doch hoffen.«

Sehr witzig. Das ist doch nur der Neid der Flügellosen!

»Ich meine, er kann das Ruder übernehmen. Wenn uns das gelingt – wo würde ich denn meinen Körper finden?«

»Vermutlich in der Festung«, erklärte Resk. »Dort sitzen die mächtigen Magatai, haben sie uns gesagt. Ihre Anführer, viele Soldaten und die Magier und Hexer auch.«

»Wenn sie deinen Körper den Totenbeschwörern geben, dann bestimmt dort«, ergänzte Matani.

»Klingt super. Und wo genau?«

Der Troll kratzte sich ratlos am Kopf und zuckte mit den breiten Schultern.

Tom trippelte hin und her. »Agent Null-Null-Rabe auf geheimer Mission, leider ohne Ahnung, wo es hingehen soll. Das kann ja heiter werden.«

»Tom!«, ermahnte ihn Matani. »Versuch so zu reden, dass ich dich verstehen kann, ja?«

»Entschuldige«, murmelte Tom. »Ich hab bloß ...«

»... keine Ahnung, ich weiß«, fiel Matani ihm ins Wort. Nachdenklich legte sie die Stirn in Falten. »Vielleicht gibt es noch eine Verbindung zwischen dir und deinem Körper?«, vermutete sie. »Ich habe gehört, dass Schamanen in der Lage sind, ihren eigenen Körper wiederzufinden, wenn sie nur mit dem Geist reisen. Vielleicht hast du diese Möglichkeit auch. Das wäre zumindest eine Hoffnung.«

»Du meinst, ich soll versuchen, mich darauf zu konzentrieren? So wie in dem Moment, als ich die zweite Münze gesucht habe?«

Sie sah ihn verständnislos an.

Er hatte ihr natürlich von der Nummer im Museum nichts erzählt und würde es auch jetzt nicht tun. Schließlich wollte er ja nicht, dass sie ihn für einen Dieb hielt.

»Ich probiere es einfach«, sagte er deshalb. Es war eine Hoffnung, und der Versuch, seinen Körper mittels seiner Magie zu finden, war so gut wie jeder andere.

Er schloss die Augen und konzentrierte sich auf seinen menschlichen Leib. So gut er konnte, erinnerte er sich an

Arme und Beine, jedes Detail, an jede kleine Narbe, jeden Leberfleck, daran, wie sich seine Hände anfühlten, seine Füße, wie es war, zu atmen. Alles, was ihm vor nicht allzu langer Zeit ganz normal vorgekommen war und was nun unendlich fern zu sein schien. Das Gefühl seiner Beine nach einem langen Lauf, das Fell einer Mähne zwischen seinen Fingern, das Schlagen seines Herzens.

Der andere Körper bewegte sich, der Rabenkörper, diese fremdartige Form, in der er gefangen war. Tom nahm es kaum wahr.

Ebenso nur am Rande seiner Wahrnehmung drangen Matanis Worte an seine Ohren: »Sei vorsichtig, Tom. Wir wollen dich nicht noch einmal verlieren.«

Luft rauschte um ihn herum, aber sein Geist war nicht im Hier und Jetzt, er schwelgte in Erinnerungen, ganz einfachen, simplen Erinnerungen an Bewegung, an Leben, an sich.

Und irgendwo fand er ein Echo.

Tom riss die Augen auf und sah, dass er über der Festung schwebte. Unter ihm waren Lichter zu sehen, ein Hof, Dächer. Verdammt weit unter ihm. Er schlug panisch mit den Flügeln, und aus einem entspannten Gleiten wurde ein Trudeln und Stürzen.

Nein! Hör auf! Verschwinde, du bringst uns noch beide um!

Obwohl Tom bewusst war, dass er sich eigentlich auf seine Magie konzentrieren musste, konnte er nicht anders, als wild mit den Flügeln zu schlagen. Sein Rabenherz raste, pochte laut in seiner schmalen Brust. Luft pfiff durch sein Gefieder, und seine Flügelschläge machten alles nur noch schlimmer. Wie ein Ziegelstein fielen sie auf den Erdboden zu, das kalte, harte Pflaster des Festungshofs.

Magie!

Als hätte der Ruf des Raben ihn zur Vernunft gebracht, konzentrierte sich Tom schlagartig wieder auf seine Magie. Er produzierte nur ein recht schwaches Licht, aber in diesem Moment übernahm der Rabe die Kontrolle, und der Sturz ging in einen kontrollierten Sinkflug über, der auf einem Dachfirst endete.

Das war …

Der Rabe musste nicht weitersprechen. Tom atmete tief aus.

»Knapp«, sagte er. »Sorry.«

Ist ja noch einmal gut gegangen, antwortete der Vogel überraschend wenig vorwurfsvoll. *Das war prima. Mal wieder den Wind unter den Flügeln zu spüren. Sich richtig zu strecken. Der Geist wird viel kleiner, wenn man nicht hin und wieder die Flügel ausbreiten und fliegen kann.*

Tom lag schon eine Antwort darauf auf der Zunge; er verschluckte sie aber. »Ich habe etwas gespürt«, sagte er stattdessen. »Meinen Körper, glaube ich. Da unten irgendwo.« Er wies mit dem Schnabel auf das größte Gebäude der Festung. »Aber tiefer. Viel tiefer. Wie in … einem Keller?«

Konzentrier du dich, ich bringe uns da rein.

»Geht das so einfach? Kannst du denn Schlösser knacken?«

Menschen bauen ihre Häuser immer nur mit dem Gedanken an sich selbst. Du würdest dich wundern, wie einfach es oft für einen geschickten Raben ist, hineinzukommen. Hier ein offenes Fenster, dort ein Kamin ohne Feuer. Du solltest nur beten, dass sie keine pitbullgroßen Wachspinnen haben.

»So was gibt es?«, fragte Tom entsetzt und stellte sich derartige Wesen vor, die riesige Netze spannen, in denen sich Raben verfingen.

Nein, das war nur ein Scherz, erwiderte der Rabe, und bevor Tom sich beschweren konnte, rief er: *Magie!*

Missmutig tat Tom wie geheißen. Diesmal gelang es ihm besser, sich an seinen Körper zu erinnern, und er spürte schnell, dass sein Leib dort irgendwo war. Vielleicht war es die Nähe, die es einfacher machte, oder sein sehnlicher Wunsch, wieder er selbst zu sein. Jedenfalls spürte er ihn wie ein Licht in der Dunkelheit, nicht ganz sicher, in welcher Entfernung, aber dennoch deutlich.

Der Rabe bewegte sich, flog, lief; Tom nahm es nur unterbewusst wahr. Auch die Zeit verging wie im Traum.

Also gut, wohin?

Tom öffnete die Augen. Sie standen oben an einer Treppe. Es war recht dunkel, also schuf Tom ein kleines Licht, das er die Stufen hinabgleiten ließ. Die Wände bestanden aus dicken Quadern. Ein seltsamer Geruch wehte die Treppe hinauf, nicht muffig, wie er es in alten Gewölben erwartet hätte, sondern merkwürdig scharf und beißend.

»Wo sind wir?«

Unter der Festung. Das hier ist der Keller. Da hinten waren ein paar Fackeln, aber sie brannten nicht. Ich glaube, da sind Vorratsräume oder so etwas. Vielleicht könnten wir uns dort noch einen Happen ...

»Weiter runter«, sagte Tom bestimmt und sprang die erste Stufe hinab.

Vorsichtig hopste er dem Licht hinterher. Immer wieder hielt er an und lauschte. Es war unheimlich still. Die Beschaffenheit der Wände änderte sich. Jetzt waren sie aus Fels, als wäre die Treppe direkt in das Gestein getrieben worden. Sie kamen an einen Absatz, aber es ging noch weiter hinab, und Tom war sich sicher, dass sie tiefer mussten, viel tiefer unter die Festung der Magatai, wo sein Körper gefangen gehalten wurde.

Hier gibt es üble Magie, stellte der Rabe fest, und er klang gar nicht wie sonst, sondern beinahe ängstlich.

Tom stellten sich die Nackenfedern auf. Für einen Moment fragte er sich, ob das bei Raben so üblich oder ob das eine menschliche Sache war, die er quasi mitgebracht hatte, aber da erreichten sie schon den Fuß der Treppe. Vor ihnen glitt das Licht durch einen Korridor und hielt dann an drei bronzenen Türen an.

Extrem vorsichtig hüpfte Tom näher heran und besah sie sich genauer. Auch ohne sich darauf zu konzentrieren, konnte er die Magie spüren, die von ihnen ausging. Schlimmer war allerdings, dass sie geschlossen waren und er sich nicht vorstellen konnte, wie ein kleiner Rabenkörper genug Kraft aufbringen sollte, um sie zu öffnen.

»Mist.«

Hinter welcher ist er?

»Der ersten. Aber da kommen wir nicht rein.«

Magie, Tom. Dir kann es egal sein, wie groß oder klein dein Körper gerade ist. Der Magie ist es jedenfalls egal.

»Na gut.«

Tom breitete die Flügel aus und atmete tief ein. Tatsächlich spürte er den Fluss der Energie auch in dem Rabenkörper. Sie war stark, und Tom gab ihr in dem Moment Form, als er sie aus seinen Flügelspitzen entließ. Ein geisterhaftes Etwas aus Licht entstand, fast eine Hand, doch so wenig greifbar wie Nebel. Als sie jedoch die Tür berührte, bewegte sich das schwere Metall so leicht, als würde ein Riese sie aufdrücken.

Beeindruckend. Die Stimme des Raben klang erstaunlich aufrichtig. *Du wirst immer besser.*

So schnell er konnte, hüpfte Tom in den Raum. Wenn ihn sein Gefühl nicht getrogen hatte, dann musste sein Körper hier sein. Er ignorierte das orangefarbene Leuchten, das ihn umgab, den seltsamen Geruch, den Rest des kreisrunden Raumes. Für ihn wichtig war nur der Körper, der auf dem Steintisch in der Mitte lag. Mit einem gewaltigen Sprung und ausgebreiteten Flügeln landete er neben dem leblosen Leib.

Es war seltsam, sich von außen zu betrachten. Jetzt hockte er neben seinem eigenen Kopf und sah seine Wangen, seine Nase, seinen Mund. Er sah die Kleidung, die Schuhe, das Taschenmesser. Er sah anders aus, als er sich in Erinnerung gehabt hatte. Seine Haut hatte von der Sonne Farbe bekommen, sein Haar war länger, und es kam ihm vor, als sei er bestimmt fünf Zentimeter gewachsen.

Er ließ den Blick weiterwandern, zu dem unangenehmen Teil. Dort, wo das Schwert des Seelenfressers in seinen Leib gefahren war, befand sich nur noch eine schmale Narbe. Sie hatten seinen Körper mit Magie geflickt, damit er ihnen besser als Sklave dienen konnte.

Jetzt hast du es fast geschafft!

»Ja«, flüsterte Tom erstickt.

Er hüpfte auf die Brust seines Körpers und spürte das Schlagen des Herzens unter seinen Krallen. Mit einem Mal wurde ihm übel. Das alles war falsch, unnatürlich und unwirklich.

Und es musste ein Ende finden.

Die Spitze des Schnabels berührte die Stelle just über dem Herzen. Er konzentrierte sich ganz auf seinen Körper.

Tom hatte das Gefühl, in einen Strudel zu fallen. Etwas zog an ihm, wirbelte ihn herum, drehte ihn und wusch über ihn hinweg, bis er endlich die Augen aufschlug und über sich einen Raben sah.

Sein eigener Körper hatte seinen Geist wieder in sich aufgenommen. Denn er gehörte hierher, sein Geist und sein Körper waren eins, waren Tom. Er streckte den Arm aus, betrachtete seine Finger, wackelte mit den Zehen in den Sneakern und leckte sich über die Lippen. *Yeah!*

Als Tom sich langsam erhob, bemerkte er, dass ihm der Rücken wehtat. Aber er beschwerte sich nicht, denn es war *sein* Rücken, endlich wieder *sein* Körper. Auch in seinem Kopf drehte sich alles, und in seinem Bauch herrschte eine beißende Leere. Doch für ihn war es ein Wunder, als er seine Hand vor das Gesicht hob und sie zur Faust ballte. Er spürte all die Muskeln, all die kleinen Bewegungen, die dafür nötig waren, und er erlebte es zum ersten Mal richtig bewusst.

Wir nehmen viel zu viel einfach als gegeben hin, dachte er. *Dabei ist so vieles ein kostbares Geschenk, das wir erst zu schätzen lernen, wenn es uns genommen wird.*

Du wirst die Flügel sicher vermissen, sagte der Rabe.

»Bestimmt«, erwiderte Tom grinsend. »Lass uns von hier verschwinden«, sagte er leise und stand auf.

Er benötigte einige Sekunden, um sein Gleichgewicht wiederzufinden. Dann tat er einen vorsichtigen Schritt. Obwohl er noch an den Rabenkörper gewöhnt war, kehrten seine Bewegungsinstinkte schnell zurück. Schon beim vierten Schritt trat er wieder auf, ohne sich an die Bewegungsabläufe, die dafür notwendig waren, erinnern zu müssen. Ein unbeschreibliches Hochgefühl überkam ihn, und vor Freude hätte er am liebsten laut gejubelt.

Bis er sah, dass die Bronzetür sich bewegte.

Gewinner und Verlierer

Tom erstarrte. Er sah sich verzweifelt um, aber es gab keinen Ausweg, kein Versteck. Der Rabe sprang von dem Steintisch herunter und ging dahinter in Deckung. Er konnte sich problemlos verbergen, aber Toms gerade wiedereingenommener Körper fühlte sich im Augenblick riesig und ungeschickt an.

Die Tür öffnete sich lautlos, und eine Gestalt trat in den Raum. Innerlich bereitete Tom schon einen Zauber vor, doch als er plötzlich erkannte, wem er gegenüberstand, verlor er vor Überraschung jedwede Kontrolle über die Magie.

Gekleidet in eine schwarze Rüstung, die ebenso unheimlich aussah wie die des Seelenfressers, der ihm den Todesstoß versetzt hatte, und mit einem Gesichtsausdruck, den Tom noch nie zuvor bei ihm gesehen hatte, kam Alex auf ihn zu. An seiner Seite lief eine sandfarbene Kreatur, die aussah wie eine wilde Mischung aus Löwe und Drache. Mitsamt der Flügel reichte das seltsame Tier Alex fast bis zum Oberschenkel.

Tom hielt die Luft an und stand kurz davor, sich selbst zu ohrfeigen. Das musste eine Illusion sein. Irgendeine komische Nebenwirkung dieser ganzen Körpertausch-Sache.

Aber Alex sah nicht aus wie eine Erscheinung. Seine Schritte waren deutlich zu hören, und er wirkte von Sekunde zu Sekunde realer, statt zu verschwimmen oder sich aufzulösen, wie Tom es eigentlich erwartet hätte.

»Alex?«, platzte Tom heraus.

Alex, der vorher starr auf den Boden geschaut hatte, hob jetzt den Blick und sah ihn an, als ob er einen Geist vor sich hätte. »Tom? Was ... Wie ...«

Dann wich er einige Schritte zurück. »Oh Gott, du bist bereits ... Sie haben dich ...«

Obwohl Tom sich nicht erklären konnte, *wieso* Alex davon wusste, war klar, *dass* sein Ziehbruder wusste, was die Magatai mit seinem Körper vorgehabt hätten.

»Nein, haben sie nicht. Alter, ich bin's«, versicherte er seinem Gegenüber. Dann musste er plötzlich lachen, so als säßen sie in ihrem Zimmer beim Alten, und Alex hätte einen schlechten Witz gemacht.

In Alex' Gesicht sah er unterdessen seine eigene Fassungslosigkeit gespiegelt, und Alex betrachtete ihn von oben bis unten, als ob er abzuschätzen versuchte, ob ein willenloser Diener der Magatai ihn immer noch *Alter* nennen könnte. Vielleicht eine Minute verging, bevor er endlich etwas sagte.

»Wieso bist du hier?«, stieß er hervor. »Wieso bist du nicht tot?«

»War ich … doch überhaupt nicht«, stotterte Tom. »Es hätte mich aber beinahe erwischt. Das war alles ziemlich knapp.«

Ist das dein Freund aus der anderen Welt? Der Rabe hüpfte um den Steintisch herum und beäugte Alex neugierig.

»Ja, das ist Alex«, antwortete Tom, dann deutete er auf den Raben. »Alex, das ist … mein Rabe.«

»Wow. Ist das dein Seelenviech?«

Seelenviech!, echote der Rabe indigniert.

Aber Tom nickte bloß und deutete auf den Löwendrachen. »Und ist das etwa dein Seelentier?«

Alex schaute das Tier an und schüttelte den Kopf. »Nein«, sagte er, und Tom hatte das merkwürdige Gefühl, als würde Alex der Gedanke ärgern.

Aber Ärger oder nicht, das alles hier warf hauptsächlich eine Frage auf.

»Was, zur Hölle, machst du hier?«, wollte Tom wissen.

Noch fiel es ihm schwer zu glauben, dass er sich die Begegnung nicht nur einbildete, doch er konnte nicht leugnen, dass es Alex war, in Fleisch und Blut und dieser schwarzen Rüstung, auf der sich winzige Hände und Füße bewegten, was so eklig aussah, dass Tom lieber gar nicht hinschaute.

»Die … Magatai haben mich hierhergeholt. Mit ihrer Magie«, sagte Alex.

»Und du bist schon die ganze Zeit hier? Seit der Nacht am Kloster?«

Alex nickte. Auf einmal stand ihm die Erinnerung wieder glasklar vor Augen. »Seit der Nacht, als wir aus Berlin abgehauen sind.« Dann räusperte er sich und sah Tom direkt in die Augen. »Aber die Magatai haben einen Fehler gemacht, denn ich bin gar nicht der, den sie haben wollten. Du bist der, hinter dem sie eigentlich her waren.«

Tom hatte das Gefühl, als hätte ihm jemand mit einer hastigen Bewegung den Boden unter den Füßen weggezogen.

»Du weißt davon? Heißt das … Heißt das, dass du jetzt zu ihnen gehörst?« Toms entsetzter Gesichtsausdruck musste ihn verraten haben, denn Alex reagierte ziemlich sauer.

»Tom, ich bin eines Nachts in Berlin mit 'ner geklauten Karre und 'nem Waisenjungen, der unbedingt mitten in der Nacht nach Brandenburg rauswollte, losgefahren und am nächsten Tag in Alynth aufgewacht. Das war ein ziemlich krasser Wechsel, weißt du? Was heißt da, ob ich jetzt zu ihnen gehöre? Die Magatai haben mich aufgenommen und ganz anständig behandelt. Anders als in Berlin bin ich hier mal zur Abwechslung jemand, und ich mache ein paar Sachen, die deutlich besser sind, als mit Enno Tankstellen klarzumachen. Also, wenn du es unbedingt so sehen willst – dann gehöre ich schon zu den Magatai.«

»Total abgefahren«, kommentierte Tom, als Alex fertig war.

»Und du?«, fragte Alex lauernd. »Warum bist du nicht bei den Magatai gelandet? Wo hast du dich die ganze Zeit rumgetrieben? Und wo hast du so schicke Lederklamotten hergekriegt?«

Der letzte Satz klang wieder deutlich entspannter, und Tom beschloss, ihm seine harsche Art nachzusehen. Schließlich war er immer noch Alex, sein großer Bruder, und der einzige Mensch auf dieser Seite der geteilten Welt, der je würde begreifen können, wie unfassbar krass das alles war, was er erlebt hatte.

»Ich weiß gar nicht, wo ich anfangen soll«, sagte er. »Ich habe draußen in der Steppe gelebt. Die Magatai haben dort Lager, in denen sie Gefangene halten. Dort bin ich zuerst gelandet. Ich habe ein Mädchen getroffen, Matani, und einen Troll, die froh waren, von dort verschwinden zu können. Matani hat mich zu ihrem Stamm mitgenommen, und dort bin ich dann untergekommen. Sie haben mir viel beigebracht, das Reiten und das Jagen und …« Tom holte kaum Luft, um seine Erzählung fortzusetzen. Es gab so viel zu berichten, so viel, wovon Alex erfahren musste. Er redete und redete und zauberte sogar ein kleines Licht, um seinem Ziehbruder zu verdeutlichen, was er alles gelernt hatte.

Schließlich war er mit seiner Erzählung am Ende. Er sah Alex an, und das Gefühl, in dieser fremden Welt nicht mehr allein zu sein, übermannte ihn, und er fiel dem Älteren in die Arme.

»Scheiße«, murmelte Alex. »Als ich dich zuerst hier unten hab liegen sehen, dachte ich, dass dir nichts und niemand mehr helfen kann. Ich wollte gerade hier runtergehen und die Baobhan bitten, das Ritual absichtlich zu versauen. Damit sie dich nicht zu einem Zombie machen können.«

Obwohl Tom nicht genau wusste, wovon Alex jetzt sprach, und das zurückkehrende Gefühl, dass dieser tief in die Angelegenheiten der Magatai verstrickt war, in seinem Kopf alle Alarmglocken schrillen ließ, versuchte er, möglichst locker zu bleiben. »Da muss ich mich wohl bedanken.«

Sie lachten gemeinsam, und Tom sagte: »Du hattest echt Pech, dass du mit mir zusammen warst, als mich die Magatai über die Grenze der Welt gezerrt haben. Ich hab zwar keine Ahnung, warum du auch hier gelandet bist, aber noch habe ich sowieso nicht ganz verstanden, wie diese ganze Weltenwechsler-Sache funktioniert. Ich meine, warum ausgerechnet ich und so.«

»Weißt du einen Weg zurück?«, fragte Alex leise und sah Tom eindringlich an.

Tom schüttelte den Kopf. »Bislang habe ich keinen gefunden und nichts darüber gehört. Um hierherzukommen, habe ich die beiden Münzen gebraucht. Aber ich hab keinen Schimmer, was man brauchen würde, um wieder auf unsere Seite zu gelangen.«

Alex erwiderte nichts, und Tom konnte nicht sagen, was er wohl dachte.

»Doppeltes Pech war ja wohl, dass du bei den Schwarzen Herren gelandet bist«, fuhr Tom fort. »Aber jetzt können wir aus der Festung hier abhauen. Du kommst doch mit mir, oder? Wir gehen zu Matanis Volk, die werden dir gefallen.«

Doch anstatt sich zu freuen, runzelte Alex die Stirn.

»Tom, du hast nicht gesehen, was ich gesehen habe. Gegen die Leute, die hier das Sagen haben, war der Alte echt gar nichts. Die Magatai sind reich und mächtig, die haben alles, was man sich vorstellen kann. Klar, bis auf Fernseher, Handys, Laptops und so was. Aber die Magatai beherrschen diesen Teil der Welt, daran gibt's nichts zu rütteln. Willst du dich etwa den Rest deines Lebens verstecken, in Zelten leben und Begrah-Käse futtern?«

»Eigentlich wollte ich einen Weg nach Hause finden«, erwiderte Tom unsicher.

»Hast du nicht gerade gesagt, du weißt auch nicht, wie wir nach Berlin zurückkommen?«

»Ich weiß es *noch* nicht. Aber zusammen können wir das bestimmt rausfinden. Alex, du kannst doch unmöglich hierbleiben wollen. Guck dich doch bloß mal an, mit dieser Scheiß-Rüstung und allem.«

»Mit dieser Scheiß-Rüstung hab ich hier schon so einiges gerissen.« Alex' Stimme klang jetzt kalt. »In Berlin war ich bloß irgendein Aso, der keine Kohle und keine Eltern hatte, ein Niemand. Genau wie du. Aber hier ist das anders. Und ich werde ganz bestimmt nicht mit dir weglaufen, um mich irgendeinem Stamm anzuschließen, der schon bald nichts anderes mehr machen wird, als hier den Leuten heiße Bäder einlaufen zu lassen.«

Tom hielt inne. Er versuchte zu verstehen, was Alex ihm sagen wollte.

»Meinst du, ich soll bei den Typen bleiben, die mich zu einem Zombie machen wollten?«

»Die wussten ja nicht, dass du es bist. Wenn sie erführen, wer du wirklich bist, dann wärst du reich und mächtig. Du bekämest alles, was du willst. Jeder würde auf dich hören. War das bei deinen Ziegenhirten auch so?«

Es klang tatsächlich verlockend. Sein Leben lang war Tom ein Außenseiter gewesen, ein Waisenkind, vom Alten nur ausgenutzt. Niemand hatte ihn gewollt – außer jetzt offenbar die Magatai. *Und in der Steppe haben sie mich nur gejagt, weil sie nicht wussten, wer ich bin. Die dachten, Alex wäre ich und ich wär nur ein entlaufener Sklave, wie Matani und Resk! Oh Mann!*

»Und, was sagst du?«

»Ich weiß nicht«, antwortete Tom, und es stimmte. Er wusste es nicht. In diesen Minuten tief unter der Feste von Alynth war plötzlich alles anders, als er es noch vor wenigen Stunden gesehen hatte.

»Der Sar'thosa zieht ein Heer zusammen«, erklärte Alex. »Tausende von Kriegern, jede Menge Magie. Wir marschieren bald los. Nichts wird gegen sie bestehen. Diese Steppenreiter und ihr Winterlager werden ...«

»Was sagst du da?«, unterbrach ihn Tom entgeistert. »Winterlager?«

»Ja. Die Magatai wollen ihr Reich ausdehnen, bis jenseits der Steppe. Dort gibt es Länder, Städte, die sie erobern wollen. Die Steppenvölker sind nur der erste Schritt auf dem Weg.«

Tom wurde heiß und kalt, als er begriff. *Deswegen die Armee vor der Stadt,* erkannte er. *Die Lager, die sie errichtet haben, die Magie. Die Angriffe auf Matanis Leute waren vermutlich nur eine Vorbereitung.*

»Und bei denen willst du bleiben?«, fuhr er Alex an. »Das sind Mörder, Seelenfresser, Kriegstreiber. Sie sind böse.«

Alex packte Tom an den Schultern und sah ihn fest an. »Die werden gewinnen, Tom. Die sind viel zu mächtig. Die Magatai beherrschen diese Welt. Ihre Krieger werden die Steppenvölker unterwerfen und dann weitermarschieren. Die machen vor nichts halt.«

»Und genau deshalb muss man sie aufhalten«, sagte Tom trotzig.

Alex ließ ihn los. Mit einem Mal war etwas zwischen ihnen, eine Kälte, die es vorher nicht gegeben hatte.

»Ich will von hier verschwinden«, sagte Tom mit Nachdruck.

»Reisende soll man nicht aufhalten«, erklang auf einmal eine weibliche Stimme. Ein Mädchen kam die Treppe zu ihnen herunter. Sie trug ein dunkelgrünes, langes Hemd und eine ebensolche Hose, und obwohl sie schon krankhaft blass wirkte, war sie sehr hübsch.

»Was meinst du damit?«, fragte Alex.

»Hier kann er nicht bleiben, Al-ex-ander. Was soll aus uns werden, wenn der Sar'thosa das herausfindet?«

Der Ältere sagte nichts. Er biss sich auf die Lippe und sah zu der bronzenen Tür. Dann nickte er und bedeutete Tom, ihm zu folgen.

Schweigend gingen sie durch die steinernen Korridore und eine Reihe von Treppen hinauf. Schließlich gelangten sie zu einer kleinen Tür, die von Schwarzgerüsteten bewacht wurde. Mit Alex an Toms Seite gab es jedoch keine Schwierigkeiten. Die Wachen öffneten die kleine Pforte für sie, machten ihnen ehrerbietig Platz und ließen sie hinaus auf eine zu dieser Tageszeit glücklicherweise menschenleere Gasse.

Kaum hatten sie sich ein Stück von der Pforte entfernt, erhob sich der Rabe, der auf Toms Schulter gesessen hatte, in den Himmel. »Sag Matani Bescheid«, bat Tom ihn.

Alex blieb im Schatten der Mauer stehen. Er machte keine Anstalten, sich Tom anzuschließen.

Tom stiegen die Tränen in die Augen.

»Komm mit mir. Wir verschwinden von hier. Du und ich, wie früher.«

Alex tat einen zögerlichen Schritt auf ihn zu, verharrte dann aber. Sein Gesicht lag halb im Schatten.

»Nein. Ich werde nicht auf die Verliererseite wechseln. Ich war mein ganzes Leben auf der beschissenen Verliererseite. Aber hier nicht mehr. Jetzt nicht mehr.«

Ohne ein weiteres Wort wandte er sich ab. Tom sah seiner schlanken Gestalt nach, bis sie von der Mannspforte der Festung verschluckt wurde.

Ein Sturm am Horizont

Klopfenden Herzens wartete Matani am Ausgang des Platzes. Von hier hatte sie einen guten Blick auf die Mauer der inneren Stadt. Allerdings konnte sie wegen der Dunkelheit kaum etwas von dem Tor sehen. Sie glaubte, Bewegungen in den Schatten wahrzunehmen, und ihr Herz schlug noch schneller. Jemand löste sich aus der Finsternis, eine Gestalt. Als der Rabe aus dem Himmel herabstieß und auf deren Schulter landete, hätte Matani beinahe vor Freude aufgeschrien.

Sobald Tom sie erreichte, fiel Matani ihm um den Hals. Er umarmte sie, und lange, aber nicht lange genug, genoss sie seine Berührung. Dann trat er zurück und lächelte verlegen. Sie senkte den Blick.

»Du siehst gut aus. Haare statt Federn«, stellte Resk trocken fest.

Ich sehe auch mit Federn verdammt gut aus, erwiderte der Rabe und spreizte einen seiner Flügel. *Da, schau!*

»Ja, auf jeden Fall.« Matani zwinkerte Tom zu. »Ihr seht beide gut aus.«

Tom hüstelte und strich sich mit der Hand übers Haar. So standen sie da. Resks Blick wanderte zwischen ihnen hin und her, und in seiner Miene machte sich Verwirrung breit.

»Können wir gehen?«

»Nein, halt«, sagte Tom, »ich muss euch noch was sagen.« Seine Stimme war dunkel, und es war ihm offensichtlich unangenehm. »Die Magatai bereiten einen Krieg vor. Deshalb das Heerlager.«

Matani ahnte, worauf seine Worte hinausliefen. Sie spürte, wie ihr Körper kalt und gefühllos wurde, als gehöre er gar nicht zu ihr.

»Nein«, hauchte sie.

»Sie wollen das Winterlager angreifen.«

»Woher weißt du das?«, erkundigte sich Resk, und ein Schmerz, wie Matani ihn bei ihm noch nie gesehen hatte, erschien in Toms Augen.

»Jemand ... Ich habe es unterwegs erfahren. Wir müssen uns beeilen. Sie werden bald marschieren. Wir müssen die Stämme warnen.«

Matani nickte. Sie ergriff Toms Hand und drückte sie stumm.

Dann folgten sie der nächsten großen Straße nach Süden und liefen bis zum Stadttor. Im Osten zeigte sich ein Silberstreif am Horizont; die Sonne würde bald aufgehen.

»Wir sollten warten«, befand Resk. »Nachts stellen die Wachen mehr Fragen.«

»Wir haben keine Zeit zu warten.« In Matanis Herz loderte die Ungeduld. Ihr Stamm war in Gefahr, nein, alle Stämme wurden von dem bedroht, was Tom eben berichtet hatte. Wenn die Magatai das Winterlager angriffen, wäre das eine Katastrophe. *Die Stämme müssen sich verteilen, sich zurückziehen. Wir müssen wie der Wind sein.*

»Lasst mich mal machen«, bat Tom und ging forsch auf das Tor zu. Tatsächlich standen dort zwei Soldaten, die sich zu ihnen umdrehten, als sie die Schritte hörten, und sich ihnen in den Weg stellten. Sie hatten ihre Helme abgenommen, aber momentan hätte Matani lieber in die seelenlosen Dämonenfratzen als in die Antlitze der Magatai-Krieger geschaut.

»Wohin so früh unterwegs?«, fragte der eine, und der andere ergänzte: »Oder so spät?«

»Al-ex-ander schickt uns«, log Tom mit fester Stimme, und ahmte die Sprechweise des Mädchens in der Kammer nach. Er hoffte, dass seine Stimme befehlsgewohnt klang und andeutete, dass der Sprecher keinen Ungehorsam dulden würde. »Aus dem Weg!«

Matani hielt den Atem an. Aber die beiden Soldaten schauten sich nur kurz an, dann nickte der eine unmerklich, und sie zogen sich wieder zurück. Tom schritt an ihnen vorbei, ohne sie eines weiteren Blickes zu würdigen, und Matani und Resk folgten ihm.

Als sie außer Hörweite waren, fragte sie leise: »Was war das denn?«

»Ich habe jemanden getroffen«, erwiderte Tom. »Einen Freund.«

»Einen Freund? Wen denn? Woher kennst du jemanden aus diesem Teil der Welt?«

»Einen alten Freund. Einen ehemaligen Freund.«

Sie sah ihn verwirrt an.

Er seufzte. »Er ist mit mir von der anderen Seite auf diese gewechselt. Ich wusste das nicht, und er wusste nicht, dass ich hier bin. Er ist ein Weltenwechsler, so wie ich.«

»Es gibt zwei?« Resk staunte. »Ich dachte, das wäre so selten.«

»Ist es auch. Sehr, sehr selten«, erwiderte Matani, dann wandte sie sich an Tom: »Was ist mit ihm? Wo hält er sich versteckt?«

»Er hält sich nicht versteckt; er wird nicht mit uns kommen. Alex hat seine Entscheidung getroffen. Er bleibt in Alynth.«

»Oh.«

Er musste nicht mehr sagen. Das konnte nur eines bedeuten: Sein Freund war zu einem der Magatai geworden. Matani berührte Tom am Arm und schenkte ihm ein trauriges Lächeln. »Es tut mir leid für dich.«

»Wir waren wie Brüder.« Seine Worte waren so leise, dass sie kaum zu hören waren. »Wir haben immer gesagt, dass wir zusammen abhauen werden, wenn es so weit ist, wenn wir bloß alt genug sind. Er hat mir geholfen, mich beschützt, mir alles beigebracht. Er hat für mich Prügel bezogen ... und jetzt ...«

Ihm versagte die Stimme. Matani nahm seine Hand und hielt sie fest. Ihre Hände waren warm, und seine Finger fühlten sich gut in ihren an.

»Es ist egal«, erklärte er trotzig. »Das ist vorbei. Wichtigere Dinge müssen getan werden. Die Magatai werden gegen die Stämme ziehen, und wir müssen sie alle warnen, damit sie sich auf die Schlacht vorbereiten können.«

Schlacht? Matani war überrascht. Sie hatte nicht daran gedacht, dass die Stämme kämpfen könnten. Vorsichtig sagte sie: »Die Stämme werden im Gräsermeer untertauchen. Es wird sie verschlucken. Die Magatai werden niemanden finden, um zu kämpfen.«

Tom blieb stehen. Jetzt war er an der Reihe, überrascht zu sein.

»Was? Das ist Wahnsinn. Die Magatai wollen ihr Reich bis jenseits des Gräsermeers ausweiten. Sie wollen ganze Nationen unterwerfen. Sie werden es niemals dulden, dass die Stämme zwischen ihnen und ihren Eroberungszielen stehen. Sie werden euch jagen ...«

»Und nicht finden. Wir werden wie der Wind sein. Wie sollten wir gegen das bestehen?« Sie drehte sich um und deutete auf die Stadt und das Land darum herum. Die aufgehende Sonne tauchte alles in ein mattes, graues Licht. Das Zeltlager des Heeres war gewaltig, mehr Zelte, als Matani jemals in ihrem Leben gesehen hatte.

»Wenn ihr euch nicht vereint gegen sie stellt, werden sie euch einzeln jagen. Du kennst sie, Matani. Sie sind grausam. Sie kennen keine Gnade. Kein Mitleid. Sie werden nicht aufgeben. Einige mögen entkommen, aber die anderen werden sie finden. So wie sie deinen Stamm schon einmal gefunden haben. Allein habt ihr keine Chance.«

Seine Worte sprachen etwas in ihr an, eine Ahnung, die sie selbst einst hatte. Es schien ihr ein halbes Leben her zu sein, dass sie das Lager der Magatai ausgekundschaftet hatte, weil sie ebenso dachte. Aber seitdem war viel geschehen. Sie hatte erlebt, was mit jenen geschah, die sich den Magatai widersetzten. Sie hatte gesehen, welche Macht sie hatten.

»Du musst daran glauben«, flehte Tom sie an. »Sie werden hoffen, dass die Stämme sich zerstreuen. Das darf nicht passieren.«

»Wir kämpfen nicht gegen die Fremden. So ist das, seit sie unsere Vorfahren aus den Städten vertrieben haben. Wer gegen sie kämpft …«

»Nein«, unterbrach er sie. »Wer *nicht* gegen sie kämpft, wird untergehen. Sie kommen und greifen die Stämme an, auch wenn ihr nicht kämpft, auch wenn ihr nur flieht.«

Im fahlen Licht der aufgehenden Sonne sah Matani unschlüssig zurück zu dem Heerlager.

»*Ich* würde kämpfen. Mein Volk kämpft schon immer«, warf Resk ein.

»Zuerst einmal müssen wir das Winterlager überhaupt erreichen«, wich Matani jeder weiteren Diskussion aus. Sie hatte damit recht, und die beiden anderen wussten das. Ihnen stand ein langer Lauf durch das Gräsermeer bevor, bis sie zum Winterlager kamen.

Und wir müssen die Füchsin holen, dachte Matani bei sich. *Eines nach dem anderen.*

Das Winterlager

An manchen Tagen legten sie eine unglaubliche Strecke zurück, und selbst an den langsamsten kam es Tom vor, als reisten sie mit dem Wind selbst um die Wette. Der Rabe hatte sie um alle Siedlungen herumgeleitet, bis sie die offene Steppe erreicht hatten, und jetzt im Gräsermeer konnten sie endlich richtig laufen, ohne fürchten zu müssen, entdeckt zu werden. Matani kannte die Richtung, in der das Winterlager lag, und so rannten sie von morgens bis abends, nutzten jede Sekunde des Tages aus. Es fiel Tom inzwischen sehr viel leichter, das Tempo zu halten, das das Steppenmädchen und der unermüdlich scheinende Troll vorgaben, da er die Kraft des Himmels in sich gezielter einsetzen konnte. Matani war ja ohnehin schnell, geschickt und ausdauernd, und Resk beklagte sich nie. Woher der Troll die Kraft nahm, so zu laufen, wusste Tom nicht. Hügeltrolle mussten einfach von Natur aus unfassbar zäh sein.

Dank Matani fanden sie immer wieder Wasserstellen, kleine Teiche oder Bäche, an denen sie ihren Durst stillen konnten. Wenn sie ihr Lager aufschlugen, machte sie sich auf und sammelte Beeren und jagte. Es waren karge Mahlzeiten, und sie schliefen jede Nacht unter freiem Himmel, aber Tom kümmerte es nicht. Abends, wenn die Sonne unterging, überkam ihn die Müdigkeit, und er schlief tief und traumlos durch die Nächte. Er konnte seinen Körper spüren, seinen eigenen menschlichen Körper. Die Magie rann ebenso wie das Blut durch seine Adern, und er war mit seinem Raben und seinen Freunden zusammen. Für den Augenblick gab es nichts anderes, was er wollte, außer ihr gemeinsames Ziel zu erreichen und die Stämme zu warnen.

An sein Bett in Berlin dachte er kaum noch; ihre Reise hatte etwas Befreiendes. Er hörte sogar auf, die Tage zu zählen. Es war schlichtweg nicht besonders wichtig. Das Leben im Gräsermeer war simpel, es bestand nur aus den elementarsten Dingen. Das ständige Laufen vertrieb alle Gedanken aus Toms Geist, machte ihn leicht und frei, und er fand es tröstlich zu erkennen, wie wenig so manches eigentlich bedeutete, woran er sich einst geklammert hatte.

Es war am Mittag eines Tages, als Tom weit vor ihnen einen hellroten Fleck erspähte. Als er die Augen mit der Hand beschattete und genauer hinsah, erkannte er einen großen Felsen, geformt wie der Buckel einer sich sträubenden Katze, dessen Stein in der Sonne leuchtete.

»Wir sind bald da«, jauchzte Matani. »Das ist der heilige Fels.«

Mit diesen Worten rannte sie noch schneller, und Tom musste sich nur noch darauf konzentrieren, ihr zu folgen. Dennoch dauerte es bis zu den frühen Abendstunden, bis sie einige große Begrah-Herden passierten und die ersten Zelte in Sicht kamen.

»Es sind mehr Stämme hier als sonst«, erklärte Matani, als sie langsamer wurde. Menschen mit dunkler Haut sahen zu ihnen herüber, betrachteten den Troll und Tom, schienen aber nicht weiter besorgt zu sein. »Vermutlich hat unsere Geschichte längst die Runde an den Feuern gemacht. Im Winterlager verbreiten sich die größten Neuigkeiten am schnellsten.«

»Klar«, erwiderte Tom und wischte sich den Schweiß von der Stirn. »Sag mal, Winterlager ... das klingt irgendwie kälter. Gibt es hier keinen Schnee?«

»Doch, manchmal schon. Aber noch ist es Herbst und entsprechend warm. Der Winter kommt schnell in der Steppe, wie ein Raubtier, das einer Begrah-Herde aufgelauert hat. Dann wird es kälter.«

Sie gingen durch ein kleines Zeltlager. Matani begrüßte links und rechts Fremde und tauschte ein paar Worte mit ihnen. Alle Mitglieder des Stammes trugen bunte Kleidung, ganz offensichtlich hatten sie sich herausgeputzt. Mit einem Mal wurde sich Tom seines abgerissenen Aussehens bewusst. Zwar hatte er sich an einigen Wasserstellen gewaschen, aber seine Klamotten waren trotzdem ziemlich schmutzig, und er hatte auf ihrem langen Lauf viel geschwitzt. Irgendwie war es ihm peinlich, obwohl die Kleidung der Menschen hier aus seiner Sicht auch nicht gerade schick war. Aber sie sahen ihn alle mit großen

Augen an; selbst Resk zog weniger Aufmerksamkeit auf sich.

»Es gibt morgen früh eine Große Versammlung«, leitete Matani weiter, was sie in den kurzen Gesprächen erfahren hatte. »Alle Anführer und viele der Ältesten werden sich am heiligen Felsen treffen.«

»Ist das üblich?«, erkundigte sich Tom, und Matani zuckte mit den Schultern.

»Es geschieht, wenn es wichtige Dinge zu besprechen gibt.«

Niemand war aufdringlich, alle hielten Abstand, und dennoch fühlte Tom sich wie ein Freak, der von allen angegafft wird, als sie weitergingen.

»Man gewöhnt sich an die Blicke«, sagte Resk mit erstaunlich viel Einfühlungsvermögen. »Einfach nicht drauf achten.«

»Ich sehe aus wie ein Penner«, gab Tom missmutig zurück. »Ich will gar nicht wissen, was die alle von mir denken.«

Sie denken, dass du der Weltenwechsler bist und dass sie dabei sind, zu erleben, wie eine Legende Wirklichkeit wird. Der Rabe flog tief über ihren Köpfen her, drehte einen engen Kreis und landete auf einem Zeltdach. *Das ist so, als ob du in Berlin plötzlich einen echten Magier treffen würdest. Oder einen Troll.*

»Trolle in Berlin, ha, ha«, entgegnete Tom. Dennoch fühlte er sich nach der Erklärung des Raben ein wenig besser. Allzu lange musste er die Blicke aber ohnehin nicht ertragen, denn plötzlich stürmte Matani los.

»Da'ir!«

Sie warf ihrem Vater die Arme um den Hals, der Matani an sich drückte. Er ließ sie los, trat einen Schritt zurück, dann packte er sie und wirbelte sie mühelos im Kreis, als sei sie ein kleines Mädchen.

Erst als sie sich danach noch einmal umarmt hatten, ließen sie voneinander ab, und Beram wandte sich an Tom.

»Du hast keinen Weg in deine Heimat gefunden?«

Tom schüttelte den Kopf. Auf ihrem Lauf hatte er kaum noch an Berlin gedacht, aber jetzt überkam ihn eine kurze, heftige Welle des Heimwehs.

»Das tut mir leid für dich.«

»Ist schon okay«, winkte Tom ab. »Das ist jetzt gerade nicht so superwichtig. Wir bringen Neuigkeiten aus Alynth.«

Berams Kopf fuhr zu Matani herum, die sich, offenbar in Erwartung einer gehörigen Strafpredigt, ganz klein machte.

»Ihr wart in Alynth?«

»Ja, Da'ir. Wir mussten dorthin. Toms Leib wurde von einem Seelenfresser geraubt, als wir gegen die Magatai gekämpft haben.«

»Ihr habt gegen die Magatai gekämpft?!«

»Es war nicht ihre Schuld«, warf Tom ein. Beram beäugte ihn skeptisch. »Sie haben uns überfallen. Ohne Resk und Matani hätten die Magatai meinen Körper zu einem Zombie gemacht.«

»Ihr müsst mir davon berichten«, befand Beram deutlich beunruhigt. »Heute Abend noch. Ihr müsst wissen, dass morgen die Große Versammlung stattfinden wird.«

»Wir haben davon gehört, Da'ir. Warum wurde sie einberufen?«

»Die Magatai haben einen Gesandten zu uns geschickt, der mit den Stämmen über Frieden sprechen will. Sie haben um sicheres Geleit gebeten, und wir haben es gewährt.«

»Das ist ein Trick«, rief Tom empört aus. »Sie wollen keinen Frieden – sie bringen Krieg!«

»Was sagst du da?«

»Wir haben ihre Soldaten gesehen«, knurrte Resk. »Ein ganzes Heerlager voll. Und Tom hat gesagt, dass er gehört hat, dass sie gegen das Winterlager ziehen wollen.«

Beram schluckte. Die Neuigkeit kam offensichtlich komplett überraschend. »Aber ... warum der Gesandte?«

»Weil sie die Stämme in Sicherheit wiegen wollen«, vermutete Tom grimmig. »Damit ihr unaufmerksam seid und unvorbereitet. Ich weiß, dass sie gegen euch ziehen werden ... Jemand hat es mir gesagt. Sie wollen die Länder jenseits der Steppe unterwerfen, und die Stämme sind ihnen dabei im Weg. Sie werden keine Gefahr im Grässermeer dulden, wenn sie ihre Armee in Bewegung setzen.«

»Erzählt mir alles«, bat Beram sichtlich schockiert. »Und ihr müsst morgen vor der Versammlung sprechen. Wir müssen die Stämme warnen.«

Oh nein, dachte Tom. *Eine Rede halten? Vor lauter Anführern der Steppenreiter?*

Der Rabe flatterte auf und flog auf seine Schulter. Inzwischen war Tom den leichten Schmerz gewöhnt, den die Krallen verursachten.

Du schaffst das. Der Rabe klang weitaus zuversichtlicher, als Tom sich fühlte. *Ist wie ein Referat in SoWi.*

Ja, klar, mein Klassenlehrer hieß ja auch Dschingis Khan, erwiderte Tom in Gedanken.

»Aber erst einmal müsst ihr essen und trinken und euch ausruhen. Kommt mit ans Feuer.«

Sie folgten Beram, und Tom dankte Matanis Vater im Stillen dafür, dass er ihnen einen Moment der Ruhe ließ, ehe alle, die es interessierte, lauschten, wie sie gemeinsam von ihren Abenteuern berichteten. Das Einzige, was Tom verschwieg, war seine Begegnung mit Alex. Weder Matani noch Resk gingen weiter darauf ein, und er war ihnen dankbar dafür. Zumal sich mit jedem weiteren Wort die Mienen ihrer Zuhörer ohnehin verfinsterten. Es war nur allzu deutlich, was sie dachten: Die Stämme sahen schlimmen Zeiten entgegen.

Kurz bevor sie ihre Erzählung beendeten, trat ein Mann an das Feuer. Er war groß und schlank, vielleicht so alt wie Matanis Vater und von hellerer Hautfarbe als in Matanis Stamm üblich. Er trug das Haar kurz geschoren und hatte einen großen Säbel an der Seite.

»Ist das der Weltenwechsler?«, erkundigte er sich mit rauer Stimme. Tom bemerkte die Blicke, die den Mann empfingen. Feindselige, abweisende Blicke.

»Du bist an diesem Feuer nicht willkommen«, erwiderte Beram mit tödlicher Kälte.

»Ich will nicht zu dir, großer Anführer. Ich wollte nur einmal mit eigenen Augen sehen, dass das, was man sich so erzählt, wahr ist und dass Legenden unter uns wandeln.«

»Ich bin keine Legende«, sagte Tom und erhob sich. »Ich bin ganz echt. Und einfach nur ich.«

Der Neuankömmling war in Begleitung eines ganzen Dutzends Bewaffneter erschienen, die in den Schatten abseits des Feuers stehen geblieben waren.

»Oh, doch, das bist du. Jeder erzählt von dir, Tom. Wie du den Magatai entkommen bist. Und wie du ihre Magie gebannt hast. Dein Licht soll allein hundert von ihnen blind von ihren Pferden geschleudert haben.«

»Es war bloß eine Handvoll, und sie waren nicht blind. Meine Magie hat geholfen, aber gekämpft haben andere.«

Der Mann trat einen Schritt an Tom heran.

Beram sprang auf, und Tom sah bestürzt, dass die Hand des Hünen zum Dolch in seinem Gürtel fuhr. Als Resk das bemerkte, trat auch er einen Schritt vor. Doch der Mann lächelte nur müde und ignorierte die Gesten.

»Wenn du der Weltenwechsler bist, Tom, dann lastet viel auf deinen Schultern. Du magst bescheiden sein, aber du solltest wissen, dass du den Platz, den das Schicksal dir bestimmt hat, einnehmen musst.«

»Welchen Platz?«

Tom sah verwirrt zu Matani, die auch nur den Kopf schüttelte.

»Die Magatai glauben, dass der Weltenwechsler sie zum Sieg führen wird. Aber sie haben ihn gar nicht, nicht wahr? Wen wirst du führen, Tom? Und wird es zum Sieg oder zur Niederlage sein?«

Mit diesen ominösen Fragen wandte der Mann sich ab und ging zu seinen Leuten zurück, die ihn schweigend empfingen und zwischen den Zelten hindurch aus dem Lager von Berams Stamm geleiteten.

Tom blickte ihnen nach, bis sie aus seiner Sicht verschwanden. »Wer war das?«

»Das war der Eidbrecher.« Beram nahm die Hand vom Dolchgriff und spuckte aus. »Das war Isfar.«

»Ich dachte, er wäre ein Ausgestoßener?«

»Er und sein Stamm haben das Recht, am Winterlager teilzunehmen«, erklärte Matani. »Wie jeder andere Stamm auch. Aber ihr Wort gilt nichts mehr in der Großen Versammlung.«

»Er hat uns das Angebot der Magatai gebracht. Er hat den Gesandten hierhergeleitet.«

Ein Verräter, befand der Rabe. *Auf den sollten wir aufpassen.*

Tom nickte, aber er war nicht ganz überzeugt. Etwas hatte in den Worten des Mannes mitgeschwungen. *Das war mehr als nur Gerede.* Vielleicht war es die Ernsthaftigkeit, die Tom zu denken gab.

»Setz dich und trink mit uns«, bat Matani. Sie hielt ihm eine Kalebasse hin. Tom kam der Aufforderung nach und setzte sich wieder ans Feuer, aber die Begegnung mit dem Eidbrecher ließ ihn in Gedanken nicht mehr los.

Das letzte Wort

»Bist du sicher, dass das so gut ist?« Tom zupfte an seiner Kleidung herum.

Matani lächelte. »Ganz sicher.«

»Ich hätte gedacht, dass es schlauer wäre, Klamotten von euch anzuziehen. Um zu zeigen, dass ich zu euch gehöre.«

»Wir wollen aber, dass dich jeder sofort als den Weltenwechsler erkennt.«

Tom knöpfte sein Hemd zu. Er hatte all das angezogen, was er getragen hatte, als er in diesen Teil der Welt gekommen war. Es war ein merkwürdiges Gefühl, die Sachen wieder zu tragen, auch wenn ein Teil von ihm sich noch immer darin wohlzufühlen schien.

»Wenigstens haben wir alles halbwegs sauber bekommen«, meinte er und strich über die Seite seiner Hose, wo sie ein Stück hatten flicken müssen. »Na ja, bis auf die Sneaker, aber die werden wohl nie wieder sauber.«

»Das wird Eindruck machen.«

»Die schmutzigen Schuhe?«

»Nein«, entgegnete Matani lachend und deutete auf Tom. »Das alles.«

»Ich hoffe es. Mir ist nicht ganz wohl bei dem Gedanken, vor so vielen Leuten zu reden.«

In seinem Gesicht stand geschrieben, dass er untertrieb. Er war bleich unter der Sonnenbräune, die in den letzten Wochen stärker und stärker geworden war.

»Du schaffst das«, erklärte sie und umarmte ihn. »Du wirst das sehr gut machen.«

Er erwiderte die Umarmung, und sie blieben für einen kurzen Moment einfach so stehen. Seine Nähe war ein Geschenk, das wusste Matani jetzt. Beinahe wäre es ihr genommen worden. Jetzt würde sie es auskosten, dass er immer noch bei ihnen war, der fremde, dumme Junge, der so mutig gewesen war und von dem so viel abhing.

»Dann mal los.«

Sie verließen das Heimzelt und traten in die frühe Morgensonne. Es war noch ein wenig kühl, aber viele Menschen waren bereits zwischen den Zelten unterwegs.

»Sie sollten den Gesandten einfach davonjagen«, murmelte Tom. »Dann bliebe uns der Teil wenigstens erspart.«

»Ihm wurde versprochen, dass er reden darf. Die Stämme haben einen Eid geleistet. Er wird reden und dann gehen, ohne dass ihm jemand ein Haar krümmt.«

Sie gingen in Richtung des heiligen Felsens. Im Morgenlicht war der Stein ockerfarben. Je heller die Sonne im Laufe des Tages wurde, desto intensiver würde die Farbe, und gegen Abend, wenn die Sonne unterging, würde sie sich in ein leuchtendes Rot verwandeln.

Aber ihr Ziel war nicht der Fels selbst, sondern der große Kreis, den die Menschenmenge an seiner Flanke gebildet hatte. Als sich die Nachricht von der Ankunft des Weltenwechslers im Winterlager verbreitet hatte, mussten sehr viele beschlossen haben, der Versammlung beizuwohnen. Daran, dass manche gekommen waren, um den Gesandten der Magatai reden zu hören, wollte Matani nicht denken. Über der Versammlung schwebten einige sorgfältig angepflockte traditionelle Drachen aus bunt angemaltem, leichtem Leder. Sie sollten die Verbindung zwischen Steppe und Himmel symbolisieren und die Kraft des Windes auf jene herabrufen, die seiner Weisheit bedurften.

Als sich Tom an Matanis Seite der Versammlung näherte, ging ein Raunen durch die Menge, ein Flüstern aus vielen Kehlen: »Der Weltenwechsler!«

Unsicher nestelte Tom an seinem Kragen, aber Matani griff beruhigend nach seiner Hand und versicherte ihn stumm ihrer Unterstützung. Vor ihnen öffnete sich eine Gasse zwischen den Menschen, und sie gingen langsam in den Kreis. Alle Augen ruhten auf ihnen, die meisten neugierig, freundlich, andere misstrauisch oder gar feindlich.

Die Anführer der Stämme saßen im inneren Kreis der Versammelten, umgeben von den Ältesten. Matani erblickte einige bekannte Gesichter, aber auch welche, die sie noch nie bewusst gesehen hatte. Endlich entdeckte sie ihren Vater und hielt mit Tom auf die Mitglieder ihres Stammes zu. Sie setzten sich zwischen Beram und Atin.

»Ich habe angekündigt, dass du auch das Wort ergreifen wirst, Tom. Niemand hat widersprochen.«

»Das ist gut.« Tom schluckte. »Soll ich gleich ...?«

»Nein, erst redet der Gesandte.«

Matani warf einen suchenden Blick in die Runde und fand den Magatai direkt bei Isfar und seinen Leuten. *Natürlich.* Es war ein gut aussehender Mann, noch jung, mit langem, dunklem Haar und schwarzer Kleidung, die so fein gewebt war, dass sie seinen schlanken Leib wie ein Schatten umschmeichelte. Grüblerisch fuhren seine Finger über sein Kinn. Er beobachtete Tom. Als er Matanis Blick bemerkte, neigte er grüßend den Kopf. Dabei umspielte ein feines Lächeln seine Lippen.

Mit einem Ruck stand er auf und trat einen Schritt vor. Einen kurzen Moment lang waren noch die versammelten Menschen zu hören, dann erhob er seine Stimme, und alle schwiegen. Er sprach laut und deutlich, in einem angenehmen Tonfall, in dem kein Arg zu liegen schien.

»Stämme des Gräsermeers. Ich bedanke mich für eure Gastfreundschaft. Ihr erweist mir eine große Ehre, mich heute und hier, an diesem heiligen Ort, in eurer Mitte zu empfangen. Dass ich zu euch sprechen darf, erfüllt mein Herz mit Stolz.«

Gemessenen Schrittes ging der Gesandte in die Mitte der Versammlung. Er bewegte sich würdevoll und elegant, fuhr mit den Händen durch die Luft, um seine Worte zu unterstreichen und ihnen mehr Bedeutung zu verleihen.

»Wow«, murmelte Tom mit großen Augen. »Der ist gut.«

»Mein Name ist Atonyn. Ich überbringe euch eine Botschaft des Friedens, gesandt von meinem Herrn, dem Sar'thosa selbst. Schon viel zu lange schweigen unsere beiden Völker, anstatt miteinander zu reden. Wir wünschen, ein Band der Freundschaft zu knüpfen, ein neues Band, fest und stark. Wenn ihr zustimmt, werden wir auf ewig Verbündete sein, nein viel mehr: Unsere Völker werden Freunde sein, voll der Achtung und des Respekts voreinander.«

»Ihr wollt die Stämme angreifen«, rief Tom und sprang auf. Er deutete anklagend mit dem Zeigefinger auf den Magatai: »Du bist ein Lügner!«

Der Gesandte hob eine Augenbraue und sah sich fragend um. Er breitete die Hände aus.

»Ich spreche jetzt, mein Junge«, erklärte er von oben herab in einem Ton, der Matani die Fäuste ballen ließ. »Warte, bis du an der Reihe bist.«

»Nein.«

»Das sind die Regeln der Stämme. Man spricht nacheinander. Einer nach dem anderen. So ist es Brauch«, erklärte Atonyn, als habe er es mit einem störrischen Kind zu tun.

»Ich gehöre keinem Stamm an. Ich komme aus der anderen Welt. Ich lasse deine Lügen nicht ohne Antwort.«

»Ah, du bist der gerühmte Weltenwechsler«, stellte der Gesandte fest und ging um Tom herum, wobei er ihn abschätzig musterte. »Man hört so viel von dir.« Abrupt wandte er sich ab. »Aber jetzt sollte man von dir nichts hören, jetzt solltest du schweigen. Denn jetzt spreche ich für den Sar'thosa.«

»Du lügst für ihn«, warf Tom ihm wütend vor. Er schien vergessen zu haben, dass ihn Hunderte von Augenpaaren ansahen. Er fixierte Atonyn mit finsterem Blick.

»Bitte, kann jemand diese Posse beenden? Damit ich meine Botschaft überbringen kann?«

Der Gesandte sah sich Hilfe suchend um, aber niemand rührte sich. Bis sich Isfar umständlich erhob und sagte:

»Also, ich finde, ihr solltet beide sprechen dürfen. Ihr gehört ja beide nicht zu den Stämmen.«

Für den Bruchteil eines Augenblicks bekam die Fassade des Gesandten einen Riss, dann fing er sich wieder und breitete erneut die Arme aus.

»Nun, wenn es euer Wunsch ist.«

Mehrere Anführer und Älteste brachten ihre Zustimmung mit kurzen Rufen zum Ausdruck.

»So soll es sein«, erklärte Atonyn geduldig. »Was hast du zu sagen, Weltenwechsler?«

»Die Magatai ziehen eine Armee zusammen«, rief Tom. Er hatte mit Matani geübt, Worte gesucht, die stark waren. »Sie werden kommen, um die Stämme zu vernichten. Ihr Ziel ist das Winterlager. Schon bald werden ihre Krieger hier sein!«

Rufe wurden laut, unzählige Stimmen redeten durcheinander. Mit einigen der Anführer hatte ihr Vater schon gesprochen, wie Matani in ihren grimmigen Mienen lesen konnte. Andere trafen die Neuigkeiten unvorbereitet.

»Hört mir zu«, erklärte Atonyn. »Bitte, hört mir zu.« Die Stimmen verstummten bis auf wenige, und als er sprach, übertönte der Gesandte sie mit Leichtigkeit: »Unser junger Freund hier irrt sich. Ja, der Sar'thosa hat seine Soldaten gerufen. Und ja, es wird einen Krieg geben.«

Wieder Gemurmel.

»Aber nicht gegen die Stämme des Gräsermeers«, fuhr Atonyn fort. »Sondern gegen unsere Feinde in den Städten und Ländern an der Küste. Sie bedrohen uns, und wir müssen uns verteidigen. Was sollten wir schon in der Steppe suchen? Was sollten wir hier finden? Wo liegt da der Gewinn? Jeder weiß, dass die Magatai ein Volk von Städten und Mauern sind, von Häfen, von Häusern und von Schiffen. Warum sollten wir unsere Soldaten in das Gräsermeer senden?«

Matani musste Tom recht geben: Atonyn war gut, sehr gut sogar. Zweifel zeigten sich in den Gesichtern vieler.

»Weil die Magatai ihre Augen voller Gier auf die Länder jenseits der Steppe gerichtet haben«, erwiderte Tom mit machtvoller Stimme. »Weil sie alles unterwerfen wollen, bis ihnen dieser Teil der Welt allein gehört. Und weil sie glauben, dass der Weltenwechsler auf ihrer Seite steht und ihnen den Sieg bringen wird.«

»Unsinn«, widersprach der Gesandte lautstark, aber Tom redete weiter.

»Sie kennen kein Maß und keine Gnade. Ihr einziges Ziel ist es, alles zu besitzen, alles zu unterwerfen. Sie sind der Tod aller Steppenreiter und aller, die den Stämmen angehören.«

»Der Junge redet wirr«, brüllte Atonyn fast. »Ich habe es schon erklärt: Niemand plant, die Stämme anzugreifen. Ich wurde gesandt, um Frieden zu bringen.«

»Du wurdest gesandt, um die Herzen der Stämme zu vergiften. Um sie einzulullen, sie zu betäuben, damit sie schlafen, wenn der Schlag kommt. Und er wird kommen. Während euch die Magatai schöne Lügen erzählen, versammeln sich bei Alynth schon die Krieger, die euch den Tod bringen werden.«

Tom drehte sich im Kreis, wies auf alle Anwesenden. Und Matani sah, dass keiner mehr an seinen Worten zweifelte.

Auch Atonyn musste das spüren, denn er schaute sich geradezu verzweifelt um, und dann sah er Tom finster an. Er hob die Hand, schien etwas sagen zu wollen, brach jedoch ab und lächelte gezwungen. »Ich sehe, dass mein Wort hier kein Gewicht mehr hat. Ihr tut nicht gut daran, das Angebot meines Herrn, des Sar'thosa, auszuschlagen. Das ist ein großer Affront!«

»Schweig«, rief Beram, und andere Stammesführer fielen mit ein: »Schweig!«

Wütend lächelnd nickte der Gesandte und ging zu Isfar zurück. Er wollte den Kreis verlassen, aber niemand machte ihm Platz, also musste er sich durch die Menge drängen.

Tom ließ sich neben Matani fallen und atmete tief durch. »Wie war ich?«

»Großartig«, flüsterte sie.

»Was geschieht jetzt mit ihm?«

»Er wird bis zu den Städten der Magatai geleitet«, erklärte Beram. »Wie wir es versprochen haben.«

Auf der anderen Seite des Kreises stand Isfar auf, klopfte sich den Staub von der Hose und trat einen Schritt vor.

»Wenn alle glauben, was Tom Weltenwechsler sagt, dann müssen wir darüber reden, was die Stämme zu tun gedenken.«

»Was meinst du mit ›wir‹?«, fragte Beram mit Hohn in der Stimme. »Wir wissen, was ihr tun werdet: euch auf den Rücken legen und den Magatai eure Bäuche zeigen!«

Mehrere Mitglieder von Isfars Stamm sprangen auf, die Hand am Dolch. Er jedoch hielt sie mit einer raschen Geste zurück und verneigte sich vor Beram.

»Dann sprich du, großer Beram.«

Matanis Vater stand auf und ging in die Mitte.

»Die Magatai werden kommen. Meine Tochter hat es mit eigenen Augen gesehen. Der Weltenwechsler hat es gesehen.«

»Resk auch«, murmelte Tom leise, aber der Hügeltroll war nicht bei der Versammlung dabei. Er hatte wenig Interesse gezeigt, und auch Matani fand die Vorstellung, dass ein Troll mit in diesem Kreis sitzen sollte, eher lustig.

»Wir werden das Winterlager abbrechen müssen«, fuhr Beram fort. »Die Stämme müssen tiefer ins Gräsermeer ziehen. Wir müssen uns verteilen und unsere Herden in Sicherheit bringen.«

»Oh Mann.« Tom griff sich an die Stirn. »Nicht wirklich, oder?«

»Ich habe es dir gesagt«, flüsterte Matani. Sie wollte fortfahren, aber er war schon aufgesprungen und trat an Berams Seite. Die beiden wechselten einige kurze Worte, dann nickte ihr Vater.

»Tom Weltenwechsler möchte noch etwas sagen.«

Alle Blicke ruhten auf Tom. Er stand in der Mitte des Versammlungskreises und sah zum Himmel empor. Das einzige Geräusch war das Knattern der Drachen, die über ihnen im Wind tanzten.

»Wenn die Magatai kommen, ist es egal, wohin ihr lauft«, begann Tom so leise, dass er kaum zu verstehen war, doch mit jedem Wort wurde seine Stimme lauter. »Wenn die Magatai kommen und ihr getrennt seid, werden sie euch finden, Stamm für Stamm, und euch vernichten. Sie werden eure Tiere töten, eure Zelte verbrennen. Sie werden euch nicht töten, oh nein! Sie werden so viele von euch als Sklaven mitnehmen, wie sie können.«

Er ließ die Worte einige Herzschläge lang wirken, bevor er fortfuhr.

»So haben sie es mit Berams Tochter Matani gemacht. So wollten sie es mit mir machen. Sie haben mir die Seele aus dem Leib gerissen, um mich zu ihrem Sklaven zu machen.

Eure Kinder werden in ihren Städten aufwachsen und nichts kennen, als Sklaven der Magatai zu sein. Niemand wird mehr von den stolzen Reitern der Steppe erzählen. Es wird keine Feuer mehr im Gräsermeer geben, keine Heimzelte. Es wird sich keiner an die Geschichten eures Volkes erinnern. Eure Legenden werden vergessen, eure Helden zu Staub.«

Es war totenstill. Die Worte beschworen Bilder in Matanis Geist herauf, und sie wusste, dass Tom die Wahrheit sprach. Sie hatte es schon immer gewusst, tief in ihrem Innern.

»Die Magatai sind geduldig«, rief Tom plötzlich. »Sie werden sich die Zeit nehmen, die sie brauchen, um das Gräsermeer zu ihrem Land zu machen. Diejenigen von euch, die zunächst fliehen können, werden wenige sein, allein und auf sich gestellt. Ihr Land wird immer kleiner werden. Die Städte der Magatai werden wachsen, und es werden mehr und mehr Städte entstehen, bis zwischen ihnen kein Platz mehr für die Stämme ist.

Wenn ihr lauft, lauft ihr für immer, und dann lauft ihr vor dem weg, was ihr seid.«

Tom legte den Kopf in den Nacken und hob die Hände.

»Was sollen wir tun?«

Die Frage hing in der Luft.

»Matani sagte mir, dass ihr wie der Wind seid. Und an ihrer Seite habe ich gelernt, was das bedeutet. Schnell wie der Wind, unfassbar wie der Wind. Ewig wie der Wind.«

Mit einem Mal ließ Tom seinen Blick durch die Runde schweifen, und es war, als würde er jedem Einzelnen direkt in die Seele blicken.

»Aber der Wind ist nicht nur die Brise, die das Gras beugt.« Tom Stimme donnerte über sie hinweg. »Er ist auch der Sturm, der den Baum fällt. Er ist der Orkan, der das Meer bis ins Land treibt. Er treibt seine Feinde vor sich her wie Sand. Der Wind ist ewig und schnell, aber er ist auch stark. Ein brüllender Sturm, den, wenn er kommt, nichts und niemand besiegen kann.«

Die Taten des Eidbrechers

Es wurde schon dunkel, als sich die Versammlung langsam auflöste. Völlig erschöpft saß Tom vor dem Heimzelt von Matanis Familie auf einem kleinen Felsen im letzten Licht der Sonne. Eigentlich hatte er erwartet, dass Matani oder Beram zuerst zu ihm kommen würden, doch es war Isfar, der sich ihm nun näherte. Der Eidbrecher war allein, aber dennoch hatte Tom ein flaues Gefühl im Magen.

»Bewegende Worte«, sagte Isfar rau. »Es war eine knappe Entscheidung.«

Toms Neugier war zu stark.

»Wie lautet die Entscheidung der Stämme?«

»Wir werden sein wie der brüllende Sturm, wie du es beschrieben hast. Beram hat für dich gesprochen. Manche waren dagegen. Aber dann haben andere zugestimmt. Und als Matani allen gesagt hat, wie feige es wäre, sich den Magatai nicht entgegenzustellen, da wagte kaum noch einer, nicht wie der Sturm sein zu wollen. Einige werden vielleicht nicht kommen, wenn die Versammlung zu den Waffen ruft, aber die meisten schon.«

»Und du?«

»Ich war nach Beram der Erste, der dir seinen Stamm zugesagt hat.« Er musste Toms hochgezogene Augenbrauen bemerkt haben, denn er lachte kurz auf. »So erstaunt, Weltenwechsler? Glaubst du all die Dinge, die man dir über mich und die Meinen erzählt?«

»Ich kenne dich nicht«, gestand Tom. »Aber niemand scheint dir zu vertrauen.«

»Mein Stamm lebt schon lange im Schatten der Magatai. Von dort, wo wir unsere Herden weiden, kann man ihre Türme sehen. Wir mussten uns mit ihnen arrangieren. Oder sterben.«

»Und jetzt willst du gegen sie kämpfen?«

»Bislang gab es niemanden, der die Stämme hätte vereinen können. Und du sagst es selbst, Weltenwechsler: Allein kann kein Stamm gegen sie bestehen.«

Tom dachte nach.

»Der letzte Nachfahre des Königs hätte die Stämme der Steppe anführen können …«

Isfar schnaubte und schüttelte den Kopf.

»Der letzte Königsnachfahre … hätte uns alle in den Untergang geführt. Er war ein guter Junge, aber als er älter wurde … Sein Geist war nicht mehr richtig. Viele dachten, die Magatai hätten das getan. Sehr viele dachten es. Ich war der Einzige, der es sagte. Aber keiner wollte auf mich hören.« Seine Stimme wurde hoch, nasal, als ahmte er jemanden nach: »›Wir haben einen Eid geschworen, Isfar, einen Eid!‹«

»Du hast ihn getötet?«

»Einer musste es tun. Entweder das oder ...«

Er schien noch etwas sagen zu wollen, aber Matanis Vater kam mit den Mitgliedern seines Stammes auf sie zu.

»Du bist hier immer noch nicht willkommen, Isfar«, sagte Beram.

»Und noch immer glaube ich nicht, dass du für den Weltenwechsler sprichst, großer Anführer. Mit ihm wollte ich reden, nicht mit dir.« Isfar wandte sich an Tom. »Da wäre noch die Sache mit dem Gesandten.«

»Was ist mit ihm?«

»Er weiß, dass die Stämme nicht nur das Angebot des Sar'thosa abgelehnt haben, sondern auch von dem bevorstehenden Kriegszug der Magatai wissen. Einer unserer wenigen Vorteile ist, dass sie glauben, uns überraschen zu können.«

»Was willst du damit sagen?«, herrschte Beram ihn an.

»Denk darüber nach. Ich bin sicher, du kommst darauf.«

»Wir haben ihm und seinen Leuten sicheres Geleit zugesagt!«

Isfar zuckte mit den Schultern. »Die Steppe kann gefährlich sein.«

Tom erhob sich. »Ich denke, wir sollten das nicht tun. Die Stämme haben ihr Wort gegeben.«

Alle Umstehenden bis auf Isfar nickten. Er hingegen lächelte leise. »Ich dachte mir, dass du das sagen würdest, Tom Weltenwechsler. Du musstest es sagen; es entspricht deiner Natur. Obwohl du weißt, dass es ein Leben gegen viele ist. Wenn die Magatai wissen, dass wir kämpfen wollen, wird es mehr Tote geben. Sie werden vorbereitet sein.

Viele von denen hier, denen ihr Wort wichtiger ist als dieser Gedanke, werden mit ihrem Blut für die Ehre bezahlen.«

Tom wiegte den Kopf. Isfars Argumente waren verständlich, und plötzlich spürte Tom eine Last auf seinen Schultern. Er hatte die Stämme überzeugt; es war seine Rede gewesen. Alles, was nun geschah, lag in seiner Verantwortung. Er schluckte.

»Nein«, sagte er nichtsdestotrotz. Denn es war nicht richtig. »Wenn wir wie die Magatai handeln, dann brauchen wir auch nicht mehr gegen sie zu kämpfen.«

Isfar neigte sein Haupt. Er wandte sich ab, hielt jedoch noch einmal inne und blickte über die Schulter zurück. Der Ausdruck in seinen dunklen Augen war unergründlich. »Es ist ohnehin keine Frage mehr. Ich habe diese Angelegenheit bereits erledigt.«

Beram fuhr herum. »Du hast unsere Ehre besudelt!«

»Nein, Beram«, zischte Isfar plötzlich wütend. »Deine Ehre ist unbefleckt. Ich habe es getan ohne dein Wissen oder gar dein Einverständnis. Ich ganz allein. Ich habe es getan, weil ihr alle es nicht könnt.«

»Das ist Mord«, erwiderte Tom schwach.

»Ich tue, was getan werden muss.« Isfar sah Tom fest in die Augen. »Damit es kein anderer tun muss.«

Dann wandte er sich endgültig ab und verschwand.

Tom hatte weiche Knie und musste sich wieder setzen. Noch vor wenigen Stunden hatte er mit Atonyn im Kreis gestanden, hatte ihn gesehen, einen lebendigen Menschen. Und jetzt war er tot.

»Man darf ihm nicht vertrauen«, stellte Beram fest. »Isfar hat einmal seinen Eid gebrochen, sein Wort gilt nichts mehr. Es ist nicht gut, dass er von unseren Plänen weiß. Er kennt die Magatai, sein Stamm handelt mit ihnen.«

»Wir können nichts tun, Da'ir«, sagte Matani. »Am heiligen Felsen steht er unter dem Schutz der Schwüre.« Sie setzte sich neben Tom. »Wir ziehen in den Krieg. Die Stämme rufen alle Krieger zusammen. Wir werden uns gegen die Magatai wehren, wie du es gesagt hast.«

»Prima«, sagte Tom matt. *Ein Krieg, weil ich es gesagt habe. Toll.*

Als würde sie seine Gedanken lesen, erwiderte Matani: »Es sind die Fremden, Tom, die uns angreifen. Der Krieg kommt, so oder so. Nur werden sie uns nicht unvorbereitet finden.«

Du solltest zufrieden sein, ertönte die Stimme des Raben in seinem Kopf. *Dafür habe ich dich schließlich geholt.*

Die Jagd des Mantikors

Es war ein klarer Spätherbsttag, als sie aus Alynth aufbrachen. Frühnebel lag über den Feldern, die die Stadt umgaben, und von den Mündern der Reiter und den Nüstern ihrer Pferde stieg weißer Dunst auf. Gegen die frostigen Temperaturen, die morgens noch herrschten, trug Alex über der Rüstung einen warmen Umhang. Dem Mantikor schien ihr Aufbruch zu gefallen; seit sie losgeritten waren, flog er neben dem Tross her, kehrte aber immer wieder zu Alex zurück. Wenn er auf dem Boden landete, stoben winzige Funken von seinen Krallen auf.

Vielleicht ist er auch nur froh, sich nicht mehr den ganzen Tag mit Ajun herumstreiten zu müssen. Alex' kleiner Diener konnte das Tier nicht ausstehen, und so wie Alex das sah, beruhte die Abneigung durchaus auf Gegenseitigkeit.

Neben Alex ritt der Sar'thosa, und sein großer Panther lief ruhig zwischen ihnen her. Die meisten Pferde wurden in der Nähe des Raubtieres nervös, aber ihre beiden Reittiere schienen an die Präsenz, die selbst Alex jetzt spüren konnte, gewöhnt zu sein.

An der anderen Seite des Sar'thosa ritt Jarkas. Alex wusste, dass sie zu dritt ein beeindruckendes Bild abgeben mussten. Ihre schwarzen Rüstungen schluckten das Sonnenlicht. Die Fratzen und Gliedmaßen auf den Metallteilen wirkten abschreckend und grausam, das wusste er, aber sie gaben ihnen auch eine Aura der Macht.

Der Sar'thosa schien Alex' Blick bemerkt zu haben, denn er lächelte finster und sagte: »Bald wirst auch du die Macht deines Panzers stärken, A-lex-ander.«

»Denkst du wirklich, dass die Steppenvölker sich wehren werden, Herr?« In Jarkas schneidender Stimme lag Spott. »Sie sind doch sonst so stolz darauf, wenn sie weglaufen.«

»Atonyn ist nicht zurückgekehrt«, erklärte der Sar'thosa ruhig, »und unsere Verbündeten sagen, dass die Stämme ihn ermordet haben. Zumindest einige von ihnen werden nicht davonlaufen. Wie viele es sein werden, bleibt abzuwarten. Aber wir werden sie so oder so besiegen. Denn sie sind Hasen, wir sind Panther.«

Er lachte, und Jarkas stimmte ein. Auch Alex tat so, als würden ihn die Worte mit Befriedigung erfüllen. Er sah zu dem Mantikor hinüber, der jetzt wieder zu ihnen aufgeschlossen hatte. Es bereitete ihm eine gewisse Genugtuung, dass sogar Jarkas Angst vor ihm hatte, ganz zu schweigen von den übrigen Soldaten. Anders als bei dem Panther gab es niemanden außer dem Sar'thosa, den der Mantikor nicht nervös machte.

Auf einem Hügel vor ihnen tauchte ein Reiter auf. Alex hielt sich die Hand über die Augen und sah, wie der Krieger, der nur eine leichte Rüstung trug, direkt auf sie zuhielt. Als er die Wachen des Sar'thosa erreichte, sprang er von seinem Pferd, dessen Flanken vor Schweiß glänzten. Er fiel auf die Knie und presste die Stirn auf den Boden.

»Die Stämme haben sich versammelt, Herr!«, rief er atemlos. »Sie ziehen dem Tross entgegen.«

»Gut! Wie viele Speere konntest du zählen?«

»Keine, Herr. Nur Reiter. Viele Tausend.«

»Kein Fußvolk? Ha!« Jarkas feixte. »Sie werden an unseren Reihen zerschellen. Diese Wilden haben doch nicht einmal Lanzen und Rüstungen. Wie wollen sie so einen Sturmangriff reiten?«

Für Alex war das alles Kauderwelsch. Obwohl er inzwischen ziemlich gut mit dem Schwert umgehen konnte, hatte er über das Handwerk des Krieges nicht wirklich viel gelernt.

Vielleicht hätte ich in Geschichte besser aufpassen sollen, wie solche Gefechte früher funktioniert haben.

Aber um sterbenslangweiligen Schulstunden hinterherzutrauern war es nun wirklich zu spät.

Natürlich hatte er in den Besprechungen des Kriegsrats gut zugehört, aber da waren die meisten Anwesenden ziemlich siegessicher aufgetreten. Auch wenn sie ein paar mögliche Strategien besprochen hatten, schienen sich alle einig zu sein, dass dieser Angriff weniger eine Schlacht als vielmehr ein Massaker werden würde.

Niemand zweifelte an der Überlegenheit der Magatai und damit auch ebenso wenig am Sieg über die primitiven

Barbaren aus der Steppe. Und sosehr Alex auch darüber nachdachte, er musste den Strategen und Offizieren recht geben. Die Armee war beeindruckend. Tausende von Fußsoldaten, alle bestens gerüstet, mit dicken Schilden und langen Speeren, marschierten in die Steppe. Dazu gab es schwere und leichte Reiterei, wobei der Anblick der gepanzerten Kavallerie zu dem Imponierendsten gehörte, was Alex im wirklichen Leben je untergekommen war. Sie alle ritten auf großen, mächtigen Pferden, die besser gepanzert waren als so mancher Krieger. Ihre Rüstungen waren schwarz und aus dickem Metall, und sie trugen Lanze und Axt als Waffen. Alex mochte sich nicht vorstellen, was mit jenen geschehen würde, die sich ihrem Ansturm entgegenstellten.

Die Rüstungen und Waffen der Truppen waren teils mit Zaubern verstärkt; Magier, die ihre Kraft aus dem Metall zogen oder die Dunkelheit beherrschten, zogen mit dem Tross. Und das waren nur die wichtigsten Teile der Armee. Es gab darüber hinaus Armbrustschützen und Läufer, Axtkämpfer und viele andere, die jeden Feind der Magatai vernichten würden.

Und dann waren da noch die Verräter: die Stammeskrieger, die sich ihnen angeschlossen hatten. Alex hatte ihren Anführer einmal gesehen, als er das Knie vor dem Sar'thosa gebeugt hatte, und er hatte diesen Isfar sogleich nicht leiden können.

»Wie weit von hier entfernt hast du die Reiter gesehen?«

»Ich stieß gestern Nacht auf sie. Also einen Tagesmarsch oder mehr.«

»Gut.« Der Sar'thosa sah zum Himmel und dann zu Alex hinüber. »Wir schlagen heute rechtzeitig unser Lager auf und schicken Späher aus, um nach einem geeigneten Ort für eine Schlacht Ausschau zu halten. Wenn sie uns entgegenziehen, sterben sie morgen. Wenn nicht, sterben sie später. Du kannst deine Klinge mit dem Blut der Verendenden benetzen, und die Seelen deiner Feinde werden dir dienen.«

»Ja, Herr«, erwiderte Alex, wobei er versuchte, mehr Begeisterung in seine Stimme zu legen, als er verspürte. Es fiel ihm nicht leicht. Erinnerungen an Toliosa schossen ihm durch den Kopf. Das hier würde anders werden, wesentlich grausamer und brutaler, so viel war sicher. Und es besaß einen ganz anderen Maßstab. *Ich habe es Tom gesagt,* dachte er. Die Erinnerung an das Treffen mit seinem kleinen Bruder brachte ihn noch immer ziemlich durcheinander sobald er daran dachte. Deshalb versuchte er nun, das Bild von Tom, der mit seinem verdammten Vogel aus der Festung verschwand, mit aller Macht aus seinem Geist zu verbannen.

Der Befehl des Sar'thosa, am Spätnachmittag das Lager aufzuschlagen, wurde von seinen Untergebenen weitergetragen, und als die Sonne sank, lösten sich die Marschreihen auf, und die Magatai begannen, ihr Feldlager zu errichten. Die Disziplin und Geschwindigkeit, mit der die geraden Reihen von Zelten entstanden, versetzten Alex noch immer in Erstaunen; die Armee der Magatai funktionierte besser als jede Computeranimation.

Um seine eigene Unterkunft musste Alex sich nicht kümmern; Dutzende von Soldaten waren nur damit beschäftigt, die großen und prunkvollen Zelte der Anführer aufzustellen.

Er stieg vom Pferd und streckte seine Beine, dann rief er den Mantikor zu sich und kraulte ihm das Fell. Das große Wesen rieb seinen Kopf an seiner Hand, dann streckte es sich auch und gähnte herzhaft, wobei es seine spitzen Zähne zeigte, was einige Krieger, die eigentlich aussahen, als hätten sie vor nichts Angst, dazu veranlasste, einen weiten Bogen um die beiden zu machen.

Als sein Zelt stand, entließ Alex den Mantikor, damit er sich sein Abendessen erjagen konnte. In der Festung hatte er auch allerlei Leckereien aus der Speisekammer gefressen, aber es war nicht zu übersehen, dass er frische Beute vorzog.

Alex trat in das Zelt. Die Sonne schien durch den roten Stoff, und es war noch hell genug, um im Inneren zu sehen, ohne dass eine der zahlreichen Lampen angezündet werden musste. Die Diener hatten ihm sogar Möbel aufgebaut, und Ajun goss ihm eben einen Becher Wasser ein.

»Danke«, sagte Alex, ehe er einen tiefen Schluck nahm. Er ließ sich von Ajun aus einem Teil der Rüstung helfen.

»Heute Abend wird ein Kriegsrat stattfinden«, stellte Elion fest, der sich auf einen der flachen, lederbezogenen Hocker gesetzt hatte und Alex dabei behilflich war, aus den Stiefeln zu schlüpfen. »Man wird dich erwarten, Herr.«

Alex stöhnte und rollte mit den Schultern.

»Schon wieder? Hat man denn hier nie mal frei?«

»Du solltest stolz sein, dass man dich dazubittet. Nur wenigen wird diese Ehre zuteil. Es zeigt, wie hoch der Sar'thosa dich mittlerweile schätzt.«

Auch wenn es eine Form der Ehrerbietung war, auf die Alex gern verzichtet hätte, musste er Elion zustimmen.

»Schon klar, ich sage ja schon gar nichts mehr.« Er rieb sich über die Stirn und trank noch mehr von dem Wasser.

»Morgen wird es zur Schlacht kommen.« Auch wenn es vorhin nicht so geklungen hatte, als ob das hundertprozentig sicher sei, wusste Alex es instinktiv. Er konnte es praktisch spüren. Die Anspannung der letzten Wochen war kurz davor, sich zu entladen.

Der Mantikor kam leise in das Zelt. Ajun wich vor ihm zurück. Elion war weniger ängstlich, aber auch er behandelte das Tier mit einer ordentlichen Portion Respekt. Alex schnalzte, und der Mantikor kam zu ihm und legte ihm den Kopf in den Schoß. Alex hob die Hand und schnippte mit den Fingern. Eine kleine, Funken sprühende Flamme erschien und tanzte vor seinen Augen. Er lächelte. Die Baobhan hatte nicht zu viel versprochen. Noch waren es keine Feuerbälle, aber er konnte spüren, wie seine Verbindung zu dem Mantikor immer stärker wurde. Der Gedanke daran, gleich mit ihm zum Kriegsrat zu gehen und die pikierten Gesichter der anderen zu sehen, heiterte ihn merklich auf.

»Gut, bringen wir es hinter uns«, erklärte er und erhob sich.

Das Licht des Morgens

Am Horizont wurde der Himmel langsam hell. Tom sah hoch und schätzte, wie lange es noch dauern würde, bis die Sonne aufging. *Bald,* sagte er sich selbst.

Der Rabe saß neben ihm auf dem Boden, den Kopf eingezogen. Er wirkte mürrisch. Vermutlich hätte er lieber geschlafen. *Wer nicht?* Tom senkte den Blick und sah über die Kuppe des flachen Hügels hinab in die Senke. Es waren nur wenige Lichter zu sehen, was bei einem so großen Lager erstaunlich war.

»Und?«, fragte Matani, die einige Meter hinter ihm auf dem Boden lag. Sie robbte langsam an ihn heran.

»Sieht gut aus. Es scheint tatsächlich so zu sein, dass sie uns nicht erwarten.«

»Famos.«

Etwas weiter hinter ihnen gab es ein gedämpftes Geräusch, als einer der beiden überwältigten Wachposten versuchte, durch seinen Knebel zu schreien. Resk stellte ihn ruhig.

»Niemand hat Alarm gegeben«, berichtete Matani. »Die anderen müssen die Wachen ebenfalls erwischt haben.«

Eigentlich konnten die Wachen froh sein. Bei dem, was nun kam, waren sie nicht dabei. Andere würden kämpfen und manche sterben.

»Dann gib das Signal. Wir sind bereit.«

Tom kroch vorsichtig zurück. *Jetzt nur keinen Fehler machen.* Als er sicher hinter dem Hügel war, erhob er sich und lief geduckt zu ihren Pferden. Der Rabe segelte lautlos an seinem Kopf vorbei und flog voran.

»Ich warte hier«, knurrte Resk und gähnte ausgiebig. »Hab keine Lust, erst wieder zurückzulaufen, nur um dann wieder herzukommen.«

Tom nickte und schwang sich in den Sattel. Gemeinsam mit Matani ritt er das kurze Stück bis zum Treffpunkt zurück, wo Beram mit seinen Kriegern auf sie wartete.

»Die Sonne geht bald auf«, stellte Tom laut fest, was bedeutete, dass der Angriff bald beginnen konnte. Viele der berittenen Krieger nickten. Sie wirkten müde, hatten sie doch die halbe Nacht im Sattel verbracht.

»Ist Isfar gekommen?«

Beram schüttelte den Kopf. »Wir haben es dir gesagt. Ihm ist nicht zu trauen.«

Tom ließ den Kopf hängen. Er hatte dem Eidbrecher Glauben schenken wollen, hatte gedacht, er würde ihn verstehen. Aber er hatte sich offenbar geirrt.

»Los«, befahl Beram und trieb seinen Hengst an. Tom und Matani ritten an seiner Seite, und hinter ihnen folgte ein großer Teil ihrer Krieger. Es war unheimlich still. Hier und da schnaubte ein Pferd, oder jemand hustete, aber für so viele Menschen waren sie praktisch unhörbar. Sie passierten Resk, der sich erhob und neben ihnen herlief.

Am Horizont war der Himmel jetzt hellrot gefärbt. In Toms Händen kribbelte es. Jeden Moment musste es geschehen. Unterhalb des Hügels hielten sie an und warteten. Die Minuten vergingen zäh und langsam.

Aber dann war der erste Strahl der aufgehenden Sonne zu sehen, ein glorreicher, heller Aufruf an sie alle.

Tom stellte sich in den Steigbügel auf und sagte laut: »Lasst uns sein wie der Wind. Lasst uns sein wie ein brüllender Sturm!«

Tausend Kehlen antworteten ihm. Die Pferde preschten los, galoppierten über den Hügel, direkt auf das Lager der Magatai zu, die gerade aus ihrem Schlaf erwachten.

Eine Handvoll Soldaten, die am Rand des Lagers Wache hielten, erstarrten, als die Reiter der Steppe mit dem Licht des neuen Tages über den Hügel kamen. Tom hörte vereinzelte Alarmrufe, ein Horn erklang.

»Wir sind wie der brüllende Sturm!«, hielt er dagegen, und mit diesen Worten brachen die Horden der Stämme in das Lager. Es gelang Tom noch, einen Blick nach Westen zu werfen, wo die andere Hälfte ihrer Krieger ebenfalls angriff, dann war er mitten im Getümmel.

Matani schoss im Reiten ihren ersten Pfeil ab, und bevor der gerüstete Krieger zu Boden stürzte, hatte sie bereits den nächsten Pfeil auf der Sehne. Neben ihr riss Tom eine Hand hoch und sandte einen Lichtblitz in eine Meute von Magatai, die aus einem Zelt gestürmt kam. Die Soldaten sprangen auseinander und hielten sich schreiend die Hände vor die Augen. Irgendwo hinter ihnen drang Resk einfach in ein Zelt ein und begann, die darin befindlichen Feinde zu bearbeiten.

An der linken Flanke schwang Beram einen schweren Säbel, der seine Gegner auf Abstand hielt. Seine Krieger schossen mit Bögen oder taten es ihm gleich.

Wir haben sie überrascht, frohlockte der Rabe, dann besann er sich auf seine Aufgabe. *Die großen Zelte dort auf dem Hügel, das müssen die der Anführer sein. Vorsicht, da vorn sind Armbrustschützen!*

Bolzen sausten über Tom hinweg, der sich zur Seite duckte. Mit einem Schlenker der Hand sandte er einen hellen Lichtball zwischen sich und die Feinde und nahm ihnen so die Sicht.

Weiter vor sich sah er, was der Rabe meinte. Auf einem kleinen Hügel standen große Zelte mit Wimpeln und Standarten. Sie waren von einem Ring aus Schanzpfählen umgeben, hinter dem sich bereits Soldaten versammelten.

Aus vielen Zelten kamen inzwischen die Magatai. Die wenigsten trugen Rüstungen, viele hatten nur eine Waffe und einen Schild in den Händen.

»Nicht nachlassen«, brüllte Tom, der ihnen seine Magie entgegenschleuderte. Sie durften die Feinde nicht zu Atem kommen lassen. Ihr Plan war aufgegangen, aber noch waren sie in der Unterzahl und die Magatai weitaus besser ausgerüstet.

Matari hätte er den Befehl nicht zurufen müssen. Sie sandte Pfeil um Pfeil gegen ihre Feinde, und jeder Schuss fand sein Ziel.

Tom trieb sein Pferd an, lenkte es auf den Feldherrenhügel zu. *Wenn wir der Schlange den Kopf abschlagen, ist sie nur noch halb so gefährlich.*

Ein Speer raste auf ihn zu, die Spitze kratzte über sein Bein. Er schrie auf, riss an den Zügeln. Resk war plötzlich neben ihm, verpasste dem Speerträger einen Schlag mit der Faust, der ihn reglos zu Boden sandte.

Das Chaos im Lager war perfekt. Zelte wurden umgerissen, Feuerstellen niedergetrampelt. Innerhalb von Minuten war die Schlacht zu einem wilden Nahkampf geworden, in dem die berittenen Stammeskrieger die Magatai vor sich hertrieben.

Doch auf dem Hügel formierte sich Widerstand. Tom sah schwarz gerüstete Krieger, die hastig auf Pferde stiegen. Fußsoldaten mit Äxten und Schilden und solche mit langen Speeren rotteten sich hinter den Pfählen zusammen. Ein Trompetenstoß ertönte, und berittene Krieger ergossen sich aus dem schmalen Ausgang und gaben ihren Pferden die Sporen. Sie ritten wie die Teufel durch das Lager, kümmerten sich nicht um ihre eigenen Leute, sondern hielten direkt auf Tom zu.

»Achtung!«, warnte er seine Krieger, doch schon waren die Feinde heran.

Tom zog so viel Kraft in sich zusammen, wie er konnte, dann hüllte er sich in ein grelles Leuchten, so hell, dass der frühe Morgen zum Mittag wurde. Gespenstisch lange Schatten fielen auf alles, alle Farben verblassten im gnadenlosen Schein. Die Pferde der Magatai scheuten, und die Krieger versuchten, ihre Augen zu schützen.

Aber dann legte sich ein Schatten um ihn, und das Licht erstarb.

»Du!«, brüllte eine Stimme.

Als Tom sich umsah, entdeckte er einen Seelenfresser in seiner dämonischen Rüstung. Einen Herzschlag lang fürchtete er, dass es Alex sein würde. Das Gesicht war hinter dem Dämonenhelm verborgen. Aber als der Seelenfresser weiterschrie, erkannte ihn Tom auch so. »Ich habe dich schon einmal getötet! Ich werde dich wieder töten!«

Er gab seinem Pferd die Sporen und preschte auf Tom zu. Seine schwarze Klinge hob sich. Plötzlich war die Schlacht um Tom herum weit weg. Schmerz brandete in seinem Leib auf. Es war die Erinnerung an seinen körperlichen Tod, an den ersten Stich des schwarzen Schwertes, an die Wunde, die es ihm zugefügt hatte.

Ein Pfeil schoss an Tom vorbei und bohrte sich in den Schenkel des Seelenfressers. Tom kehrte ins Hier und Jetzt zurück. Der Feind schrie auf, hackte aber dennoch nach Tom. Der riss den Arm hoch, sandte die Kraft hindurch – und die Klinge prallte auf einen Schild aus Licht. Ein höllisches Kreischen war zu hören, und das Schwert glitt über Toms Arm, ohne die Haut auch nur zu berühren.

Der Seelenfresser warf sich herum, wollte erneut nach Tom schlagen, aber wie aus dem Nichts tauchte Resk auf und riss ihn aus dem Sattel. Er hielt den Feind über seinen Kopf, dann schleuderte er ihn weit von sich. Der Körper prallte gegen eine Zeltwand, riss sie ein und verschwand außer Sicht.

Wie gebannt starrte Tom auf das Loch im Zelt und sah den Schlag nicht kommen, der ihn aus dem Sattel hob. Erst war der Himmel noch über ihm, dann unter ihm, und schon schlug Tom krachend auf und rollte über den Boden.

Schmerzen durchfuhren seinen Leib, und er keuchte laut auf. Sein Gesichtsfeld verengte sich. Er schüttelte den Kopf, drängte die Schwärze zurück. Um ihn herum rannten Menschen und Pferde, es wurde geschrien, gekämpft, gestorben, aber Tom konnte keinen Bezug zwischen sich und dem Geschehen herstellen.

Er sah eine Bewegung in einem Zelt, und der Anblick des Seelenfressers, der sich aus dem Inneren befreite und auf ihn zuhumpelte, riss Tom aus seiner Benommenheit. Er rappelte sich auf.

»Du wirst sterben«, brüllte der Seelenfresser. »So wie schon einmal.«

»Diesmal bin ich nicht allein«, hielt ihm Tom entgegen. Wie zur Bestätigung seiner Worte trat Resk neben ihn, und er sah, wie Matani Vachir mit den Schenkeln lenkte und einen weiteren Pfeil aus dem Köcher zog.

Der Seelenfresser brüllte zornerfüllt auf, packte sein Schwert mit beiden Händen. Tom wies prompt seinerseits mit beiden Händen auf ihn, und dann ließ er die Kraft einfach aus sich herausströmen. Es war kein Lichtblitz, sondern ein Strahl, ein Strom, der über die dunkle Rüstung brandete. Der Seelenfresser schrie wieder, doch diesmal vor Entsetzen. Er tat einen weiteren Schritt auf Tom zu, die Klinge über dem Kopf erhoben. Noch einen, fast war er heran.

Jetzt schrie auch Tom. Es war ein lauter, kehliger, urgewaltiger Schrei, und mit dem Schrei brandete eine letzte Welle Licht über den Seelenfresser, so hell, dass Tom die Augen schließen musste. Nachbilder tanzten hinter seinen Lidern, helle und dunkle Flecken. Als er die Augen wieder öffnete, lag der Seelenfresser zu seinen Füßen. Von seiner Rüstung stieg Rauch auf, und seine schwarze Klinge war verdreht, als habe ein gewaltiger Schmiedehammer sie getroffen.

Tom holte tief Luft und sah sich um. Im Lager wogte der Kampf hin und her. Die Magatai hatten kleine Nester des Widerstands gebildet, wo sich schwer gerüstete Krieger zusammengerottet hatten. Immer mehr und mehr von ihnen sammelten sich, und hier und da trieben sie die Stammeskrieger zurück.

Es steht auf des Messers Schneide, rief der Rabe von oben herab.

»Wir müssen dort hoch«, erwiderte Tom und wies auf den Feldherrenhügel. »Sonst besiegen uns die Magatai doch noch.«

Seine Worte drohten im Lärm der Schlacht unterzugehen.

VERRÄTER

»Hierher!«, rief Matani so laut sie konnte, und stellte sich in den Steigbügeln auf. »Hierher! Der Weltenwechsler braucht uns! Zu mir! Zu mir!«

Auch Tom kam zu ihr herüber.

»Wir versammeln so viele wie möglich«, erklärte sie. »Und dann …«

Ihrer beider Blicke gingen zu dem Hügel, auf dem die Magatai noch nicht in Bedrängnis geraten waren. Hinter den Pfählen standen die besten Soldaten der Fremden. Und diejenigen, die sie schützten, waren ihre Herren, mächtige Magier und Seelenfresser.

»Jetzt gilt es.« Tom sah sie an, und zu ihrer Überraschung lächelte er. »An deiner Seite.«

»Wie der brüllende Sturm«, flüsterte sie, dann löste sie den Blick von ihm. Einige Krieger hatten ihren Ruf vernommen und waren zu ihnen gestoßen.

Matani legte einen Pfeil auf die Sehne und konzentrierte sich auf ihre Kraft. Tom rannte los. Sie wartete noch einen

Moment und sandte den Pfeil auf seine Reise. Sie musste ihm nicht nachsehen, um zu wissen, dass er treffen würde. Sie trieb Vachir an, die mit einem gewaltigen Satz losstürmte.

Resk brüllte urtümlich und rannte neben ihr. Matani ließ Vachir laufen und verschoss noch zwei weitere Pfeile. Toms Hände leuchteten erst nur, dann strahlten sie. Er machte eine Geste, als wollte er sie ausschütteln, und das Licht ergoss sich aus ihnen und prallte auf die schwarzen Rüstungen vor ihnen.

Die Schanzpfähle ragten vor Matani auf, Speere reckten sich ihr entgegen. Vachir sprang.

Mit Gewalt prallten sie gegen einen Krieger, der seinen Schild zum Schutz erhoben hatte und nun wie ein Spielzeug nach hinten geschleudert wurde. Matani wurde durchgeschüttelt, verlor den Halt in den Steigbügeln. Im letzten Moment vor dem Sturz stieß sie sich ab, kam mit der Schulter auf dem Boden auf – und spürte plötzlich die Kraft der Erde durch sich fließen. Ihre Hand nahm sie auf. Matani rollte sich geschickt ab und kam dann auf allen vieren zum Stillstand.

Überall um sie herum tobte der Kampf. Einige Krieger ihres Stammes waren an den Pfählen und Speeren gescheitert, andere waren durchgedrungen. Die Magatai hackten mit Äxten wild um sich, aber Resk war einfach durch die Verteidigung gelaufen und hatte alles umgeworfen, Pfähle und Menschen gleichermaßen.

Matani packte ihren kurzen Säbel. Die Waffe lag ungewohnt in ihrer Hand. Ihre Augen suchten Tom, und ein Lichtschein verriet ihr seine Position. Er stand umringt von Feinden, doch seine Magie trieb sie zurück. Matani sprintete zu ihm hinüber, hieb rechts und links nach Magatai, um ihnen Luft zu verschaffen. Schon schloss sich der Kreis enger um sie, aber dann war Resk heran. Der Troll ignorierte die Waffen, die sich in seine Haut bohrten. Sein Blut lief bereits aus einem Dutzend Wunden, aber das schien ihn nur noch wütender zu machen. Er prallte wie eine Naturgewalt auf die Angreifer. Seine Schläge verbeulten Schilde und Rüstungen, Speere splitterten. Er lachte laut.

Tom sah kurz zur Sonne hinüber. Der Hügeltroll hielt nicht inne, sondern drang weiter auf die Feinde ein, und sie beide folgten ihm.

Jetzt wurde überall im Kreis des Feldherrenhügels gekämpft. Die Magatai standen Schulter an Schulter; sie waren gewöhnt, so zu kämpfen. Sie wichen nicht zurück, sondern drängten die Stammeskrieger wieder vom Hügel herab.

Matani blickte sich wild um. Sie sah einen Trupp Reiter in einem wenig umkämpften Gebiet des Lagers, der langsam auf den Hügel zuhielt. Es waren Stammeskrieger, wie sie frohlockend erkannte.

»Verstärkung«, rief sie Tom zu. »Da kommen mehr!«

Er sah in die Richtung, in die sie deutete. Doch sein Blick verfinsterte sich augenblicklich. Als Matani die Steppenreiter neuerlich betrachtete, wusste sie, warum. An ihrer Spitze ritt Isfar.

Als wollte er ihre schlimmsten Befürchtungen bestätigen, rief er den kämpfenden Magatai etwas zu, und sie öffneten ihre Reihen für die Krieger seines Stammes.

»Er hat uns verraten.« Matanis Hoffnung schwand. Er ritt den Feldherrenhügel empor, und jeden Moment musste er den Befehl zum Angriff geben. Brüder und Schwestern würden gegeneinander kämpfen, und die Magatai würden den Sieg davontragen.

»Jetzt«, rief Isfar und hob seinen Säbel über den Kopf. Er schlug mit einem Kriegsruf zu – und ein Magatai fiel. Sein Stamm folgte seinem Beispiel, brach in die Reihen der Verteidiger ein, spaltete sie, kam über sie wie ein Orkan.

Der Anblick trieb neue Kraft in die Adern der Krieger um Matani herum. Tom zauberte, was das Zeug hielt. Sein Licht überstrahlte die Schatten der Feinde. Gemeinsam mit Resk trieben sie die Magatai vor sich her, direkt in die Klingen von Isfars Stamm. Matani konnte Isfar kämpfen sehen, mit blitzenden Augen und einem Lachen auf den Lippen.

Er hat nicht uns, er hat die Schwarzen Herren verraten! Wir können es schaffen. Wir können siegen!, dachte sie.

Bis der Sar'thosa zwischen sie fuhr wie ein grausamer Blitz, der die Erde spaltet.

Einer gegen einen

Aus dem größten Zelt ergoss sich ein neuer Strom von Angreifern, angeführt von dem Mann, an dessen Anblick sich Tom seit seinen ersten Stunden in diesem Teil der Welt erinnern konnte. Er trug die Rüstung eines Seelenfressers, und seine schwarze Klinge hielt grausame Ernte unter den Stammeskriegern.

»Zum Weltenwechsler!«, schrie Matani, um mehr ihrer Leute zu versammeln. Tom versuchte, die Flut von Feinden mit gezielten Lichtblitzen aufzuhalten und zu spalten.

»Weltenwechsler?« Der große Krieger richtete sich auf. Sein Blick fiel auf Tom. »Du?«

»Ja, ich«, brüllte er ihm entgegen. Er sammelte Kraft in seiner Hand. Das Licht schimmerte zwischen seinen Fingern.

Als sich der Zauber mit Macht entlud, raste ein greller Lichtpunkt auf den Sar'thosa zu. Der riss die Hand hoch und fing die Magie ab. Schatten quollen aus seiner Rüstung hervor, und ein grausiges Wimmern lag in der Luft.

Seine Magatai kämpften gegen die Stammeskrieger. Es war ein brutales Handgemenge auf engstem Raum. Matani hatte sich zu Resk gestellt und hielt dem Troll den Rücken frei, aber sie wurden von einem Dutzend Gegner bedrängt. Tom wollte ihnen zu Hilfe eilen, doch der Sar'thosa bahnte sich einen Weg durch die Kämpfenden, direkt auf ihn zu. Verächtlich hieb er nach einem Krieger, der schreiend zu Boden ging. Die Augen in seiner dunklen Rüstung leuchteten auf.

Ein schwarzer Panther sprang plötzlich aus dem Zelt, erwischte einen Stammeskrieger und riss ihn um. Das Tier brüllte und schlug seine Fänge in den Mann.

Und dann sah Tom Alex. Sein ehemaliger Freund folgte dem Panther aus dem Zelt. Er trug die schwarze Rüstung der Magatai. Obwohl er von Alex' Entscheidung gewusst hatte, obwohl er damit hätte rechnen müssen, blieb Tom der Atem weg. Es schmerzte ihn, Alex so zu sehen. Doch ihm blieb keine Zeit, darüber nachzudenken oder etwas zu unternehmen. Der Sar'thosa war heran, seine Klinge zuckte vor.

Toms Magie empfing sie, lenkte sie mit Licht zur Seite. Schattenhafte Tentakel glitten durch die Luft, prallten auf helles Licht und vergingen.

»Du bist kein Weltenwechsler. A-lex-ander ist der Weltenwechsler.«

Tom sandte einen Lichtblitz gegen ihn, und der Sar'thosa taumelte einen Schritt zurück, fing sich aber schnell wieder.

»Wir waren zu zweit!«

Tom schüttelte die Rechte aus, und Lichtfunken fielen von seinen Fingerspitzen.

Der Sar'thosa griff ihn an, aber der Rabe sauste aus der Luft herab und schlug mit den Krallen nach den Augen des Herrschers. Der schützte sie mit seinem Arm und vertrieb den Raben mit der Klinge.

»Dein Seelentier«, erkannte er, als er sich wieder aufrichtete. »Du …«

Der Sar'thosa wandte sich zu Alex um. Hass loderte in seinem Blick.

Aber Tom ließ ihm keine Zeit, etwas zu sagen oder auf Alex loszugehen, sondern drang mit mehr Zaubern auf ihn ein. Lichtpfeil um Lichtpfeil schlug in seine Rüstung ein, und er brüllte zornig auf.

Aber mehr auch nicht. Die Magie zeigte kaum Wirkung.

Seine Rüstung ist zu stark, rief der Rabe. *Die gestohlenen Seelen schützen ihn.*

»Super«, knurrte Tom und sammelte mehr Energie in sich. Er sandte einen Speer aus Licht gegen seinen Feind. Aus dem entsetzlichen Wimmern wurde ein Heulen, und aus den aufgerissenen Mündern strömte Rauch.

Andere Magatai näherten sich Tom. Sie waren vorsichtig, aber sie umkreisten ihn wie Haie.

»Zurück«, schrie der Sar'thosa. »Er gehört mir!«

»Ich gehöre niemandem«, erwiderte Tom, musste aber zurückspringen, als die schwarze Klinge auf ihn zuraste. Hiebe prasselten auf ihn ein. Er stolperte zurück, hielt ihnen Licht entgegen und entging so dem grausamen Angriff.

Der letzte Schlag jedoch kam tief. Tom wehrte ihn mit einem Lichtschild ab, wurde aber von den Füßen gerissen und landete unsanft auf dem Hintern.

Vorsicht!

Der Panther sprang ihn an. Tom schleuderte verzweifelt Magie gegen ihn und wälzte sich zur Seite. Krallen kratzten über seine Haut, und er spürte, wie ihm Blut über seinen Arm lief. Der Schmerz kam erst eine Sekunde später, dann aber mit Macht. Tom sah sich hektisch um. Der Panther kauerte etwas abseits und schüttelte fauchend den Kopf. Doch der Sar'thosa stand plötzlich neben Tom und setzte ihm die Spitze der schwarzen Klinge auf die Brust.

»Dir wird das gleiche Schicksal zuteilwerden wie deinen Eltern, Weltenwechsler. Jeder, der sich gegen die Magatai stellt, wird so enden.«

»Meine Eltern? Was weißt du von meinen Eltern?«, schrie Tom und richtete sich auf.

Statt zu antworten, zog der Sar'thosa die Klinge zurück. Irgendwo schrie jemand. Überall kämpften und starben Menschen. Tom war nur einer von ihnen, ein Opfer des Krieges, mehr nicht.

Unvermittelt taumelte der Sar'thosa. Er wirbelte herum. Hinter ihm stand Alex mit der Waffe in der Hand, und an der Spitze des Schwertes funkelte Blut im hellen Morgenlicht. Die gepanzerte Faust des Sar'thosa traf den Jungen ins Gesicht, schleuderte ihn zur Seite. Der Sar'thosa folgte ihm, packte ihn und zog ihn zu sich heran.

Der Panther sprang Tom erneut an, doch diesmal warf sich ihm eine andere Kreatur in den Weg, ein Löwe mit gewaltigen Flügeln, der brüllend auf die Raubkatze losging.

»Du Verräter! Du Lügner! Stirb!«

Die Klinge des Sar'thosa drang wie in Zeitlupe durch Alex' Rüstung.

Tom hörte sich selbst schreien. Er spürte die Magie, die Macht des schwarzen Schwertes. Alex' Augen weiteten sich entsetzt.

Tom rappelte sich auf, sprang vor und ballte die Hand zur Faust. Mit einem Mal schien es ihm, als sei es der Alte, der Alex hielt, der Alex töten wollte. In Tom löste sich eine fast vergessene Wut, bahnte sich ihren Weg durch seinen Geist, und in ihrem Gefolge durchströmte ihn eine Magie von ungeahnter Macht. Seine Faust traf die Klinge des Sar'thosa.

Rings um Tom hörte die Welt auf zu existieren. Es gab keine Geräusche mehr, keine Farben. Es gab nichts mehr außer Licht. Dann verging das Licht, und Tom spürte, wie die Klinge unter seiner Faust in tausend Splitter zerbrach. Um ihn herum schrien alle, Magatai, Stammeskrieger und er selbst auch. Doch sie alle wurden von dem Heulen übertönt, das aus den Mündern der schwarzen Rüstung drang.

Der Sar'thosa taumelte einige Schritte zurück. Risse bildeten sich im Metall seiner Rüstung, und aus ihnen stieg Rauch auf. Das rote Glühen wurde immer heller, bis es ihn ganz einzuhüllen schien.

Und dann fuhren nebelhafte Gestalten aus den Mündern, lösten sich aus den Rissen. Das Leuchten in den Augen erstarb, als sich mehr und mehr von ihnen befreiten, viele Dutzende, Hunderte. Sie wirbelten um den Sar'thosa wie ein Taifun. Er schien zu schreien, doch kein Wort war zu hören. Wilder und wilder drehte sich der Wirbelsturm aus befreiten Seelen um ihn, riss an seinem Haar, zerrte an ihm. Er wurde herumgeschleudert, in die Luft emporgehoben. Für einen Herzschlag hing er dort mit ausgebreiteten Armen, dann steigerte sich das Heulen zu einem letzten, ohrenbetäubenden Crescendo.

Als der Sar'thosa leblos zu Boden fiel, sank auch Tom auf die Knie. Alle Kraft hatte ihn mit einem Schlag verlassen. Um ihn herum erstarben die Kämpfe, da die Magatai sich ergaben. Neben ihm lag Alex. Blut rann aus der Wunde in seiner Brust. Tom kroch zu ihm hinüber und nahm seinen Kopf in den Schoß. Er weinte, weil er nichts anderes mehr tun konnte.

Irgendwann spürte er Matanis Berührung, und er wusste, dass sie gesiegt hatten.

Das Erbe antreten

Tom saß an Alex' Lager, als dieser aufwachte.

»Hey, willkommen zurück, Alter.«

Alex wollte etwas sagen, brachte aber keinen Laut heraus. Tom reichte ihm einen Becher mit klarem Wasser, das er gierig trank. Er verschluckte sich und hustete, wobei sich sein Gesicht vor Schmerz verzog. Dann lag er erst einmal eine Weile einfach nur da und atmete angestrengt.

»Was ist passiert?«, fragte er schließlich mit krächzender Stimme. »Wo …«

»Du bist in dem Lager, das wir am Schlachtfeld aufgeschlagen haben. Das hier ist ein Zelt der Magatai; wir haben es erbeutet. Und was passiert ist? Du hast mich gerettet, du irrer …«

Der Mantikor, der die ganze Zeit nicht von Alex' Seite gewichen war, rieb seinen Kopf an Alex' Hand. Der kraulte das Tier geistesabwesend. Zu Beginn hatte Tom großen Respekt vor dem Wesen gehabt und es meist misstrauisch beäugt, aber dann hatte er sich daran erinnert, wie es ihm gegen den Panther beigestanden hatte.

»Das Letzte, woran ich mich erinnere, ist ein unglaublich helles Licht.« Alex schien das Sprechen mit jedem Wort leichter zu fallen. »Ich dachte, so sieht es aus, wenn man stirbt.«

»Nee, das war nur ich. Also, meine Magie. Ich wusste auch nicht, dass ich das draufhabe.«

»Dann ist es wohl umgekehrt, und du hast mich gerettet«, stellte Alex fest. Seine Stimme klang rau, aber es gelang ihm, Tom dabei zuzublinzeln. Tom legte ihm die Hand auf die Schulter und schüttelte den Kopf.

»Nein, ich hab getan, was ich konnte. Aber das war nur möglich, weil du dich zwischen den Sar'thosa und mich gestellt hattest.«

»Du bist mein kleiner Bruder. Wenn dich einer verprügelt, dann ich.«

Sie lachten, aber als Tom sah, wie Alex vor Schmerzen zusammenzuckte, verging ihm das Lachen.

»Es war ganz schön knapp«, flüsterte er. »Wir hätten beinahe verloren. Und auch um dein Leben sah es 'ne Weile ziemlich übel aus.«

»Das spüre ich. Gott, mir ist so schlecht.«

»Dass du noch lebst, verdankst du einem Elfen, der unter den Gefangenen war. Er hat dich da liegen sehen und den totalen Aufstand gemacht, bis ich ihm erlaubt habe, nach dir zu sehen. Elion oder so ähnlich. Keine Ahnung, ein seltsamer Kerl.«

Alex lächelte schwach.

»Wo ist er?«

»Ich habe dafür gesorgt, dass er gut behandelt wird. Er hat ein Zelt, zusammen mit so einem Kiddo. Er hat behauptet, Ajun würde zu dir gehören und du würdest wollen, dass er bei ihm bleibt. Ich hoffe, das war okay?«

»Allerdings. Danke«, sagte Alex leise.

»Irgendwann später musst du mir mal erklären, wo die ganzen Leute herkommen. Ich meine *Elfen,* das ist wirklich ziemlich abgefahren, oder?«

»Kaum seltsamer als Trollfreunde, oder?«

Bei dieser Antwort musste Tom lachen, doch Alex wurde bereits wieder ernst. »Und was ist mit dem Sar'thosa?« Alex schluckte. »Mit Jarkas?«

Tom zuckte mit den Schultern. »Jarkas? Der Name sagt mir nichts. Wenn er ein Seelenfresser war: Die haben bis zum Tod gekämpft. Ansonsten haben wir eine Menge Gefangene gemacht. Und der Sar'thosa ... Er hat den gerechten Lohn für das erhalten, was er getan hat.«

»Gut«, murmelte Alex. Tom sah, wie er langsam abdriftete. Er musste müde sein, und Tom wollte ihm nur allzu gern den Schlaf gönnen.

Als er sich abwandte, schlug Matani gerade den Zelteingang zurück und kam herein. Sie hatte die Spuren der Schlacht nur notdürftig aus ihrem Gesicht gewaschen. Zu viel gab es auch jetzt noch zu tun, als dass sie Zeit gehabt hätte, sich um sich selbst zu kümmern. *Sie wird einmal eine große Anführerin werden,* dachte Tom stolz.

»Resk schmiert sich wieder Erde mit Spucke überallhin.« Sie verzog das Gesicht. »Und mein Vater und Isfar streiten sich schon wieder.«

»Natürlich«, erwiderte Tom lachend.

»Die Gefangenen werden gut bewacht. Ihre Waffen wurden ihnen abgenommen. Noch weiß niemand so genau, was wir mit ihnen machen sollen.«

»Wir werden einen Rat abhalten müssen. Eine Große Versammlung.«

Matani nickte und grinste.

Da war noch mehr, er konnte es spüren. »Was?«

»Wir haben das hier im Zelt des Sar'thosa gefunden. Es war unter seinen persönlichen Besitztümern.«

Sie zog einen kleinen Gegenstand aus der Tasche. Tom brauchte einen Moment, bis er ihn erkannte, so lange hatte er nicht mehr daran gedacht.

»Mein Handy!«

Sie reichte es ihm, und er nahm es so vorsichtig in die Hand, als sei es ein rohes Ei.

»Ich dachte, ich hätte es für immer verloren. Sie müssen es im Lager gefunden haben, direkt nach meiner ... ich meine, unserer Ankunft. Ich fasse es nicht.« Er besah sich das kleine technische Gerät noch genauer. Es sah noch genauso aus wie früher. Er drückte auf dem Einschaltknopf herum. »War ja klar: Es hat keinen Saft mehr.«

Matani sah ihm zu und lächelte dabei, obwohl sie so müde aussah. Mit einem Mal überkam Tom ein seltsames Gefühl. Zuerst dachte er, es sei Heimweh, doch es war mehr und weniger als das. Das Handy war seine Verbindung zu einer anderen Welt gewesen, als er noch in Berlin gelebt hatte. Es hatte ihm Tore geöffnet, immer eine Fluchtmöglichkeit geboten. Es war wie eine Rettungsleine in die Außenwelt gewesen, wenn er beim Alten zu ertrinken drohte.

In ihm regte sich etwas. Magie sprudelte aus der Quelle, aus der schon die Kraft gekommen war, den Sar'thosa zu besiegen. Sie fokussierte sich auf seine Hand, auf das Handy.

Ein schwaches Leuchten entstand.

Tom sah seine Freunde vor seinem geistigen Auge, sah Karo und Benny, sah all die Dinge, die er vermisste.

Das Leuchten wurde heller.

»Whoa«, entfuhr es Alex hinter ihm.

Tom sah auf. Vor ihm hatte sich ein kleiner Lichtwirbel gebildet, wie ein Strudel aus Helligkeit mitten in der Luft. Das Handy leuchtete immer heller, und der Strudel nahm an Intensität zu.

Endlich verstehst du, sagte der Rabe in seinem Kopf. *Es waren nicht die Münzen und nicht die Magie der Magatai.*

»Ich war es.«

Du warst es, bestätigte der Rabe. *Du bist ein Weltenwechsler.*

»Wie meine Eltern?«

Vielleicht. Du trägst die Gabe jedenfalls in dir.

»Du wusstest das? Und du hast nichts gesagt?«

Der Rabe kam zögerlich in das Zelt getippelt und sah Tom an.

Wärst du hiergeblieben, wenn du es vorher gewusst hättest? Wäre all das hier geschehen? Und hätten die Magatai ihren Krieg gegen die Stämme gewonnen, weil du gegangen wärst?

Darauf wusste Tom keine Antwort. Er schloss die Faust um das Handy und ließ die Magie versiegen. Matani und Alex starrten ihn an.

»Ich kann zwischen den Welten wechseln«, sagte er mit belegter Stimme. »Meine Magie … das ist meine Magie.«

Er blickte zu Alex.

»Ich kann dich vielleicht wieder mitnehmen. Nach Berlin.«

Der Ältere schluckte und schloss für einen Moment die Augen. Als er sie wieder öffnete, war seine Miene entschlossen.

»Nein. Zumindest erst mal nicht. Ich hab hier noch was zu erledigen. Muss ein Versprechen erfüllen. Vorher kann ich nicht weg.«

Vor Toms innerem Auge entstand das Bild des hübschen, blassen Mädchens, das er in der Kammer, in der er seinen Körper gefunden hatte, gesehen hatte. Sie musste es sein, der Alex noch etwas schuldete. *Er hat sich verändert,* erkannte Tom. *So, wie ich mich auch verändert habe.* Tom nickte und wandte sich an Matani. Er sah, wie sich Tränen in ihren Augen sammelten.

»Du kehrst zurück. Ich freue mich für dich«, brachte sie hervor.

»Warum weinst du dann?«

»Ich freue mich für dich und weine für mich. Ich …«

Ihr versagte die Stimme.

Tom beugte sich vor und küsste sie. Alles andere versank in Bedeutungslosigkeit. Nur der Moment zählte, nur sie und er, in einem Herzschlag, der endlos zu dauern schien. Und als sich ihre Lippen wieder lösten, fand Tom auch endlich die richtigen Worte für sie.

»Mein Zuhause mag auf der anderen Seite der geteilten Welt liegen, aber mein Herz gehört hierher.«

Der verlorene Sohn

Es war dunkel, als Tom die Stufen zur Haustür hinaufging. Er öffnete die Tür. Früher hatte er diesen Moment als den schlimmsten empfunden, die Sekunden vor der Heimkehr. Jetzt spürte er gar nichts.

Im Treppenhaus brannte das trübe Nachtlicht. Irgendwo im Haus bellte Tyson. Freudig, wie es Tom schien. Wahrscheinlich hatte der Hund ihn vermisst. Aber die Gestalt, die jetzt aus der unteren Wohnung trat, war nicht freundlich. Sie war hager und alt, und in ihren Gesichtszügen zeigte sich ein Leben voller Gemeinheit und Niedertracht. Und, was Tom zum ersten Mal erkannte, ein Leben ohne Freude.

»Du! Du wagst dich wieder hierher? War wohl doch nicht so einfach, da draußen zu leben, was?«

Der Alte schaltete das richtige Licht an. Für einen Moment schien er von Toms Aussehen überrascht zu sein. Die Haare länger, die Schultern breiter, die braune Haut und die abenteuerlich geflickten Sachen. Ein Zug um den Mund, der früher nicht da gewesen war.

Dann fing er sich wieder und kam auf Tom zu.

»Du wirst mir einiges erklären müssen, Bürschchen. Und wo ist dein nichtsnutziger Freund? Wo ist Alex?«

»Er erfüllt einen Pakt«, antwortete Tom ungerührt.

Der Alte verstand nichts, aber das hatte Tom auch nicht anders erwartet.

Eine Hand legte sich auf seine Schulter, drückte fest zu, wollte ihm Schmerzen zufügen, ihn einschüchtern.

Tom sah auf sie hinab, dann blickte er dem Alten in die Augen. »Du wirst mich nie wieder anfassen.« Die Hand zuckte zurück, als sei eine Spinne über sie gelaufen. »Du wirst niemanden in diesem Haus mehr anfassen.«

»Was denkst du …«

»Ich nehme Karo und Benny heute Abend mit. Morgen früh wird das Jugendamt kommen und alle anderen holen. Deine Zeit ist vorbei, alter Mann. Wenn du den Mut hast, lauf davon. Wenn nicht, dann warte, bis sie kommen und dich mitnehmen.«

Der Alte wich vor ihm zurück. Es bereitete Tom keine Genugtuung. Er empfand nichts für ihn, weder Hass noch Angst noch Mitleid. Er war bedeutungslos geworden, denn Tom hatte ihn längst hinter sich gelassen.

Oben gingen Lichter im Flur an. Tom hörte Getuschel. Eine verschlafene Stimme rief seinen Namen. Er stieg die Treppe hinauf, ohne sich noch einmal umzusehen.

Licht spielte um seine Finger. Bald würde er heimkehren.

Danksagung

Hi, mein Name ist Tom. Der Christoph meint, ich sollte noch mal allen Danke sagen, die mir geholfen haben, bevor ich wieder verschwinde. Da hat er natürlich recht. Deshalb ein riesengroßes Dankeschön an meine Freunde Sandra, William, Patrick, Marco, Melanie, Sarah, Anja, Silvana, Ulrich, Jörg, Christiane, Benjamin, Elke, Tanja, Richard, Daniel, Torsten, Bine, Diana, Philipp, Gregor, Amy, Sarah, Marny, Tim, Kerstin, Anna, Kevin, Stefan, Acedias, Bent, Claude, Thomas, Pretorias, Jutta, Andrea, Robert, Maria, Ulrich (der andere) und Heide. Danke auch an meine Posse aus Berlin: Daniel, Martin und Megan. Ihr wart klasse! Ohne euch hätte ich das niemals alles geschafft!

Geholfen haben mir noch andere, damit ich meine Geschichte erzählen kann. Da wären die netten Leute vom Verlag, die sich um alles gekümmert haben, Sebastian, Martina und Sascha. Natalja und Julia, die angeblich Agentinnen sind, aber keine Knarren haben (oder sie mir nur nicht zeigen wollten). Uta Dahnke, die noch mal alles gelesen, und meine ganzen Fehler angestrichen hat (das waren leider eine ganze Menge; ich hätte in Deutsch besser aufpassen sollen).

Wer mich erreichen will, kann ja *www.smart-magic.de, www.facebook.com/rabentom* oder *www.twitter.com/rabentom* besuchen. Ich schaue so oft rein, wie ich kann. Ist aber nicht ganz so einfach.

Ich bin dann mal wieder weg! Danke an alle, die dabei waren!